मैं रानी सुप्यारदे

वाणी प्रकाशन

नयी दिल्ली-110002

फोन : 3273167, 3275710 ● फैक्स : 3275710

e-mail : vani_prakashan@yahoo.com
vani_prakashan@mantraonline.com

मैं रानी सुप्यारदे

यादवेन्द्र शर्मा 'चन्द्र'

ISBN 81-7055-814-x

425

वाणी प्रकाशन
21-ए, दरियागंज, नयी दिल्ली-110002
द्वारा प्रकाशित

प्रथम संस्करण : 2001

मूल्य : 200.00

शुभम ऑफसेट, दिल्ली-110032
में मुद्रित

MAIN RANI SU PYAR DE
by Yadvendra Sharma 'Chandra'

वाणी प्रकाशन द्वारा
श्रेष्ठ प्रकाशन के लिए
भाई अरुण माहेश्वरी को
सदा समय के साथ

मैं इतना ही कहूँगा

मैंने जब-जब इतिहास के कथानकों पर लिखा तब-तब मुझे यह अहसास हुआ कि इतिहास लेखन में मनुष्य की प्रकृति, स्वभाव, संवेदना, विसंगतियाँ, विद्रूपताओं और अन्तर्विरोधों का बहिष्कार ही हुआ है। इतिहासकारों ने सबसे अधिक ध्यान घटनाओं, जन्मतिथियों और लड़ाइयों के वर्णन व अन्वेषण पर दिया है। साथ ही चारणाई इतिहास लेखन की परंपरा शब्दाडंबरों के माध्यम से इसे अतिशयोक्तिपूर्ण बातों से भर दिया है। अपने स्वामियों के नमकहलाल इतिहासकारों ने भी पक्षपातपूर्ण इतिहास लिखकर उसके सत्य को धूमिल कर दिया है। नये इतिहासकार भी इस बीमारी से बच नहीं पाए। राजस्थान के एक इतिहासकार ने तो एक सर्वविदित घटना को भी गलत लिख दिया। सुना है, इसके लिए उसे धन दिया गया।

ऐसी स्थितियों में इतिहास पर आधारित लेखन विवादास्पद ही होगा। उसमें पूर्णता दूभर है।

मैंने राणा कुंभा के काल की विशिष्ट नारी चरित्र 'सुप्यारदे' पर आधारित उपन्यास में इतिहास को बिल्कुल कम और स्त्री मन के अंतर्द्वंद्व, विरोध, विद्रोह और मुक्ति-संघर्ष की सामंती व्यवस्था व रूढ़परंपराओं में बेसी चित्रण किया है। उस व्यवस्था में स्त्रियाँ क्या थीं, उसका चित्रण मैंने कई स्त्री-चरित्रों के माध्यम से किया है। मानवीय करुणा का उस व्यवस्था में कितना अभाव था, मैंने इसमें बताया है।

युद्ध की विभीषिकाओं और उनसे उत्पन्न स्थितियों का अंकन आपको प्रेरित करेगा कि युद्ध इस पृथ्वी पर समाप्त हो जाने चाहिए।

इस उपन्यास में प्रतिपादित विचार स्त्री जाति के स्वतंत्र होने की लड़ाइयों के हैं। जातिगत, धार्मिक और सम्प्रदाय की बनी-बनाई गलियों से निकल कर उन्मादहीन होकर हम समकालीन जीवन दृष्टि से विचारेंगे तो लगेगा रीति-रिवाजों व नैतिक मूल्यों में आमूल-चूल परिवर्तन होने ही चाहिए।

उपन्यास राजस्थानी परिवेश का है। राजस्थानी संस्कृति का है अतः भाषा की बुनावट, अभिव्यक्ति और तासीर किंचित अलग-सी लगेगी पर उसकी मिठास भी

अलग ही है। हिंदी हमारी राष्ट्र भाषा है, संपर्क भाषा है, मेरे लेखन में आए राजस्थानी शब्द उसको समृद्ध ही करेंगे। छोटे-छोटे और महत्त्वपूर्ण चंद पात्र भले ही इतिहास में न हों पर उनके होने की पक्की-पूरी संभावना है।

आकर्षक प्रकाशन के लिए भाई श्री अरुण माहेश्वरी को धन्यवाद देता हूँ और बीकानेर के मित्र गंभीर पाठक जुगल बंधु को। पाठक अपनी राय भेजेंगे।

–यादवेन्द्र शर्मा 'चन्द्र'

आशालक्ष्मी, नया शहर
बीकानेर (राज.) 334004

मैं सुप्यारदे अपनी आपबीती आपको इसलिए नहीं सुना रही हूँ कि मैं आत्मश्लाघा के वशीभूत हूँ बल्कि सच तो यह है कि मेरे हृदय पर इतना भारी बोझ है कि यदि मैं उसे हलका नहीं करूँगी तो मेरा दम ही घुट जाएगा। मर कर भी मेरी आत्मा को शांति नहीं मिलेगी।

आपको बता दूँ कि मैं कोई इस देश की क्या, राजपूताना प्रदेश की भी महत्त्वपूर्ण महिला नहीं हूँ। इतिहास के स्वर्णिम पृष्ठों पर भी मेरा कहीं भी कोई विशेष जिक्र नहीं है। न मैं पद्मिनी हूँ और न सीता-सावित्री। मैं प्रणय की वह अद्वितीय 'मूमल' भी नहीं हूँ जो अपने प्रेमी महेन्द्र की प्रतीक्षा करते-करते झुर-झुर पिंजर हो गयी और एक दिन मर गयी। न मैं 'नागजी' की प्रेमिका हूँ जो अपने प्रणय-स्वामी के लिए घूँघट की छैंया करना चाहती थी। मैं तो सामंती गढ़ की एक स्त्री हूँ जिसने सामान्य होते हुए भी असामान्य जीवन जिया।

आज मैं अपने जीवन के अंतिम पड़ाव पर हूँ। जर्जर और श्रांत-क्लांत। अपूर्व सौंदर्य की स्वामिनी मैं आज अपने अनाकर्षण उत्पन्न करने वाले झुर्रियोंदार मुख को दर्पन में निहारती हुई सोच रही हूँ कि सुन्दर-सुघड़ देह के बिना नारी कहाँ है? एक व्यर्थ की वस्तु। पड़ी रहती है अपने ही बनाए हुए बंदीगृह में।

कभी-कभी आत्ममंथन करती हूँ कि मैंने जो कुछ जीवन में बनी हुई लकीरों से अलग-थलग किया, क्या वह सही था। धर्म, नियम, नैतिकता, मर्यादा, आन-बान-शान, इन सब गौरव मंडित शब्दों को मूल्यहीन करके लक्ष्मण-रेखाओं के दायरों को खंडित किया। मैं कई बार सोचती हूँ, आत्ममंथन करती हूँ कि मेरा विद्रोह तत्कालीन स्त्री की प्रतिकूलताओं के विरुद्ध था या अपनी वैयक्तिक तृष्णाओं की आपूर्ति थी? मैं गहन विश्लेषण नहीं कर सकती पर जो कुछ मैंने किया...वह स्त्री की अस्मिता ही थी।

जीवन के रहस्यों को समझने की क्षमता भी जरूरी है। वह मुझमें थोड़ी-बहुत ही है।

मृत्यु सन्निकट है मेरे। मेरे क्यों हमारे। हम यानी मैं और राठौड़ सरदार नरवद। वे अभी सोये हुए हैं। वयोवृद्ध और दुर्बल। बुढ्ढ़ी हड्डियाँ कहीं-कहीं मुड़ गयी हैं।

काँचघर में दीया जल रहा है। उसका धीमा उजाला कक्ष में फैला है। नरवद जी जोर-जोर खर्राटें ले रहे हैं। अंधे हैं। उनकी एक आँख युद्ध में चली गयी और दूसरी आँख? स्वाभाविक रूप से खराब नहीं हुई। वे इसके हेतु किसी के खूबसूरत षडयंत्र के शिकार हुए थे।

यह कहानी कि वे अंधे क्यों हुए, मैं बाद में ठीक से सुनाऊँगी। पहले एक बात गंभीरता से जानिए कि मैं खालिश इतिहास की सुप्यारदे नहीं हूँ। मुझे सही रूप से समझना है तो मैं सामन्ती और राजाशाही की क्रूर और लहूलुहान स्थितियों के बीच घिरी एक कठपुतली रूपी मानवी हूँ। एक ऐसी स्त्री जिसके जीवन में कितने ही मोड़ आये। कितने ही उलझाव आये। उतार-चढ़ाव भी आये और गये।

बता दूँ कि मैं आज इतिहास की अक्षरशः घटनायें, तिथियाँ, सामंतशाही और राजाशाही की खोखली यश व शौर्य की गाथायें नहीं लिख रही हूँ। चारणाई तथा सत्ता पोषक इतिहासवेत्ताओं की विवशताजनित परंपरा रही है कि जिसने जिसका नमक खाया, आश्रय की सुख-सुविधायें भोगीं उन्होंने अपने स्वामी को महायोद्धा, महादानी, महापुरुष घोषित कर दिया। उन्होंने इतनी अतिशयोक्ति पूर्ण प्रशंसा की कि शब्दाडम्बरों में से वास्तविकता को अलग करना अत्यन्त कठिन है।

सारा इतिहास अविश्वसनीयता से भरा है। मेरी समझ में तो इतिहास झूठ का पुलिंदा है। इसलिए मैंने जिन अनुभवों को अपनी बुद्धि और क्षमता से ग्रहण किया है, उन्हें मैं निजी दृष्टि से मन्थन करके प्रस्तुत कर रही हूँ।

मैं यह दावे के साथ कहती हूँ कि स्त्री ने कभी भी अपनी इच्छा का जीवन नहीं जिया। युगों का सर्वेक्षण करके देखें। द्रोपदी को कुंती की आज्ञा से पाँचों भाइयों में बाँट दिया गया। राजा ययाति ने अपनी पुत्री माधवी को गालव ऋषि को इसलिए सौंप दिया कि गालव इसके अप्रतिम अमृतमय रूप-कुंभ को राजाओं द्वारा सुखा-सुखा कर आठ सौ श्यामवर्ण अश्व प्राप्त करे। कितनी विवश थी माधवी। ऋषि पराशर के पुत्र की माँ मत्स्यगंधा को भी अपनी इच्छा के विरुद्ध अपने पुत्र का त्याग कर कामातुर शांतनु की रानी सत्यवती बनना पड़ा?

स्त्री का अपना पृथक अस्तित्व कहाँ है? पुरुष की स्त्री पर एकाधिकार की भावना कौन मिटा सका। सारी नैतिक, धार्मिक, सामाजिक और पारिवारिक लक्ष्मण-रेखाओं में बंदिनी है स्त्री। मातृसत्तात्मकता के अंत के साथ उसकी सारी स्वतंत्रतायें व स्वच्छंदतायें समाप्त हो गयीं। सारे प्रसंगों से एक बात स्पष्ट होती है कि स्त्री के मन से अधिक उसके देह को महत्त्व दिया गया है। सर्वत्र देह ही देह है। हालांकि इस देह की नश्वरता का बोध गार्गी ने एक बहस में कराया था और वह विवस्त्र होकर महाप्रज्ञावेत्ताओं के बीच खड़ी हो गयी थी। इस देह के गहन गह्वरों में अपने पौरुष को विलुप्त करने वाले महान ऋषियों ने नंगी देह को देखकर आँखें बंद कर ली थीं। तब गार्गी ने कहा था, जो वस्तु नाशवान है, उसकी चिंता क्यों

करें। अमर तो आत्मा है? आत्मा की शुद्धता का हम ध्यान रखें।

पर मैं जानती हूँ कि स्त्री की देह ही दिव्य वस्तु है। इस देह के कारण ही मैं भयावह और विकृत कई अनुभवों से गुजरी हूँ। कई बार ऐसी विकट स्थितियाँ उत्पन्न हुईं जिनसे लगा कि इस देह को नष्ट कर दूँ पर जिजीविषा का तीव्र सम्मोह मुझे कमजोर बनाता रहा। मुझे मेरे मन की कई तृष्णायें रोकती रहीं। जीवन को सपने देखने की बड़ी आदत है। वह कितने रंग-बिरंगे सपने देखता है।...वह अपनी भीतरी प्रकृति और बाह्य प्रकृति से अटूट रूप से जुड़ा रहता है। उसकी मुक्ति इनसे नहीं हो सकती।

कक्ष में गहरा सन्नाटा फैल चुका था। न जाने नरवद जी ने खर्राटें लेने क्यों बंद कर दिये? मैंने देखा कि नींद के गहरेपन में उनकी गर्दन गाव तकिए से अलग हो जाती है तो उनके खर्राटें लगभग बंद हो जाते हैं। मैं ऊब कर गवाक्ष में आ गयी। बाहर अँधेरी रात का अँधकार तारों की धीमी रोशनी में पर्वत शृंखला पर सोया-सोया सा लग रहा है। वृक्षों पर झुकता अँधेरा अजीबोगरीब प्रभाव छोड़ रहा है। रात्रि पखेरू तीव्रता से बोलता हुआ जा रहा है। अचानक एक चमगादड़ आकर गवाक्ष के खुरदरे पत्थरों से जुड़ी एक शिल पर लटक जाता है। मैं प्राणांतक भय से घिर जाती हूँ। शीघ्रता से भीतर आ जाती हूँ।

मेरे भीतर आवेग उठे। विचित्र कल्पना भी मैंने कर डाली। कहीं यह चमगादड़ मेरे चेहरे से चिपक जाता तो? बचपन से सुनते आये थे कि चमगादड़ चेहरे से चिपक जाता है तो फिर बड़ी मुश्किल से उतरता है।

यह सच था या गलत, मुझे पता नहीं, पर उसने मेरे भीतर भय की ठंडी धारा का संचरण कर दिया। यह भय सार्थक था क्योंकि वह मेरे सामने हाजिर था। पर कई बार मैं अपने परमप्रिय नरवद जी की निस्तेज आकृति को देख कर आतंकित हो जाती हूँ। उनकी आकृति पर तैरती मृत्यु की रंगबिरंगी परछाइयाँ मुझे पीड़ाओं से भर देती हैं। वे मेरे मुख की निस्तेजता को देख नहीं सकते? वे अंधे जो हैं? कई बार वे ठोकर खाते हैं तो मेरे हृदय से टीस सी उठती है। असह्य होती है वह वेदना।

चमगादड़ जैसे आया था, वैसे उड़ गया। उसकी फड़फड़ाहट मुझे अँधेरे के पंखों की फड़फड़ाहट लगती है। फिर गहरा मौन पसर जाता है।

नींद नहीं आ रही थी। जागने का मन न हो और नींद नहीं आती हो तो आदमी का समूचा अस्तित्व तिलमिला उठता है। अंग-प्रत्यंग में टूटन सी व्याप्त हो जाती है। कई बार तो वह इस स्थिति से इतना बेचैन हो जाता है कि ऊब जाता है।

मैं ऊब गयी। घोर तिमिर में तारों के उजास का हलका अहसास मेरे भीतर कुछ स्मृतियों की परत को कुरेद रहा था। हम स्मृतियों की अर्थी क्यों नहीं निकाल

देते? क्यों नहीं उन्हें अग्नि में भस्म कर देते? ये चिपकी रहती हैं। चींचड़ (जोंक) की तरह। चींचड़ को शरीर से दूर करने में बड़ी पीड़ा भोगनी पड़ती है। कई बार वह जहाँ चिपका रहता है और उसे वहाँ से उखाड़ते हैं, तो लहू की दो-चार बूँदें भी टपक पड़ती हैं। स्मृतियाँ...बचपन की स्मृतियाँ! सजीव हो जाती हैं।

अच्छा-खासा डेरा। डेरे में बैठकखाना, बारादरी, जनानी ड्योढ़ी और अन्य छोटे-छोटे कक्ष। कोठरियाँ।

बैठकखाने में आज ठाकुर सींहड़ा साँखला बेचैन थे। वे मेरे पिता थे।

मारवाड़ का प्रमुख ठिकाणा 'रूण' के ठाकुर साँखला। बेचैन और उद्विग्न। कभी बैठकखाने में चहलकदमी करते थे और कभी जाजम पर बैठ कर हुक्का गुड़गुड़ाते थे। कभी पीठ तकिये के सहारे अर्धशायित होकर नेत्र मूँद कर सोचने की मुद्रा में चुप बैठे रहते थे।

उनकी ठकुराणी के टाबर (बच्चा) होने वाला था। दाइयाँ पूरे मनोयोग से लगी हुई थीं।

ठाकुर सा के हाजरिया 'बन्नां' ने प्रवेश किया। उसने एक गर्म 'लोई' ओढ़ रखी थी। सिर पर फटा पुराना साफा था। उसका चेहरा दाढ़ी-मूँछों से ढँका था। बाल भी पीछे से कुछ लम्बे थे।

उसने जैमाताजी की।

''बैठो बन्ना, वह कोने में चिलम रखी है। तम्बाखु भरकर उस पर अंगार रखकर दो-चार कश मार लो। शरीर में गरमास आ जायेगी।''

बन्ना ने वैसा ही किया। चिलम के दो-तीन कश इस तरह लिये कि चिलम भक् से जल उठी।

ठाकुर सा ने भी कम्बल लपेट रखी थी। उनकी मूँछें भी कर्णस्पर्शी थीं। उसमें कुछ बाल सफेद थे और कुछ काले। कानों में सोने की 'मुरकियाँ' थीं।

''आप इतने चुप-चुप क्यों हैं सा?''

''बन्ना! हम साँस रोक कर उडीक रहे हैं।''

''किसे?''

''दाई को।''

''क्यों? बड़ी ठकुराणी जी के टाबर (बच्चा) होने वाला है। देखते हैं, 'हँडिया' फूटती है कि 'सोंवन-थाल' बजता है ?''

''माई बाप! बेटा ही होगा, सोंवन-थाल ही बजेगा।'' बन्ना ने चापलूसी भरे स्वर में कहा।

बाहर ठंड के कारण अभी भी कोहरा छाया हुआ था। रात भर 'धंवर' पड़ी थी जिससे गढ़ का चौक तथा फर्श गीले थे।

दो-तीन डाबड़ियाँ (दासियाँ) इधर-उधर आ-जा रही थीं! गढ़ की मुख्यप्रोल की

बायीं ओर तिबारी में ड्योढ़ीदार बैठा था। दूसरी तिबारी खाली थी पर उसकी दीवारों पर ढालें व तलवार लटक रही थीं। कदाचित वे ड्योढ़ीदारों की ही हों।

कोहरे को क्षणभर चीर कर धूप चमकी। फिर कोहरे में छुप गयी।

उसी समय एक डाबड़ी ने आकर बन्ने को बुलाया। बन्ना बाहर आया।

''बन्ने सा! मेरा तो कलेजा काँप रहा है। ठाकुर सा के बेटी हुई है।'' उसने डरते हुए कहा।

''क्या?'' वह अवाक रह गया।

''हाँ सा, बेटा होता तो कुछ बधाई मिल जाती पर...? अब आप ही ठाकुर सा को यह कह दीजिए।'' वह तुरंत वहाँ से चल कर जनानी ड्योढ़ी में प्रवेश कर गयी।

बन्ने ने शंकते-सहमते बेटी होने की बात ठाकुर सा को बताई।

''आप झूठ बोल रहे हैं बन्ने सा।'' ठाकुर सा ने उस पर अविश्वास करते हुए कहा, ''पंडितों और ज्योतिषियों ने पूरे भरोसे से कहा था—बेटे का ही जोग है।''

''ठाकुर सा! कई बार विधि के विधान के सामने सारी गणित और सारी भविष्यवाणियाँ झूठी सिद्ध हो जाती हैं। फिर क्या बेटा और क्या बेटी? बेटी को भी लक्ष्मी कहा है।''

उन्होंने हुक्के को गुड़गड़ा कर कहा, ''यह तो ठीक है पर बेटी के बाप का सिर कहीं न कहीं झुकता ही है। बेटी हम जैसे सामंतों के लिए निरर्थक वस्तु है। क्या हम इसे खाट के पाए के नीचे देकर मार डालें।''

ड्योढ़ीदार ने आकर बताया कि पंडित जी पधारे हैं।

ठाकुर सा की आकृति पर रूखड़पन उग आया। नेत्र आंतरिक गुस्से में बड़े और स्थिर हो गये।

''उन्हें भेज दो।'' कर्कश स्वर था ठाकुर सा का।

गंटित ने आकर ठाकुर सा के समक्ष नत-मस्तक हो कर जैमाता जी कहा। फिर दायीं ओर बैठ गया।

मौन परारा हुआ था—उन सबके बीच।

पंडित ने ही मौन को भंग किया, ''ठाकुर सा! क्या कोई विशेष बात है?''

''आप की पंडिताई क्या घास चरने चली गयी है। आपका गणित एकदम झूठा है। आपकी भविष्यवाणियाँ गलत हैं। हमारे बेटे की जगह बेटी हुई है।''

पंडित ने शांत-संयत स्वर में कहा, ''हम उस परम परमात्मा से तो बड़े नहीं हैं। हमारी भविष्यवाणी के पहले उसने अपना विधान लिख दिया हो तो? हम सब तो उसके बनाये हुए दुर्बल पुतले हैं। उसके ज्ञान के अंश का शतांश जितना ज्ञान भी हममें नहीं है।''

ठाकुर सा भड़के, ''फिर अपने इन पोथी-पंचाँगों को जला क्यों नहीं डालते?''

पंडित ने अपना संयम नहीं खोया। हालांकि उसने पोथी-पंचाँग जलाने की बात कह कर उसकी पंडिताई का अपमान किया था। लेकिन वह इन सामंतों के शौर्य व सनकों दोनों से परिचित था।

पंडित ने आत्मलीन होते हुए कहा, ''ईश्वर के सामने ये पोथी-पंचाँग कुछ भी नहीं हैं। सब व्यर्थ हो जाते हैं। ठाकुर सा! यदि विधि का विधान सर्वोपरि नहीं होता तो देवों के देव इन्द्र को क्या असुर सता सकते थे? सृष्टि में कोई ऐसी महाशक्ति अवश्य है जो समस्त सुरो-असुरों व मनुष्य के भाग्यों का निर्माण करती है।''

मेरे पिता साँखला ठाकुर ने सोचकर कहा, ''जो हो गया, वह अच्छा ही हुआ होगा।''

''हाँ ठाकुर सा, इस पृथ्वी पर जो भी आता है, अपना भाग्य लेकर आता है। हम उस भाग्य के लिखे में न तो कुछ जोड़ सकते हैं और न कुछ घटा सकते हैं।''

पश्चाताप में डूबकर ठाकुर ने कहा, ''आप नहीं जानते, एक खानदानी क्षत्रिय के कन्या होने पर उसके न झुकनेवाले सिर को कितनी बार झुकना पड़ता है।''

''अन्नदाता! जो सिर झुकता नहीं, उसमें विनम्रता कभी नहीं आ सकती। विनम्रता के बिना स्वभाव में कोमलता नहीं आ सकती। कोमलता के बिना मनुष्य रूखड़ रहता है।'' पंडित ने दार्शनिक की तरह गंभीर स्वर में कहा, ''एक बात और है, जिस व्यक्ति ने कन्यादान नहीं किया, उसने जन्म लेकर पुण्य-कर्म किया ही नहीं।''

ठाकुर सा चुप हो गये।

पंडित जैमाता जी कह कर चल पड़ा।

लेकिन ठाकुर सा को अंतर्द्वंद्व से मुक्ति कहाँ? वे तो बेटी होने की चिंता में डूबे से लग रहे थे। उन्होंने अपने हिंस्र विचारों पर कई बार अंकुश लगाया कि उन्हें बेटी की हत्या के बारे में नहीं सोचना चाहिये पर यह विचार उनके अंकुश को बार-बार तोड़ रहा था। कई बार मनुष्य के भीतर अहिंसा व हिंसा का द्वंद्व चलता ही रहता था।

उस सदी में हिंसा, अत्याचार, उत्पीड़न, दमन, शोषण, निर्ममता और बात-बात में तलवारें निकाल कर हत्यायें कर देना सम्मानजनक बातें हो गयी थीं। सहृदयता, उदारता, कृतज्ञता, उपकार, विश्वास जैसे शब्द सामंती संस्कृति में से हट गये थे।

मेरे पिता ठाकुर सोच रहे थे कि बेटी की हत्या करने से वे कई समस्याओं व संकटों से बच जायेंगे। पर वे ऐसा करने में सफल नहीं हुए। क्योंकि मनुष्य अपने भीतर की संपूर्ण मनुष्यता को नहीं निकाल सकता। उसकी आत्मा के विराट जंगल के घोर बीहड़ों के भीतर वह कहीं न कहीं अपने को छुपाये हुए बसी रहती ही है। यही कारण है कि क्रूर से क्रूर दानव-दैत्य राक्षस के भीतर भी कभी न कभी वह उभर जाती है। यही कारण है कि कई राक्षसों व दैत्यों ने अपहरण की हुई राजकुमारियों

पर बलात्कार नहीं किया। प्रायः सबने प्रेम से स्वीकृति चाही। इतिहास व लोककथायें साक्षी हैं इनकी। मेरे पिताजी का अंतर्द्वंद्व कोई निर्णायक मोड़ लेता, इससे पूर्व उन्हें राठौड़ों के समर्थन में लड़ाई पर जाना पड़ा।

सब कुछ स्थिर हो गया।

× × ×

सावन के बादलों से भरा आकाश। वर्षा की अमृतमयी बूँदों के कारण धरती ने अपने ताप-वस्त्र को उतार फेंका और सुखद हरितिमा का आँचल ओढ़ लिया। वृक्षों के पत्ते धुले-धुले और गहरे हरे लग रहे थे।

चारों ओर झूल पड़ गये थे। ठंडी बयार। पक्षियों का कलरव। खेतों की ओर जाते किसान। 'भाता' लेकर रमक-झमक 'रमझोल' की झंकार करती हुई आधा घूँघट निकाले खेत की ओर जाती हुई स्त्रियाँ।

मैं सुप्यारदे तब शायद चार वर्ष की थी। पूरी स्मृतियाँ तो याद नहीं हैं पर तमाम यादों के धुँधले साये मेरे मस्तिष्क में मँडराते हैं—आज भी।

मेरा नाम किसने और क्यों सुप्यारदे रखा, पता नहीं। लेकिन मैं इसी नाम से पुकारी जाती रही हूँ। केवल सुप्यारदे के नाम से नहीं, सामंती परंपरा के अनुसार सुप्यारदे बाई सा। हमारे निवास स्थान 'डेरों' की चारदीवारी में 'तू' का संबोधन छोटे लोगों के लिए ही होता था या फिर बहुत घृणा व गुस्से में।

अक्सर मेरे पिताजी जिनके नेत्र बड़े-बड़े और अफीम खाने और शराब पीने के कारण डरावने लगते थे, हुक्का पीते हुए कहते थे, "हम असली राजपूत हैं। खानदानी। दरोगे नहीं। जानती हैं आप बाई सा, खानदानी राजपूत को 'तू' और 'रे' अर्थात 'तूंकारे' और 'रेकारे' की गाली लगती है। इससे खून-खराबा हो जाता है। हमारे जैसे लोगों के प्रति तुच्छता का भाव भी आक्रोश व क्रोध का जन्माने वाला होता है।"

मुझे यह सब विचित्र लगता था। मनुष्य, मनुष्य के बीच अंतर मुझे अच्छा नहीं लगता था।

एक बार मैं अपने पिताजी के पास बैठी हुई थी। पिताजी अपने कामदार रामप्रसाद को कठोर आदेश दे रहे थे, "रैयत पर दया करने का मतलब है, अपने पर अत्याचार करना।"

"मगर माई-बाप, इस बार तो भयंकर अकाल पड़ा है। जब खेती नहीं होगी तब किसान लगान कैसे देंगे?" उसने तर्क प्रस्तुत किया।

"आधा ले लो।" सुझाव रखा पिताजी ने।

"उनके पास तो फूटी कौड़ी भी नहीं है। कई लोग तो अपने जानवरों को लेकर परदेश चले गये हैं।" राम प्रसाद ने एक पल रुक कर अपनी पगड़ी को उतार कर गंजे सिर को खुजलाया। फिर कहा, "आप उनके अन्नदाता हैं। ईश्वर हैं। ईश्वर

का काम है—संकट में अपने लोगों को उबारना। विपत्ता में रैयत पर की गयी दया उनमें अपने स्वामी के प्रति स्वामीभक्ति को सुदृढ़ करती है, ऐसा मेरा विचार है।''

दरोगा हुक्का ले आया था। ठाकुर ने पीकर कहा, ''आपकी दृष्टि में हमें क्या करना चाहिये।''

''अन्नदाता! भयंकर अकाल है। रोही (जंगल) में गायें मरी पड़ी हैं। सारी धरती इतनी सूख गयी है कि उसमें तरेंड़े ही तरेड़ें पड़ गयीं हैं...जाल, बबूल, खेगड़ा, आक, बेर की झाड़ियाँ नंगी-नंगी लग रही हैं। उन पर एक पत्ता भी नहीं है। ऐसी स्थिति में मेरा विचार है कि शिवमंदिर के पास एक बहुत बड़ा तालाब खुदवाया जाय, पक्का तालाब। भूखी रैयत अनाज के बदले काम कर देगी एक धर्म का काम हो जायेगा। प्रजा का पालन भी हो जायेगा। तालाब का पानी संकट में काम आयेगा।''

ठाकुर सा ने हुक्के की चाँदी की नली को हाथ में लिये हुए कहा, ''विचार बहुत अच्छा है। तालाब बन जाने के बाद गाँववालों को पानी की सुविधा हो जायेगी।''

''और आप धर्मात्मा कहलाएंगे।'' कामदार ने तनिक चापलूसी से कहा।

मैं उनकी बातों के मर्म को नहीं समझ पायी थी। जब कामदार चला गया तो मैंने ठाकुर सा से पूछा, ''यह अकाल क्या होता है?''

''जब वर्षा नहीं होती तब खेती नहीं होती है। मनुष्य और पशु भूखों मरने लगते हैं, उसे अकाल कहते हैं?''

मैंने अबोधपन से पूछा, ''वर्षा क्यों नहीं होती है?''

''ईश्वर की इच्छा।''

''ईश्वर ऐसी इच्छा क्यों करता है?''

''आप अभी बच्ची हैं। ईश्वर की लीलाओं को नहीं समझेंगी। जब बड़ी होओगी न, तब आप सब बातें समझ जायेंगी। छोरी को बेसी बातें नहीं करनी चाहियें भीतर जाइए आप।''

मैं वहाँ से उठकर जनानी ड्योढ़ी में अपनी माँ के पास आ गयी।

माँ बहुत ही खिन्न और उदास थी। उनके दूसरी बेटी हो गयी थी। तब मुझे पता नहीं, बेटी होने पर लोग दुखी क्यों होते थे? ठाकुर सा भी दुखी हो गये। उन्होंने तो मेरी माँ पर यह आरोप लगा दिया कि वह अब केवल बेटियाँ जननेवाली हो गयी है। बस, इसी कारण वे मेरी माँ की उपेक्षा करने लगे थे।

एक बार मैंने अपनी माँ से पूछा, ''माँ सा! आपसे ठाकुर सा नाराज क्यों हैं?''

मेरी माँ ने मेरी बात का कोई उत्तर न देकर कहा, ''तुम अपने पिता को ठाकुर सा क्यों कहती हो?''

मैंने सहजता से कहा, ''उन्हें सभी लोग ठाकुर सा कहते हैं? मैं तो बचपन से यही सुनती आयी हूँ। माँ सा! धाय माँ दीवली की बेटी तो अपने पिताजी को

मामा कहती है।''

मेरी माँ सा ने बताया, ''क्योंकि उनके घर में भांजे-भांजियाँ जो रहते थे।''

''बस माँ सा! मैं भी इसीलिए कहती हूँ। आपने मुझे अपना दूध क्यों नहीं पिलाया!'' मेरी माँ सा ने तीखी नज़र से मुझे देखा। कदाचित मेरी तर्क-कुतर्क भरी बातें उन्हें अच्छी नहीं लगी थीं।

वे नाराजगी से बोलीं, ''आप व्यर्थ की बातें क्यों करती रहती हैं।''

मैंने साहस के साथ गंभीर स्वर में कहा, ''मैं तो पूछ रही हूँ कि आपने मुझे अपना दूध क्यों नहीं पिलाया जबकि सारी माँयें अपने-अपने बच्चों को दूध पिलाती हैं।''

मेरी माँ ने मेरी छोटी बहिन निहारदे के बालों पर हथेली का कोमल स्पर्श कर कहा, ''बड़े लोगों के यहाँ धा मातायें ही बच्चों को दूध पिलाती हैं। फिर भी मैंने यदाकदा आपको तथा आपकी बहिन निहारदे को दूध पिलाया है। उन्होंने मुझ पर अपनी दृष्टि जमा कर पुनः कहा, '' बाई सा! आप इन व्यर्थ के प्रश्नों में क्यों उलझती रहती हैं। जो बातें आपके काम की नहीं हैं उनको हिये में क्यों ठौर दे रही है? उम्र की अपनी मर्यादा होती है बाई सा। आप तो अभी से बड़े मिनखों जैसी बातें करने लगी हैं।''

उनके चेहरे पर रूखड़पन उभर आया था। मैं सहम कर थोड़ा डर गयी। वहाँ से चलती बनी।

तभी धाय माँ आ गयी। धाय माँ घाघरा, ओढ़नी, काँचली-कुर्ती पहनती थी। या तो लाल रंग की या फिर कसूंबल-केसरिया। धाय माँ जाति की मालिन थी पर वह बहुत ही खूबसूरत थी। यौवनकाल में अवश्य ही उसके बदन से रूप-रंग का रस टपकता होगा। अप्रतिम रूपवती रही होगी। धाय माँ के हाथ में गठरी थी।

मैंने मचलते हुए पूछा, ''धाय माँ! इसमें क्या है?''

धाय माँ ने मेरे गालों को बायें हाथ से पकड़ कर लाड किया। हलके से मेरा चुंबन लेकर कहा, ''मेरी रानी बिटिया सा। इसमें मेरी बाड़ी (छोटा खेत) के मीठे-मीठे बेर हैं।''

और उसने माँगने के पहले ही गठरी खोल कर मुट्ठी भर बेर मेरी दोनों हथेलियों में रख दिये। वह आगे बढ़ गयी। मैं रावले की चौकी पर बेर रख कर खाने लगी। बड़े मीठे बेर थे।

बेर खाकर मैं वापस भीतर गयी। देखा कि मेरी माँ अर्धनंगी बैठी है। यानी उसने केवल घाघरा पहन रखा है। उसके स्थूल स्तन मुझे लटके-लटके से लगे।...उसकी नाभि का सुराख काफी बड़ा था। एक काली सी माँसल बदन वाली नाइन उसके बालों में घी की मालिश कर रही थी।...घी में जायफल, कायफल और बादाम पीस कर मिश्रित किए हुये थे।

मुझे देखते ही मेरी माँ ने डाँटते हुए कहा, ''क्यों अभी आयी हैं आप यहाँ। जाकर खेलिए।''

''क्यों?''

माँ एकदम गुस्से से चिल्ला पड़ी, ''सुप्यारदे! तेरे माथे में खाज चल रही है। सीधी-सीधी यहाँ से चली जा। तेरी जबान कैंची की तरह बेसी ही चलने लगी है।

मैं डर कर बाहर आ गयी। माँ की आँखें क्रोध से अंगार की तरह दहकने लगी थीं। बाहर कोई नहीं था। मैंने एक बार अनंत आकाश को देखा। एकदम नीला-नीला था। दो चीलें चीखती हुई जमीन की ओर आ रही थीं। वे डेरे के पीछेवाले बुर्ज के नीचे चल कर अदृश्य हो गयीं।

मेरी निगाहें व्यर्थ ही उस ओर टँगी हुई थीं। मैं आज इस उम्र की दहलीज पर अपने जर्जर शरीर और आँखों की बुझती रोशनी के धीमे उजाले में सोचती हूँ कि इतनी कम उम्र में मैं सदा कुछ ऐसा करना चाहती थी जो अमुमन लोग नहीं करते थे। जैसे मेरी धाय माँ का बेटा जो लगभग मेरी उम्र का था, उससे घुलमिल कर बातें करती रहती थी। मेरे परिवार वालों को यह तनिक भी पसंद नहीं था क्योंकि उनका मानना था कि बड़े लोगों पर छोटे लोगों का साया भी नहीं पड़ना चाहिये। छोटे लोगों से मेरा तात्पर्य स्पष्ट है कि वे लोग जो हमारी दया और टुकड़ों पर पलते थे। जैसे धोबी, मेहतर, नाई, दरोगें, जी-हुजिरिए, मजूर, खेतों में काम करने वाले...अर्थात मैं समझती हूँ कि जो डेरे की व्यवस्था से जुड़े हुए थे, उनके अतिरिक्त।

डेरे के पीछे छोटी-छोटी कोठरियाँ थीं। उनमें हमारे नौकर-चाकर, बंधुआ मजदूर और विवाह में दहेज के रूप में आये हुए मनुष्य रहते थे। उनमें स्त्री-पुरुष दोनों थे। ये वस्तु की तरह दहेज में दिये गये थे! कई बार प्रबुद्ध व दूरदर्शी बेटी का बाप दायजे (दहेज) में अपने खास व कूटनीतिज्ञ व्यक्तियों को भी दे देता था जिससे उसकी बेटी की सुरक्षा के साथ-साथ उसके ससुराल की एक-एक घटनाक्रम की जानकारी उन्हें मिलती रहती थी। जनानीड्योढ़ियों के षडयंत्रों को वे समझ कर गुप्त सूचनायें उनके पीहर पहुँचाते रहते थे। यदि उनकी 'बाई सा' पर आपत्ति पड़े तो वे ढाल बन जाते थे। ऐसे लोग रजवाड़ों व ढिकाणों में भरे पड़े थे तब।

मेरी माँ की सुरक्षा के लिए भी मानमल जी मेहता आये थे। वे काफी हुशियार थे। राज-काज की बातों का मर्म समझते थे। गूढ़ से गूढ़ बात का अर्थ निकाल लेते थे। वे मेरे पिताजी के सलाहकार भी रह चुके थे।

दूसरी थी—पदमण बाई सा। दरोगिन थी। गेहुँए रंग की। उसकी आँखों में विचित्र कांइयाँपन टपकता रहता था। बहुत बातूनी थी। उसका शरीर थुलथुल था। इतना गदराया हुआ कि लगता था कि यह शरीर नहीं, दलदल हो।

विश्वास है कि स्त्री की पाचनक्रिया कमजोर होती है पर पदमण की पाचन क्रिया तो पत्थर हज़म कर लेती थी। वह सबकी सुनती थी पर कहती थी अपने

मन की। डेरे वाले उसे प्रायः 'घुन्नी' समझते थे। उनका मानना था कि यह भीतर से अत्यंत कुटिल और हिंस्र है। किसी का रहस्य जानने के बाद वह उसे गंदे ढंग से ठगती रहती थी। वह क्या, उसकी सम्मोहित करने वाली झील सी आँखें अपनी दहक से सामनेवाले को भ्रमित करती रहती थीं और उसे अपने भीतर की दुष्टता से अपरिचित रखती थीं।

उसके पति के बारे में मैं इतना ही जान पायी कि वह नितांत मूर्ख और उजड्ड किस्म का व्यक्ति था। कई बार उसके मुँह के दोनों किनारों से रालें टपकती थीं और उसकी खुराक दो जून की दो सेर बाजरी का आटा थी। उसे बाजरी की रोटियाँ व प्याज चाहिये था। प्याज नहीं तो नमक-मिर्च की चटनी ही सही।

पदमण कई बार बताती थी कि वह जानवर (उसका पति) उसके पल्ले जब वह दो बरस की थी, तब ही पड़ गया था। वह अपनी बात को स्पष्ट करती थी कि जब वह दो बरस की थी तभी अक्षय-तृतीया के दिन उसका विवाह इस जंगली व सुगले (गंदे) मिनख से हो गया था। यानी उसे और उसके धणी (पति) को गोद में लेकर व्याह दिया गया था।...यह तो कामदार जी की कृपा हुई कि उस जंगली को खेतों में सदा-सदा के लिए काम करने भेज दिया गया था और मुझे यहाँ? वह अपनी आँखों को नचा कर गर्व से कहा करती थी, "ईश्वर साक्षी है, मैंने उस मूढ़ व जंगली को अपनी पिंडली भी दिखायी हो।"

हमारे यहाँ एक डाबड़ी (दासी) मंथरा भी थी। मंथरा इसलिए कि वह छोटी ठकुराणी सिगनार कंवर की खास दासी थी। नाम और काम मंथरा जैसा ही था पर उसके कूबड़ नहीं निकली हुई थी। मेरी अपनी समझ से उसके कुटिल और शांतिभंग कार्यों से लगता था कि उसके भीतर एक नहीं, कई कूबड़ हैं।

उसने अपनी धूर्त्तताओं से छोटी ठकुराणी को सबसे अलग-थलग करके एक गृहदाह को जन्म दे दिया था। वह झूठी और गलत बातें बहुत करती थी। डेरे की स्त्रियों का मानना था कि उसके भीतर सुनार बैठा है जो पल-पल में नयी-नयी बातें गढ़ता रहता है। वह कभी भी इस बात से आशंकित नहीं हुई कि उसका उसे कभी भयंकर परिणाम भी भोगना पड़ सकता है।

उसने ही जनानी ड्योढ़ी में प्रचारित किया था कि यह पदमण है न, कूड़ीदूती (एकदम झूठी) है। झूठ बोलने की इसे सौगंध है और सच कभी बोलती ही नहीं। कितना नाक ऊँचा करके बोलती है—"मैं तो सतवंती हूँ। सती-सावित्री हूँ। पर यह छिनाल तीन-तीन बार टाबर (बच्चे) अपनी भरपूर जवानी में अधूरे गिरा चुकी है। खूँखार मगरमच्छों के बीच कोई सुंदर मछली बिना निगले रही है।" मंथरा और पदमण में भयंकर शत्रुता थी। एक-दूसरे को फूटी आँख नहीं सुहाती थीं।

एक बात मैंने विशेष रूप से और देखी कि डेरे के प्रायः मर्द रावले की सारी ऊहापोह के प्रति उदासीन रहते थे। हाँ, यदाकदा कोई वैमनस्य की सुगबुगाहट रावले

के बाहर दस्तक देती तो कामदार जी ही अपने स्तर पर सुलझा देते थे।

× × ×

अपनी समझ के प्रौढ़ होते-होते मुझे सबसे पहले यह समझ में आया कि मनुष्य अपनी इच्छा का जीवन नहीं जीता है। वह दासता का जीवन जीता है। दुर्बल द्वारा सबल की दासता। यह सिलसिला आदिकाल से चला आया है। उस गरीब को पता ही नहीं, उसका मूल अस्तित्व क्या है, कैसा है, क्यों है? मैं स्वयं जीवन के अनेक अनुभवों से गुजर कर इस प्रश्न का संपूर्ण उत्तर नहीं ढूँढ पायी। केवल इतना जान पायी जो सृष्टि के समस्त सुखों-दुखों से वंचित हैं, जो ऋतुओं के प्रभावों से मुक्त हैं, जो प्रकृति की विध्वंशकारी तथा आनंददायी स्थितियों से बेखबर हैं, उन देवताओं ने ऐसी यातनाओं, पाशविकताओं व परितापों से भरी सृष्टि की रचना किसलिए की? क्यों अंत में मनुष्य को जीवन का अर्थ व्यर्थ लगता है?

मैं माँ सा की फटकार सुनकर मौन बैठी थी।

तभी मंथरा एक गठरी लिए हुए आयी। मेरे नजदीक आकर अपने शरीर को विचित्र तरह से लहरा कर बोली, ‘‘बाई सा! अकेली बैठी-बैठी किसकी माल फेर रही है आप चुपचाप।’’ वह एकदम घबरा कर फिर बोली, ‘‘अरे बाप रे! बिच्छु!’’

मैं भय से हठात उठ गयी। भय की लहरों का संचरण मेरे सिर से पाँव तक हो गया। मैंने देखा कि जहाँ मैंने बायाँ हाथ रखा था, वहाँ आधी हथेली जितना बिच्छु पड़ा है पर वह मरा हुआ था।

दो-चार नौकर-चाकर आ गये थे। हरखू बिच्छु को मारने लगा लेकिन मंथरा अपने ललाट में बल डाल कर और अपने बुद्धि-कौशल का परिचय देती हुई मटक कर बोली, ‘‘अरे हरखू के बच्चे! बिच्छु तो मरा पड़ा है। मरे हुए को क्यों मार रहे हो! जा, बाहर फेंक दे।’’

दूसरे चाकर गोपू ने आश्चर्य से पूछा, ‘‘मर कैसे गया? यहाँ मरा हुआ बिच्छु कैसे आयेगा?’’

मंथरा ने उसे झिड़कते हुए कहा, ‘‘मैं बताती हूँ, यह यहाँ कैसे आया? यह आया तो जिंदा ही था पर जब इसने बाई सा को डंक मारा तो यह मर गया?’’

‘‘यह कैसे हो सकता है? बिच्छु जिसे काटे, उससे वह खुद मर जाये।’’

‘‘सुन मूर्ख, जो लुगाइयाँ पेट से होती हैं, यदि उन्हें बिच्छु काट जाए तो उसके बच्चों का खून जहरीला हो जाता है। फिर उन्हें बिच्छु काटने से स्वयं बिच्छु राम-नाम सत्त हो जाता है। समझे बुद्धू।’’

यह सच है या झूठ, मैं प्रमाणिक रूप से आज भी नहीं कह सकती किंतु यह लोक प्रचलित बात आज भी है। आदिम काल के अंधविश्वासों में यह भी हो सकता है।

हरखू मरे हुए बिच्छु को बाहर फेंक आया।

तब मैं भी बहुत देर तक सोचती रही कि मंथरा की बात में क्या सच्चाई है? लेकिन मेरा बाल-सुलभ मन इस बात का प्रमाणिक सबूत नहीं जुटा पाया। तब भी यह बात एक प्रश्न थी और आज भी यह बात प्रश्न है।

मैं अपने में तल्लीन थी।

उसी समय मुझे ड्योढ़ीदार की जोर की फटकार सुनायी पड़ी।

वह दरोगे बचनसिंह के मेरी हमउम्र के बेटे को डाँट रहा था।

''छोरा! तू 'संचला' बैठ नहीं सकता। कभी इधर की चीज उठाता है और कभी उधर की। तूने मेरी चिलम को क्यों छूआ? यह टूट जाती तो!''

मैंने उस ओर देखा। ड्योढ़ीदार ने उस गरीब के लड़के के झींटें (बाल) निर्ममता से पकड़ लिये थे। वह तिलमिला रहा था।

मुझे उस बच्चे पर दया आ गयी। मैं ड्योढ़ीदार के पास जाकर तमतमा कर बोली, ''आप इसके झींटें क्यों खींच रहे हैं? छोड़िए।''

आखिर में ठाकुर सा की बेटी थी। मेरे हुक्म को टालना उनके अधिकार में नहीं था।

झींटें छोड़ने के बाद उसने कहा, ''इसने मेरी चिलम को उठा लिया। यदि वह टूट जाती तो?''

''टूटी तो नहीं।'' मैं उबल पड़ी।

व्याख्या नहीं कर सकती कि इतनी कम आयु में मुझमें बुद्धि की परिपक्वता कैसे उत्पन्न हो गयी थी। मैं गंभीर स्वर में बोली, ''कोई मरा नहीं और आप उसके सिणियाँ-बाँस (घास-बाँस) ले आयें। चल कांदिया मेरे साथ चल।'' मैंने उस छोरे को कहा।

मैं उसे अपने साथ जनानी ड्योढ़ी के पीछे बनी चौकी पर ले आयी। हालांकि ड्योढ़ीदारों को इतने छोटे लोग के बच्चे को मेरा हाथ पकड़ कर ले जाना, रुचिकर नहीं लगा। ये सब ईश्वर के बनाए हुए अभिशप्त लोग हैं। जो जूठन खाते हैं, उतरा हुआ वस्त्र पहनते हैं, कैद समान कोठरियों में रहते हैं और इनकी सुंदर स्त्रियाँ भी प्रायः ऊँचे लोगों की भेंट चढ़कर ही इन्हें प्राप्त होती हैं।

मैं अब गहराई से महसूस कर रही हूँ कि डेरों, किलों व गढ़ों के स्वामी प्रायः मानवीय गुणों से परे होते हैं। ये पराधीनजन एक क्षण भी अपनी इच्छा से नहीं जी सकते। एक-एक साँस उनकी दासता से जकड़ी है। आतंक व हिंस्र हुक्म के तले दबी है।

मैं कांदियें को उस चौकी के पास ले आयी। दास लोगों के बच्चों के नाम भी कितने भद्दे होते हैं। श्रेष्ठ नाम भी श्रेष्ठ लोगों के लिए ही सुरक्षित रखे हुए हैं।

मैंने उसके हाथ को अपने हाथ में लेकर कहा, ''झींटें खींचने पर तेरे माथे में अब तो दर्द नहीं होता?''

उसने सहजता से कहा, ''पहले भी नहीं हुआ था बाई सा?''

मैं चौंकी, ''क्यों?''

''यह तो हर दिन दस-बीस बार होता ही है। मेरा माथा इतना पक्का हो गया है कि अब आप जोर से ठोला (मुट्ठी बंदकर एक उंगली को नीचे कर मारना) भी मार दे तो दर्द नहीं होता।''

कितनी दयाद्र त्रासदी है। मेरा मन करूणा से भर आया।

वह भय से आशंकित होकर फिर बोला, ''आपको मेरे साथ यहाँ बैठते हुए डर नहीं लगता। हमें तो कामदार जी नीच कहते हैं।''

मुझे तब ऐसा क्यों लगा कि मैं इसकी पीड़ा में डूबे मन को अपनी खुशी की बूँद निचोड़ कर इसे दे दूँ इस सृष्टि के सौंदर्य में से कुछ हिस्सा चुरा कर उसके सूखे और मैले चेहरे पर लगा दूँ।

मैं जानती थी कि मैं कांदिये के साथ बैठ कर अपराध कर रही हूँ। इसका शारीरिक दंड मुझे भी मिल सकता है। यह हमारे खानदानों के गर्व-गौरव के विपरीत आचरण था। ''ईश्वर ने हमें श्रेष्ठ रक्त दिया है''—ये बातें मैं अक्सर अपने बुर्जुगों से सुनती रहती थी।

आज मैं सोचती हूँ कि यह ईश्वर भी विचित्र कठपुतली है। एक-एक व्यक्ति को कुल-गौरव, रक्त गौरव, वैभव-गौरव के हिसाब से रंग-रूप-रक्त और प्रतिष्ठा देता है।

मैंने अपने स्वभाव के अनुसार कहा, ''मुझे किसी का डर नहीं लगता।''

''सच।''

''अरे! हाँ रे हाँ।''

''फिर मुझे थोड़ी सी रोटी व दाल ला देगी। मैं कल से भूखा हूँ। पेट जल रहा है।'' उसने दीनता से कहा और उसकी पलकों पर गीलापन तैर आया।

उसने मेरे अभय होने का कैसा अर्थ लगाया, मैं नहीं जानती।

मैं उसी समय 'रसोड़े' में गयी। वहाँ की डाबड़ी से कहा, ''मुझे भूख लगी है। मुझे रोटी दाल दो।''

''अभी देती हूँ। आप बैठिए तो?''

मैंने झट से कहा, ''मैं खड़ी-खड़ी खाऊँगी।...जल्दी दो।''

''ठकुराणी जी को मालूम पड़ेगा तो वे नाराज हो जायेंगी।''

मेरी माँ जब भी गुस्से में होती तो उनका संबोधन डाबड़ी के लिए 'गोलीरांड' होता था। मैंने भी चिल्ला कर कहा, ''गोलीरांड! तू देती है कि नहीं।''

मेरे गुस्सीले चेहरे को देखकर वह डर गयी। उसने छोटी थाली में चार रोटियाँ और साग डाल दिया। मैं उसे कपड़े से ढंक कर रसोड़े से निकल गयी।

इस मंथरा को न जाने हर वस्तु की कहाँ से सुगंध आ जाती है? वह तुरंत

टपक पड़ी। बोली, "बाई सा! इस 'छिन्नी' (पलेट) में क्या ले जा रही हैं।"

मैं फटाक से बोली, "रामदेव जी के लिए चावल कूंकूं (कुंकम)। क्यों, तेरे लगा दूँ?"

वह सहम गयी। कहा न, अत्यन्त कुटिल थी वह। मेरे प्रश्न से उसका मन नहीं भरा। आशंकायें उसके भीतर जन्म गयीं।

कांदिया चौकी पर मेरी प्रतीक्षा कर रहा था। एकदम सुस्त और भयभीत। मैं आज कहती हूँ कि किसी भी परवश व्यक्ति के भीतर का आतंक कभी भी समाप्त नहीं होता। वह उसके आत्मलोक के विराट प्रांगण में कहीं न कहीं सहमा-छुपा बैठा रहता है। कांदिया का चेहरा तो भय के रंग से पुता था। क्योंकि वह समझ रहा था कि जो हो रहा है, वह डेरे के नियमों व कायदे-कानून के विरुद्ध हो रहा है। यदि किसी को पता चल गया तो उसकी खाल उधेड़ दी जायेगी।

मुझे देख कर उसके चेहरे पर खुशियाँ पसरीं।

मैंने छिन्नी को उसके सामने रखकर कहा, "ले, पेट भर कर खा ले।"

उसने कृतज्ञता से मेरी ओर देखा। उसकी आँखों में गीलापन चमका। मुझे लगा कि न जाने पीड़ा के कितने सागर हैं उसकी आँखों में।

"सच खा लूँ।" उसने अविश्वास भरे स्वर में पूछा, "मुझे कोई मारेगा तो नहीं।"

इस दरिद्रनारायण की संतान के अन्तस में समाये हुए आतंकग्रस्त प्रश्न का है कोई उत्तर। तत्काल समूची पृथ्वी पर दासता के बंधनों में आबद्ध स्त्री-पुरुषों की यही दयनीय स्थिति थी।

"नहीं, तुझे कोई कुछ भी नहीं कहेगा। डर नहीं।"

वह चारों रोटियाँ खा गया। उसके मुख पर असीम तृप्ति का भाव था। मैंने उसके सिर पर ऐसे हाथ फेरा जैसे मैं उसकी माँ हूँ। अपार ममता भरा दुलार। केवल तृप्ति उसे ही नहीं हुई थी, मुझे भी हुई। ये सबल और समृद्ध लोग क्यों निर्बलों को इस निर्ममता व अमानुषिकता से नोचते हैं।

मैंने उसे लोटा भरकर पानी दिया। उसने पानी पिया और कहा, "मैं अब जाऊँगा। सच बाई सा, मुझे अब भी डर लग रहा है।"

वह चला गया। मैंने उसे रोका नहीं। उसकी मुक्ति जाने में ही थी।

मेरे मन में वही विजय भाव था जो प्रायः एक विजेता के मन में दूसरे के राज्य को जीतने पर होता है।

मैंने पहले ही कहा था कि मंथरा सुख-शांति से नहीं बैठ सकती। उसने गुप्तचर की तरह कांदिया पर किये गये, मेरे दया-कर्म को देख लिया।

चुगलखोर थी न। झट से उसने यह बात पदमण को बता दी। वह भी नमक-मिर्चें लगा कर। सहजता से नहीं, व्यंग से।

उसने पदमण से कहा, "अरे अपनी उस छछूँदरी को संभाल।...अभी वह पिछली चौकी पर बैठी हुई उस नीच-अछूत दरोगे के बेटे के साथ रोटियाँ खा रही थी। ये कभी न कभी इस खानदान की नाक कटाएगी।"

नहीं सह पायी पदमण उसकी यह शिकायत।

पगोपग (उसी समय) माँ सा के पास गयी और सारी रामायण में कुछ श्लोक और जोड़कर माँ सा के समक्ष ऐसे परोस दी जैसे थाली में घी-खांड रोटी का चूरमा परोस रही हो।

कदाचित माँ सा को गुस्सा इतना नहीं आता पर चूँकि यह शिकायत मंथरा ने की थी, इसलिए उनसे यह सही नहीं गयी। चीख कर बोली, "उस निठल्ली को घसीट कर ला तो। मैं आज उसकी सारी अकड़ को ठिकाने लगा दूँगी। सोच भी नहीं सकती कि एक हाथ की छोकरी और लंबी-लंबी बातें। कैसी-कैसी जबानें लड़ाती है। कैसे तर्क-कुतर्क करती है?"

पदमण ने मुझे माँ के सामने उपस्थित किया। मुझे बर्बरता से पीटा गया। मार के डर से भूत भागते हैं। मैं तो तब बच्ची थी। माँ सा ने जो वायदे कराए, वे मैंने कर लिये।

मैं भीतरी कक्ष में जहाँ जाजम बिछी थी, उस पर जाकर सो गयी। मुझे गहरी नींद ने दबोच लिया।

× × ×

मैं उस रात सो नहीं सकी। गोखे (खिड़की) में जाकर बैठ गयी। घोर अँधेरा था। डेरे की मुख्यप्रोल के काँचघर में दीया जल रहा था। उस मरणासन्न उजास में मुझे खंभे की तरह खड़ा एक आदमी दिखायी दिया। इतना धीमा उजास था कि मैं उसके मुख को स्पष्ट रूप से देख नहीं पायी।

वह कृशकाया था। सिर मुंडवाया हुआ था। मैं उसे देखते-देखते वहीं सो गयी। धाय माँ ने मुझे वहाँ से कब उठाया, मुझे नींद में पता ही नहीं चला। धाय माँ के साथ मेरी छोटी बहिन सोती थी और उसका अपना बेटा। मैं पास के बिस्तर पर सोयी रहती थी। मुझे इतनी गहरी नींद आती थी तब, कि मुझे इधर-उधर लुढ़का भी देते तो भी मेरी नींद नहीं उचटती थी। यही कारण था कि मैं बिस्तर में पेशाब कर दिया करती थी। मजे की बात यह थी कि मैं रात भर पेशाब में सोयी रहती थी। करवटें बदलती रहती थी। इसलिए मुझे उठते ही धाय माँ नहलाती थी। मेरे कपड़ों व शरीर से पेशाब की घिन्न पैदा करने वाली बास आती रहती थी।

धाय माँ मुझे नहलाती रहती थी और बक-बक करती रहती थी–"इत्ती बड़ी हो गयी हैं आप, अब भी रात को मूतती रहती हैं। उठ कर नाली पर चली क्यों नहीं जातीं?"

"मुझे नींद में पता ही नहीं चलता।"

''घोड़े बेचकर क्यों सोती हैं?''

मैं विहँस कर कहती, ''मेरे पास घोड़े हैं ही नहीं।'' मुझे जैसे ही कपड़े पहनाए गये वैसे ही मैंने पूछा ''धाय माँ सा! मैंने कल रात भूत देखा।''

''क्या?'' वह चौंक पड़ी।

''हाँ धाय माँ सा! सचमुच भूत देखा।''

''कहाँ?''

''अपनी प्रोल के दीयाघर के पास। चुप-चुप खड़ा था। खंभे की तरह।''

धाय माँ ने दीर्घ निःश्वास लेकर कहा, ''वह तो बेचारा नानूड़ा था।''

''वह रात को भूत की तरह क्यों खड़ा था?''

''बाई सा।'' उसने मेरे गाल पर हलका सा लाड भरा चप्पत मार कर कहा, ''अभी आप बहुत छोटी हैं। बहुत बातें आपकी समझ से परे हैं। बड़ी होएंगी तब सब समझ जाएंगी।''

वास्तव में मैं जव बड़ी हुई तो मैं उस खंभे की तरह व्यक्ति के दुखद रहस्य को समझ पायी।

मुझे लगा कि नानूड़ा आधा-अधूरा आदमी है। आत्महीन और सुखहीन। बिलकुल अभागा।...उसका अंग-अंग कटा हुआ था। मैं महसूसती हूँ कि वह सब अंगोंवाला आदमी होकर भी अपंग था। वह स्वयं अपनी दीनता का विश्लेषण करने में असमर्थ था।

उसे कौन सी अपार वेदना थी, सब जानते हुए अनजान थे। सबके हृदय में उसका सच घुमड़ता रहता था पर वह किसी की जबान पर नहीं आता था। एक आतंक था सबके भीतर। मैं निर्णयपूर्वक कह सकती हूँ कि वह समय छोटे लोगों के लिए आतंकग्रस्त था। उनके लिए हवाएं भी भय का संचरण करती थीं।

एक दिन नानूड़ा अचानक गायब हो गया। किसी को कोई पता नहीं। मैं बेचैन और परेशान हो गयी।

हमारे डेरे में हमारी नाइन की बेटी आती थी। उसका नाम था—कंवली। उसकी उम्र मुझसे पाँच-सात बरस बेसी थी। आकर्षक लुगाई थी। एक कहावत है—पक्षियों में कौआ...मिनखों में नौआ। कौवा और नाई बहुत ही चालाक होते हैं।

कंवली से मेरा मित्रता का नाता था। एक दिन उसने पूछा, ''बाई सा! आप इतनी परेशान क्यों रहती हैं? आपको तो भगवान ने सातों सुख दिये हैं।''

''हिये की बात बताऊँ।'' मैंने उसे बुझे स्वर में बताया, ''मैं नानूड़े के लिए परेशान हूँ। यहाँ वह भूत की तरह खड़ा रहता था। पता नहीं, कहाँ चला गया?''

कंवली मेरे सन्निकट आयी। इधर-उधर देखा। कक्ष में कोई नहीं था।

''आप यदि सौगंध खायें तो मैं आपको सारा भेद खोल कर बता दूँ। ठाकुर सा ने कह रखा है कि डेरे में किसी ने इस के बारे में बात की तो मैं उसकी जबान

काट लूँगा। सनूड़ी डाबड़ी की जबान काट भी ली गयी।''

मुझे लगा कि किसी ने मेरे शरीर में से खून निचोड़ लिया है। निस्पंद हो गयी। यह मनुष्यों की बस्ती है या पिशाचों की। मैंने कंवली से विनती की, ''बाईड़ी! जल्दी बता, नानूड़े के साथ क्या हुआ? मैं भगवान की सौगंध खाती हूँ कि किसी को भी नहीं कहूँगी। सच्ची।''

उसने मुझे जो कुछ बताया, उसने मेरे रोंगटे खड़े कर दिये। इतना जघन्य कर्म ईश्वर का उत्पन्न किया मनुष्य तो नहीं कर सकता। ऐसे क्रूर और अमानवीय अत्याचार ये खानदानी लोग करते भी हैं और उस पीड़ित प्राणी को रोने-चीखने का हक भी नहीं देते।

नानूड़ा किसी डाबड़ी का बेटा था। उसका बाप डेरे में पानी भरता था। नानूड़ा भी यही काम करता था। डेरे के पश्चिम में जो कच्ची बस्ती थी, उसमें प्रायः डेरे के नौकर-चाकर ही रहते थे।

नानूड़े का विवाह पाँच साल की उम्र में ही हो गया था। समीप के गाँव में। तब उसकी बहू तीन साल की थी। तब बच्चों के विवाह की व्यापक परंपरा थी। बाद में भी रही। मेरी इस उम्र में भी है।

जब नानूड़े की बहू हुरकी तेरह वर्ष की हुई, तब उसका 'मुकलावा' (गौना) हुआ।

त्तिरिया तेरह—मरद अठारह। हुरकी तेरह की हो गयी पर नानूड़ा पन्द्रह का ही था। लेकिन जब मुकलावा हो गया तब वह अपनी ससुराल आ गयी।

छोटी सी बहू। गोरी चिट्टी। शरीर में इतना अच्छा भराव कि पन्द्रह की लगे। ईश्वर भी कैसे-कैसे खेल खेलता है कि कीचड़ में कमल खिला देता है। झौंपड़ी में अप्सरा उत्पन्न कर देता है।

नानूड़ा तो अपनी हूरकी के लिए बावला हो गया। उससे क्षण भर के लिए भी अलग होना नहीं चाहता था।

हुरकी छोटी मटकी लेकर तालाब पर पानी भरने जाती थी। जैसी हमारे यहाँ की परंपरा रही है कि जब भी पनिहारिनें पानी भरने जाती हैं तो नख से सिर तक अपनी-अपनी औकात के अनुसार सज कर जाती हैं। बजनेवाली 'रंमझोल' जरूर पहन कर जाती हैं जिसके घुँघरूओं की छमछम बटोहियों के मनों को लुभा लेती हैं।

नानूड़े का उसके प्रति तीव्र आकर्षण का एक और कारण था। पहले गरीबों के घर छोटे होते थे। कमरे छोटे थे। उजाले की कोई व्यवस्था नहीं थी। पीढ़ी दर पीढ़ी दासता की निर्ममता से भरे-डरे, ये लोग जीवन में क्या आनंद है, नहीं देख पाते थे। स्त्री-पुरुष के संसर्ग की तीव्रता का तो जरूर अनुभव करते थे पर वे उस उत्तेजक दृश्य को वर्षों नहीं देख पाते थे।

कारण भी स्पष्ट था। उनके चारों ओर अँधेरा ही अँधेरा था। अंदर दरिद्रता

का अँधेरा, भय का अँधेरा और बाहर साधनहीनता का अँधेरा।

हुरकी हर समय लंबा घूँघट निकाले रहती थी। उसे प्रायः सास के मातहत ही रहना पड़ता था। जब वह नानूड़े के पास आती तो रात्रि-तिमिर कोने-कोने में बैठ जाता था। हाँ, कई बार उसे उसके अनुपम रूप की झलक अनायास मिल जाती थी।...एक उत्तेजित तरंग उसके अंतस में दौड़ जाती थी। मन ही मन कहता था 'मेरी लुगाई पूणल की पदमण है।' कभी-कभी घरवालों की अनुपस्थिति में वह चोरी छुपे नहाते हुए उसके नग्न शरीर को देख लेता था। उस दिन तो वह उन्मादग्रस्त होकर सूनवाड़ से भरी रोही (जंगल) में भागता ही रहता था। टीवों पर लुढ़कता रहता था। जोर-जोर चिल्लाता था—"मेरी बहू गोरी गट्ट है, खूब सुंदर है।" फिर अपनी ही आवाज की प्रतिध्वनियाँ सुनता था। वह नेत्र मूँदे पड़ा रहता था और बंद पलकों के तले हुरकी के साक्षात दर्शन करता रहता था।...मैं समझती हूँ कि उसका संपूर्ण आनंद वासनासिक्त था पर उसके मुख पर जो प्रेममय सलोनापन था, उससे लगता धा कि नानूड़ा के रोम-रोम में वह बस गयी है।

लेकिन एक दिन अचानक मेरे काका सा का बेटा सुजान सिंह उस मासूम और भोली-भाली हुरकी का अपहरण करके ले गया। फिर उसने और उसके तीन मित्रों ने उस कली को दरिंदगी से मसल-मसल कर निष्प्राण कर दिया। मेरी माँ ने भी उस विकृत-वीभत्स शव को देखा था। मेरी माँ थर्रा उठी थी। उन्होंने उस कली को लहूलुहान कर दिया था। मेरी माँ ने तीन दिनों तक अन्न का दाना भी मुँह में नहीं डाला। दुख और ग्लानि से।

"...आपके पिताजी व गाँववालों को उस घटना की सच्चाई का पता चल गया पर...।" कंवली ने आंतरिक भय से अपना पसीना पोंछते हुए मरे हुए स्वर में कहा, "पर ठाकुर सा ने इस कटु-सत्य को दबा कर एकदम झूठ बोल दिया कि ये भाटी-डाकुओं की नीचता और अत्याचार है। नानूड़े की बहू का सत्यानाश उन्हीं कमीनों ने किया है।"

मैं यह निर्विवाद रूप से कह सकती हूँ कि जो शक्तिशाली हैं, उनके झूठ सच हो जाते हैं और सच झूठ। समर्थ पर दोष कभी नहीं लगता । उसका दोष होता भी कुछ नहीं। उसका दोष उसके पराधीन होने का होता है।

मैं आज सोचती हूँ कि हुरकी की मृत्यु शेष प्रश्न हैं क्योंकि इस प्रश्न का समाधान हो ही नहीं सकता। स्त्री के शरीर पर जबरदस्ती का सिलसिला न कभी बंद होगा और न इस प्रश्न का समाधान होगा।

अपनी पत्नी के क्षत-विक्षत शव को देखकर नानूड़ा भयंकर आतंक से गगनभेदी स्वर में चीखा था। चीखता ही रहा और फिर ऐसा चुप हुआ कि मृत्यु पर्यन्त बोला ही नहीं।

यह भी कितनी गलत बात है कि मनुष्य के पाप उसका पीछा करते हैं। उसे

जीवन भर चैन की साँस भी नहीं लेने देते। यह तो बिलकुल झूठ है। मेरे पिता ठाकुर सा को तो जैसे उस पाप की स्मृति ही नहीं थी। हाँ, उन्होंने नानूड़े के लिए डेरे में आने-जाने और खाना खिलाने की अनुमति दे दी। उनके चापलूसों ने खोखली उदारता को भी बड़ी बात बताया।

नाइन कंवली को मैंने पूछा था, ''सनूड़ी की जीभ काटने के बाद वह अभागी कहाँ गयी?''

''मर गयी होगी।'' कंवली ने पीड़ित स्वर में कहा, बहुत भोली थी। बातूनी थी। कोई समझदार भी नहीं थी। बस, एक दिन बातों ही बातों में इस भेद को खोल दिया। ठाकुर सा ने सच में उसकी जीभ काट डाली। बेचारी दर्द के मारे पगला गयी होगी। गयी कहाँ, सही रूप से कोई नहीं कह सकता। शायद वह जरूर कूवे में कूद गयी होगी या फिर किसी नदी-तालाब में डूब कर मर गयी होगी। जीभ कटने के बाद वह छिपकली की कटी पूँछ की तरह तड़फड़ाती रही। कुरजाँ (पखेरू) की तरह कुरलावती थी। ऐसे रोती थी मानो उसके शरीर में कोई हरदम सूइयाँ चुभो रहा हो? उसकी पीड़ को कोई नहीं देख पाता था। उसकी माँ उसकी कटी जीभ के घी लगा देती थी। धीरे-धीरे उसका शरीर सूजने लगा...। अंत में वह गायब हो गयी। फिर किसी ने उसे नहीं देखा।'' सहसा कंवली ने हाथ जोड़ कर बुझे स्वर में कहा, ''बाई सा! किसी को कुछ नहीं बताना वर्ना मेरी भी वैसी दुर्दशा होगी जो सनूड़ी की हुई थी।''

मैंने देखा कि सैंकड़ों प्रार्थना उसके चेहरे पर जम गयी हैं।

मैंने उसे सौगंध खाकर बताया कि वह उस पर पूरा भरोसा रखे। वह इस रहस्य को सदा रहस्य रखेगी।

× × ×

युद्ध का नगाड़ा बज गया था। राठौड़ों और सूर्यवंशियों में कई बार लड़ाइयाँ होती थीं। कभी-कभी दूसरे रजवाड़े भी एक दूसरे पर आक्रमण बोल देते थे। रजवाड़ों के नीचे ठिकाणें होते थे। उन्हें अपनी सेना लेकर अपने राजा-महाराज की सहायता में जाना पड़ता था। चूँकि खेती बाड़ी के अलावा मर्दों के पास कोई रोजी-रोटी का दूसरा जुगाड़ नहीं था अतः क्षत्रियों के अलावा चंद ब्राह्मण और छोटी जाति के लोग, काफी कम, सेना में होते थे।

लड़ाइयों के दिनों में ठिकाणे में काफी हलचल होती थी। सैनिक अपनी-अपनी तलवारों को म्यानों से निकाल कर उनकी धार को देखा करते थे। ढालों की भी जाँच करते थे। अन्य शस्त्र जैसे भालें, खांडें, बघनखें, छुरियाँ, कटारें और भील-मीणें अपने तीरों को संभालते थे। चारों ओर बड़ी हलचल का आभास होता था। जिनके अधीन सैनिक होते थे, वे अपने-अपने इलाके के सैनिकों को इकट्ठा करके प्रस्थान की तिथि बताते थे।

यदि कोई व्यक्ति जो सेना में काम करता था, यदि किसी कारण युद्ध में नहीं जाना चाहता तो उसे जबरदस्ती चलने के लिए बाध्य किया जाता था। उसे डरपोक, कायर, वर्णशंक्रर और न जाने किन-किन अपमानजनक शब्दों से दुत्कारा जाता था और अंत में उसे नष्ट करने की धमकी तक दे दी जाती थी।

मैंने पहले भी कहा था और अब भी कह रही हूँ कि तब छोटा हो या बड़ा, हर मातहत अपने स्वामी से भयभीत था। सारे कार्य तब लाठी के जोर पर ही कराए जाते थे।

मैं आज इस विनाशकारी युद्ध के विनाशकारी परिणामों पर सोचती हूँ तो मुझे लगता है कि क्यों कोई दूसरे की जमीन को हथियाने, दूसरे की पगड़ी उछालने, दूसरे के गौरव-गर्व को ध्वस्त करने लड़ता है। क्यों एक जाति, धर्म और समुदाय दूसरे समुदाय की सामूहिक हत्यायें करता है? कोई व्यक्ति किसी निजी कारण से किसी की हत्या करता है तो वह हत्यारा कहलाता है और न्याय व्यवस्था उसे अपराधी मान कर दंड देती है और एक सैनिक अपने शत्रु को गाजर-मूली की तरह काटता है, वह महायोद्धा कहलाता है और मृत्यु पा जाने के बाद मोक्ष की प्राप्ति करता है।...लेकिन मेरे नरवद जी ने अपने स्वामी मेवाड़ाधिपति कुंभा जी के लिए अनेक युद्ध लड़े। चारणों ने उनकी वीरता की प्रशंसा में देवराज इन्द्र को भी कम बताया। उनके खड़ग संचालन को आकाश की दामिनी कहा, उनके एक प्रहार से एक साथ दो-दो शत्रुओं के मर जाने पर उनकी वीरता की प्रशंसायें की गयीं। उनके आश्रित एक चारण ने तो यहाँ तक कह दिया कि ऐसा महान वीर और यशस्वी दानी न कोई हुआ है और न कोई होगा।

लेकिन सत्य मैं जानती हूँ। युद्धों ने उन्हें सदा पीड़ायें दीं। उन्हें क्षीण ही किया। उन्हें विरूप ही किया।

हाँ, मैं बता रही थी कि तब मैं चार साल की थी। नगाड़े बज रहे थे। मेरे पिता साँखला ठाकुर सा युद्ध प्रस्थान के लिए अपनी ठकुराणियों से विदा ले रहे थे। वे उदास थीं या प्रसन्न, उनके चेहरों पर आ-जा रहे रंगों से उनका अर्थ समझना दूभर था।

धूल के बादल पीछे छोड़ कर सेना ने कूच कर दिया। मैं अबोध भाव से उन्हें देखती रही।

दूसरे दिन मैं शिवमंदिर डाबड़ी के साथ दर्शन करने गयी। मंदिर के आगे पीपल था। उस पीपल के पेड़ के नीचे एक वृद्ध महिला बैठी थी। उदास-उदास और खोयी-खोयी।

मैं मंदिर से दर्शन करके बाहर आयी। प्रसाद बाँटने लगी। उस वृद्धा को देना चाहा तो उसने भड़क कर कहा, "मैं प्रसाद नहीं लेती। मुझे ईश्वर पर विश्वास नहीं है।"

मैं डर सी गयी। आगे बढ़ गेयी।

डाबड़ी ने चलते-चलते बताया, ''यह कुंवर जोरावरसिंह जी की माँ हैं। इसका पति युद्ध में अपनी दोनों टाँगें गँवा कर घर में व्यर्थ की वस्तु की भाँति पड़ा है। इसका बड़ा बेटा बहुत बड़ा वीर था। पिछली लड़ाई में मारा गया। दूसरा बेटा दिलावर सिंह भी बड़ा वीर है, अभी लड़ने गया है। यहाँ ऐसे घर भी हैं बाई सा, जिनकी पीढ़ियाँ लड़ाई में मारी जाती रही हैं।''

मैंने घर आकर कामदार जी से पूछा, ''कामदार जी! ये लड़ाइयाँ क्यों होती हैं?''

''बाई सा! इस नन्हीं सी जान को इन भारी भरकम बातों में मत उलझाइए। जाइए, बारादरी में कुछ टाबर-टींगर खेल रहे हैं। खेलिए।''

मैं बारादरी में आ गयी। वहाँ डेरे के कुछ टाबर खेल रहे थे। छोरे और छोरियाँ। वे 'लुकमचणी' खेल रहे थे। मुझे देखते ही उन्होंने खेल रोक दिया।

मैंने उन्हें बताया, मैं भी खेलना चाहती हूँ। डरो नहीं, खेलो। तुम्हें कोई कुछ नहीं कहेगा। फिर भी वे अचल खड़ी रहीं। मेरे बार-बार आश्वस्त करने के बाद वे मेरे संग खेलने को तैयार हुईं। सबसे पहले तीन-तीन बालिकायें आपस में खड़ी होकर हाथ मिलाकर एक साथ छोड़ कर बाईं हथेली पर दाईं हथेली मारतीं। जिनकी हथेली पर दूसरी हथेली खुली रहती, वह जीत जाती। इस तरह करते-करते एक बालिका रह जाती।

एक लड़की ने दूसरी हारी हुई लड़की की आँखों को अपने दोनों हाथों से बंद किया। सब बच्चे लुक (छुप) गये। मैं भी खंभे के पीछे जो जगह थी, वहाँ डुबक कर बैठ गयी। यह खेल 'लुक-मिंचड़ी' कहलाता है।

आवाज आयी, ''ढूँढ लो।''

जिसकी आँखें बंद थीं, उस लड़की ने एक लड़की को जो दो पेड़ों के बीच छुपी थी पकड़ लिया। पकड़ी गयी लड़की की आँखें बंद की गयीं। हम फिर छुप गये। उसने मुझे पकड़ लिया। मेरी आँखें बंद की गयीं। मैंने एक लड़की को पकड़ा। यह सिलसिला काफी देर तक चलता रहा।

पदमण मुझे ढूँढती आ गयी थी। उसने डाँट भरे स्वर में कहा, ''आप यहाँ खेल रही हैं? चलिए, बाई जी आपको अभी बुला रही हैं।''

पदमण मेरी माँ के विवाह पर दायजे में आयी थी। इसलिए वह माँ को 'बाईजी राज' कहती थी और कभी-कभी बाई जी।

मैं माँ के पास गयी। माँ सा जाजम पर भैंस ज्यूं पसरी हुई थी। उसका घाघरा नीचे सरका हुआ था। उसके स्तन पृथुल थे। एकदम बेडौल व बेढँगे। हालांकि गोखे से उत्तरी हवायें आ रही थी फिर भी एक डाबड़ी उसे पंखा झल रही थी।

''आप कहाँ थी?'' माँ सा ने पूछा।

"बारादरी के पास खेल रही थी।"

"किसके साथ।"

"टाबरों के साथ।"

"किसके थे टाबर?"

"डेरे के।"

माँ सा जरा चिढ़ कर बोली, "आप मेरा हुक्म क्यों नहीं मानती हैं? हजार बार कहा है कि इन गोले-दरोगों के छोरे-छोरियों के संग मत खेला करें। पर आपके कान पर जूँ तक नहीं रेंगती। आखिर आप क्यों ऐसा करती हैं कि जो यहाँ की मर्यादा के विरुद्ध है।"

"फिर मैं किसके साथ खेलूँ?"

"खेलना कोई जरूरी है।"

"फिर मैं दिनभर क्या करूँ माँ सा?" मैंने किंचित चीख कर कहा, "मेरा मन नहीं लगता।"

"हमारा मन नहीं था क्या?" मेरी माँ ने थोड़ी नाराजगी व्यक्त करते हुए कहा। "हम भी तो टाबर थीं। ऐसे ही डेरों में रहती थीं।"

मैंने उन्हें अत्यंत ही संयत स्वर में कहा कि वह कैसे बता सकती है आपके मन के बारे में। माँ सा को मेरी यह बात अत्यंत अरुचिकर लगी। उन्होंने मेरे स्वभाव को लेकर न जाने क्या-क्या कहा जिन्हें मैं अब भूल चुकी हूँ। लेकिन उन्होंने ज्योतिषि के बारे में जो कुछ कहा, वह मुझे क्षीण रूप से आज भी स्मरण है। उन्होंने पदमण की ओर दृष्टि करके कहा, "यह लड़की अवश्य ही कुल को कलंक लगायेगी इसका शनि-ग्रह अत्यंत तीव्र है। मस्तिष्क रेखा भी शनि के नीचे से कटी हुई है। शुक्र ग्रह तो इतना तीव्र है कि अवश्य ही कोई नया खेल खेलेंगी ये। विवाह का योग भी सबसे अलग है। एक बार तो सगाई होकर अवश्य टूटेगी।

न जाने माँ सा क्या-क्या ऊटपटांग बोलती रहीं। पदमण गंभीर हो गयी। उसने तमाम बातों को सुनकर लंबा साँस लेकर इतना ही कहा कि विधाता ने जो लेख लिख दिये हैं, वे तो होकर ही रहेंगे। सब भगवान के भरोसे छोड़ दिया जाय।

ठकुराणी जी नयन मूँदे पड़ी रहीं।

निस्पंद सी। उनके मुखड़े पर गंभीरता की परछाइयाँ तैर रही थीं। वह अंतर्द्वंद्व में उलझी हुई थी।

मैंने वर्तमान स्थितियों व संवादों की चिंता किये बिना पूछा, "माँ सा! मैं फिर किसके साथ खेलूँ?"

"बड़े घराने के बच्चों के साथ।"

मुझे भूख लग गयी थी। मैं रसोड़े की ओर चल पड़ी।

× × ×

पेड़ हरे थे और पत्ते सूखे। चलने पर चरर्मर-चरर्मर की ध्वनि करते हैं। पत्ते जितने हरे हैं, उसके समक्ष रहने वाली 'मारूणी' उतनी ही काली।...मारूणी के दाँत जितने सफेद थे, उसका मन उतना ही काला था। सारी डाबड़ियाँ और घाघरेवालियाँ उसके नाम पर थूकती थीं।

मुझे इस बात की वास्तविकता का पता किशोरावस्था में चला। मैंने उसे लेकर अपने भीतर जितने प्रश्न और संदेह उपजायें, उनकी थाह नहीं थी। वैसे मैं अब मानती हूँ कि संदेह दैत्य होता है। उसके कितने ही हाथ-पाँव और सिर होते हैं। इसलिए वह जब प्राणी को ग्रसने लगता है तो उसकी सुरक्षा असंभव होती है। उसका रंग तो निश्चित रूप से काला होता है। काजल सा काला। केश सा काला।

मारूणी को लेकर मेरे मन में कई प्रश्न जागे और सोए। कई संदेह उगे और धूप की तपिस में जल गये।

जब संदेह के कीड़े अन्तःस्थल में कुलबुलाने लगते हैं तो हाज़मा बिलकुल खराब हो जाता है।

मैंने कंवली के सामने कै कर दी, "यह निगोड़ी मारूणी, कई-कई दिनों तक कहाँ गायब रहती है?"

कंवली के चेहरे पर इस नाम के साथ कंटीली बाड़ जन्म आयी और उसके चेहरे को घेर लिया। बड़ी कठिनता से उसने उस बाड़ को हटाया। बोली, "सुबह-सुबह किस मालजादी रांड का नाम ले लिया। आज दिन में रोटी भी नहीं मिलेंगी।"

मैंने स्वयं कई बार सोचा कि यह रहस्यमयी आखिर करती क्या है? कंवली का कहना था कि वह कुटनी है। वह गाँव-गाँव घूमती रहती है और जोबन से भरपूर छोरियों को गढ़ और राजवी लोगों के घरों में पिंजरे में बंद पंछी की तरह कैद करा देती है। जहाँ उसके यौवनकाल के सुनहरे दिनों तक पंख नोचे जाते हैं। बाद में उन्हें अपने स्वामियों की दया की दाल-रोटी पर छोड़ दिया जाता है। जहाँ वे तिल-तिल जलती हैं। पल-पल मरती जाती हैं।

मैंने कंवली की ओर जिज्ञासा भरी दृष्टि से देख कर पूछा, "यदि यह मुझे बहला-फुसला कर ले जाय तो? आखिर मैं भी तो बहुत फूटरीफरी (सुंदर) हूँ।"

"ऐसा आप अनहोना क्यों बोलती हैं?"

"मैं तो तुम्हें पूछ रही हूँ।" मैंने अत्यंत संयम से कहा।

"इस 'खसमखावणी' रांड को ठाकुर सा जिंदा जमीन में नहीं गाड़ देंगे? नाग-बिच्छुओं के तहखाने में नहीं डलवा देंगे?" मारूणी के प्रति घृणा और इस सच को बताने का भय कंवली के चेहरे पर स्पष्ट झलक रहा था।

मैं समझती हूँ कि इन दलित व शोषित लोगों के लिए ये गढ़—डेरे और ठिकाणें यातनाघरों से कम नहीं थे। समुद्र तो था नहीं इधर पर रेत के सागर थे उस इलाके की धरती पर, जहाँ रेतीले विशाल अजगर घूमते रहते थे और जब भी कोई भेड़-बकरी

कूदने-फाँदने लगती तो वे उसे निगल कर डकार भी नहीं लेते थे।

मैंने कंवली को विश्वास दिलाया कि वह किसी को कुछ भी नहीं कहेगी? क्योंकि मेरी जिज्ञासा बढ़ रही थी कि आखिर मुझे ये भगाकर ले जाए तो?

मैंने उसके हाथ को झटका देकर कहा, "बताती क्यों नहीं, ये मारूणी मुझे बहला-फुसला कर ले जाए तो मेरा क्या होगा?"

उस समय हम दोनों जनानी ड्योढ़ी के जालीदार झरोखोंवाली छत पर थीं।

आकाश—नीला और धुला-धुला था। सूर्य लगभग छुप गया था। कूँवे से पानी निकालने वाला 'कीलियाँ रे कीली खोल दे' की लयमयी पुकार लगा रहा था।

मेरे प्रश्न ने बेचारी कंवली को उलझन में डाल दिया था। क्या उत्तर दे वह? एकाएक उसने एक झरोखे में से संकेत किया कि देखिए बाई सा उस टीले पर क्या हो रहा है?

मैंने उत्सुकता से देखा कि चंद गिद्ध एक मरे-सड़े कुत्ते के माँस को कौंच-कौंच कर खा रहे हैं।

नीचे से किसी ने कंवली को पुकार लिया था वह त्वरा से चली गयी थी। मैंने एक खाट को उस ओर खिसका कर टीले की ओर देखा क्योंकि दीवारें इतनी ऊँची थीं कि कोई भी लुगाई ताक-झाँक नहीं कर सकती थी। खाट पर खड़े होने पर मैं अब उस घिनौने दृश्य को साफ-साफ देख सकती थी।

आज मैं जब सारी दृष्टियों से परिपक्व हूँ। मुझमें आज जीवन के समस्त दृष्टिकोणों की समझने की क्षमता है। उसके मर्म और चंद अर्थों को ग्रहण करने की शक्ति है अब मैं उस प्रतीकात्मक दृश्य का अर्थ समझ रही हूँ कि वे दरिंदे तुम्हारे शरीर के सौंदर्य को उन्हीं गिद्धों की तरह कौंच-कौंच कर विक्षत कर देते। शरीर का सारा यौवन-रस ये पिपासु चूस लेते? तुम्हें निष्प्राण सा कर देते?

इस पृथ्वी पर पीड़ित स्त्री की मार्मिक व्यथा-कथा और दयनीय स्थितियों का वस्तुवादी दृष्टि से कहाँ विश्लेषण हुआ है? जिनको एक-एक पवित्र आंतरिक और बाह्य स्थिति, उनकी एक प्रतिशत स्वीकृति के बिना बर्बरता से क्षत होती जाती है। ...जिनके मूल आधारों को उनकी जिंदगी से मिटा कर अलग हाशिए पर कर दिया गया है। उनका संपूर्ण अस्तित्व परजीवी होता है। शारीरिक, नैतिक और मानसिक सभी रूपों में उन्हें माँस के लोथड़े के समकक्ष बना दिया जाता है उनकी कोई निजी सत्ता—स्थिति नहीं रहती। उन्हें किसी भी तरह की ऐच्छिक स्वतंत्रता नहीं होती। अपने स्वामी के हुक्म को ईश्वरीय आज्ञा मान कर जीवित मुर्दे की तरह जीना ही उनकी नियति थी। मैंने कई बार अनेक स्त्री-पुरुषों से इस वाक्य को सुना था—"सब अपने-अपने भाग्य लेकर जन्मते हैं। हमारे दुख हमारे पूर्वजन्मों के फल हैं।"

मैंने अपने संपूर्ण जीवन में कितनी ही लड़ाइयाँ और युद्धों को होते हुए सुना है। उनमें हजारों लोगों ने प्राण गँवाए हैं। अनेक अपंग और असहाय हो गये हैं।

मुझे कई बार नरवद जी ने बताया कि हर लड़ाई के बाद खजानें खाली हो जाते हैं और कई बार तो अन्न तक का अभाव हो जाता है। फिर भी आदमी लड़ता है।...आदमी लड़ता था और लड़ता रहेगा।...कभी भी इस पृथ्वी पर सुख-शांति स्थापित नहीं होगी क्योंकि हम ईश्वर की संतान हैं और ईश्वर की संतान अमानवीय कृत्य न करे तो फिर कौन करेगा? जब लड़ाइयों से घायल व्यक्ति लौटते हैं तो उनका करूण क्रंदन, विलाप और उनके नेत्रों में दुख से मुक्ति की मौन याचना सहन नहीं की जाती थी।

मैंने पहले ही कह दिया कि मैं इतिहास, तिथियाँ और घटनाओं को सिलसिलेवार नहीं लिख रही हूँ। मुझे तो अपने भीतर के सच को आपको बताना है। दूसरे शब्दों में कहूँ कि अपने आसपास के सच को बताना है। वह सच जो मनुष्य के भीतर है। जो सच बाहर तो है पर उसको देखने की दृष्टि मेरी पृथक है। उस दृष्टि में भय नहीं, शंका नहीं, अतिशयोक्ति व अतिरंजना नहीं।

'युद्ध में जो दूसरे को मारता है या जिसके द्वारा मारा जाता है, उसे मोक्ष मिलता है। उसे परमगति प्राप्त होती है। वह भव-बंधनों से मुक्त हो जाता है।' ...ये कथन केवल प्रलोभन हैं। यह बात तो और भी भयंकर है कि उसे देवलोक मिलता है। वह देव-योनि प्राप्त करता है।

मैंने रामायण-महाभारत और अनेक वैदिक व धार्मिक ग्रंथ पढ़े हैं। कदाचित मेरे निरंतर अध्ययन की बात से लोग अपरिचित हैं पर देवराज इंद्र स्वयं ही असुरों से भयभीत रहते थे। ऋषि-मुनियों की तपस्या से उनका सिंहासन डोलता रहता था। अहिल्या के सतीत्व को उसके पति गौतम का छद्मरूप धारण करके अपवित्र करना तो जघन्य से जघन्य अपराध था। इंद्र की पत्नी शचि ऐसे दुर्बल और दुश्चरित्र पति को कैसे सहन करती थी? उन देवताओं की योनि में जन्म का झाँसा बेचारे सैनिकों में रणक्षेत्र में प्रबल-प्रवेग भर देता था। पुनर्जन्म का सम्मोह और वैभव संपन्न जीवन की प्राप्ति का विश्वास उनकी मृत्यु को सहज बना देता था।

अनेक सैनिकों को यह भी कहा जाता था कि वे मातृभूमि के लिए बलिदान होकर गगनस्पर्शी यश के दावेदार होंगे।...लेकिन यह उनसे सुंदर छल था क्योंकि वे तो पेट भरने के लिए मरते थे। अपने स्वामी के लिए मरते थे। यदि कोई लड़ाई में जाने के लिए मना कर देता तो उसे जबरदस्ती जाना पड़ता था। वस्तुतः इस व्यवस्था में जो कोई राज़ी-खुशी काम नहीं करता, उसे डंडे के जोर पर हाँका जाता था। बुरा हो, इन चारण-भाट कवियों का जिन्होंने हर उपमाहीन सच को विराट और अद्‌भुत रंगों से रंग दिया।

सोचती हूँ कि यदि मैं अपने विचार और प्रतिक्रियाओं को लिख कर रख देती तो कदाचित मुझ पर भी यह आरोप अवश्य लगा दिया जाता कि इसने अपनी माँ का नहीं गोली का दूध पिया है। क्योंकि मैं अपने समूचे सामंती समाज, क्षत्रिय गौरव,

यश और वीर कथाओं को महिमामंडित न करके उन पर कीचड़ उछाल रही हूँ पर मैं फिर कहती हूँ कि मैं अपना सच लिख रही हूँ।

× × ×

मैं किशोरावस्था में कदम रखने लगी थी। अपने आप से ऊब चुकी थी। मुझमें कुछ नयी अनुभूतियाँ जन्मने लगी थीं।

एक दिन कामदार जी का मेरी हमउम्र का बेटा डेरे में आया। मुझे सहसा याद आया कि यह बड़े बाप का बेटा है। मैं इसके साथ खेल सकती हूँ।

मैं भागती हुई उसके पास गयी।

वह भी मुझे जानता था। उसने मुस्कराकर पूछा, ''आइए बाई सा, इस तरह भाग कर क्यों आयी?''

''तुम बड़े लोग हो न, मैं तुम्हारे साथ ही खेल सकती हूँ।''

''क्या खेलोगी?''

''कुछ भी। तुम पीछे की ओर चलो। वहाँ एक 'तिबारी' है। उसमें मेरे 'रमतिये' (खिलौनें) रखे हुए हैं। वहीं चलकर खेलते हैं।'' मैं उसका हाथ पकड़ कर घसीटते हुए तिबारी में ले आयी।

वहाँ मेरे रमतिये रखे हुए थे। मिट्टी का चूल्हा, तवा, चकला-बेलन, थाली, कटोरियाँ, चम्मच आदि।

कामदार जी के बेटे रामदेव ने उन रमतियों को देखकर पूछा, ''इनसे हम खेलेंगे?''

''हाँ।''

''पर ये तो छोटे टाबरों के रमतियें हैं।'' रामदेव ने कहा, ''हम तो कुछ बड़े हो गये हैं।''

''हम वैसा ही खेल खेलेंगे?''

उसने तनिक गंभीर होकर पूछा, ''कौन सा?''

''धणी-बहू का (पति-पत्नी का)।''

''छिः यह कोई खेल है।'' उसने जैसे तुनक कर कहा।

''क्यों नहीं है? मैं झूठमूठ की तुम्हारी बहू बनूँगी। तुम मेरे धणी। तुम बाहर रणक्षेत्र में लड़ाई करके लौटोगे? मैं तुम्हारी आरती उतारूँगी। तुम्हें बढ़िया खाना खिलाऊँगी। फिर हम साथ-साथ सोयेंगे। हमारे टाबर-टींगर होंगे पर सब झूठे। यह तो खेल है। थोड़े से बड़ों का खेल। सब कुछ झूठमूठ ही है।''

''यह फीटा (अश्लील) खेल है। मैं नहीं खेलता।'' और वह तीर की तरह निकल गया। निकल क्या गया, भाग गया।

मैं कुछ क्षण स्तब्ध सी खड़ी रही। फिर मैं न जाने क्यों गुस्से में भर आयी कि सारे रमतियें एक-एक करके तोड़ डाले। शायद तब मैंने उसे और अपने को

गालियाँ भी निकाली हों।

मैं अपने कक्ष में आकर सो गयी। मुझे नींद भी आ गयी। अब मैंने रात को बिस्तर पर पेशाब करना बंद कर दिया था। इस विकट समस्या से त्राण पाकर मेरी माँ अत्यंत प्रसन्न थी।

मूलतः मेरी माँ मुझसे नाराज रहती थी। क्योंकि मेरे मुख से ऐसे-ऐसे विचित्र सवाल निकल कर उसके मुख पर चिपक जाते थे मानो वे सवाल नहीं, चमगादड़ हों। मेरे सवाल सात्त्विक तनिक भी नहीं होते थे?

मैं जब जागी तो सूर्य को कोई दैत्य निगल चुका था। अँधेरे का दैत्य। काला-काला।

मैं उठकर अपनी माँ सा के पास गयी। वह पदमण से घुट-घुट कर बुझे स्वर में बातचीत कर रही थी। माँ सा ने तौर बदल कर कहा, "पानी सिर से ऊपर चढ़ रहा है। यदि हमने अपने को नहीं संभाला तो डूब जायेंगे?"

पदमण ने अपनी आँखों को नचा कर कहा, "मैंने कामदार जी से कहा था कि जो बड़ी ठकुराणी हैं, उन्हें बेसी सम्मान और बेसी खर्चा मिलना चाहिये।"

"फिर कामदार जी ने क्या कहा?" माँ सा ने पूछा।

"उन्होंने कहा कि मैं तो हुक्म का गुलाम हूँ। जैसा ठाकुर सा चाहेंगे, वैसा ही करूँगा।"

"लड़ाई से आने दीजिए ठाकुर सा को? मैं अन्याय नहीं सह सकती।"

पदमण उठ कर जाजम पर पड़े घाघरे को उठा कर कोने में रखे संदूक में रखने लगी। मैं व्यर्थता से घिरी थी क्योंकि मेरे मस्तिष्क में कुछ भी नहीं था। खाली घड़े की तरह खाली था वह।

मुझे अचल और चुप खड़ा देखकर पदमण घूरने लगी। आज उसकी दृष्टि में कोई और अर्थ था। संदूक बंद करके वह माँ सा के सन्निकट बैठ कर बोली, "घोड़ी और छोरी के बढ़ने में देर नहीं लगती। सुप्यारदे बाई सा कितनी बड़ी हो गयी है?"

"पदमण! समय को कोई भी पल्लू में नहीं बाँध सकता। देखते-देखते कितना कुछ बदल जाता है। हम मन ही मन बीते दिनों में जाने का भरपूर जतन करते हैं। लेकिन गंगा कहीं वापस पीछे की ओर बहे तो हम बीते दिनों में लौटें।"

"सुप्यारदे बाई सा! आप पंडित जी से बराबर पढ़ती हैं।"

"हाँ पढ़ती हूँ। मुझे पढ़ना बहुत अच्छा लगता है।"

माँ से अत्यंत वात्सल्य भरे स्वर में कहा, "पढ़ना-लिखना तो सीख ही लेना चाहिये। निरक्षर मिनख को जीने का आधा आनंद मिलता है।"

मैं बाहर आकर चौकी पर बैठ गयी।

विपरीत सूर्य के कारण चौकी पर छाया पसरी हुई थी। धाय माँ को देखते ही मैंने पूछा, "धाय माँ सा! बेर लायी हैं।"

"नहीं, समय ही नहीं मिला 'बोटी' से बेर तोड़ने का। कल पकायत लाऊँगी।"

धाय माँ विचित्र-सी कूल्हों को झटका देकर चलती है। उसके कूल्हें ऊपर-नीचे होते रहते हैं। मंथरा उसे चलता देखकर कहती है–"यह गजगामिनी है। मटक-मटक कर चलती है। छह टाबरों की माँ है पर अब भी बुढ़ापा भड़काती रहती है।"

मुझे तब उसके संवादों का अर्थ समझ में नहीं आता था। क्योंकि उनमें जो कामुकता के संकेत होते थे, उनको गहनता से समझना मेरे बूते के बाहर था। मंथरा कई बार धाय माँ से चिढ़कर उस पर व्यंग कसती थी। प्रायः वह उससे नाखुश ही रहती थी। क्योंकि मंथरा अपना वर्चस्व चारों ओर स्थापित करना चाहती थी। यदि कोई धाय माँ को बूढ़ी बता देता तो मंथरा अपनी नाक को ललाट पर चिपका कर कहती–"आप इस मिनखाखोरी को नहीं जानते! अब भी पाँच-सात मर्दों को धपा सकती है।" उस संवाद के अश्लील अर्थ मुझे बाद में समझ में आए। आज मैं सोचती हूँ कि हर शब्द के प्रयोग पर ही उसके अर्थ बदलते हैं।

कंवली आ गयी थी। मैंने कंवली को अपने पास बैठने के लिए कहा। उसने बताया, "मुझे रावले में काम है।" मैंने उसे कुछ पल रुकने के लिए अनुरोध किया। पूछा, "एक बात बता। धणी-बहू का खेल फीटा होता है? कामदार जी का बेटा मेरे साथ नहीं खेला।"

कंवली की आँखें फैल गयीं। कुछ पलों के लिए जड़ता ने हमें ग्रस कर लिया। निचले होंठ पर तर्जनी उंगली रख कर अचरज से बोली, "यह तो बहुत ही गंदा खेल है। जिस मिनख से शादी होती है, वह उसका धणी होता है।"

"मैंने भी उसे झूठमूठ का ही तो धणी माना है। खेल में सच्चाई की क्या जरूरत है।" मैंने उस पर अपनी तीखी नज़र जमा कर कहा, "जब सब कुछ झूठ ही है फिर डर कैसा?"

उसने अत्यंत ही लाड़ प्यार से कहा, "आप बहुत भोली हैं। खेल-खेल होता है पर खेल में कुछ बातें ऐसी होती हैं, जो अभूली बन जाती हैं। केवल असली बहू ही रात को अपने धणी से साथ सो सकती है। यह खेल पाप है। अधर्म है। आगे से आप ऐसा खेल नहीं खेलेंगी।"

उसके कहने का तरीका कठोर प्रतिबंध जैसा था। मैं भी तब डर गयी थी। अनजाने में लगा कि मैं कोई अपराध और महापाप कर रही थी। मैंने दृढ़ निश्चय किया कि भविष्य में मैं कोई ऐसा खेल नहीं खेलूंगी। मैंने निश्चय जरूर कर लिया था पर उसके साथ मुझमें जिज्ञासा द्विगुणित हो गयी थी। मेरी मनोदशा पर मकड़ी का जाल बन गया था। उलझन हो गयी थी।

मैं इस आयु की जर्जरावस्था में अपने विचारशील मन से उन स्थितियों पर सूक्ष्मता से सोचती हूँ कि यदि इस 'धणी-बहू' खेलनेवालों के नाम उजागर हो जाएँ तो वे लोग पापी कहलाते हैं क्योंकि समाज-व्यवस्था में पुरुष कई स्त्रियों के साथ

संसर्ग करके भी 'सत्यवान' बना रहता है और एक स्त्री अपने धार्मिक विधि-विधान से बनाए 'धणी' के अलावा पर-पुरुष के संसर्ग से अपवित्र व पापिन हो जाती है ...पुरुषप्रधान समाज में नारी पुरुष की दासी है, अनुचरी है।...फिर भी पुरुष विवाह के पूर्व इस बात की प्रमाणिक जानकारियाँ चाहता है कि कन्या पवित्र हो, गुणी हो, कौमार्यअक्षत हो, गृहस्थी के कार्यों में निपुण हो, उसके शरीर से पवित्रता के झरने फूटते हों? उसके अंग-प्रत्यंगों से आकर्षण टपकता हो? इसलिए कंवली ने मुझे सचेत कर दिया था। मैं भी सचेत हो गयी थी पर स्त्री-पुरुषों के संबंधों को लेकर कुछ प्रश्न बनते-मिटते रहते थे।

कंवली उठकर चली गयी। मंथरा एक डाबड़ी को बुरी तरह लकड़ी से पीट रही थी, ''चोट्टी रांड! दूध की मलाई उतार कर खा गयी। आज मलाई चुराई है और कल गहनें चुराएगी।''...

मैं डाबड़ी की चीखें सुन कर उस ओर लपकी। कंवली तटस्थ भाव से चली गयी।

मैंने देखा कि मंथरा उसे जानवर की तरह पीट रही है। उसके बायें होंठ के बीच से खून निकल आया था। वह हाथ जोड़कर बार-बार कह रही थी कि उसने मलाई नहीं खायी। वह भगवान की सौगंध खाती है।

मंथरा ने भड़क कर कहा, ''मालजादी! इतने दिनों से सोच रही थी कि यह कौन सी बिल्ली है जो दूध पर आयी मलाई को हर रोज चट कर जाती है।''

डाबड़ी काँप रही थी। उसकी अश्रुभरी आँखों में आंतक था। उसने फिर काँपते हुए हाथों को जोड़ कर रुँधे स्वर में कहा, ''मैं सच कहती हूँ कि मैंने कभी भी मलाई नहीं खायी।'' फिर वह मेरी ओर देखकर बोली, ''बाई सा! मैं अपने भाई की सौगन खाकर कहती हूँ कि मैंने मलाई नहीं खायी।''

मुझे उसके चेहरे पर दोषरहित भाव दिखायी दिये। मुझे यह भी लगा कि उसने मलाई नहीं खायी है। अचानक मेरी दृष्टि मंथरा के चेहरे की ओर गयी। उसके निचले होंठ के नीचे दूध के दाग और मलाई के दो-तीन बहुत छोटे टुकड़े चिपके हुए थे।

मैंने उसके हाथ की लकड़ी को झटका देकर छीना। फिर उसके होठ के नीचे से मलाई का टुकड़ा उतार कर पूछा, ''यह मलाई तेरे मुँह पर कैसे चिपक गयी? मलाई तूनें खायी हत्तीतत्ती रांड और खाल उधेड़ रही है इस गरीब की। इतनी कूड़ी दूती है तू? केवल पीटना जानती है न तू। पिटने की पीड़ा का तुझे पता नहीं। देख कैसी पीड़ा होती है?'' और मैंने गुस्से में अंधे होकर उसे लकड़ी से जो पीटना शुरू किया कि डेरे के सारे नौकर-चाकर इकट्ठे हो गये। मंथरा चीख-चिल्ला रही थी, ''बचाओ-बचाओ'' कह रही थी पर किसी की हिम्मत मेरे पास आने की नहीं हुई। कोई भागकर कामदार जी को बुला लाया। उन्होंने मेरे हाथ से लकड़ी छीन कर प्रताड़ना दी, ''यह क्या तमाशा है? यह आप क्या कर रही हैं?''

मैंने अपने को तनिक संयत करके कहा, "जो यह कसाइन मंथरा इस दुखियारी पर कर रही थी, वही मैं इस पर कर रही हूँ।"

मैंने जल्दी-जल्दी सारी बात बता कर कहा, "क्या इन डाबड़ियों में जी नहीं है? ये कोई मिट्टी की बनी हुई हैं?"

कामदार जी ने नाराजगी से कहा, "मगर आपको किसी भी ठकुराणी जी की खास डाबड़ी को पीटने का कोई अधिकार नहीं है। ऐसा करके आपने यहाँ की मर्यादा व नियम, को भंग किया है।"

मैंने निशंकता से कहा, "मुझे इसकी कोई परवाह नहीं। मैंने तो झूठीरांड को दंड दिया है।"

लेकिन इस घटना ने शीघ्र ही विकराल रूप धारण कर लिया। छोटी ठकुराणी जी ने इसे अपनी प्रतिष्ठा का प्रश्न बना लिया और उन्होंने घोषणा कर दी कि ठाकुर सा के लड़ाई से आते ही वह इसका निर्णय कराएगी और किसी और जगह रहने चली जायेगी।

मैं अपनी माँ सा के पास गयी। मेरे पहुँचने के पहले इस घटना की खबर मेरी माँ सा के पास पहुँच गयी थी। माँ सा तनावग्रस्त थी। मुझे देखते ही वह बाज़ की तरह मुझ पर झपटी। मेरी चुटिया खींच कर मुझे फर्श पर पटक दिया और मेरी वह लात-घूँसों से इस तरह पिटाई करने लगी जैसे ऊखली में कोई मूसल से खिचड़ा (मोट-बाजरी का मिश्रण) खोट रहा हो। उसने मुझे गालियाँ भी दीं। दुराशीषें दीं, "निठल्ली! तू जन्मते ही मर क्यूँ नहीं गयी! चोखा होता ठाकुर सा तुझे जन्मते ही माचै (खाट) के पाए के नीचे दबा कर मार देते या अकूड़ी में फिकवा देते?" वे हाँफने लगीं, "किस जन्म के पापों का बदला ले रही है। कुछ न कुछ अनचीती करती रहती है।...पदमण! इस बैरण को मेरी आँखों से दूर कर दे वर्ना मैं इसको गोखे से फेंक दूँगी।"

मेरे आँसू गिर रहे थे। अपने होंठ के खून को हथेली से पोंछ कर देखा। गुस्से में तिलमिला कर अपने कक्ष में चली आयी।

माँ सा कितने समय तक घृणा और क्रोध में उबलती रही, मैं नहीं जानती पर मैंने मन ही मन निश्चय कर लिया कि मैं उनके सम्मुख नहीं जाऊँगी।

× × ×

ठाकुर सा आ गये थे। राठौड़ों के लिए सिसोदियों से लड़े थे। उनकी पीठ पर छोटा सा घाव था। क्षत्राणियों की मान्यता थी कि सच्चे और शूरवीर क्षत्री को पीठ पर नहीं, सीने पर घाव खाना चाहिये।...पर मेरे पिता ठाकुर सा की पीठ पर घाव लगा था। वैद्य जी ने मरहम-पट्टी बाँध दी और घी-दूध में हल्दी मिलाकर पीने का आग्रह किया।

मैं ठाकुर सा से मुजरा करने गयी। पूछा, "बेसी तो चोट नहीं आयी?"

''नहीं बाई सा, मामूली सा घाव है लेकिन विजय हमारी हुई।'' उन्होंने गर्व से कहा, ''हमारे कुटुंब के दिलावर सिंह ने पन्द्रह शत्रुओं को मौत के घाट उतार दिया। वे तो रणभूमि में उन्मादित से हो गये। महान शूरवीर हैं। आज रात को उनके सम्मान में कई सरदारों की गोंठ होगी।...बकरे कटेंगे। हिरण कटेंगे।''

मैंने उन्हें कोई उत्तर नहीं दिया। अपने मन पर विचित्र सा बोझ लेकर अपने कक्ष के गोखे में आकर बैठ गयी। उदास और व्यथित।

मनुष्य द्वारा मनुष्य की हत्या का उन्माद।

आज मैं सोचती हूँ कि यह उन्माद आदिम काल की पशुता नहीं?...पिछली बार जब ठाकुर सा और उनके सैनिक युद्ध में विजयी होकर लौट रहे थे तब उन्होंने शत्रु के अधीन तीन गाँवों पर आक्रमण करके उन्हें तहस-नहस कर दिया था। वहाँ की सुंदर कन्याओं को अपने साथ जबरदस्ती ले आये और उन्हें दासियाँ बना ली। जहाँ उनका उपभोग श्रम व देह का दोहन होता था। ऐसे लोग कैसे शुद्ध रक्त के हो सकते हैं? वे तो पक्के जानवर हैं। दुष्कर्म करने वाला कैसे कुलीन हो सकता है।

उस रात दारूड़ी (शराब) मारूड़ी (गायक नृर्तकी) का खूब जश्न हुआ। बड़े सरदारों ने 'हथकढ़ी' दारू खूब पी। एक मारूड़ी थक जाती तो दूसरी मारूड़ी उसका स्थान संभाल लेती।...एक ठाकुर ने नशे की अवस्था में एक मारूड़ी को अनावृत करना चाहा। वह बचकर निकल गयी। ये गायिकायें व नाचनेवालियाँ प्रायः वेश्यायें ही होतीं। मैंने वह सारा कार्यक्रम देखा था। मुझे लगा कि ये लोग जरा भी सभ्य नहीं हैं। संस्कृत नहीं हैं। ये हैं बर्बर। ये मनुष्यों के रूप में ऐय्याश व खूँखार हैं। ...हे प्रभु! इनके वास्तविक चेहरे तो अत्यंत ही हिंस्र हैं। इनका तो अभी रक्त भी शुद्ध नहीं हुआ है।

मैंने अपनी माँ सा से मिलना छोड़ दिया था। उस अपमान और उनके मना करने के बाद भला कोई हठी लड़की अपनी पराजय मान सकती है। मैं भी तो उसी माँ की बेटी हूँ। ''अपने'' इस कथन पर मैं अपने पर व्यंग से मुसकरा पड़ी। किंचित तरस भी आया कि मुझ में यह पाखंड कहाँ से आया।

यह मन है जिसमें विचित्र विचार उत्पन्न होते रहते हैं।

सुबह हो गयी थी। दूर कहीं मोर टहूक रहा था। चिड़ियाँ चहक रही थीं।

लगभग बारह बजे मेरी ठाकुर सा के सामने पेशी हुई। वे जाजम पर पीठ तकिये के सहारे अर्धशायित थे। मैं मुजरा करके खड़ी हो गयी। गर्दन झुकाए और अटल।

ठाकुर सा ने गहर-गंभीर आवाज में कहा, ''बैठिए।''

मैं बैठ गयी। उन्होंने पुनः कहा, ''आपने एक नाकुछ डाबड़ी के लिए छोटी ठकुराणी जी की खास चहेती मंथरा दासी को सरेआम पीट दिया।''

मैंने नजरें झुका कर कहा, "जी सा।"

"कारण।"

"आप शांति से सुनिए। आपका हुक्म है इसलिए सच-सच कहूँगी। उसने 'गुनलीं' पर चोरी का झूठा आरोप लगा कर जानवर को पीटते हैं, इस तरह पीटा। जो मुनष्य है और जिसमें दया है, वह इस अत्याचार को नहीं सह सकता।"

"लेकिन गुनली जैसी डाबड़ियाँ तो दाल-रोटी के बदले मिल जाती हैं। ऐसी के लिए मंथरा...।"

मैंने पहले भी कहा था कि मुझमें उम्र से अधिक बुद्धि जन्म गयी थी। मैंने संयत स्वर में कहा, "ठाकुर सा! आप बड़े संपन्न लोग हैं। आपके पास शक्ति है। आपकी यश-गाथाओं में बार-बार उल्लेख है कि आप अन्याय को कदापि सहन नहीं कर सकते। कोई निर्दोष पर अत्याचार करे तो आप जैसे ऊँचे क्षत्रिय किसी भी मूल्य पर उसे नहीं होने देंगे। मैं भी तो हूँ आपकी ही बेटी, कुलीन व शुद्ध खून वाली। आपको बताऊँ गुनली जैसी क्यों, मंथरा जैसी लुगाइयाँ भी आपको अनगिनत मिल जायेंगी पर जो चीजें सस्ती मिलती हैं, क्या आप उनका दुरुपयोग करेंगे। उन्हें निष्कारण नष्ट करेंगे? झूठे दंड देंगे। वह भी एक डाबड़ी दूजी डाबड़ी को?"

ठाकुर सा तौर बदल गये। भौंहें तानकर बोले, "अपने को कुछ ज्यादा ही समझदार समझने लगी हो?"

गुस्से में या घृणावश हर कोई सम्मानसूचक संबोधन भूल जाते थे।

"आपकी दृष्टि में मंथरा के सामने गुनली दो कौड़ी की है और मेरे सामने क्या मंथरा दो कौड़ी की नहीं? आखिर मैं आपकी बेटी हूँ। इस डेरे में कितने लोग बात-बात पर दूसरों को सताते हैं। अपने से निर्बल को मारते-पीटते हैं और मैंने तो न्याय के लिए ही मंथरा को पीटा है। मैं तो कहती हूँ कि आप उस नीच को डेरे से भगा दीजिए। मैं इसे अब सहन नहीं कर सकती।"

मेरी यह चुनौती ठाकुर सा को असह्य लगी।

उन्होंने भड़क कर कहा, "अपनी हैसियत और औकात को समझिए। कल तो आपको मैं भी सहन नहीं होऊँगा।" उनका स्वर और कठोर हो गया। "यहाँ की व्यवस्था में मौन रहना ही फलदायक होता है। फिर आप तो बेटी हैं। बेटी पराया धन होती है। कल आपको हमें इस आँगन से विदा करना है। फिर क्या रह जायेगा आपसे इस घर से संबंध? आपकी अपनी एक मर्यादा है। उस मर्यादा में रहकर ही बेटी सुख पा सकती है। आगे से आप ऐसी स्थिति कभी भी खड़ी नहीं करेंगी वर्ना आप चोखी तरह से जानती हैं कि एक बेटी का इन डेरों में क्या मूल्य है?"

मैं विह्वल होकर लौट आयी। ठाकुर सा ने मुझे स्पष्ट मौत की धमकी दी थी। यदि मैं उनके अनुकूल नहीं चली तो वे मुझे रमतिए की तरह तोड़ डालेंगे।

किसी मनुष्य को रमतिए की तरह तोड़ डालना मैंने कई बार देखा है। कई

सामंत तो बेटियों के उत्पन्न होते ही मार देते थे, ये कथायें भी सुनी थीं। सनूड़ी की जीभ काट डाली, हुरकी पर जबरदस्तियाँ कर-करके मार डाला, कानूने बीमारी में खेत में काम करने के लिए मना कर दिया तो घोड़े के पीछे बाँधकर मार डाला। ये दंड-व्यवस्थायें इतनी सार्वजनिक होती थीं कि सर्वत्र आतंक और भय व्याप्त हो जाता था।

अपने जीवन के अनुभवों के बल पर मैं आज कह सकती हूँ कि ये ठाकुर लोग आन, बान, शान, मान-मर्यादा जैसे भारी भरकम शब्दों को ओढ़-ओढ़कर अपने व्यक्ति के मूल अस्तित्व को भूल जाते हैं। वे कुछ भी करते हैं, उसे अपना ईश्वर प्रदत्त अधिकार समझते हैं। इनका अपना कुछ नहीं होता। सब कुछ प्रायः इन्हें पीढ़ियों से मिलता है।

फिर भी मैं अधिक भयभीत नहीं हुई। मैंने एक दिन मंथरा को सुना कर कह दिया, "जो कोई इस डेरे में अन्याय-अत्याचार करेगा, उसकी मैं अक्ल ठीक कर दूँगी।"

माँ सा के सामने जाना मैंने बंद कर दिया था।

जब ठाकुर सा ने माँ सा को कहा, "ठकुराणी जी! सुप्यारदे की जीभ बहुत लंबी हो गयी है। बड़े-छोटे के 'काण-कायदे' रखना तक भूल गयी है। खूब जबान लड़ाती है। उसे समझा दीजिए वर्ना कहीं मुझसे अनर्थ न हो जाय। आपकी लाडली है, इसे समझा दीजिए।"

माँ सा ने मुझे बुलाया। मैं उदास और गंभीर थी। चुपचाप उनके सामने खड़ी हो गयी।

उन्होंने तड़प कर कहा, "मुझसे किस जन्म का बैर निकाल रही हैं आप? इस डेरे में क्या-क्या होता है, इससे आपको क्या? कोई जन्मता है, कोई मरता है, कोई किसी को मारता है, इससे आपका क्या बनता-बिगड़ता है। आप सुख-शांति से रहिए और हमें भी रहने दीजिए। आपके कारण हमें ठाकुर सा से क्या-क्या सुनना पड़ा।"

"मैंने किसी को कुछ नहीं कहा। मैंने तो सच का पक्ष लिया। आखिर मैं इस डेरे की बेटी हूँ। ठाकुर सा की बेटी। मेरे सामने कोई हमारा चाकर दूसरे चाकर पर अत्याचार करेगा तो मैं कैसे सहन करूँगी? उन सबको यह जानना चाहिये कि मैं उनकी स्वामिनी हूँ।"

माँ सा क्रोध में तमतमा उठी। भड़क कर बोली, "तुम स्वामिनी नहीं हो। ...स्वामी है ठाकुर सा और स्वामिनी हैं हम। तुम्हारी स्थिति केवल हमारे हुक्म को मानने की है।"

माँ सा का स्वर कुछ मंदा हुआ फिर बोली, "आप को अंत में वही करना होगा, जो हम चाहेंगे।"

मैंने उन्हें कोई उत्तर नहीं दिया।

उन्होंने फिर कहा, ''आप पिछले कई महीनों से हमसे मिली नहीं। क्या आपको अपनी माँ की याद नहीं आयी? अरे! हमने आपको नौ महीने पेट में रखा है। आप जानती हैं कि एक शरीर में से दूसरे शरीर का जन्म कितना कठिन होता है? हमने कुछ कह दिया, आपने उस बात को पकड़ लिया।''

''हाँ माँ सा, मैंने तो केवल आपकी आज्ञा को माना है। बेटी तो मैं आपकी ही हूँ।''

माँ सा फिर तड़प उठी, ''तुम समझती क्यों नहीं? यहाँ की मर्यादा और यहाँ का अनुशासन को आप मानती क्यों नहीं?''

मैंने सिर नीचा करके कहा, ''आप सब लोगों के लिए चंद शब्द अत्यंत महत्त्वपूर्ण होते हैं पर मैं समझती हूँ कि आप इन शब्दों का महत्त्व भी नहीं समझते? मेरी समझ में कभी आता ही नहीं कि मनुष्य मनुष्य से घृणा कैसे कर सकता है! मनुष्य मनुष्य को बिना कारण कैसे दंड दे सकता है।''

मैं अपनी माँ सा से विवाद कर ही रही थी कि डाबड़ी ने आकर कहा, ''आपकी भानजी रणकदे आयी हैं।''

मेरी माँ ने आदेश दिया कि आप उसे लेकर आइए।

मैं उसे लेने के लिए गयी। उसे मेरे कक्ष में ठहराया गया। रणकदे मुझसे दो-तीन वर्ष बड़ी थी। काली थी। उसके नाक-नक्शे भी आकर्षक नहीं थे। किंचित मोटी थी। वह शेखावतों को ब्याही गयी थी पर उसकी विरूपता को देखकर पति ने कुछ दिन उसका बेमन औपचारिक उपभोग करके त्याग दिया क्योंकि वह थी तो उनकी पत्नी ही। फिर खोटे काम के लिए कोई भी समय पर सही हो सकती है। बाद में उसने उसे अपने छोटे से ठिकाणे में एक अलग महल दे दिया। उसके खाने-पीने ओढ़ने-बिछाने और हाथ-खर्च की व्यवस्था कर दी।

रात्रि बेला जब प्रायः लोग निद्रा की गोद में चले गये तो उसने मुझे अपनी सहेली की तरह गहरी आत्मीयता से कहा, ''बाई सा! आपसे थोड़ी देर में ही मित्रता हो गयी। एक विश्वास सा हो गया कि आपको सब कुछ कह दूँ?...असल में मैं बहुत दुखी हूँ। अपने पति द्वारा परित्यक्त स्त्री का इस समाज और परिवार में क्या इज्जत रहती है? क्या मेरा कुरूप होना मेरा दोष है? यह सब तो ईश्वर की देन है। जन्म तो वही देता है? यदि मैं इतनी ही सुगली (गंदी) थी तो मेरे साथ कुछ रात सुगले काम किये ही क्यों? मेरे अक्षत कौमार्य को क्यों भंग किया? मैं जिस चीज के स्वाद से अपरिचित थी, उसका चस्का क्यों लगाया? मैं सच कहती हूँ बहना, स्त्री को पुरुष का और पुरुष को स्त्री का चस्का बड़ा बुरा है?'' वह विगलित स्वर में पुनः बोली, ''पति इतना निष्ठुर और निर्मोही हो सकता है, यह मेरी समझ में नहीं आ रहा है कि मुझ निर्दोष को क्यों दंड दिया जा रहा है? उन्होंने ब्याह किया

है पत्नी स्वीकारा है फिर उन्हें अपना धर्म रखना चाहिये।''

मैंने दीये की लौ में उसके म्लान मुख पर पसरे अवसाद को अपलक देखा। वह समझदारी से बातें कर रही थी। सच तो यह है कि प्रकृति और अनुभव मनुष्य को स्वतः ही अनेक ज्ञान दे देते हैं।

वह फिर बोली, ''सुप्यारदे जी! ये ठाकुर लोग शुष्क, कठोर और दंभ के मूर्तिमान क्यों होते हैं? वे दूसरे की पीड़ा को क्यों नहीं समझते? वे स्त्री को फालतू चीज क्यों समझते हैं। वे अपनी स्त्रियों से प्रेम क्यों नहीं करते?''

''वे प्रेम इसलिए नहीं करते क्योंकि उन्हें जन्म से शौर्य व युद्ध की बातें ही समझायी जाती हैं। प्रेम शब्द के मर्म को वे शायद समझते ही नहीं। जबकि प्रेम काफी अंशों तक मन की कलुषता को मिटा देता है। वस्तुतः स्त्रियाँ उनके लिए भोग्या हैं। वंश को बढ़ाने की साधन हैं। इसलिए बड़े-बड़े लोग कई-कई राणियाँ व ठकुराणियाँ रखते हैं। रखैलें व पर्दायतनें पालते हैं। महाभारत में लिखा है कि धृतराष्ट्र के सौ पुत्र थे। जबकि वह अंधा था।''

''एक रानी से?'' रणकदे ने प्रश्न किया।

''नहीं। एक स्त्री से इतनी संतान हो ही नहीं सकती। उसके लगभग दस रानियाँ थीं।...अंधे पुरुष की यह अंधी वासना का प्रतीक नहीं है? ये जितने सत्ताधारी हैं न, सब ऐय्याश प्रेत हैं। पहले भी थे और आज भी हैं। मेरी कभी-कभी इच्छा होती है कि मैं एक ऐसी स्त्री से मिलूँ जिन्होंने समस्त तथाकथित मर्यादाओं का उल्लंघन किया हो, परित्यक्ता हो, कुलकलंकिनी हो, लांछिता हो, कुलटा हो, दबंग हो, विरोध की क्षमता रखती हो?''

मुझे महसूस हुआ कि एक अजनबी सन्नाटा हमारे बीच आकर बैठ गया है। ऐसा बैठा कि हटने का नाम भी नहीं ले रहा था।

थोड़े अंतराल के पश्चात रणकदे ने ही उसे धक्का दिया। अपराधिनी की तरह सिर झुका कर बोली, ''एक ऐसी स्त्री को मैं जानती हूँ।''

''बताओ, कौन है?''

''उसमें वे बातें स्वतः ही नहीं आयीं पर ये विशेषण परिस्थितियाँ ही लगा सकती हैं।''

''कौन है? कहाँ है?''

''तुम ईश्वर को मानती हो?''

''हाँ, मानती हूँ।'' मैंने कहा।

''फिर उसकी सौगंध खाओ कि मैं जो कुछ कहूँगी, वह किसी से भी नहीं कहूँगी। चाहे सूर्य पश्चिम से भले ही निकल जाय।''

''विश्वास रखो।''

उसका कालाकलूटा चेहरा और काला तथा उदास हो गया। उसकी आँखों में

पश्चाताप जनित दुख उभर आया। बुझे-बुझे स्वर में बोली, "वह मैं हूँ। सुप्यारदे मेरे पेट में तीन मास का बच्चा है। वह मेरे पति का नहीं है। वह एक ड्योढ़ीदार युवक का है। पर मैं दबंग नहीं हूँ। मुझमें लड़ने की क्षमता नहीं।"

मुझ पर मानो पहाड़ गिर गया हो? चकित सी बोली, "क्या?"

"हाँ सुप्यारदे, मुझे किसी को बताने का साहस नहीं हुआ? लेकिन यह बात बेसी दिन छुपकर ही नहीं रह सकती। ऐसी स्थिति में सोचा कि भुआजी से सहार लूँ कि वे किसी भी सयानी दाई को कह कर इसे गिरवा दें। यह तो पाप है। भयंकर पाप पर मैं उस आनंद के पीछे इस पाप से भी नहीं डरी। अब तो पापिन हो गयी हूँ। यदि यह भेद खुल गया तो किसी को कैसे मुँह दिखाऊँगी? मेरे सासरे-पीहरे के दोनों कुलीन कुलों पर कलंक लग जायेगा।"

मुझे लगा कि उसका एक-एक वाक्य मेरे मन को यंत्रणा दे रहा है। इतने श्रेष्ठ उच्च कुटुंब की स्त्री का इतना बड़ा पतन। पाप? मुझे विश्वास नहीं हो रहा था। रुधिर की पवित्रता और श्रेष्ठता की डींग भरने वाले लोगों की संतान में यह कैसा रुधिर है?...मेरी इच्छा हुई कि एक बार इस डेरे के समस्त जनों के सामने जोर-जोर चिल्लाकर कहूँ कि इस रणकदे में कितने श्रेष्ठ व गौरवशाली घरानों का रक्त है और यह इतने जघन्य कृत्य में कैसे पड़ गयी? एक कोठे पर बैठने वाली स्त्री की तरह जिनके नैतिक मूल्य भी अलग होते हैं।

मैं आज भी सोच कर पीड़ा से भर जाती हूँ कि यह नश्वर शरीर ही पाप-पुण्य की जड़ है। यह पार्थिव है, परन्तु सृष्टि की समूची रचना का उद्गम स्थल है।

"बताओ, अब मैं क्या करूँ?" उसने मुझ खोयी हुई को झिंझोड़ा।

मैंने सोचा कि इस डेरे में इस भेद की हलकी भनक भी पड़ गयी तो खैर नहीं।

मैंने उसे व्यथित स्वर में कहा, "कुछ सच्चाइयाँ प्राणघातक होती हैं। ये खानदानी लोग हैं जहाँ मृत पतियों के संग ये कुलीनजन जबरदस्ती स्त्रियों को सतियाँ बना देते हैं। वे इस तरह की पापिन को भला कैसे सहन करेंगे? ये तो आपके टुकड़े-टुकड़े करके चील-कौवों को खिला देंगे? अच्छा यही है कि आप उस युवक के साथ दूर-बहुत दूर भाग जाइए जहाँ इनकी परछाइयाँ भी न पहुँच सकें। ध्यान रखिए इस बात की किसी दूसरे को आहट भी सुनायी नहीं देनी चाहिये।"

उसे मेरी बात समझ में आ गयी। वह पाँच दिनों तक हमारे यहाँ रही। अपने भीतर आग की लपटों की तपिस लिए वह हँसती रही। अपने को प्रसन्न बताती रही। फिर वह चली गयी। जब जीने के कुछ सपने शेष रहते हैं तो मनुष्य मरने से डरता है। रणकदे भाग गयी। कहाँ, यह आज तक कोई नहीं जान सका। उसके पति ने भी कोई प्रयास नहीं किया क्योंकि किसी की पत्नी के भागने का अपयश उसे भी तो अपयश की गंदगी से भर देगा। इसलिए बात को आयी-गयी करना ही

ठीक रहता है।

मैं भी उस बात को जहरीली गोली की तरह निगल गयी।

पंडित जी अब भी मुझे पढ़ाने आते थे। लगभग साठ वर्ष के थे। एक धोती और बगलबंदी पहनते थे। कंधे पर दुपट्टा रहता था और सिर पर पगड़ी। उनके जीविकोपार्जन यजमानी का धंधा ही था। चाहे विवाह का शुभ कार्य हो, चाहे मृत्यु का अशुभ। वे ही सारे कार्य शास्त्र-सम्मत कराते थे। मुझे भी उन्होंने ज्ञान लोक की लम्बी सैर करायी थी।

मैंने एक बार उनसे पूछा, ''गुरु जी! महाभारत और रामायण क्या सच्ची कथायें हैं।''

पंडित जी ने मेरी ओर प्रश्न भरी दृष्टि से देखा। उनकी दृष्टि मेरे चेहरे से चिपक सी गयी थी। जैसे वे मेरी आँखों में दहकते इस प्रश्न से मेरी मनसा को समझने जा रहे थे।

''आपका क्या विचार है?'' उन्होंने गंभीर होकर बोला।

''उन ग्रंथों पर निर्णय करने की अभी क्षमता मुझमें पैदा नहीं हुई है। आप जैसे प्रकांड विद्वान ही मेरी शंका का समाधान कर सकते हैं।''

''यदि आपको इन पर आस्था और विश्वास है तो ये सच्चे हैं। यदि नहीं है तो कपोलकल्पित। किंतु असली हिंदू को अपने पौराणिक व धार्मिक ग्रंथों, वेदों और उपनिषदों पर अविश्वास नहीं करना चाहिये। प्रश्न ही नहीं करना चाहिये।''

मैंने विनम्रता से कहा, ''मैं शंका और तर्क इसलिए कर रही हूँ कि मुझे सही उत्तर चाहिये। इनसे ज्ञान में वृद्धि होती है।''

''यदि वे सच्ची पुस्तकें नहीं होतीं तो सदियों से वे जनमानस को आंदोलित कैसे करतीं।''

''मेरी समझ से इनमें अतिरंजना बहुत है।'' मैंने शंका की।

''हर इतिहास में यह अतिरंजना होती है पर इतिहास सच तो है ही। '' उन्हें मेरी बातें जरा भी अच्छी नहीं लग रही थीं।

मैंने भी सोचा कि मेरे इन प्रश्नों से गुरुजी की आत्मा दुखी हो रही है। वे ये जरूर सोच रहे होंगे कि अपने वातावरण के विरुद्ध कैसे अपना विकास कर रही है यह छोरी। पर उनका यह भी मानना था कि इसके ग्रह ही विचित्र और अलग हैं। इसके जीवन में वह कुछ घटेगा जो आम ठाकुर घराने की स्त्रियों के जीवन में नहीं घटता है।

गुरुजी के चले जाने के बाद कंवली आ गयी। उदास और टूटी-टूटी।

मैंने उसे पूछा, ''आज तेरा मुँह उतरा हुआ क्यों है।''

उसने कातर स्वर में उत्तर दिया, ''गरीबों के भाग्य को ईश्वर कौन सी

दवात-कलम से लिखता है कि सुख काँच के चिलके की तरह झलमला कर चला जाता है।"

मैंने कहा, "ईश्वर भाग्य नहीं लिखता। भाग्य तो मनुष्य अपने आप बनाते रहते हैं। किंतु हुआ क्या?"

"मेरे घरवाले साहूकार लक्ष्मण चंद जी की बेटी के विवाह में काम करने गये थे। वे हमारे जजमान हैं पर कल एकाएक उन्हें तेज बुखार आ गया।...अब वैद्य जी ने काम पर जाने को मना कर दिया है।"

"तुम क्यों नहीं चली जाती।"

"यही तो समस्या है। मेरा धणी मुझे कहीं भी अकेले नहीं जाने देता। मैं बहुत फूटरी हूँ न? वह सोचता रहता है कि कहीं अभावों से भरा जीवन मुझे...। पेट की लाय (आग) क्या नहीं करा देती? केवल यहाँ आने भी इसलिए देते हैं कि मेरी माँ, साथ है। फिर ठाकुर सा का भय?"

मैंने उसे कुरेदने की गरज से कहा, "क्या तुझे अपने पर भरोसा नहीं है?"

"मैं कुछ कह नहीं सकती।" उसने पलकें झुका लीं।

"अरे! तू अपने विश्वास के बारे में नहीं कह सकती।" मैंने विस्मय से पूछा।

कंवली अपने पाँव के अंगूठे को कच्चे फर्श पर रगड़ती हुई बोली, "मैं कैसे अपने पर विश्वास कर सकती हूँ। कभी किसी जगह किसी राजवी ठाकुर या बड़े मिनख की मुझ पर नज़र पड़ गयी और वह मुझ पर मोहित हो गया तो मेरे विश्वास की क्या कीमत रह जायेगी। वह मेरे पति को पहले भयभीत करेगा, फिर उसे धन का लालच देगा। इस पर भी वह नहीं मानेगा तो वह मुझे बलपूर्वक उठा कर ले जायेगा। समर्थ का कोई दोष नहीं होता।"

"उसकी दवा-दारू के पैसे तो हैं?" मैंने पूछा।

"मेरी माँ बड़ी ठकुराणी जी से कुछ माँगने गयी है।"

"तू मेरे साथ चल। कुछ पैसे मेरे पास हैं, मैं तुझे देती हूँ। किसी को बताना नहीं। अपने धणी को अच्छी तरह दवा-हवा दिला दे।"

मैं उसे अपने कक्ष में ले आयी। अपने छोटे से बक्से में से कुछ पैसे निकाल कर दे दिये। उसने उन्हें एक कपड़े में बाँध कर अपने घाघरे के भीतरी हिस्से में छुपा लिये।

"आप बहुत दयालु हैं।" उसने पल भर रुक कर कहा, "एक बात कहूँ।"

"हाँ।"

"आप इस डेरे की छोरी लगती ही नहीं, आप में तो दया, धर्म और सच है।"

मैंने धीमे से मुसकरा दिया। सहसा पूछा, "तू कल ठाकुर बलवीर सिंह जी की बेटी की शादी में मेरे साथ चलेगी। मैं तेरी माँ को कह दूँगी। उनसे हुक्म दिला दूँगी।"

"यदि माँ कह देगी तो मैं चल पड़ूँगी। फिर तो मेरे धणी भी हुक्म दे देंगे।"

"धणी को इतना वहमी नहीं होना चाहिये।"

"ईश्वर जैसा जिसको घड़ देता है, वह वैसा ही बन जाता है। स्वाभाव, गुण, अवगुण तो प्रभु देते हैं।"

मैंने कंवली की ओर स्नेह से देखकर कहा, "हम सारे गुण-दोषों को ईश्वर पर क्यों थोपते हैं?"

"और किस पर थोपे? वही तो सब कुछ करने वाला है।"

मैंने वहीं बात खत्म कर दी। पर मैं अब सोचती हूँ कि ईश्वर सच में है या हमारे संस्कारों में घुला हुआ महाशक्तिमान 'शब्द-सच' है। मेरी क्षमता आज भी स्पष्ट निर्णय करने की नहीं है। लेकिन अपने जीवन के अनुभवों और स्थितियों के बल पर मैं कह सकती हूँ कि इस मक्कार, झूठी, हिंस्र, क्रूर, फरेबी दुनिया को ईश्वर कैसे बना सकता है?...वह तो दयालु, करूणानिधान, जगत नियन्ता, समदर्शी होता है।...उसकी सृष्टि इतनी बुरी नहीं हो सकती। अभ्यासवश प्रत्येक श्रेष्ठ-अश्रेष्ठ कर्म का दायित्व हम ईश्वर पर डाल देते हैं क्योंकि हमारे पास कोई चारा ही नहीं है, कोई इतना शक्तिशाली शब्द दूसरा नहीं है।

जब मैंने यह बात पदमण को कही तो उसने कान पकड़ कर छिः छिः उगला। मेरी ओर उपेक्षा की दृष्टि से देखकर कहा, "बाई सा! ऐसी बातें करने से ही पाप लगता है।"

"पाप क्यों लगता है?" मैंने झट से प्रश्न किया।

"आप ईश्वर को नकार रही हैं? जानती हैं कि उस पर विश्वास नहीं करनेवाला नरक में जाता है। वहाँ वह आग में जलता है। उसे साँप-बिच्छु खाते हैं। क्षमा माँगिए ईश्वर से।"

मैंने ना में सिर हिला दिया।

वह नाराज होकर चली गयी।

फिर मैंने सोचा कि मुझे इसको लेकर गुरुजी से ही विवाद करना चाहिये।

पंडित जी ठाकुर सा से मिलकर आ रहे थे। मैंने उनसे पूछा कि क्या ईश्वर सच में है।

उन्होंने मेरे सिर पर स्नेहिल हाथ रखकर कहा, "बेटी! आपका ज्ञान अभी बहुत कम है। तप-तपस्या भी नहीं की है। अनेक ग्रंथ नहीं पढ़े हैं। आपको गहन तत्त्वों के विश्लेषण की क्षमता भी नहीं है। लेकिन जिन्होंने पढ़े हैं, तपस्या करके इस सत्य को खोजा है कि ईश्वर सर्वज्ञ हैं, हर पदार्थ ईश्वर है। वह परिपूर्ण है। पूर्ण शक्ति से ही पूर्ण उत्पन्न होता है।"

"फिर दुख कहाँ से आता है?"

"बेटी दुख की उत्पत्ति अचानक, संयोगवश कारणहीन या भाग्य के कारण

नहीं होती। उसके पीछे पर्याप्त कारण होते हैं। इनमें भी ईश्वर ही व्याप्त है।...बाई सा! आपमें इन तत्त्वों को समझने की जरा भी शक्ति नहीं है। यह क्यों हुआ, यह कैसे हुआ, क्यों हुआ, किसलिए हुआ, ये केवल तर्क हैं और इन तर्कों के पीछे कोई ठोस आधार नहीं है। अच्छा तो यह होगा कि आप को अधिक से अधिक सुख-सुविधायें कैसे इस घर में मर्यादाओं और परंपराओं में रहकर मिल सकती हैं, इन पर ही सोचिए।''

पंडित जी की बात में सीख थी क्योंकि मैं इस ठिकाणे की ऊँची दीवारों को कभी भी फांद नहीं सकती। फांदना संभव भी नहीं। मैं ऐसा सोचती हूँ मेरे ऐसे सोचने के पीछे भी क्या वही ईश्वर है? इस प्रश्न ने मुझे विचलित कर दिया।

मैं उस रात अपनी ही सच्चाइयों को लेकर बेचैन रही। अपने ही प्रश्न मुझे उलझाते रहे।

× × ×

मैं और कंवली जब बलवंत सिंह जी के डेरे पहुँचें तब बारात आ गयी थी। तोरणद्वार पर सालियाँ और अन्य स्त्रियाँ, उनमें मैं और कंवली भी थीं, बींदराजा (दूल्हे) की आरती उतारने को तत्पर थीं।

बींदराजा के साथ एक अत्यंत ही बलिष्ठ, आकर्षक, गोरा और हँसमुख युवक खड़ा था। वह जिस तरह बींद (दूल्हे) से घुलमिल कर बातें कर रहा था, उससे लगा कि यह कोई उनका विशेष मित्र है।

वह मेरी ओर घूर-घूर कर देख रहा था। मैं भी उपस्थित सारी लुगाइयों में अपने रूप-रंग के कारण अलग लग रही थी। वह युवक मुझे निरंतर घूर रहा था। न चाह कर भी मेरी नजरें उससे टकरा जाती थीं। मुझे यह अशिष्टता लगी। फिर भी मैं अपनी नज़र को अपने काबू नहीं रख पा रही थी।

मैंने कंवली से कहा, ''यह कौन हो सकता है?''

मेरा इतना कहना था कि कंवली वहाँ से चली गयी। कुछ पलों के बाद आकर बोली, ''ये नरवद जी राठौड़ हैं। मंडोर के युवराज। सत्ता राठौड़ के पुत्र।''

मैंने उनकी वीरता की कथायें सुनी थीं। वे अद्‌भुत वीर थे। मेरे भीतर सहसा उनका आकर्षण बढ़ गया।

कंवली नाइन थी। इनमें जन्मजात चंद विशेषतायें होती हैं। नयनों की भाषा समझने में वे निपुण होती हैं।

झट से बोली, ''मंडोर के होने वाले राजा। बहुत बड़े मिनख हैं। मैं उनसे पूछ कर आती हूँ कि वे कुँवारे हैं या विवाहित।''

''अरे! अपने को इससे क्या?''

''बाई सा! आप भी तो कुँवारी हैं। बींद तो आपके लिए भी ढूँढ़ना ही पड़ेगा। घर बैठे इतना चोखा और खानदानी बींद आ गया। फिर कुछ पता करने में क्या हर्ज है? हुक्म करिए। जाऊँ?''

"कंवली! वे क्या समझेंगे?" मैं उसे स्पष्ट मना नहीं कर सकी।

"मैं कोई उनसे उनके खजाने के बारे में पूछ रही हूँ। मैं तो उनसे इतना ही पूछूँगी कि आप कुँवारे हैं या विवाहित।"

"नहीं-नहीं। यह अच्छा नहीं लगेगा?"

"इसमें अच्छे बुरे की क्या बात है?" कंवली ने तनिक नाटकीयता से कहा, "बाई सा! आप कुछ भी चिंता न करें। यदि उन्हें रीस (क्रोध) आयेगी तो वे अपने घर की चार रोटियाँ बेसी खायेंगे।"

कंवली चलने लगी पर मैं उसे रोक नहीं पायी। मुझे यह बहुत ही अटपटा सा लग रहा था।

बाहर बड़े पाटे (तख्ते) पर ढोलनियाँ 'मूमल' लोक गीत गा रही थी।

काऴी काऴी काजऴिया री रेख रे
हाँजी, कालोड़ी कांठल में चिमकै बिजऴी,
जुगजिओ म्हांरी मूमल हालौ नीं
ए आली जा रे देस...

कोई अत्यंत ही मधुर स्वर वाली ढोलन ने अपने स्वर का ऊँचा अलाप लेकर जब इसे गाया तो नरवद जी उधर चले गये। वे मुग्ध-भाव से गीत सुनने लगे।

सुमधुर गायिका ढोलन गा रही थी–

होंठड़ला मूमल रा रेसमियाँ तार ज्यूँ
हाँजी, दाँतड़ला ऊजऴदंती रा दाड़म बीज ज्यूँ
म्हांरी हरियाऴी ए मूमल हालौनीं
रसिया रे देस...।

कंवली के लिए यह सुनहरा अवसर था। सीधी ढोलनों के पास खड़े नरवद जी के सन्निकट जाकर उसने निःसंकोच भाव से पूछा, "कुंवर सा! झुक-झुक मुजरो करूँ आपने?"

नरवद जी उसे पहचान गये कि यह वही है जो एक सुंदरी के पास खड़ी थी। झट से अपनी जेब में से दो चाँदी के कलदार निकाल कर गायिका को दिये। एक किनारे एकांत में होकर उन्होंने कहा, "मैं आपका मुजरा कबूल करता हूँ।"

"मैं साँखला ठाकुर सा के बेटी सुप्यारदे की दासी भी हूँ और सहेली भी।"

नरवद जी ने अत्यंत विनम्रता से कहा, "हुक्म करिए।"

"मैं आपके पाँवों की धूल भला हुक्म कैसे कर सकती हूँ। अरज ही कर सकती हूँ।" कंवली ने सिर झुका कर कहा।

नरवद जी ने थोड़ा मुसकरा कर कहा, "जब आप इतने बड़े घराने की बेटी सुप्यारदे जी की सहेली हैं तो आप हुक्म भी कर सकती हैं?"

"अरज यह है कि आप दोपाए हैं या चौपाए?"

"क्या मतलब?"

कंवली ने हँस कर अत्यंत ही सहज स्वर में कहा, "मतलब है कि आप शादीशुदा हैं या कुँवारे?"

"आप पहले यह बताइए कि आपकी सहेली सुप्यारदे शादीशुदा हैं या कुँवारी।"

"कुँवारी।"

"फिर मैं भी कुँवारा हूँ।" नरवद जी ने कंवली से विनीत स्वर में कहा, "आप मुझे एकांत में अपनी सहेली का दर्शन-लाभ करा सकती हैं?"

"जहाँ लाभ की बात है, वहाँ लाभ दूसरे को भी होना ही चाहिये।"

"आपको मैं अपने हाथ का यह सोने का कड़ा पहना दूँगा।" नरवद जी ने मुसकराकर कहा।

कंवली ने विनयपूर्वक कहा, "मुझ गरीब को सोने का कड़ा क्या, चाँदी का कड़ा भी कोई नहीं पहनाएगा? ऐसे हमारे भाग्य भी कहाँ?"

"मैं क्षत्री हूँ। मेरे बोल का पानी जैसा मोल नहीं होता। पत्थर पर लकीर होती है।" उन्होंने दृढ़ता से कहा।

कंवली दरिद्रता के दलदल में फंसी हुई थी। सोने के कड़े के प्रलोभन ने उसे व्यग्र-विचलित कर दिया।

उसने कहा, "वायदा तो नहीं करती पर जतन जरूर करूँगी और सोने का कड़ा पहनूँगी।...यदि बाई सा तैयार हुई तो मैं आपको आँखों से सिनकार (संकेत) दे दूँगी।"

कंवली ने आते ही मेरे सामने नरवद जी की प्रशंसा करनी शुरू कर दी, "अखन कुँवारे हैं। गुणी हैं। शूरवीर हैं। मंडोर के होने वाले महाराजा हैं। बाई सा! आप दोनों की जोड़ी 'कृष्ण-राधा' की जोड़ी होगी।"

सच तो यह है कि वे मुझे भी प्रथम-दृष्टि में पसंद आ गये थे। वे सभी दृष्टियों से आकर्षक लगे। फिर जब कंवली ने बताया कि वे 'मूमल' गीत सुनकर मुग्ध हो गये थे तो मुझे प्रतीत हुआ कि वे भावुक भी हैं। वे क्षत्रिय संस्कारों से अलग कुछ बोलेंगे, सोचेंगे और समझेंगे।

मुझे अचल खड़ी देखकर उसने फिर कहा, "आप उनसे दो पल मिल नहीं सकतीं। मैं उन्हें पश्चिम दरवाजे की ओर ले जा रही हूँ।"

"तुम पागल हो गयी हो। ऐसा कभी हुआ है और हो सकता है?" मैंने तनिक रोब भरी गंभीरता से कहा।

कंवली ने एकदम भोलेपन से कहा, "ऐसा कभी हुआ है, यह मुझे पता नहीं। आप चलें तो हो सकता है।"

मेरे मन में भी उनसे मिलने की लालसा जाग गयी थी पर किसी ने देख लिया तो? डर भी लग रहा था।

''नहीं, ऐसा नहीं हो सकता।'' मैंने ऊपरी मन से कहा।

''बाई सा! आप समझती हैं कि मैं आपका बुरा चाहूँगी। आपकी बदनामी कराऊँगी। अभी विवाह की हलचल है। सब लोग अपने-अपने कामों में व्यस्त हैं। सुअवसर है यह। चूकिए मत।'' उसने मुझे प्रोत्साहित किया।

''मगर हमारा उधर जाने का बहाना भी तो होना चाहिये।''

''आप निडर होकर आ जाइए। मैं सब बता दूँगी बहाने। नाइन का चमत्कार तो देखिए।''

''वे...।''

उसने लंबे स्वर में कहा, ''बाई सा...! वे तो छाया की तरह पीछे चले आयेंगे।''

मैं अब भी समझती हूँ कि उसमें मेरी आत्म स्वीकृति पूरी तरह नहीं थी। ...आधी स्वीकृति, आधी उत्सुकता और आधा भय। चल पड़ी मैं उसके साथ। हम जैसे ही पश्चिमी प्रोल की ओर घूमे कि एक डाबड़ी ने पूछा, ''उधर आप कहाँ जा रही हैं?''

कंवली ने तुरंत उत्तर दिया, ''तुम्हें हमारे हाथ में यह पानी का लोटा नहीं दिखायी देता।''

''ओह समझी! जंगल जा रही हैं।''

मैंने सोचा कि कंवली अत्यंत चतुर है। यदि इसके जीवन में साधन और स्वतंत्रता होती तो यह कुछ श्रेष्ठ कार्य कर सकती थी।

हम दोनों वहाँ पहुँचीं। वह एकदम चोरी-चोरी मिलना था। पीछे से आये नरवद जी। मुझमें विशेष प्रतिक्रिया नहीं हुई। किंचित उत्तेजना थी इसलिए ही हृदय की धड़कन तेज हो गयी थी।

नरवद जी के पहुँचते ही कंवली वहाँ से खिसक गयी। एक गूंदी-वृक्ष की ओट में हो गयी।

नरवद जी ने मुजरा किया। मैं निरूत्तर रही।

उन्होंने मधुर स्वर में फिर कहा, ''हमारा इस तरह मिलना मर्यादाहीन है पर हृदय की विवशता भी तो कम शक्तिशाली नहीं होती। उसके सामने कितनी ही मर्यादायें भंग हो जाती हैं। सुप्यारदे जी! न जाने आपको देखकर मेरी इच्छा आपसे मिलने की क्यों हुई? यह तो भला हो आपकी सहेली का, उसने मेरे सपने को पूरा कर दिया।''

मैंने अपने को संभाला। अपने सिर के पल्लू को व्यवस्थित करके कहा, ''कुंवर सा! हर सुंदर वस्तु की ओर आकर्षण का होना स्वाभाविक है। यह प्राणीमात्र की दुर्बलता है।''

''मैं आपसे सहमत हूँ पर आप तो अनुपम हैं। फिर आपकी सहेली ने आपकी बुद्धि की जो प्रशंसा की, उससे तो मुझे लगा कि आप जितनी सुंदर हैं, उतनी ही

बुद्धिमती भी। आप जिसके घर जायेंगी, वह घर तो स्वर्ग हो जायेगा।"

मैंने व्यंग से मुसकरा कर कहा, "चंद पलों के परिचय से किसी के अंतर्मन को जान लेना, मैं समझती हूँ कि संभव नहीं।"

"भंडार में भरे अन्न में से मुट्ठी भर अन्न लेकर देखने से उसकी गुणवत्ता का पता चल जाता है।"

"कई बार ऊपरी अन्न तो अच्छा होता है पर निचला अन्न सड़ जाता है। फिर हम किसी के अंतस के सच को तो जान ही नहीं सकते।"...

"सुप्यारदे जी! आप कुछ भी तर्क करें पर मेरा विश्वास है कि आप सभी तरह से श्रेष्ठ हैं। आप जितनी बाहर से उज्ज्वल हैं, उतनी ही भीतर से भी उज्ज्वल हैं।"

"आप क्या ज्योतिषी हैं?" उसने मुसकराया।

"कई स्थितियाँ ऐसी होती हैं कि मनुष्य की आत्मा उन्हें विशेष स्थिति में जान लेती है जो सामान्य स्थिति में नहीं जानी जाती। देखिए, मेरे इस अकस्मात लगाव को क्या कह कर संबोधन करूँ, पर इतना जरूर है कि मेरे जीवन में आप अचानक एक अनिवार्यता बनती जा रही हैं।...समय कम है। मैं आपसे पूछ रहा हूँ कि आप मुझसे ब्याह करेंगी।"

"इसका निर्णय मेरे पिता साँखलाजी करेंगे।"

कंवली आ गयी थी। उसने त्वरा से कहा, "कुँवर सा! आपको ढूँढ़ा जा रहा है, जल्दी से खिसकिए।"

नरवद जी तुरंत खिसक गये। फिर मेरी उनसे उस ब्याह में दुबारा भेंट नहीं हो सकी। मैंने वहाँ जाने के लिए माँ सा से पूछा भी था तो उन्होंने मना कर दिया, "हमने अपने दस्तूर पूरे कर दिये। व्यर्थ में कहीं भी आना-जाना हमारे लिए अच्छा नहीं। हम ठिकाणे के ठाकुर हैं।"

मुझे कई दिनों के पश्चात मालूम हुआ कि कंवली दूसरे दिन जाकर सोने का कड़ा ले आयी। मुझे यह अच्छा नहीं लगा। मैंने उसे बुला कर कठोर स्वर में कहा, "तेरा यह काम क्या अच्छा है? एक सोने के कड़े के लिए तूने कुटनी का काम किया। यह दिल दुखाने वाली बात नहीं?"

वह मेरे पाँवों में गिर कर रोने लगी। रोते हुए बोली, "मुझसे भूल हो गयी बाई सा, मुझे माफ कर दीजिए। मैं वह कड़ा आपको लाकर दे दूँगी। आप नरवद जी को वापस भिजवा दीजिए।"

"पर तूने ऐसा किया क्यों?"

उसने सारी बातें बताकर कहा, "उन्होंने मुझे बख्शीश दी है। यह भी सच है कि सोने के कड़े ने मुझमें लोभ जगा दिया। जिन्हें चाँदी का कड़ा भी नहीं मिलता, उसे सोने का कड़ा मिल जाये तो? जिस घर में भूख और दरिद्रता हो, पग-पग पर

अभाव हो, उन्हें कभी-कभी दो चार कलदार मिल जाते हों, वहाँ सोने का कड़ा मिले तो वह कैसे अपने पर काबू रख सकता है। बाई सा! मैं लालच में अंधी हो गयी थी। मुझे माफ कर दीजिए बाई सा।''

क्या कहती उसको? जहाँ के जीवन का एक-एक पल दूसरों की दया पर साँस लेता है, वहाँ लालच का होना स्वाभाविक है।

मैंने उसे उठाया। उसके गाल पर हलकी चप्पत मार कर हँसते हुए कहा, ''चलो, मैंने तुम्हें माफ किया।'' वह मेरी छाती से लिपट गयी।

× × ×

मैं नहीं जानती कि प्रेम किसे कहते हैं? किसी की निरंतर स्मृति, उससे मिलने के लिए बेचैनी, उसे एक क्षण भी अपनी आत्म-सृष्टि से लुप्त न करना ही यदि प्रेम है तो वह मुझे नरवद जी से हो गया था। मुझे उनकी सबसे अच्छी बात यह लगी कि उन्होंने मेरे और अपने बीच के संवादों में युद्ध और शौर्य की बातें नहीं कीं। जो मूमल के अनुपम गीत में दिलचस्पी रखता हो, वह अवश्य ही भावुक होगा। वह नारी के अंतरतम के कोमल तत्त्वों को स्पर्श करने वाला होगा। जो स्त्री के शरीर का वस्तु की तरह उपभोग नहीं करेगा?

मैं उनके बारे में न जाने क्या-क्या सोचती रही। मेरे मन-प्राण व्याकुल हो उठे। मैंने न जाने कितने सपने बुन डाले ? सच तो यह है कि मैंने अपने कुँवारे मन की निर्दोष व निर्मल धरती पर क्या-क्या अभिलाषाओं के वृक्ष उगा डाले? उन पर रंग-बिरंगे फूल खिला डाले।...यह भी तो सच है कि स्त्री अपने मन के नंगे सच को कह भी नहीं सकती। उसे पग-पग पर समाज और धर्म ने मर्यादाओं से बाँध रखा है। अब मैं यह कहूँ कि मुझे मेरी काम-भावना नरवद जी के लिए उत्प्रेरित कर रही है तो आप मुझे गिरी हुई स्त्री कहेंगे। पर मैं कल्पना में उनका स्पर्श करती हूँ। आलिंगन करती हूँ। उनसे हुई क्षणिक भेंट ने मुझमें इतना गहरा विश्वास बिठा दिया कि मैं उनके साथ राज्यलक्ष्मी के रूप के संग-संग प्रेम की पुजारिन के रूप में जीवन बिताऊँगी।

यदि उन्होंने जो कुछ भी कहा, वह हृदय से कहा तो वे भी मुझे कभी नहीं भूल सकते।

मैं आत्मलीन सी गवाक्ष में बैठी थी। सूर्य गवाक्ष की विपरीत दिशा में चला गया अतः मेरे आसपास सुहावना मौसम हो गया था।

उसी समय कंवली भागी-भागी आयी।

''बाई सा...बाई सा! मुझे आप सोने का हार पहनाइए।'' उसने तुरंत अपने को नियंत्रित किया। एक अपराधी की तरह सिर झुका कर वह पुनः बोली, ''मुझे क्षमा करें। मेरा मुँह मीठा कराइए।''

मैं तुरंत समझ गयी कि उसे अवश्य ही सोने के कड़े की बात याद आयी

है। मनुष्य की नैतिकता मनुष्य के खोटे आचरण पर अंकुश लगाती रहती है, यह मैंने कंवली के आचरण से जाना।

मैंने कंवली को स्नेह से पूछा, ''किस बात की मिठाई खिलाऊँ?''

''बाई सा!'' वह मेरे पाँवों में बैठकर बोली, ''कुँवर नरवद जी के पिताजी ने सगाई का प्रस्ताव भेजा है। आप तो जानती हैं कि सगाई का नारियल लड़की वालों की ओर से आना चाहिये। वहाँ से जेता नाम का खवास (नाई) आया है। वह विवाह में भी नरवद जी के साथ हाजरिया बनकर आया था।''

मेरी भी खुशी का कोई ठिकाना नहीं। मैंने उससे कहा, ''जल्दी से सारी बातों का पता करके आ।''

कंवली शीघ्रता से नीचे चली गयी।

मंडोर की ओर से विवाह-प्रस्ताव और उस व्यक्ति के लिए प्रस्ताव जो मारवाड़ का अधिपति बनने जा रहा था।

मेरे पिता ठाकुर सींहड़ा साँखला ने तुरंत अपनी ओर से नारियल भिजवा देने का वचन दे दिया।

जब जेता खवास चौक में आया तब उसे कंवली मिल गयी। कंवली ने उससे पूछा, ''आप जेता जी हैं? बाई सा के लिए कुँवर सा का कोई संदेश लाये हैं। मैं सुप्यारदे बाई सा की खास दासी कंवली खवासिन हूँ।''

''आप खवासिन हैं। मैं भी खवास हूँ। जैसी स्वामिनी वैसी दासी। यदि आप कुँवारी हैं तो आप अपनी शादी का नारियल मुझे भिजवा सकती हैं।''

कंवली ने नयन मटका कर कहा, ''खवास जी! मैं तो पूरे ग्यारह टाबरों (बच्चों) की माँ हूँ।''

''बिलकुल झूठ।'' जेता ने उपहास से कहा, ''आप तो अखन कुँवारी लग रही हैं।

''भगवान की मर्जी के सामने मैं क्या करूँ?'' कंवली ने भी मुसकरा कर कहा, ''नरवद जी ने कुछ कहा है।''

''कहा तो नहीं।''

''प्यार के दो बोल भी नहीं कहलाए।''

''नहीं, कंवली जी! जो व्यक्ति विरह की आग में जल रहा है, गीली लकड़ी की तरह सुलग रहा है, जिसका रोम-रोम सुप्यारदे-सुप्यारदे बोल रहा है, उसे जबान से बोलने की क्या जरूरत है। मेरे स्वामी की तो बड़ी बुरी दशा है।''

''फिर मुहुर्त्त जल्दी से निकलवाइए न?''

''यह न तो उनके वश में है और न मेरे। यह तो राव सत्ता जी ही करेंगे।'' जेता ने विश्वासपूर्वक कहा कि उसे यदि यह पता चल जाता कि मेरी भेंट आपसे होगी तो वे कई संदेश एक साथ मुझे दे देते?''

मंथरा आ रही थी। कंवली वहाँ से तुरंत खिसक गयी। जेता भी डेरे से बाहर चला गया।

कंवली ने आकर कहा, ''माँ चामुण्डा ने आपकी विनती सुन ली। ठाकुर सा मान गये हैं। वे नारियल भिजवाने वाले हैं। बड़े प्रसन्न हैं।''

मैंने भी दृढ़ विश्वास से कहा, ''मेरी मनोकामना देवी माँ अवश्य पूरी करेगी।''

''सच बाई सा! नरवद जी श्रेष्ठ पुरुष हैं। आपने जरूर 'गणगौर' माता की पूजा चित्त-मन से की है इसलिए आपको ईसर इतना अच्छा मिला।''

हालांकि मैं अंधविश्वासों में आकंठ डूबना नहीं चाहती थी। मुझे सदा लगता था कि चंद शब्दों के लंबे वितानों के तले हमारी संपूर्ण संस्कृति दबी है। चाहे स्त्री हो या पुरुष, सभी बात-बात पर ईश्वर, जोग-संयोग, भाग्य, पूर्वजन्म का फल, पूर्व पापों का फल, पुण्यों का फल, विधि का विधान, अनेक ऐसे शब्द हैं, जो हमारे संस्कारों में घुस गये हैं। उनका प्रयोग व्यक्ति को उसके अपने अहम से दूर रखता है। उसे संकट में धैर्य देता है कदाचित वे शब्द हमारे संवादों के अटूट हिस्से बन गये हैं। तभी तो व्यक्ति इनसे मुक्त नहीं होता।

''क्या सोचने लगीं आप?''

''मैं सोच रही हूँ मनुष्य की अपनी शक्ति और विचार समाज, परिवार और धर्म के समक्ष कितने दुर्बल हो जाते हैं। पहले मनुष्य की अपनी प्रवृत्ति महत्त्वपूर्ण थी पर दिनोंदिन उस पर अन्य प्रवृत्तियाँ शासन करने लगी हैं। ओह! मैं भी किस भैंस के सामने बींन बजाने लगी। मैं कह रही थी कि देवी माँ मेरी मनोकामना पूरी करेंगी।''

कंवली कई क्षणों तक मेरे चेहरे को गौर से देखती रही।

''क्या ढूँढ रही हो मेरे चेहरे पर।''

''बाई सा! यह प्रेम क्या होता है?''

''क्या बताऊँ?'' मैंने हाथ की हथेली को फैला कर कहा, ''नहीं कर सकती व्याख्या इसकी। मेरा अनुभव तो यह कहता है एक आदमी का दूसरे आदमी के प्रति तीव्र खिंचाव ही प्रेम है।''

''क्या आप नरवद जी को प्रेम करने लगी हैं।''

''खिंचाव है तो अवश्य ही प्रेम करने लगी हूँ।'' मैंने उसे सहज स्वर में कहा, ''मैं तो समझती हूँ कि मनुष्य सारी उम्र प्रेम करता रहता है। कभी माँ से, कभी बाप से, कभी भाई से, कभी बहिन से, कभी किसी और से, जोबन में वह अपने बराबर की उम्र वाले से प्रेम करता है। शादी के बाद अपने पति से, फिर संतान से...मेरा ऐसा सोचना है कि यह सिलसिला बंद नहीं होता। प्रेम व्यापक है। अनवरत भावना है।''

कंवली को मेरी भारी भरकम बात समझ में नहीं आयी।

मैं आज प्रेम शब्द को लेकर सोचती हूँ तो मुझे लगता है कि देह के अस्तित्व के बिना यह प्रेम व्यर्थ हो जाता है। "मैं तो तुम्हारी आत्मा से प्रेम करता हूँ।" इससे बड़ा झूठ इस पृथ्वी पर कहीं नहीं है। आत्मा का शरीर के बिना अस्तित्व कहाँ है?

मैंने उसे तब पूछा था, "कंवली! एक बात बताओ। गाँव में भूत उजाले में दिखते हैं या अँधेरे में।"

वह झट से बोली, "अँधेरे में।"

"यदि तुम आँखें बंद कर लो तो अँधेरा छा जायेगा। तब क्या तुझे भूत दिखायी देंगे?"

"पता नहीं।"

वह बेचारी कुछ भी तर्क नहीं कर पाती थी।

इसी बीच मेरी छोटी बहिन नीहारदे हमारे पास से गुजरी। वह मुझसे कई घटनाओं को लेकर नाराज है। वह वैसे लंब-तगड़ी है पर उसकी आकृति पर जो लावण्य होना चाहिये, वह नहीं था। फिर उसका रंग भी मुझसे बहुत कम गोरा था। उसके दोनों नयन आकार में छोटे थे। वह स्वभाव और व्यवहार में बिलकुल सामंतों की बेटी थी। दंभी, अकड़बाज़ और क्रूर। किसी ने उसके हुक्म का त्वरा से पालन नहीं किया तो वह उसे अपशब्दों से लाद देती थी और कई बार हाथ तक उठा लेती थी।

हममें शुरू-शुरू में भी सामान्य मेलजोल था। पहली बार हमारे बीच कटुता खुल कर तब आयी जब हम सावन के महीने के पहले सोमवार को शिवमंदिर गये थे। हम दोनों के पूजा के थाल हमारी डाबड़ियों के पास थे। हम जब मंदिर में पहुँचे तो कई लुगाइयाँ पूजा के लिए आयी हुई थीं। जैसी कि हमारी परंपरा रही है कि जब राजवी स्त्रियाँ मंदिर में आयें तो दूसरे दर्शनार्थियों को मंदिर के बाहर कर दिया जाता था। जब पुजारी और उसके घरवालों ने उन्हें बाहर निकालना शुरू किया तो मैंने उसे रोक दिया। कहा, "यह ईश्वर का घर है। इस घर में ऊँच-नीच, श्रेष्ठ-अश्रेष्ठ, छोटा-बड़ा, नीचा-ऊंचा कुछ नहीं चलेगा। इसके दरबार में सब बराबर हैं।"

नीहारदे ने मेरी बात का विरोध करते हुए कहा, "नहीं। ऐसा नहीं है। इसके दरबार में कैसे कोई बराबर है? यदि ऐसा होता तो ईश्वर अमीर-गरीब क्यों बनाता? हमें श्रेष्ठ कुल में और इन्हें छोटे कुल में क्यों पैदा करता।" उसने पुजारी जी को आदेश दिया, "इन्हें निकाल दीजिए। हम अकेले पूजा करेंगे।"

"मैं बड़ी हूं इसलिए हुक्म मेरा चलेगा।"

"यदि बड़ा गलती पर हो तो छोटे का विरोध करना उसका कर्त्तव्य बन जाता है।"

मुझे लगा कि राड़ बढ़ जायेगी, इसलिए मैंने पराजय स्वीकार करते हुए कहा, "चलो, आप पहले पूजा करें। मैं इन लोगों के साथ करूँगी।"

उसने मुझे विचित्र दृष्टि से देखा। पता नहीं, उसमें घृणा थी या उपेक्षा।

उसने कहा, “देखिए, आप हमारे खानदान की मर्यादा और परंपरा के विरुद्ध काम कर रही हैं।”

“परंपरायें व मर्यादायें जड़ नहीं होतीं।”

उसने अकेले पूजा-वंदना की। मैंने सबके साथ। नीहारदे अपनी डाबड़ी के साथ डेरे चली गयी।

मैं अपनी डाबड़ी के साथ घर आकर दुखी मन पलंग पर लेट गयी। ईश्वर की सत्ता को लेकर मेरे अंतस में द्वंद्व चल रहा था।

मैं आज सोचती हूँ कि कुटुंब-गौरव का अहंकार मिथ्या है। मैंने तो अपने आज तक के जीवन में तीन गौरवशाली कुटुंब देखे हैं, जिनमें दंभ, पाखंड, अन्याय व अत्याचार के सिवाय कुछ भी नहीं देखा। वस्तुतः सामंती संस्कृति एकदम विकृति की ओर अग्रसर हो चुकी है। मनुष्यता तो इसके आसपास भी नहीं रहती। कभी-कभी किसी में करूणा और दया की झलक मिल जाती है वर्ना तो ऐसा लगता था कि देवताओं के मुकुट व वस्त्र पहने हुए देवतारूपी दैत्यों के घेरे में मैं आ गयी हूँ।

नीहारदे कंवली पर क्रोध में बरस रही थी। कंवली डरी-डरी सी थी।

मैंने तपाक पूछा, “क्या बात है कंवली? नीहारदे जी तुझे क्यों डाँट-डपट रही हैं।”

कंवली के मन में मुझे देखकर साहस जगा। वह बोली, “इन्होंने चामुण्डा माँ की तस्वीर को स्वयं तोड़ा और तोड़ने का टीका मेरे ललाट पर निकाल रही है।”

“झूठ बोलती है निठल्ली।”

उसने दुराशीष देते हुए कहा, “जो झूठ बोलेगा, उसे माँ चामुण्डा अंधा-लूला कर देगी।”

मुझे विश्वास हो गया कि कंवली सच बोल रही है। मैंने नीहारदे के सन्निकट जाकर कहा, “आपने भगवान शिव की पूजा की है। भगवान शिव की सौगंध खाकर कहिए कि मैं सच बोल रही हूँ। यदि आपने झूठ बोला तो सारी पूजा का फल कंवली को मिल जायेगा। आज सावन का सोमवार है, समझी आप।”

नीहारदे गुस्से में बिफर पड़ी, “आप इस दो कौड़ी की छोरी के लिए मुझे शिवजी की सौगंध दिला रही हैं। इसका मतलब यह हुआ कि मैं नहीं, यह आपके नेड़ी (पास) है।”

“प्रश्न नेड़ी और आगी का नहीं है। प्रश्न है कि कौन सच्चा है और कौन झूठा। सच्ची सौगन्ध खाने में किस बात का डर है। झूठे का मुँह काला और सच्चे का बोलबाला।”

वह पाँव पटकती हुई चली गयी।

मैं अब सोचती हूँ कि जिस भूमि पर तैंतीस करोड़ देवता चप्पे-चप्पे पर पहरा देते हैं। जिनकी उपस्थिति सर्वत्र है, वहाँ कैसे-कैसे मनुष्य छल-कपट करता है। झूठ

बोलता है, अन्याय-अत्याचार करता है और आरोप अपने से दुर्बल पर लगा देता है। इस दुनिया के खेल समझ में ही नहीं आते?

मैं यह सोच कर उदास हो गयी।

× × ×

पंडित जी ने आज की बहस के बाद मुझे पढ़ाना बंद कर दिया।

बात यह थी कि मैंने उनसे पूछ लिया, "ययाति महाराज अपने बुढ़ापे को मिटाने के लिए इतने बेचैन क्यों थे? क्या उनकी लालसायें व तृष्णायें समाप्त नहीं हुईं थीं?"

"बेटी! इस संसार में विचित्र प्राणी और उनकी विचित्र लालसायें हैं। मानव मन की थाह पाना तो असंभव है। ययाति महाराज की अपनी ऐसी लालसा रही होगी। इसमें हम क्या कर सकते हैं?"

"उन्होंने अपने बेटे से यौवन प्राप्त किया। क्यों किया? क्या उनका मन वासना से नहीं भरा था? बोलिए न गुरुजी। यह पिता के कर्त्तव्य और धर्म पर कलंक नहीं है? वृद्ध के पुत्र के समक्ष युवा पिता आमोद-प्रमोद करे। उत्तेजना के दलदल में फंसे, इसे आप क्या लोकाचार कहेंगे?"

"नहीं कहूँगा, मगर आत्मग्लानि के अग्निकुंड में जलकर ययाति ने अपने पुत्र पुरु द्वारा दिया गया यौवन उसे वापस लौटा दिया था क्योंकि उन्हें अपनी गलती का अहसास हो गया था। मैं भी मानता हूँ कि हर इच्छा और पुरुषार्थ को संयम के घेरे में ही रखना चाहिये। संयमहीनता ही मनुष्य को पापाचार की ओर अग्रसर करती है।" फिर वे तनिक नाराज से बोले, "आप क्यों व्यर्थ की बातों में उलझती रहती हैं? ये बातें आपको दुखी ही करेंगी।"

और वे अप्रसन्न होकर चले गये।

कम होता उजास, शायद दीये का तेल कम हो रहा है। खत्म भी हो जायेगा थोड़ी देर में। अँधेरा भी छा जायेगा। मुझे लगता है कि पंडित भी मेरे प्रश्न से चिंतित और तनिक भयग्रस्त थे। वे भी सोचते होंगे कि मेरी इन बातों का जवाब देना उनके हित में नहीं होगा। यदि ठाकुर सा को पता चल गया तो वे नाराज हो जायेंगे।

वे वहाँ से सीधे ठाकुर सा की बैठक में चले गये। मुझे पक्का विश्वास था कि वे अवश्य मेरे विचारों के बारे में उन्हें बताने गये होंगे। यह भी मैं सोचती हूँ कि वे बतायेंगे तो इस तरह बतायेंगे कि मेरे पिताजी अधिक उत्तेजित न हों। पंडित जी सदा अपने को दूसरे के कोप से बचाए रखते थे।

मैं अपने कक्ष में अपने में लीन बैठी थी। उसी समय एक वृद्ध क्षत्राणी ने प्रवेश किया। उसका घाघरा हरा था, कुर्ता काँचली काली, ओढ़नी भी काली। उसके वस्त्रों से लगा कि वह विधवा है। उसने बन्ने दरोगे से कहा कि वह ठाकुर सा से भेंट करना चाहती है।

ठाकुर सा ने कहलवा दिया कि उन्हें आज समय नहीं है। वे कल उनसे मिलेंगे।

वृद्ध महिला ने जोर से कहा, ''क्यों कल मिलेंगे। मेरे बेटे की जान पर आ बनी है और वे ऐसे टाल रहे हैं जैसे किसी तमाशेवाले को टाल रहे हैं।''

उसकी आवाज ने मेरा ध्यान भंग किया। मैं गवाक्ष में आकर देखने लगी।

थकी-हारी स्त्री। साठ बरस की। सारी आकृति उसकी झुर्रियों से भरी हुई। वस्त्र भी फटे-पुराने। दोनों पाँवों में भारी-भारी चाँदी की कड़ियाँ।

''ठाकुर सा को जाकर कहो आप हमारे परमेश्वर हैं। मेरे बेटे ने अपने परमेश्वर के लिए अपने दोनों हाथ युद्ध भूमि में कटवाए हैं। वह इतना बड़ा योद्धा है कि एक हाथ कटने के बाद भी शत्रुओं का संहार करता रहा। उसके एक साथी ने बताया था कि उसने सात शत्रुओं का संहार किया। वह शत्रु की मृत्यु पर पागल की तरह चिल्लाता था। उसके उन्माद से उसके साथी भी दुगुने वेग से शत्रु पर आक्रमण करते थे। इतने बड़े वीर की बुरी दशा पर ठाकुर सा ने उसे सड़ा हुआ कुत्ता समझ लिया। उसका शरीर सड़ने लगा है। यहाँ के वैद्य जी कह रहे हैं कि उसे मंडोर के राजवैद्य के पास ले जाया जाय।...मैं पूरे सात दिनों से हाथ जोड़-जोड़ कर और आँसू बहा कर विनती कर रही हूँ कि मेरे बेटे को बचाइए। यह मुझ विधवा का सहारा है। और हमारे स्वामी के कानों पर जूँ तक नहीं रेंगती। यह अन्याय नहीं है?''

ठाकुर सा बाहर निकले। उनका चेहरा क्रोध में तमतमा रहा था। दहाड़ कर बोले, ''क्यों बकबक कर रही है। अपनी औकात नहीं समझती।''

''औकात समझती हूँ माई बाप! आपके चरणों की धूल हूँ। छोटी जाति की हूँ पर अछूत नहीं हूँ। आपका थूका हुआ चाटती हूँ। लेकिन मुझे मेरे बेटे की आती मौत ने पागल कर दिया है। वह रात भर कुरलाता है, भयंकर पीड़ा से छटपटाता है। उसकी दशा मुझसे नहीं देखी जाती?'' उसने लंबा साँस लेकर फिर कहा, ''आपका धर्म नहीं कि अपने सैनिक की रक्षा करें।''

ठाकुर ने त्यौरियाँ बदल कर कहा, ''हमने इसे जबरदस्ती सेना में भर्ती नहीं किया था। उसे तनखा देते थे।...अरे! यहाँ के क्षत्री तो युद्ध में मर कर अपने को धन्य समझते हैं। मालूम है उन्हें मोक्ष मिलता है। इस, जुलाहे की तो मरने से गति-मुक्ति हो जायेगी।''

मैं शिष्टता की चिंता किए बिना नीचे आ गयी।

''यदि वह रणभूमि में मारा जाता तो उसको तुरंत मोक्ष मिल जाता पर अब यह अथाह पीड़ा का नरक भोग रहा है। बेचारा तिल-तिल गल-गल कर मर रहा है। यह नहीं सहा जाता। अन्नदाता! मुझ पर दया कीजिए।''

''ठीक है। कामदार जी से सौ कलदार लेकर मंडोर ले जाकर अपने बेटे का इलाज करा लो।''

''मेरे बेटे को एक बार देख लीजिए न? वह बाहर बैलगाड़ी में है।''

"तुम जाओ।" वे गरज पड़े।

पर मैं अपने को नहीं रोक पायी। प्रोल के बाहर गयी। ओह! इतनी दुर्दशा। ईश्वर किसी की न करें। जहाँ से हाथ कटे थे, वहाँ से बूँद-बूँद रक्त और मवाद मिला-जुला टपक रहा था। उसका कुछ हिस्सा बुरी तरह सड़ गया था। उस आहत योद्धा की आकृति पर मृत्यु की परछाइयाँ मंडरा रही थीं। मुझे देखकर वह करूण विलाप करने लगा—"मुझे बचाइए...बाई सा मैं मरना नहीं चाहता।"

मैं उसे क्या उत्तर देती फिर भी उसके संतोष के लिए कहा, "यह सब ईश्वर के अधीन है। जन्म और मृत्यु का स्वामी तो वही त्रिलोकीनाथ है। पर मैं प्रार्थना करूँगी कि तुम जल्दी से जल्दी स्वस्थ हो जाओ।" और मैं कहती भी क्या?

मैं भीतर आ गयी। सोच रही थी कि किसी भी योद्धा को अपाहिज जीवन जीने से क्या मिलेगा। जो जीवन दूसरे की दया पर निर्भर हो, वह जीवन कितना पीड़ादायक होगा? मैंने बहुत देर तक चिंतन किया। तब मुझे लगा कि जीने की इच्छा कितनी बलवती होती है? हजारों संकटों व दुखों में भी यह जीवित रहने की इच्छा नहीं मिटती।

मैं जानती थी कि ठाकुर सा मुझे प्रताड़ित करेंगे पर मेरे मन में जैसे मेरे प्रश्न चुभ रहे थे।

मैं उनके पास गयी। वे दारू पी रहे थे। मैंने सिर झुका कर मुजरा किया। दुखी स्वर में कहा, "ठाकुर सा! उस बुढ़िया के बेटा नहीं जियेगा। बड़ी दयनीय दशा है। मैंने उसे देखा है।"

उन्होंने चिंतारहित स्वर में कहा, "सब अपनी-अपनी मौत मरते हैं। मौत का पल कभी नहीं टलता। मृत्यु किसी को पूछ कर भी नहीं आती।"

"क्षमा करें अन्नदाता, वह तो आपका ही सैनिक था। आपके लिए उसने यह त्याग किया।"

"तो आप समझती हैं कि मैं उसे मुफ्त में लड़ा रहा था। मैंने सदा उसकी सुख, सुविधायें और पेट की आग को बुझाने का ध्यान रखा। फिर जो सैनिक है, शूरवीर हैं, जो रणभूमि में जीते हैं, मरते हैं, वे कभी न कभी जरूर अपने कर्त्तव्य पर बलिदान होते हैं। उन्हें मरने से क्या भय है? ऐसी दुर्दशा में उसे अपने इष्टदेव से प्रार्थना करनी चाहिये कि वह उसे जल्दी-जल्दी स्वर्ग में बुला लें।"

"क्या उसका इष्टदेव उसको नया जीवन नहीं दे सकता? वह यदि उसे स्वर्ग में बुला सकता है तो उसे स्वस्थ भी कर सकता है। आखिर वह सर्वशक्तिमान और चमत्कारी है।"

"देवताओं को इतनी फुर्सत कहाँ है? वे इतनी विराट सृष्टि के संचालन की व्यवस्था करें या हर ऐरे गैरे आदमी की समस्या का समाधान करें। फिर कोई भी देवता विधि के विधान को नहीं मिटा सकता।" उन्होंने अपने स्वर को जरा कठोर

करके कहा, "सुप्यारदे! आपको एक काम की बात कह रहा हूँ—हम बड़े क्षत्रियों की बेटियों को अपनी मर्यादा के बाहर नहीं चलना चाहिये, उन्हें फालतू बातों के लिए माथापच्ची नहीं करनी चाहिये, उन्हें ऐसे विचारों से भी दूर रहना चाहिये जो उनके घर-परिवार के प्रतिकूल हों। ऐसे कर्म भी नहीं करने चाहिए जो उनके रक्त-गौरव की शुद्धता पर संदेह कराएँ।"

मैंने जरा हँसकर कहा, "मैंने ऐसा तो कुछ नहीं कहा जिससे आपकी कुलीनता पर कलंक लगे। दया करना तो अपने आप में कुलीनता ही है। श्रेष्ठ कर्म है...ठाकुर सा! ये नाटकीयता भरे दंभ व पाखंड पूर्ण वाक्य हमने अपने पर क्यों लाद रखे हैं? हम सरलता से अपनी बात क्यों नहीं कहते?"

"सुप्यारदे! अपनी इन तर्कपूर्ण व्यर्थ की बातों को इस चौमासे तक भले ही कर लें, बाद में आपको अपने सासरे जाना ही है। दीवाली के जाते ही मिगसर में कोई श्रेष्ठ शुभ मुहूर्त्त निकाल कर आपके हाथ पीले कर दूँगा। मेरी चिंता मिटेगी। बेचारे पंडित जी भी आपकी कुतर्क भरी बातों की चिंता करते रहते हैं। एक बात बताऊँ कि आप जिस तरह की तीखी व व्यर्थ की बातें करती हैं, वे कभी आपको संकट में डालेंगी।"

मैं ठाकुर सा को सिर नवा कर बाहर आ गयी, यह सोचती हुई कि मेरी बातों के लिए ये मुझे दुराशीष क्यों देते हैं?

बाहर आकर देखा कि कामदार जी का बेटा खड़ा है। मैंने उसे पुकारना चाहा पर वह तो प्रेत की तरह छांईकांई हो गया। भाग गया।

उसी समय दो व्यक्ति घबराए हुए आये। ड्योढ़ीदार ने उन्हें रोकना चाहा। एक ने कहा, "हमें तुरंत ठाकुर सा से मिलना है।"

"क्यों?"

"एक जवान लड़की हाथ में तलवार लिये हुए चौराहे पर उत्पात मचा रही है। वह चिल्ला-चिल्ला कर कह रही है कि मैं यहाँ के एक-एक सैनिक की हत्या करूँगी। लोग उसके भय से किवाड़ बंद करके घरों में घुस गये हैं। लगता है कि वह पागल हो गयी है।"

मैंने ये सब सुना। भीतर गयी। ठाकुर सा को बात बता कर अर्ज की, "आप हुक्म दें तो मैं उसे समझा आऊँ।"

"आप नींद में तो नहीं हैं। उस पगली ने तलवार का कहीं वार कर दिया तो?"

"ठाकुर सा! मैं आपकी बेटी हूँ। शस्त्र चलाना जानती हूँ। प्रहार को रोकना भी मैं जानती हूँ।" मैंने भी बासी वाक्य को दोहराया, "आखिर मैं क्षत्राणी हूँ न।"

"अब तक तो किसी क्षत्री ने उसे काबू कर लिया होगा।" ठाकुर सा ने विश्वास प्रकट किया।

"मुझे जाने दीजिए न?" मैंने विनती की।

"जाइए। आपकी भी परीक्षा हो जायेगी।"

मैंने दीवार पर टंगी तलवार उठायी और बाहर निकल गयी। डेरे के उत्तर-दिशा में वह चौराहा था। मैंने वहाँ पहुँच कर देखा कि दो क्षत्रिय योद्धा उस विक्षिप्त युवती को मारने के लिए हाथों में नंगी तलवारें लिये हुए उसकी ओर बढ़ रहे हैं।

मैं सत्वरता से उनके पास लपकी। उन्हें रोकते हुए आदेश भरे स्वर में कहा, "आपमें से कोई भी इस युवती पर हाथ नहीं उठायेगा।"

वे मुझे बिलकुल नहीं जानते थे। उनमें से एक ने कहा, "ए बाई! खबरदार जो आगे बढ़ी। यह अत्यंत ही खतरनाक पागल है।...जाओ और चूल्हा-चक्की की इज्जत बढ़ाओ। ये काम मर्दों का है।"

मैंने अपना परिचय दिया तो वे चुप हो गये और उनकी मुद्राओं और झुके हुए सिरों से लगा कि वे मुझसे क्षमा याचना कर रहे हैं।

"आप मेरे बीच में जरा भी टाँग न अड़ायें।"

मैं उस युवती की ओर बढ़ी। वह हवा में तलवार लहराते हुए बोली, "आगे मत बढ़ना। मैं तुम्हारे टुकड़े-टुकड़े कर दूँगी। उसी तरह जिस तरह यहाँ के सैनिकों ने मेरे पिता के शरीर के टुकड़े-टुकड़े किये थे।...ये मनुष्य नहीं हैं। पशु हैं। लंबे दाँतवाले पशु। इन्होंने हमारे गाँव पर आक्रमण किया। लूटपाट की, जोरजबरदस्ती की, मासूम लड़कियों पर बलात्कार किये, यह तो अन्याय की पराकाष्ठा है। इन्होंने मुझे अपवित्र किया। इन्होंने सारे गाँव की स्त्रियाँ जो जवान और सुंदर थीं, उनसे अपना काला मुँह किया। ये पापी और दुष्ट हैं। मैं एक-एक को मौत के घाट उतारूँगी मेरी कुलदेवी आशापुरा जानती हैं कि इन्होंने केवल पाशविकता और अमानुषिकता के खेल खेले हैं।"

मैंने अपने हाथ की तलवार फेंक दी। फिर उसकी ओर आहिस्ता-आहिस्ता बढ़ने लगी। मैंने अपनी आँखें उसकी आँखों में डाल दी थीं।

वह चीखी, "रूक जाओं...रूक जाओं...मैं तुम्हें मार डालूँगी।...ठहरो...।"

वह चीखती-चिल्लाती रही परंतु उसने मुझ पर कोई प्रहार नहीं किया। अचानक यह कह—'नहीं मानेगी चुडैल!'—उसने मुझ पर प्रहार कर दिया।

मैं हठात पीछे हट गयी। उसकी तलवार जमीन से जा लगी। मैंने उसकी बाजू को जोर से पकड़ कर झटका मारा। तलवार उसके हाथ से छुट गयी।

वह मुझे गालियाँ निकालने लगी। मुझसे भिड़ गयी पर वह काफी दुर्बल थी इसलिए वह मेरा सामना नहीं कर सकी। मैंने उसे जमीन पर गिरा दिया।

उसने नीचे पड़े-पड़े तड़प कर कहा, "मुझे मार डालो...मुझे मार डालो।"

मैंने उसे स्नेहिल स्वर में कहा, "शांत हो जाओ बहन, अपने को संभालो। बोलो, क्या बात है?"

वह मुझे घूर-घूर निरंतर देखती रही। फिर सुबक-सुबक कर रो पड़ी। विगलित विनीत स्वर में बोली, ''मुझे इन राक्षसों के पंजे से छुड़ाओ।...ये मुझे बहुत सताते हैं।''

''चलो, मेरे साथ।''

तभी एक पुरुष भागता हुआ आया। वह हाँफता हुआ बोला, ''यह झूठी है। मक्कार है। कोई पागल-वागल नहीं। ये सब भागने के लिए नाटक कर रही है। इसे मैं लूट कर लाया था।''

आगंतुक मदिरा में धुत था। उसकी जबान और पाँव दोनों लड़खड़ा रहे थे।

मैं भड़क कर बोली, ''यह कोई सोने-चाँदी का गहना है। कोई कीमती चीज है जो तुम लूट लाये। यह तो स्त्री है।''

वे दोनों क्षत्रिय भी आ गये थे। उन्होंने उस मदिरा में उन्मत्त क्षत्री को बताया कि यह ठाकुर सा की लाडली बेटी है।

''चलो, मेरे साथ।'' मैंने उसका हाथ पकड़ कर चलने का आग्रह किया।

वह नशेड़ी फिर बोला, ''मैं आपकी शिकायत ठाकुर सा से करूँगा। शत्रु की स्त्री को पनाह देना, क्या ठीक है? फिर मेरी यह लूटी हुई चीज है। इस पर मेरा अधिकार है।''

मैंने गर्दन को झटका देकर कहा, ''जो करना है, आप कर लें।''

वह मेरे साथ चल पड़ी। फिर रुक कर बोली, ''आप मुझे कहाँ ले जा रही हैं?''

''डेरे में। मैं ठाकुर सा की बेटी हूँ। आप जरा भी न डरें।''

वह तो काँप उठी। भयभीत स्वर में बोली, ''नहीं, मैं वहाँ नहीं चलूँगी। वहाँ भी ऐसे ही लोग होंगे। एकदम पिशाच, राक्षस।...मैं आपके पाँव पड़ती हूँ। आप मुझे मेरे गाँव पहुँचा दे।...मैं देवी-माँ से आपके लिए प्रार्थना करूँगी कि वे आपको सोरी-सुखी रखें।''

मैं उसे डेरे में ले आयी। प्रोल में प्रवेश करते ही मंथरा का सामना हो गया। मंथरा नयन नचा कर कंधे मटका कर बोली, ''इस सफेद कबूतरी को कहाँ से पकड़ लायी।...बहुत फूटरीफरी है। यहाँ लाने की क्या जरूरत है? बाहर कोई जंगली बिल्ले कम हैं?''

मैंने उसकी ओर घृणा से घूर कर देखा। यदि मेरे वश में होता तो मैं इस दुष्टात्मा को कच्चा चबा जाती। इस स्त्री की समस्त संवेदनायें मर चुकी हैं। मैंने भड़क कर कहा, ''मालजादी कहीं की, जी तो चाहता है कि तेरी जबान काट लूँ। मेरे बीच में आयी तो कच्ची दीवार की तरह ढहा दूँगी।''

मंथरा धुआँफुआँ होकर सीधी ठाकुर सा के पास चल पड़ी।

ठाकुर सा मदिरा पी रहे थे। मंथरा ने उन्हें गिड़गिड़ाते हुए कहा, ''खम्मा

अन्नदाता, प्राणों की भीख माँग रही हूँ। यदि आप दे दें तो मैं कुछ अर्ज करूँ।''

''क्या बात है?'' उन्होंने हुक्के की नली को मुँह से निकालते हुए कहा।

''बाई सा सुप्यारदे जी आपको बहुत बड़े संकट में डाल देंगी। वे हमारे किसी वीर सरदार की डाबड़ी को उठाकर ले आयी हैं।''

''क्या?'' ठाकुर सा अवाक रह गये।

''हाँ अन्नदाता।'' मंथरा ने सिर झुका कर कहा, ''और मैंने उसे जरा सा टोका-रोका तो मुझे जान से मारने की धमकी दे डाली।''

ठाकुर सा के भीतर ज्वालामुखी भड़क उठा। वे लपक कर आये। गर्ज कर बोले, ''ये सब क्या है? आप रोज-रोज उल्टे-सीधे काम क्यों करती हैं?''

मैंने संयत स्वर में कहा, ''मैंने कोई उल्टा-पुल्टा काम नहीं किया। मैंने तो एक लाचार, निरपराध और बंदिनी युवती को इस ठिकाणे के स्वामी, जिसका रक्त शुद्ध और पवित्र है, जो न्याय करता है, जो दुखियारों का दुख दूर करके अपराधियों को दंड देता है, उसके सम्मुख लायी हूँ। आप इसका शरीर देखिए, इस तरह तो आदमखोर जानवर भी नहीं काटता।''

''न्याय-धर्म के लिए तुम्हें प्रार्थना करने की क्या जरूरत है? न तुम अपराधी हो और न तुम अपराध सहनेवाली।''

''पर क्या एक शक्तिशाली मनुष्य दूसरे दुर्बल मनुष्य की आपदाओं में मदद नहीं कर सकता।''

बारूद की तरह फट पड़े ठाकुर सा, ''सुप्यारदे! मेरी आँखों से दूर हो जाओ। तुम्हारी मूर्खताओं के कारण मैं अपने पर प्राण निछावर करने वाले समर्थकों को नाराज कर दूँ? क्या शत्रु हमारी बाई-बेटियों पर दया करते हैं? वे भी तो बड़ी निर्ममता से वैसा ही करते हैं जैसा हम कर रहे हैं। एक शत्रु दूसरे शत्रु के साथ ऐसे ही पशुवत व्यवहार करते हैं।'' उन्होंने जोर से कामदार जी पुकारा, ''कामदार जी! आप दो जनों के साथ इसे अपने सही ठिकाने पहुँचवा दीजिए।''

वह पृथ्वी की सारी पीड़ा से आकुल होकर चीखी, ''नहीं-नहीं, मुझे मार डालिए, वहाँ न भेजिए...माई बाप।...दया कीजिए...मैं आपकी गाय हूँ।...गाय।''

वे लोग पकड़ कर ले गये—उस निरीह चिड़िया को। मैं क्या कर सकती थी? दया और क्रोध से काँपती मैं असहाय सी खड़ी थी।

उसकी चीखें व पुकारें मेरे कानों में गूँजती रहीं।

इसके उपरांत उस दुखियारी ने अवसर मिलते ही उन मुसदंडों की गिरफ्त से निकल कर आत्महत्या कर ली।...जब वह भाग रही थी तो एक ने पीछे से कटार फेंकी जो उसकी पीठ में घुस गयी। पर वह रुकी नहीं। कुए में कूद गयी। मर गयी। कूंवा पक्का था। पत्थरों का बना।...अत्यंत ही कलात्मक। आधे गाँव की जलपूर्ति करता था।...उसमें कूद कर मरने से बड़ी समस्या पैदा हो गयी।

लाश को निकाला गया। मर गयी थी बेचारी। कई जगह कूंए में टकराने से गुमट उभर आये थे।...लाश के दाह-संस्कार कर दिये गये पर कूए के पानी में उस गरीब का जो लहू मिला, उसका असर कई दिनों तक नहीं गया।

मैं उसके प्राणों की रक्षा नहीं कर सकी, इसके लिए और अपनी आत्मा की शांति के लिए तीन एकादशी के व्रत कर लिये। नहीं बताया किसी को रहस्य इन व्रतों का।

× × ×

राजनीति की शतरंज पर आप अटल विश्वास नहीं कर सकते। कब कौन किसको मात दे दे यह कोई भी नहीं जानता।

मेरे पिताजी सींहड़ा साँखला मेरे विवाह की उत्साह के साथ तैयारियाँ कर रहे थे। ठिकाणे के छोटे-बड़े प्रजाजनों पर विवाह संबंधी अनेक कर लगाये जा रहे थे। विचित्र कर। दुल्हन की पोशाक, मेंहदी, कलेवा, जनवासे, न जाने कितने कर। एकदम विचित्र कर।

मेरी आस्था भाग्य के प्रति टूटती जा रही थी। लेकिन इस अनायास घटी घटना ने मेरी आस्था को खंडित कर दिया।

वस्तुतः नरवद जी राठौड़ मंडोर के वास्तविक उत्तराधिकारी नहीं थे। इसलिए उन्हें सत्ता से च्युत कर दिया। बस, इतनी सी बात पर मेरे पिता ठाकुर सा, यह रिश्ता तोड़ने के लिए तैयार हो गये। तैयार क्या हुए कि उन्होंने उन्हें कहला दिया कि वे एक सामान्य राठौड़ कुँवर से अपनी बेटी का विवाह नहीं करेंगे। यह उनकी प्रतिष्ठा के प्रतिकूल है। उनके ठिकाणे की शान के विरुद्ध है।

कंवली ने मुझे यह बुरी खबर दी। मैं तो सुन्न हो गयी। काटो तो खून नहीं। गाज गिर गया हो मुझ पर। यह सब क्यों हुआ? तो कंवली ने सारी बात बता कर कहा, "अन्नदाता जी का विश्वास है कि नरवद जी के पिताजी ने मुझे जानबूझ कर धोखा दिया है। उन्होंने मुझसे झूठ बोला है। ऐसे ओछे, कोरे और प्रपंची व्यक्ति मैंने देखे ही नहीं।"

"हे भगवान।" मुझे अपने सारे स्वर्णिम स्वप्न टूटते से लगे। मैं कई क्षणों तक अपना सिर पकड़े हुए बैठी रही। अपने को संभाल कर मैंने कहा, "कंवली! अब मैं क्या करूँ? कैसे नरवद जी तक संदेश पहुँचाऊँ। यदि वे आ जायें तो मैं उनके संग भाग जाऊँ।"

"यह आप क्या कह रही हैं। बाई सा। होश में रहिए। भागना इतना आसान नहीं।"

"कंवली! श्रीकृष्ण की बहिन सुभद्रा को अर्जुन भगाकर नहीं ले गये थे? जिसे यह पृथ्वी सर्वशक्तिमान समझती है।"

"मैं उनके बारे में कुछ नहीं जानती।"

"हाँ, कृष्ण जी तो अर्जुन के साथ थे। सुभद्रा को भगाने में सहायक।...मेरा कौन है?"

"भगवान! अब भगवान ही आपकी मनसा पूरी करेगा।" कंवली ने ललाट में बल डाले और अपनी बायीं काँख को खुजा कर कहा, "वैसे नरवद जी इस अपमान को चुपचाप थोड़े ही सह लेंगे। आखिर वे बड़े शूरवीर हैं। असली राठौड़ कुल के हैं। विरोध-सरोध तो करेंगे ही।"

"बस अब तो उनसे ही आशा है।" मैंने दुखी मन से अश्रु बहाकर कहा, "कंवली! क्या तुम नरवद जी के पास जा सकती हो?"

उसके मुख पर मृत्यु का भय चमक उठा। तर्जनी उंगली को नकारात्मक ढंग से हिलाकर कहा, "नहीं-नहीं, ठाकुर सा मेरे घर के एक-एक जने को कोल्हू में पिसवा देंगे।"

मैं जानती थी कि उसका भय झूठा नहीं है। उसका क्या, गुलाम लोगों का एक-एक पल भयग्रस्त होता है। वे तो बेचारे किसी की भलाई करते हुए भी डरते हैं।

मैंने कहा, "तुम ठीक कहती हो कंवली! इस सृष्टि में बेचारा पराधीन अपनी मर्जी की एक साँस भी नहीं ले सकता। लेकिन मैं अपनी मर्जी से आत्महत्या तो कर सकती हूँ। तालाब में कूद कर प्राण तो त्याग सकती हूँ।"

"नहीं बाई सा, ऐसा मत करिएगा। भगवान पर भरोसा रखिए। वह कुछ न कुछ सुनेगा।"

मैं आपको सच कहती हूँ कि जिस ईश्वर के अस्तित्व के प्रति मेरे मन में अनेक प्रश्न थे, उसके अस्तित्व को स्वीकार कर उसकी सैंकड़ों मन्नोतियाँ मानीं, प्रसाद बोला। नंगे पाँव चामुण्डादेवी के दर्शन की घोषणा की। बहुत स्मरण किया प्रभु को। देवी-देवताओं को लेकिन इस धरती पर सुख की वर्षा करने वाले उस ईश्वर ने मेरी प्रार्थनायें नहीं सुनीं। मेरी मनोकामना पूरी नहीं की, मुझ पर घरवालों की बेसी और कड़ी निगाहें रखी जाने लगीं।

तुरंत-फुरत मेरी सगाई जैतारण के सींधल क्षत्रिय सामंत के पुत्र नरसिंघ बीदावत से कर दी गयी। रही-सही आशा पर तुषारपात हो गया।

मैं अपने मन की बात और दुखड़ा किसे कहूँ। कंवली तो डरूँ-फरूँ सी हो गयी थी। वह तो कुछ कहते हुए भी डरती थी।

आखिर मैं अपनी माँ सा के पास गयी। मैं इतनी उदास और दुखी थी कि बीमार लगने लगी। माँ सा ने मुझे देखते ही किंचित रोष से पूछा, "तू तो ऐसी लग रही है जैसे तेरे माईत (माँ-बाप) मर गये हों।...यह तो ठाकुर सा ने चोखा किया कि नरवद से संबंध तोड़कर बीदावतों से कर लिया। उनका घराणा-ठिकाणा बहुत ऊँचा है।

माँ सा के पास पदमण बैठी-बैठी काँचली सी रही थी। मैंने देखा कि वह मेरी ओर न देखने का नाटक कर रही है। मैंने भी इसकी चिंता नहीं की। बोली, "माँ सा! क्या यह उचित है कि हम एक बार संबंध करके तोड़ दें। यह भी तो खानदानी लोगों का तरीका नहीं है।...माँ सा! आप सदा कहती आयी हैं कि क्षत्राणियाँ जिसे मन से वर लेती हैं, उसे ही अपना पति मानती हैं।"

माँ सा ने पी रखी थी। शराब का उन्माद भी कैसा उन्माद होता है। प्राणी को उन्मत्त बना देता है। श्रेष्ठ भी होता है, अश्रेष्ठ भी। पूर्ण भी होता है और रीता भी।

माँ ने किंचित अस्पष्ट स्वर में कहा, "मेरी लाडली! अनेक बातें केवल कहने भर की होती हैं। नरवद जी तो दीन-हीन हो गये हैं। श्री-हीन हो गये हैं। बीदावतों का घराना श्रेष्ठ है। ठाकुर का निर्णय अटल और उत्तम है।"

मैंने समझ लिया कि अब कुछ नहीं होने वाला है। केवल मैं आत्महत्या करके ही इस घटना पर विराम लगा सकती हूँ। पर न जाने मृत्यु के बारे में थोड़ा सोचते ही मैं दुर्बल हो जाती थी। कई बार सोचती कि कैसे स्त्रियाँ जीते जी अपने पतियों के साथ सती हो जाती थीं। कहाँ से ऐसा साहस पाती? यह सही था कि मैं नरवद जी से प्रगाढ़ प्रेम करने लगी थी। उस प्रेम में मेरे मन की सारी आर्द्रता थी, सारा सुख था, सारा सौंदर्य था, सारी मृदुता थी, सारा उत्साह था। उस प्रेम के बिना मैं घुटन के गह्नरों में फँस कर तड़प जाऊँगी।...एक बात मुझे और भी असह्य लगी कि मेरे इस संबंध के टूटने पर मेरी छोटी बहिन नीहारदे बहुत प्रसन्न थी। वह ईर्ष्या से कहती फिरती थी–"बड़े सपने देख रखे थे बाई सा ने नरवद जी को लेकर। पाँव जमीन पर नहीं पड़ रहे थे।...ईश्वर ने सारे दंभ को तोड़ डाला।"

मैं उसकी बातों से अत्यंत दुखी हो जाती थी। निरंतर जलती रहती थी।

हम किसी के लिए आकुल-व्याकुल हों, शायद उसे ही प्रेम कहते हैं। आह! यह प्रेम जिसकी कोई निश्चित परिभाषा नहीं है। जो शब्दों से बाँधा नहीं जा सकता।

मैं उस रात शय्या पर पड़ी रही। नींद मेरी आँखों से कोसों दूर थी। आकाश इतना निर्मल था कि तारे दीवाली के दीयों की तरह झिलमिला रहे थे। कोई उग्रतारा अपनी चमक से अपनी अलग पहचान बता रहा था। मैं नींद के लिए बार-बार प्रयास कर रही थी। अक्सर सुनने में आता है कि आप जिसे खूब याद करते हैं, वह सपने में अवश्य आता है। नींद आ जाए तो नरवद जी अवश्य सपने में दिखायी देंगे और मैं उन्हें सारी स्थिति को बता कर प्रार्थना करूँगी कि वे मुझे अपने साथ ले जायें मैं उनके संग दुखों व अभावों में रह लूँगी।

सच, मेरा प्रेम न तो आनंदहीन है, न निरपेक्ष है और न निर्मल। उसमें कुछ पाने की तीव्र इच्छा है। आंतरिक सृष्टि में फैली अनेक तृष्णाओं की तृप्ति की ललक है।...

आधी रात हो गयी थी शायद।

बावरी ढोलन 'बीजकी' जिसका पति युद्ध में नगाड़ा बजाता था। वह मारा गया था एक युद्ध में। तब से वह बावरी हो गयी थी। रात-आधी रात, जब भी उसे अपने पति की याद आती। अपने मधुर और सुरीले स्वर में गाने लगती थी। निःशब्द रात के खुले और चुप आकाश में उसका स्वर छा जाता था।

अब भी वह गा रही थी–

केसरिया बालम आवोनीं, पधारो म्हारे देस,
आवण-जावण कै गये, करि गये कवल अनेक,
गिणता गिणत घिस गई, म्हांरै आंगल्यां री रेख
बादीला बालम आवोनीं, पधारो म्धण रे देस,
साजन आवते देखं र, तोड़यौ नौसर हार,
लोग जाणै, मोती चुगै, म्हैं रूल रूल करूँ जुहार,
मदछकिया बालम आवोनीं, पधारो धणरै देस,
केसरिया बालम आवोनीं पधारो म्हांरै देस।

राजस्थानी मांड का माधुर्य व मर्म उसके स्वर में सजीव हो जाता था।

मैं भी गुनगुनाने लगी–

केसरिया बालम आवोनीं पधारो म्हांरै देस
नरवद जी साजन आवोनीं पधारो धणरै देस।

क्या मेरी पुकार उनके रजवाड़े के गोखों में से जाकर उन्हें मेरा दुखड़ा सुना देगी। सुनती हूँ कि दिल को दिल से राह होती है, क्या मेरे दिल व नरवद जी के दिल की राह अवरुद्ध है।

रात भर नहीं सो पायी मैं।

डावड़ी को भेजकर कंवली को बुलाया। उसके सम्मुख निढाल होकर पड़ गयी। रोने लगी फफक-फफक। रूंद्धे गले से बोली, "कुछ उपाय करो कंवली। नरवद जी के बिना मेरे लिए यह संसार सूना हो जायेगा।"

कंवली ने कुछ याद करके कहा, "यहाँ एक संत हैं। सुखदेव बाबा। उनके पास चलते हैं।"

"चलो।"

"पहले माँ सा से तो पूछ लीजिए। मैं बिना उनके हुक्म के आपको वहाँ लेकर नहीं चलूँगी। मुझे मेरी जान प्यारी है।"

मैं माँ सा के पास गयी। बोली, "माँ सा! मैं शिव मंदिर जाकर संत जी के आश्रम होकर आऊँगी।"

"क्यों?"

"ईश्वर और संत के दर्शन करना तो कोई पाप नहीं होता।"

''जल्दी आ जाना। साथ में कौन जायेगा?''

मैंने बताया कि कंवली।

माँ सा की स्वीकृति पाकर हम दोनों सीधे संत बाबा के आश्रम की ओर चलीं। यह ऐसा काल था जब तांत्रिकों का बड़ा जोर था। उनके मैले मंत्रों का बड़ा भय था। उनके बारे में झूठे-सच्चे कितने ही चमत्कार फैले हुए थे। वे मदिरा और स्त्री के बिना अपना कोई अनुष्ठान पूरा नहीं करते थे। ऐसी-ऐसी दुरुह क्रिया-प्रक्रिया व तप करते थे कि अनपढ़ लोगों को उनके आसपास जाने में भय लगता था।

लेकिन संत बाबा तांत्रिक नहीं थे। वे तो सरल महात्मा थे जो ईश्वर की भक्ति और भजन को बहुत महत्त्व देते थे।

जब हम वहाँ पहुँचे तब वे पूजा-वंदन करके बाहर आये ही थे। मैं और कंवली उनके सन्निकट गयीं। चरण-स्पर्श किये। कंवली ने तुरंत कहा, ''यह ठाकुर सा की बेटी सुप्यारदे जी हैं।''

मैंने उनके चरणों में पाँच कलदार चढ़ाने चाहे तो उन्होंने रोकते हुए कहा, ''लक्ष्मी पूजनीय हैं। वह विष्णु-प्रिया हैं। उसे सांसारिक प्राणी को अपने चरणों में स्थान नहीं देना चाहिये। मंदिर में जाकर इन्हें भगवान के चरण-कमलों में डाल दो।''

मैंने ऐसा ही किया। वापस आयी तो बाबा नीम के वृक्ष के नीचे अपने आसन पर बैठ गये थे। आश्रम में चहल-पहल थी।

मैं और कंवली बैठ गये। कंवली ने पुनः कहा, ''यह ठाकुर सा की बेटी हैं।''

संत बाबा ने विहँस कर कहा, ''मेरे यहाँ जो भी आता है। न मैं उसका नाम पूछता हूँ, न जाति और न धर्म। न किसी से यह पूछता हूँ कि तुम्हारा किससे क्या नाता-रिश्ता है? जब घर, परिवार और संसार का त्याग कर दिया है, फिर कौन क्या है, इसकी क्या जरूरत है? मेरा अपना अब कोई नहीं है। कैसे आना हुआ?''

''बाबा जी!'' सारी बात बता कर कंवली ने कहा, ''मेरी बाई सा ने नरवद जी को मन से वर मान लिया है। क्षत्राणी हैं न यह? अब कैसे वह दूसरे को मन से स्वीकार करेंगी?''

संत बाबा के होंठों पर अर्थभरी बुझी मुसकान बिखर गयी। बोले, ''जब परिस्थितियाँ ही बदल गयी हैं तब सब चीजों में परिवर्तन आयेगा। सगाइयाँ होती हैं और छूट जाती हैं। केवल आपकी ही नहीं हर स्त्री अपने होने वाले श्रेष्ठ और सुंदर वर को अपना प्रिय और प्रीतम मान लेती हैं। इन्हें समझाओ कि ये अपने ऊपर जो क्षत्राणी का मिथ्या और पाखंड पूर्ण दुशाला ओढ़ रखा है, उसे उतार फेंके। क्षत्राणी कोई असामान्य स्त्री नहीं होती। वह भी अन्य स्त्रियों जैसी स्त्री होती हैं।'' वे एक पल रुक कर फिर बोले, ''फिर विधाता के लेख को कोई टाल सकता है। अटल हैं वे। अमिट हैं वे।''

मैंने उनकी ओर विह्वल भाव से देखकर कहा, ''मैं आपसे बड़ी आशायें लेकर

आयी हूँ। आप...?"

संतबाबा ने कहा, "मैं कोई चमत्कारी बाबा नहीं हूँ। मैं तो ईश्वरीय-भक्ति में विश्वास रखता हूँ।...यह भी मेरा निजी मामला है। मैं किसी को कभी कोई उपदेश नहीं देता क्योंकि उपदेश भी प्रायः कर्णप्रिय लगते हैं पर वे अत्यंत ही खोखले और निष्प्रभावी होते हैं। मैं तो यही कहता हूँ जिसे आपकी आत्मा स्वीकार करे, वही करो। दूसरे के भरोसे और शिक्षाओं पर मत चलो। मैं यदि झूठे, मक्कार और निराधार चमत्कारों की बात करता तो राजा, ठाकुर और सेठ-साऊकार मेरे आश्रम में नहीं आते?...बेटी! कई सदियों से आंतरिक शक्तियों पर बाहरी शक्तियाँ हावी रही हैं। चाहे श्रीकृष्ण हो, चाहे श्री राम, भगवान का पद पाकर भी उन्हें साधारण मनुष्य की तरह परिस्थितियों का दास होना पड़ा।"

"मैं बहुत आशाएँ लेकर आयी हूँ।"

"मैं तो इतना ही कह सकता हूँ कि भगवान तुम्हारी आशाओं को पूरा करें।" उन्होंने आशीर्वाद सूचक हाथ उठाया।

हताश हो गयी थी मैं एकदम। हालांकि मैं यहाँ भी अपने मन के विरुद्ध आयी थी। मैं नहीं छोड़ना चाहती थी नरवद जी को। सोच रही थी कि कोई चमत्कार हो जाए।

हम दोनों चुप-चुप जा रही थीं। मुझे मूतने की शंका हो गयी। मैं बेर की झाड़ियों के झुरमुट के पीछे गयी। पेशाब करके उठी कि मेरी निगाह एक जगह नर और मादा बिच्छुओं पर पड़ी। वे नर बिच्छु मादा बिच्छु के ऊपर था। कदाचित संभोग रत थे वे।

मेरे अंदर ठंडी लहर दौड़ गयी। जल्दी से भाग कर कंवली के पास आयी।

"आप घबरायी हुई क्यों हैं?" उसने शीघ्रता से पूछा।

"उधर दो बिच्छु...।"

"आपको तो नहीं काटा।"

"नहीं। वे तो एक-दूसरे पर चढ़े हुए थे।"

कंवली ने दार्शनिक की तरह कहा, "बाई सा। इस भूमि पर हर जीव इस सुख से अलग नहीं रह सकता। बिच्छाणी (मादा बिच्छु) को मालूम है कि जन्म देने वाले उसके अपने बच्चे ही उसे खा जायेंगे फिर भी वह...।"

"क्यों?"

"इसके एक सौ आठ बच्चे होते हैं। मुझे यही मालूम है। वे बच्चे भूख से मरते हुए अपनी माँ को ही खा जायेंगे। बेसी टाबर पैदा करने का और क्या फल मिलेगा।"

वे दोनों डेरे की ओर जा रही थीं।

शिव मंदिर के पास पहुँच गयीं। शिवजी के दर्शन करके वे तालाब पर आ

गयीं। तालाब पर कुछ पनिहारिनें पानी की मटकियाँ भर रही थीं। हर पनिहारिन के सिर पर एक बड़ी और एक छोटी मटकी थी। हाँ, एक पनिहारिन ने तीन मटकियाँ एक पर एक सिर पर रखी हुई थीं। वह चल रही थी–मटक-मटक। उसके कूल्हे विचित्र ढंग से ऊँचे-नीचे हो रहे थे।

"कितनी सुहावणी उसकी चाल है।" मैंने कंवली को उस पनिहारिन की ओर इशारा करके कहा।

कंवली ने झट से बताया, "यह तो खेतड़ली बाई है। बहुत ही सुंदर है। गणगौर के मेले में यह अपने सिर पर गणगौर की लकड़ी की मूरत रखकर जब कमर को लचकाती है और कूल्हे मटकाती है तो बस देखते बनता है।"

"किस जाति की है।"

"मालण (मालिन)।" कंवली ने उसके बारे में अपनी जानकारी का परिचय देते हुए कहा, "इसने एक नाड़े सात बेटों को जन्म दिया। एक के बाद एक। फिर एक बेटी। नाम है सोनल बाई।...यह ठिकाणे के बड़े सेठ घासीराम जी के घर पर काम-काज करती है। सेठजी के अपना कुआँ है। खेतड़ली का धणी उस कूवे से पानी निकालता रहता है।"

मैं थोड़ी देर तालाब को देखती रही। चुपचाप और खोयी-खोयी।

अचानक मैंने कंवली से पूछा, "भायली म्हांरी! क्या मैं इस तालाब में डूब मरूँ।"

कंवली ने मुझे टोका, "ऐसे अणूते (अनुचित) बोल मुँह से मत निकालिए। फिर आपके डूब मरने से नरवदजी आपको मिल तो नहीं जायेंगे।"

"हाँ, यह तो ठीक कहती है। मरने से तो सब कुछ खत्म हो जायेगा। जिंदा रहने से एक आश तो बँधी रहती है।"

"ईश्वर के खेल निराले हैं। वह कब पाँसा पलट दें यह कोई नहीं जानता।"

हम चल रही थीं।

मैं सोच रही थी कि क्या नरवद जी मेरे प्रेम की मर्यादा रखेंगे और दूसरी स्त्री घर में नहीं लायेंगे? यह संभव नहीं है। जब मैं स्वयं ही दूसरे के घर चली जाऊँगी तब दूसरे से ऐसी आशा क्यों रखूँ? उनके भी तो घर-परिवार है।...अरे नरवद जी! यह संसार कितना बड़ा है। यहाँ अनेक सूखे और हरे देश हैं। उनमें गंगा-यमुना, सरस्वती, गोदावरी नदियाँ बहती हैं। उनके किनारे कितने वन-उपवन होंगे। पशु-पक्षी होंगे। कितने मनोहारी दृश्य होंगे।...क्या हम किसी भी सुंदर देश में नहीं चल सकते। भाग चलें हम दोनों। वहाँ हम अपने जीवन को सफल बना देंगे। मृत्युपर्यन्त बिछुड़ेंगे नहीं। समर्पित भावना से रहेंगे। प्रेम पूर्वक रहेंगे।"

गोबर पर मेरा पाँव पड़ा। मेरा स्वप्न भंग हो गया। दायें पाँव की कशीदा निकाली 'पगरखी' गोबर से भर गयी। उसकी बदबू ने उछल कर मेरे नाक को भभका

दिया। मैंने घिन्न से आँखें मूँद लीं। कुछ पलों के बाद मैंने पूछा, ''अब क्या होगा कंवली?''

''यहाँ तो असवाड़े-पसवाड़े (आसपास) कोई कूवा और तालाब भी नहीं है।''

''मैं इस तरह नहीं चल सकती।'' मैंने गर्दन को हिलाकर कहा, ''अच्छा! तू मुझे अपनी पगरखी पहना दे और तू इसे पहन ले। पहन ले नहीं, सदा-सदा के लिए इसे ले ले। मैं इसे अब नहीं पहनूँगी।''

कंवली की पगरखी अत्यंत ही पुरानी थी। मेरी शानदार पगरखी को उसने रेत से नीचे से रगड़ा और भड़काया। फिर पहन लिया।

हम अग्रसर हो गयीं।

थोड़ी दूर चलने पर दायाँ मोड़ था। उस मोड़ से मुड़ते ही कुछ हरिजन महिलायें अपने कामों से लौट रही थीं। हमें देखते ही एक छोटी गली में घुस गयीं। हमारे सामने आना भी उन्हें मना था। वे बेचारी मंदिर के आगे से भी नहीं गुजर सकती थीं। हम दोनों ने देखा कि वे चार-पाँच महिलायें जमीन पर सिर टेककर हमें प्रणाम कर रही थीं।

घर आकर मैं अपने कक्ष में पड़ गयी।

रही-सही उम्मीद भी खत्म हो गयी थी। मुझे जड़वत निराशा ने पकड़ लिया। उसे तोड़ना भी कठिन हो रहा था।

कंवली चली गयी थी। घोर असह्य एकांत। नीहारदे तो सहसा एकदम बच्ची हो गयी। वह ऐसे उछल-कूद रही थी जैसे उसे गड़ा खजाना मिल गया हो। वह अपनी विश्वासपात्र सहेलियों को ऐसी अजीब बातें कहती थी कि मुझे अत्यंत ही पीड़ा और अपमान का अनुभव होता था। उसकी आँखों की चमक तेज हो गयी थी। उसके अंगों की स्फूर्ति बढ़ गयी थी। मेरा दिल सच एक अवश रोष से तिलमिलाता रहता था। लेकिन सगी बहिन के साथ द्वंद्व-युद्ध भी तो नहीं किया जा सकता। अपना मन-मसोस कर ही रहना पड़ता था। फिर भी उसकी दुष्टता कम नहीं हुई।

एक दिन आकर बोली, ''जीजी सा! मैंने सुना है कि बीदावत जी बहुत फूटरेफरे हैं। योद्धा हैं। पंडित जी कह रहे हैं कि सुप्यारदे जी उनके साथ भी सोरी-सुखी रहेंगी क्योंकि नरवद जी और नरसिंह जी की राशि तो एक है।''

''मैंने तुम्हें कुछ पूछा था जो तुम मुझे व्यर्थ की बातें सुना रही है।''

''जीजी सा! ये व्यर्थ की बातें हैं। आप एक उच्चकुल की कुँवराणी बनेंगी। आपके पग-पग पर दास-दासियाँ खड़े रहेंगे। दूध के कुल्ले करेंगी। आप तो बहुत ही भाग्यशाली हैं।''

मैंने अपने में खोकर कहा, ''कौन भाग्यशाली है और कौन भाग्यहीन, यह तो जिसके साथ जो घट रहा है, वही उसका मूल्यांकन कर सकता है। पर तुम अपने काम में लग जाओ। मुझे तुम्हारे परामर्श और सुख-संवादों की कोई जरूरत नहीं।

जाओ।"

वह धीमे से पाँव पटक कर चली गयी।

मुझे लगा कि स्त्री की सबसे कट्टर शत्रु स्त्री ही होती है। उनमें जो जितना नजदीकी होता है, वही बेसी दूरियाँ पैदा करता है। यह नीहारदे जान बूझकर मेरे शेष उपवन को मरुस्थल बना रही है। मेरे घाव पर सदा नमक छिड़कती रहती है। उसके हावभाव से लगता है कि उसने मुझे अपनी लड़ाई में परास्त किया है।

मेरी आँखें भर आयीं। न जाने हृदय क्यों बार-बार रोना चाहता था। सच, अभी तो मेरी आत्मा का विराट सरोवर जिसमें नरवद जी के प्रणय की तरणियाँ तैर रही थीं, डूब गयी थीं। मैं तो थक गयी थी—अपने समस्त प्रयास करते-करते।

नहीं जुटा पायी साधन नरवदजी तक अपना संदेश पहुँचाने का।

एक दिन मैंने पंडित जी की इच्छा के विरुद्ध उन्हें बाज़ की तरह दबोच लिया। वे किंचित घबराए। नेत्र उठा कर पूछा, "क्या बात है बाई सा?"

"क्या देवता वास्तव में भक्त की इच्छा की पूर्ति करते हैं? वे संकटमोचन होते हैं। वे मनुष्य की सच्ची विनती भी सुनते हैं?"

पंडित जी ने झुँझला कर कहा, "यदि ऐसा नहीं होता तो तुम्हें वर के रूप में नरसिंघ जी बीदावत जैसे बींद कैसे मिलते? नरवद जी और उनके पिताजी ने तो झूठ और मक्कारी से हमसे संबंध जोड़ने की चेष्टा की थी। यदि आपका ब्याह उनसे हो जाता तो हमारा कुल-गौरव चला जाता। इस प्रकार की घटनाओं को ईश्वर की कृपा ही तो कहेंगे।"

मैंने उनसे कहा, "यदि मैं कहूँ कि यह तो ईश्वर की मुझ पर कृपा नहीं, अन्याय है तो? मैं क्षत्राणी हूँ न? मैंने नरवद जी को मन से वर लिया है। मेरा मन उन्हें लेकर ऐसा-ऐसा कर बैठा है कि वह बिलकुल दूषित हो गया है। उसमें मैंने उन्हें देवता की भाँति बसा लिया है? क्या मैं अब बीदावत जी से संपूर्ण आत्म समर्पण कर पाऊँगी?"

पंडित ने तरस भरी हँसी हँस कर कहा, "सृष्टि में समय अपने पीछे धूल के गुब्बार छोड़ कर आगे बढ़ता रहता है। उस धूल की तह इतनी मोटी रहती है कि उसके नीचे सब कुछ दब जाता है। अपने आगामी जीवन को धर्म व मर्यादाओं के साथ ग्रहण करो।" उन्होंने मुझे समझाते हुए कहा कि "अपने को उन बातों में मत उलझाओ। ये विचार और बातें आपको संकट में डाल देंगी। समझी।"

उन्होंने मेरे अगले प्रश्न को नहीं सुना। चल पड़े तुरंत। आज मैं सोचती हूँ कि अपनी समझ की गठरी के समान से मैं किसी को आश्वस्त क्यों नहीं कर पायी? शायद मैं ऐसे प्रश्न कर लिया करती थी जो हमारे समस्त संस्कारों को चुनौती देनेवाले हों?।

मैं आज यह भी सोचती हूँ कि मुझमें कहीं कोई अपूर्णता थी। चाहे वह अपूर्णता

ज्ञान की हो, अध्ययन की हो, तर्क की हो? यदि मनुष्य सभी दृष्टियों से संपन्न और पूर्ण हो तो वह अपनी इच्छा की ही बात करेगा। उसकी इच्छा कितने ही विरोधों व अवरोधों के बावजूद भी पूरी होगी।

कंवली ने एक दिन मुझे बहुत उदास देखकर कहा था, ''बाई सा! आपको नरवद जी के प्रेम को भुला देना चाहिये।''

मैं उसे कैसे समझाऊँ कि यह मेरे लिए संभव नहीं है। उनकी चंद स्मृतियाँ मेरे हृदय-पटल पर अंकित हैं। एक-एक स्मृति फूल की खुशबू है जो अंतरालों के बाद मेरे चारों ओर के वातावरण को सुगन्धित करती रहती है। मैंने अपने मन को उनसे अटूटता से जोड़ लिया था।

मैंने उसे बताया, ''कंवली! कई बार छोटा सा घाव इतना बड़ा घाव बन जाता है कि मिट जाने पर भी उसका दाग नहीं मिटता। कुछ क्षणिक स्मृतियाँ इतनी विलक्षण होती हैं कि हम उसे जितना भूलाना चाहें वे उतनी ही गहरी होती जाती हैं। नरवदजी के संग मेरा साक्षात्कार लंबा नहीं था। फिर भी मैंने उसे मन ही मन सोच-सोच कर इतना लंबा कर लिया है कि उनके संग सारे जीवन को बिताने की योजना बना ली है। मैं तुम्हारे सामने झूठ नहीं बोलूँगी। मैंने कई चाँदनी रात में मखमली शय्या पर कल्पना में उनसे स्पर्श, चुंबन, आलिंगन और परिरंभण सब कुछ किया है। उनसे शुभ मुहूर्त्त में फेरे भी खा लिये हैं। उनकी अर्धांगिनी बनी हूँ मैं।...अपने मन-संसार में मैंने सब कुछ पत्नी की भांति किया है। क्या कोई इन सब बातों को भुला सकता है। कम से कम मेरे लिए भुलाना संभव नहीं है।''

कंवली ने बुझे स्वर में कहा, ''भुलाना तो पड़ेगा ही। कोई दूसरा चारा भी नहीं है।''

''जी चाहता है कि मर जाऊँ।''

''मर जाइए, इससे नरवद जी तो नहीं मिलेंगे।...जब तक साँस है तब तक आश तो रखी जा सकती है।'' उसने फिर पुरानी बात दोहरायी।

''मैं अपने मन को कैसे समझाऊँ?'' मैंने झल्ला कर कहा।

उसने सरलता से कहा, ''यह मैं नहीं जानती।''

मेरे भाग्य में क्या लिखा, यह मैं भी नहीं जानती फिर वह बेचारी क्या जाने?

× × ×

चौमासा बीत गया। आषाढ़, सावन, भादवा, आसोज अपनी-अपनी प्रकृति की छटा के मनमोहक रंग बिखेरकर चले गये। मुझमें कोई उत्साह नहीं। कोई लगाव-खिंचाव नहीं। मुर्दा-मुर्दा सी थी मैं।

सभी घर-परिवार पूरे उत्साह और जोश-खरोश में थे। विवाह के गीत गूँजने लगे। ठिकाणे की अच्छी से अच्छी गीतारियाँ (गानेवालियाँ) आती थीं। दिन में और रात में वे देवताओं की उपासना के साथ-साथ विवाह के अनेक गीत गाती थीं।

रमक-झमक मची रहती थी डेरे में।...डेरे की मरम्मत, रँगाई-पुताई हो रही थी। सब काम हो रहे थे बेगार में। मरणे-परणे में बेगार ही ली जाती थी। कामदार जी या अन्य चौबदार के सामने यदि कोई बेगार करनेवाला गरीब हाथ जोड़कर कहता, ''माई बाप! शरीर में आज पीड़ है तो वह आँखें निकाल कर डाँटता—''मरो पर काम करो।''

इस भीड़-भड़के, कोलाहल, हलचल और शुभ कार्यों के बीच किसी ने मेरी उदासी और मुर्देपन को नहीं देखा। कभी-कभी नीहारदे आकर व्यंग कर जाती थी। किसी को मेरे साथ होने वाली त्रासदी के प्रति ध्यान नहीं था। ऐसा लग रहा था कि मैं इस ब्याह के आयोजन की कोई सहभागी ही नहीं हूँ। मेरा महत्त्व मुझे एक तिनके के बराबर ही नहीं लग रहा था।

मैंने भी सोच लिया था कि जो होगा देखूँगी। मुझे यह बात बहुत ही अच्छी लगी कंवली की, कि जीवित रही तो जीवन में कुछ भी अनोखा घट सकता है। कुछ भी अनहोना हो सकता है। साँस तक आश रखी जा सकती है।

भीड़ में मुझे भीषण अकेलापन लगता था। कुछ भी रुचिकर नहीं लगता था। मैं जब-जब अकेलेपन से घबरा जाती थी तब-तब मेरे मस्तिष्क में केसरिया बालम का स्वर मधुमक्खियों की तरह भिनभिनाने लगता था।...जब दिल पर बोझ ज्यादा हो जाता तो कंवली को अपने मन का भेद बता देती थी। कई बार मेरी इच्छा होती थी कि मैं इस भीड़-भाड़ को त्याग कर किसी निर्जन जंगल में चली जाऊँ। या फिर कुलदेवी के मंदिर में जाकर तब तक घंटा ध्वनियाँ करती रहूँ जब तक वह प्रकट न हो जायें। देवताओं की गाथायें पढ़ने पर पता चलता है कि हर देवता भक्त की पुकार पर प्रकट हुए हैं और उनकी मनोकामना पूरी की है। चमत्कारों और अलौकिकताओं की शक्तियों को समेटे ये हमारे महान दयालु, करूणानिधान, पापमोचन देवता क्या मेरी पुकार नहीं सुनेंगे? वे तो मुक्तिदाता भी हैं?

मैं अपनी समस्त आस्था, विश्वास और श्रद्धा से अपनी कुलदेवी से प्रार्थना करूँगी—हे माँ! मुझे इस संकट से उबारो। तुम तो सृष्टि संचालिका हो, इस पृथ्वी का कण-कण—अणु-अणु तुम्हारे संकेत पर क्रियायें करते हैं।...मैं सच कहती हूँ कि मैं कभी भी मन से बीदावत जी को अपना पति स्वीकार नहीं कर पाऊँगी।...चाहे दुनिया को धोखा न समझे पर मैं अपने से छल करूँगी ही। दया करो माँ, दया।

अपने से ही लड़ाइयाँ करती रही। सच, मैं बड़ी दीन हो गयी थी।

मेरे ब्याह का 'देव उठनी एकादशी का मुहुर्त्त निकल गया था। कार्तिक खत्म होते ही यह एकादशी आती है। देवता उठते हैं। फिर सक्रिय होते हैं। फिर शुभ कार्य शुरू होते हैं।

ठाकुर सा, मेरा भाई, मेरा भुआ के पति और मेरे मामा सा और कई नौकर-चाकर जाकर ''टीका'' कर आये। नकदी, सोने के जेवर और बीदावतों के परिवारवालों के लिए पोशाकें। गाँव के ढोली भी साथ में गये थे। खूब ठाटबाट से दूल्हे को बाँध आये।

वापसी पर कंवली के धणी सेवतराम ने कंवली को बताया, ''बीदावत कुँवर राठौड़ नरवद जी के सामने नौकर लगते हैं। हट्टे-कट्टे तो जरूर हैं पर रंग काला है। आँखें भी कांइयाँ जैसी हैं। कहाँ गोरी चिट्टी पूगल की पदमण जैसी अपनी बाई सा... । सच कहूँ कि जोड़ी तो नरवद जी के संग ही सही थी।''

मैंने कंवली को कोई उत्तर नहीं दिया। उत्तर भी क्या देती? कुछ भी करने में लाचार थी। सच, स्त्री कितनी परबश और गरीब होती है। वह कई बार मन से तो स्वतंत्र हो जाती है पर तन उसका कई तरह से पराधीन होता है।

मग्न प्रीत की व्यथा और सघन हो रही थी। कैसे भुलाऊँ अपनी वेदना को। कैसे समझाऊँ अपने टूटे हुए दिल को।

पत्नी बन जाने की विडंबनाओं, विसंगतियों और सच्चाइयों से मैं परिचित थी। खाटी सामंती पति नाम का जीव मेरे शरीर को कीचड़ बना देगा। इस कोमल शरीर की समस्त सौंदर्य को चगदें उभार-उभार करके विकृत कर देगा।

उस देवउठनी एकादशी का सूर्य सदा के विपरीत दुख की दीप्ति बिखरेता आयेगा। विवाह की पवित्र यज्ञ-अग्नि में मेरे सपनों की सुखद सृष्टि का एक हिस्सा भस्म हो जायेगा।

मैं अपने बचपन के घर-आँगन और अपने नापसंद माँ-बाप, भाई-बहिन व दूसरे लोगों को छोड़ कर एक अजनबी घर-आँगन में चली जाऊँगी जहाँ दो दिन पूर्व मेरा अपना कोई नहीं था और उस दिन सब मेरे अपने हो जायेंगे। मुझे फिर नये सिरे से अपने नाते-रिश्ते बनाने होंगे।

जीवन कितना विचित्र है? विरोधाभासों से परिपूर्ण मन संसार जितना कोमल, कल्पनाशील, आनंददायक होता है, जीवन उतना ही कठोर, रूढ़िग्रस्त, बोझिल होता है।

मुझे कितने अलग-अलग नाते-रिश्ते निभाने होंगे। इच्छा से चाहे अनिच्छा से।

विवाह तक में अपने अंतर्द्वंद्व से मुक्त नहीं हो पाऊँगी।

विचार...विचार...विचार।

ब्याह का दिन नजदीक आ गया। हलचल और मेहमान लोगों का भारी जमावड़ा हो गया। मुझे तो केवल कंवली ही संभालती थी। एक तरह से वही मेरी 'बस्ती' बनी हुई थी। वह बेचारी असहाय थी। केवल मुझे ढाँढस के अलावा कुछ दे ही नहीं सकती थी। बेसी दुखी होती तो आँसू बहा दिया करती थी। वह मेरा संग छोड़ना नहीं चाहती थी।

मैंने भी उसे भरोसा दे दिया था कि वह उसे और उसके पति को अपने साथ दायजे में ले जायेंगी। एक मनूड़ी डाबड़ी को भी।...यदि मैं ऐसा नहीं करूँगी तो उस परायी चारदीवारी में किसको अपना सुख-दुख सुनाऊँगी। घुट-घुट कर मर नहीं जाऊँगी।

''इसे क्या ठाकुर सा मंजूर करेंगे।''

"कर लेंगे। जरूर कर लेंगे।" मैंने विश्वासपूर्वक कहा, "मैंने उनसे सोना-चाँदी और गाँव तो नहीं माँगे हैं। फिर उनकी नज़र में आप लोगों की क्या कीमत है? कीड़े-मकोड़े हैं आप उनके लिए।"

कंवली चुप हो गयी।

मैंने अपनी माँ सा से अपनी यह इच्छा व्यक्त की। माँ सा ने उसे स्वीकार कर लिया।

× × ×

बारात आ गयी थी। जनवासे की स्त्रियों में खूब उत्साह था। ठाकुर सा और अन्य हमारे गणमान्य अतिथियों में बारातियों के स्वागत-सम्मान का बड़ा जोश था। मंगल और वैवाहिक गीत गाये जा रहे थे। ढोलनें भी गा रही थीं। ढोली नगाड़ा बजा रहा था। शहनाई का स्वर भी आ रहा था।

तोरणद्वार पर बींद बीदावत जी की आरती मेरी छोटी बहिन नीहारदे ने उतारी। यह अनिवार्य परंपरा है कि आरती साली ही उतारती है। अन्य रिश्तेदार दामादों की आरती भी नीहारदे और मेरी अन्य रिश्तेदार बहिनों ने उतारीं। रीत के अनुसार उन्होंने कलदार आरती की थाली में डाले। बींद के टीका-टमका किये गये। काजल डाला गया।

फिर माया-पूजन के स्थल पर बींद को बिठा दिया गया। मुझे भी सजाधजा के गहनें पहना कर बींद के पास बिठा दिया गया। उसके पहले मेरे आटा-हल्दी और तेल की पीठी की गयी। मल-मल कर नहलाया गया। मेट (चिकनी मिट्टी से)...और छाछ से मेरे बालों को धोया गया था।...मेरा रंग-रूप निखर आया था।

माया-पूजन होने के बाद मुझे चंवरी (विवाह-मंडप) में बिठाया गया। चंवरी के चारों कोनों में चूड़ी उतार सात मटकियाँ रखी हुई थीं। ऊपर मूँज को बाँधा गया। उसमें दीये पिरोए हुए थे। मैं निस्पंद सी बैठी थी। बींदावत जी की कुरूपता के बारे में सुनकर उन पर दृष्टि डालने का मन नहीं हो रहा था। पर जब हथलेवा यानी उनके दायें हाथ और मेरे बायें हाथ को एक-दूसरे से मिलाकर, बीच में मेंहदी रखकर लाल वस्त्र से बाँधा गया तो मेरी उड़ती नजर उनके हाथ पर चली गयी। बिलकुल काला जैसे कोयला हो। मन में आघात सा लगा। वितृष्णा सी जागी लेकिन मैं किसी तरह का साहस नहीं जुटा पायी। मृत्यु से भी मैं सदा डरती थी। वस्तुतः जो लोग मेरे अपने थे, वे बड़े लोग थे। संवेदनहीन। कैसे समझ पाते मेरा दुख। मेरी माँ सा और पिताजी तो विवाह के कार्यों में आनंद नहीं ले रहे थे बल्कि उनके कार्यकलापों से लग रहा था कि वे जल्दी से जल्दी इस दायित्व से मुक्त होना चाहते हैं।

बीच में लघु यज्ञ-कुंड बना हुआ था। सर्वप्रथम गणेश-स्थापना का पूजन हुआ। इसके बाद नवग्रहों की स्थापना हुई। दसों दिशाओं व धरती-आकाश का पूजन हुआ।

फिर अग्नि प्रज्वल्लित की गयी। यज्ञ की आहुतियों के साथ-साथ फेरे होने

लगे।...फेरों के बीच मामा-भाई आदि ने "सेंवरे" दिये। कदाचित एक तरह की ये समस्त यज्ञ-आहुतियाँ बींद-बींनणी के लिए मानो मंगल कामनाएँ हों।

बीच में अंतर-पट लगा दिया गया। इस क्रिया के बाद बींद-बींनणी के वचनों का समय आया। बींनणी तीन फेरों तक दायीं ओर बैठती है तथा फेरे खाती है।

चूंकि परंपरा के अनुसार बींद-बींनणी एक दूसरे से बोल नहीं सकते इसलिए पंडित जी ही, बींद-बींनणी की ओर से ये तमाम औपचारिकतायें निभाते हैं।

ओह! मैं एक बात भूल गयी थी। अभी याद आयी है। अभी-अभी मेरे पतिदेव ने जिनके साथ मेरा हथलेवा जुड़ा था, ने मेरी हथेली पर चुटकी भर ली। जब से मैंने अपना हाथ उसके हाथ में दिया है, तब से वे कुछ न कुछ नापसंद हरकतें करते रहते हैं। कभी हाथ को दबा देते थे, कभी उंगली से गुदगुदाते थे, कभी चुटकी भर लेते थे। मुझे यह अशिष्टता ही लगी। मुझे लगा कि वे मेरे स्पर्श मात्र से कामावेग से भर आये हैं।

पंडित जी ने उच्च-स्वर में कहा, "जो यहाँ हैं, वे चुप हो जायें। शांति से वचन सुनें। बींनणी अपने पति परमेश्वर से सात वचन लेंगी। पहला वचन मुझे आप अपनी अर्धांगिनी समझेंगे, दूसरा मेरे बिना आप जीवन में कोई काम नहीं करेंगे, तीसरा धार्मिक अनुष्ठानों में मुझे सहभागी रखेंगे, चौथा संपूर्ण तीर्थ-यात्राएँ करायेंगे, पाँचवाँ जो भी उपार्जन करेंगे, वह मुझे देंगे, छठा हमारे जो भी संतान होगी, उसके प्रति आप कर्त्तव्य निभायेंगे, सातवाँ मुझ पर कभी संदेह नहीं करेंगे।...यदि आप ये सातों वचन पूरे करेंगे तो ही मैं आपके वाम तरफ आऊँगी और आपकी वामांगी बनूँगी, नहीं तो अब भी मुझे कुँवारी ही जानिए।"

पंडित जी ने बींद की ओर मुखातिब होकर कहा, "क्यों भाई बींद राजा जी, आपको बींनणी के ये सातों वचन मान्य हैं। मुँह से कहिए।"

बींदराजा ने स्वीकृति सूचक सिर हिला कर "हाँ" कहा।

पंडित जी फिर बींद की ओर से बोले, "मुझे भी आपको एक वचन देना होगा बींनणीराज!...वह वचन है—मैं आपको जो कहूँगा, आप वही करेंगी अर्थात् सदा मेरी ही आज्ञा का पालन करेंगी।"...पंडित जी मेरी ओर देखकर बोले, "क्यों बींनणीराज मंजूर है।"

मैं अचल बैठी रही। सोचती रही कि मेरे सातों वचनों को तो इनके एक ही वचन में बाँध लिया। पुरुष प्रधान समाज में जो भी व्यवस्थायें हैं, वे पुरुषों के लाभ की ही हैं। स्त्रियों के लिए जितने भी अधिकार, सुख-सुविधायें, स्वतंत्रतायें घोषित की गयी हैं, वे सब पुरुषों के ही अधीन हैं।

मुझे हाँ-ना के रूप में सिर न हिलाते हुए देखकर पंडित जी ने जोर से पूछा, "मंजूर है कि नहीं।"

मेरी माँ सा ने मुझे झिड़कते हुए कहा, "गर्दन हिलाती क्यों नहीं?" फिर उसने

ही अपनी ओर से कह दिया—इसने हाँ कह दिया है।

प्रसन्नता की लहर दौड़ गयी। स्त्रियों ने मुझ पर चावल उछाले। अंतर पट हटा दिया गया। चौथे फेरे के मंत्र गूंजने लगे। मैं अब उसकी वामांगी हो गयी थी। मेरे रिश्ते के ताऊजी ने अंतिम सेंवरा दिया।...चौथे फेरे चौथे फेरे बाई हुई रे परायी। मैं परायी हो गयी। एक और परिवार से मेरा घनिष्ठ संबंध जुड़ गया। गहन नाता।

हथलेवा खोल दिया गया।

बेटी के ससुराल-विदा के समय हर पिता की आँखें आँसुओं से भर आती हैं। पत्थर से पत्थर दिल पिघल जाता है। मेरे पिताजी की आँखों में आँसू तो नहीं आये पर उनकी आकृति पर दुख की गहरी परत अवश्य थी।

मेरी माँ और अन्य डेरे की स्त्रियाँ चसर-चसर रो रही थीं। मेरी माँ सा ने मुझे छाती से चिपका कर अपनी वे धड़कनें सुना दीं, जो वास्तव में पवित्र ममता से भरी थीं। उनकी आँखों से बूँद-बूँद टपकते आँसुओं ने मेरे हृदय-सागर के बाँध को ही तोड़ डाला।

एक आँगन जहाँ मेरा बचपन बीता था, जहाँ मैंने सुख-दुख का जीवन बिताया, हँसी-खेली, उत्पात मचाया, सच-झूठ बोली, घृणा-प्रेम किया, अपने पराये का ज्ञान किया, उस आँगन को छोड़ते हुए मेरा कलेजा फटा जा रहा था।

जब माँ ने अपने कलेजे से चिपका कर कहा, अपने समाचार बराबर देती रहना। तू सुखी तो हम सुखी।...बहुत ही शांति से रहना। अपने हठी मन को समझाना कि वह ऐसी बातें न करे जो जहर घोल दें।

मैं तो बस रोती रही।

माँ फिर जैसे अपना कर्त्तव्य व धर्म समझ कर मुझे समझाने लगी—''बेटी! बड़ों की सेवा करना, पति के हुक्म को परमेश्वर का हुक्म मानना, सहन-शक्ति रखना, कोई सौत भी हो तो उसे बिना ईर्ष्या और घृणा के अपनत्व देना।''

सच कहती हूँ कि मुझे उनकी बातें अच्छी नहीं लगीं। सारे उपदेश क्या स्त्रियों के लिए ही बने हैं? एक बार मेरी इच्छा हुई कि उस बींदराजा को भी कहिए कि वह भी कोई दुष्कर्म न करें जो पत्नी को पसंद न हो।

मैंने विदा ले ली। चल पड़ी मेरी पालकी। रथ-घोड़े और बैलगाड़ियाँ।

वेदना के अथाह सागर में जब ढोलन 'बीजकी' गोते लगाती है तो उसके हृदय का दर्द होंठों पर आ जाता है। जब मेरी डोली रवाना हुई तो वह अपने मर्मभरे मधुर स्वर में गा उठी—

ओ जी गोरी रा लश्करिया,
घड़ी भर लश्कर थामोजी ओढोला,

वह राग मेरे कानों में माधुर्य और पीड़ा का रस घोलती रही। कंवली मेरी पालकी के साथ-साथ चल रही थी। वह बार-बार पालकी में झाँक कर देख लेती थी।

घुड़सवार सैनिक और पैदल सैनिक हमारे साथ थे।

चलते-चलते कंवली रो पड़ी। मैंने पर्दा उठाकर पूछा, "क्या बात है कंवली, घर की याद आ रही है।"

कंवली ने दुखी मन से कहा, "हाँ बाई सा, घर क्या, अपने गाँव की एक-एक वस्तु की याद आ रही है। घर-आँगन, खेत, मंदिर, पीपल-नीम, काली सफेद टीके वाली गाय, वह बुद्धा धारीदार कुत्ता, जो कई बार हमारे पीछे-पीछे जंगल में चल पड़ता था। रणक-झमक करती पनिहारिनें, उनका गाया पणिहारी गीत।

जब साहूकार घासीराम जी की बेटी का ब्याह हुआ था। वह विदा होकर जा रही थी तब पगली ढोलन 'बीजकी' ने ही गाया था—

कोयल ऐ कोयल बैरण पिऊ पिऊ बोल,
चढ़ती बाई ने ये सबद सुणावजे,
डूंगर रे डूंगर राजा नीचो सो झुक जाय,
जावती बाई री दीखे रंग री चूनड़ी
सूरज ओ सूरज राजा मोड़ो सो उग जाय
चढ़ती बाई रे होसी सामो तावड़ो
बादली ए माता म्हारी सूरज सामी आव,
चढ़ती बाई सा रो तिड़कै दंती चूड़ल्यौ जी

अत्यंत मार्मिक और हृदयबेधक पीड़ामय यह गीत है। जैसे ममता की गंगा-यमुना प्रवाहित हो उठी हों। जैसे मानसरोवर में पवित्र प्रेम के हंस तैर रहे हों। गीत फूल बिखरेता है—कोयल तू पी-पी बोल। विदा होती बाई को मीठे शब्द सुना। पर्वत रे पर्वत! जरा नीचे झुक जा, मैं जाती हुई बेटी की रंगी हुई चूनरी दूर तक देख सकूँ। हे सूरज राजा! जरा देर से उगना। मेरी जाती हुई बेटी के मुँह के सामने धूप आ जागेगी। हे घटा माँ! तू सूरज को ढँक ले, रास्ते पर चलती मेरी बेटी की हाथ की हाथी दाँत की चूड़ियाँ तिड़क न जायें। सच कलेजा फट पड़ता है इस गीत को सुनकर।

बारात अपने गंतव्य की ओर बढ़ती गयी।
धर कूंचाः धर मंझला
चैरेवति-चैरेवति
चलते रहो-चलते रहो।

× × ×

नया ठिकाना। नये लोग। नया घर-आँगन। नयी दास-दासियाँ।

मुझे रहने के लिए जनानीड्योढ़ी के पश्चिमी छोर पर स्थित बड़ा कक्ष दिया गया। वह कक्ष सजा हुआ था। उसमें एक पलंग था। मुझे उस कक्ष को देख कर लगा कि यह नया-नया सज्जित नहीं किया गया है। पहले से प्रयोग किया हुआ है। उस कक्ष में जो पलंग था, उसके दायें-बायें जो दीवारें थीं, उन पर बड़े-बड़े शीशे

लगे हुए थे। ऐसे काँचघर बने हुए थे, जिनकी रोशनी पलंग पर सोये हुए पर पड़ती थी। बड़े-बड़े झाड़फानूस थे। बाहर की ओर निकले गवाक्ष थे।

एक और विशेषता थी कि इस कक्ष के सामने खुला फर्श था। उसके चारों ओर चारदीवारी थी। एक और विशेषता थी कि कक्ष के पीछे एक दरवाजा था जो गढ़ के बाहर निकलता था। इसे गुप्त दरवाजा कहते थे। उसके बारे में प्रमुख बारे में प्रमुख और प्रौढ़ डाबड़ी ने बताया कि जब कभी शत्रु अचानक हमला बोल दे तो डेरे की स्त्रियों को भागने के लिए यह गुप्त रास्ता है।

डाबड़ी का नाम नीमकी था।

नीमकी का नखरा इस उम्र में भी नहीं गया था। उसने आँखें मटका कर विचित्र तरह से छातियों को झटका दिया। फिर कहा, "आपकी दासियों के लिए इस कक्ष के बाहर कोठरियाँ हैं। वे उनमें रहेंगी ताकि आपके पुकारने के साथ वे हाजिर हो जायें।"

मैंने उसे कोई उत्तर नहीं दिया।

नीमकी ने कक्ष में आकर कहा, "कुँवराणी जी! एक बात आपको खास बता रही हूँ। हमारे कुँवर नरसिंघ जी बड़े ही रंगबाज हैं। खाने-पीने वाले। मौज़-मस्ती लेने वाले। उनके लिए यह जो बड़ा 'आला' है, उसमें चाँदी की पेटिकायें पड़ी हैं, उनमें अफीम रखी है। कई बार वे अफीम की डली लेते हैं और कई बार गुलाब जल में घोल कर 'कसूम्बा' पीते हैं। यहाँ 'मोरजड़ी' और दाख (किसमिस) के दारू का ही अधिक प्रचलन है। जरूरत पड़ने पर कामदार जी को कह कर मँगवाया जा सकता है। माँस, कटा प्याज और प्याज के पकोड़े भी हुक्म से मँगवाये जा सकते हैं। कहा न, हमारे कुँवर सा बड़े ही रंगीन मिजाज के हैं। सुंदर-सुंदर नाचने-गाने वालियों को बुलाते हैं। रात-रात मुजरा कराते हैं। कभी अकेले और कभी दूसरे उमराव-साहूकार और सरदारों के साथ। उस दिन मुर्गों के अलावा तीतर-बटेर और साबुत हिरण का माँस पकता है।"

वह बकती जा रही थी और मैं चुप थी।

जब वह फिर बोलने लगी तो मैंने उसकी ओर तीखी निगाह से देख कर व्यंग से कहा, "आप अब बिलकुल नहीं बोलेंगी। मैंने आपके कुँवर सा के गुणों के बारे में जान लिया है। इतने गुण किसी एक मिनख में नहीं हो सकते। अब आप कंवली और मनूड़ी को सब कुछ समझा दें।"

नहा-धोकर नये सलमे-गोटे के वस्त्र पहन कर मैंने अपने सास-ससुर, भुआ सास, मामी सास आदि सारे बुर्जुगों के पाँव छूए। सबने मुझे मुँह दिखायी के स्वर्ण-आभूषण दिये। सबने मेरे रंगरूप की भूरि-भूरि प्रशंसा की। दूधो नहाओ और पूतों फलो के आशीर्वाद दिये।

डेरे के सामने वाली हवेली में मुझे ले जाया गया। वहाँ मैंने अपने 'काकी

ससुर' की बहूओं व एक बेटे के पाँव छूए। हवेली में हलचल थी। फिर मुझे एक कक्ष में ले जाया गया। कक्ष अच्छा था। उसमें तीन ओर खिड़कियाँ थीं। एक दरवाजा। एक पलंग बिछा था। उस पर मोटा बिस्तर था। पीठ व गाव तकिए थे। चादर साटन की थी।

नीमकी ने बताया, "यह आपके काकी ससुर हैं। सगे नहीं। ठाकुर सा के काका सा। बड़े भारी वीर और भावुक।" फिर वह उनसे बोली, "बड़े ठाकुर सा। कुँवर नरसिंह जी की बींनणी पाँवधोक कर रही हैं।"

"सुखी रहिए बींनणी सा!" वे हताश स्वर में बोले, "मुझे अब कम दिखायी देता है। आप खड़ी हैं तो केवल काला सा धब्बा सा दिखायी देता है। उम्र भी तो सौ के लगभग हो गयी है। न हाथ सही ढंग से काम करते हैं और न दूसरे अंग। कैसा समय था मेरा। सब कुछ अच्छा था। लेकिन बेटी, मुझे युद्ध से बहुत घृणा थी। इसलिए मैं योद्धा नहीं, किसान बना। हाँ, किसी शुत्रु ने मुझे नष्ट करना चाहा तो मैंने उसे सबक सिखाया पर युद्ध से घृणा करता रहा। बेटी! युद्ध में शत्रुओं की हत्या करना भी एक उन्माद है, एक नशा है। मनुष्य युद्ध भूमि में कितना क्रूर, हिंस्त्र और नृशंस बन जाता है, कोई सोच नहीं सकता। वह जितना ज्यादा संहार करता है शत्रुओं का, उसका उन्माद व यश उतना ही बढ़ता जाता है। मैंने महसूस किया है कि युद्ध भूमि में लड़ने वाला हर वीर अपने शत्रु को मौत के घाट उतार कर अपनी लहूलूहान तलवारों को देख कर पागल की तरह चिंघाड़ता है।"

नीमकी ने मुझे आँखों व हाथों से इशारे किए कि वे बोलना बंद ही नहीं करेंगे। "चलिए।" फिर उसने कहा, "काका सा! बींनणी को अभी और 'पगेपड़नी' करने जाना है। जाने का हुक्म दीजिए।"

"पधारो सा।" उन्होंने कहा, "बहुत बुढ्ढा हो गया हूँ न? सभी अंगों से लाचार। बारह मास अब अकेला पड़ा रहता हूँ। बतल़ (बातचीत) किससे करूँ? अच्छा बेटी, भगवान आपका भला करें।"

बाहर निकलते ही नीमकी ने अपनी आदत के अनुसार फिर बकबक करना शुरू कर दिया, "एकदम सटिया गये हैं। बोलना शुरू करने के बाद चुप रहते ही नहीं। दो-दो प्रेम-विवाह किये पर दोनों पत्नियाँ मर गयीं।"

"प्रेम-विवाह!" मुझमें तीव्र उत्सुकता जागी पर मैं चुप रही।

चरण स्पर्श करते-करते मैं थक गयी थी। औपचारिकतायें निभाते-निभाते मेरे अंग-प्रत्यंग में थकान आ गयी थी। अब भी सास के पास ही थी।

मैंने कंवली से घूँघट में ही धीरे से कहा, "कंवली! मेरे सिर में दर्द है। बदन टूट रहा है। दो-तीन रातों से क्षण भर भी सुख की गहरी नींद नहीं सोयी हूँ। तुम मेरी सासूजी को अरज कर न? मैं खूब सोना चाहती हूँ।"

कंवली ने मेरी सास को मुजरा करके मेरी स्थिति के बारे में बताया।

सास जी ने हुक्म दे दिया कि आप अपने महल में जाकर आराम कीजिए।

मैं अपने कक्ष में आ गयी। दोपहर थी। धूप कार्तिक माह के ठंडे-गर्म मौसम में भी थोड़ा अपना तेज असर बता रही थी।

कंवली को मैंने हुक्म दिया कि वह किसी को भी मेरे कक्ष में न आने दे।

मुझे गहरी नींद आ गयी। लंबी नींद। जब मेरी आँख खुली तो सूर्यदेव अपने घर लौट गये थे। अँधेरा धरती पर उतर आया था। विचित्र शांति और शून्यता थी। मैंने कंवली और मनूड़ी को पुकारा। दोनों तुरंत हाजिर हुईं। काँचघरों में दीए जलाये गये।...मैंने मोखी (नाली) पर जाकर हाथ मुँह धोए। जरा बाल सँवारे। हलके वस्त्र पहने जो एकदम सादे थे। पर उनका रंग चटकदार था।

उसी समय नीमकी आयी। वह जैसे कुँवरजी की रगरग से परिचित थी। उसने आते ही दीयों के तेल में इत्र मिलाया। एक धोती और बिना बाँह की पतली बंडी रखी। बोली, "कुँवर जी! इन्हें रात को पहनते हैं।...और हाँ, आपको थाल अरोगना हो तो रसोड़े में आ जाइएगा। चाहे तो आप भोजन यहाँ पर भी मँगवा सकती हैं।"

मुझे न नीमकी अच्छी लगती थी और न उसकी बातें। मुझे बिलकुल चुप देखकर वह चली गयी। मैंने कंवली से कहा, "यह नीमकी है न, काँइयाँ लगती है। इससे सावधान रहना।"

कंवली ने दर्प से कहा, "बाई सा! मैं भी नाइन हूँ। इस कागली (मादा कौवा) को बेचकर जकात भी नहीं भरूँगी।"

मुझे कंवली की बुद्धि और ईमानदारी पर पूर्ण भरोसा था। मनूड़ी तो भी सीधी-सादी थी साथ में डरपोक भी बहुत ही थी। मैंने उसे कह दिया कि मेरा वह खाना यहीं ले आए।

मैं खाना खाकर सो गयी। मुझे लगा कि नींद मेरे पीछे ही पड़ गयी है। खूब थकी हुई थी न?

कंवली और मनूड़ी अपनी कोठरी में सो गयी थीं। मैं तो दोपहर को सोकर अपनी थकान थोड़ी मिटा चुकी थी पर वे बेचारियाँ तो बिना अपनी स्वामिनी के हुक्म के झपकी भी नहीं ले सकती थीं। किसी को घोर नींद आये और वह सो नहीं पाये, हम उस व्यक्ति की पीड़ा का अनुमान नहीं लगा सकते।

सब गहरी नींद में सो गये थे।

उसी समय कुँवर जी पधारे। वे शराब पीकर ही आये थे। हलके उजास में मैंने अपने स्वामी को पहली बार सिर से पाँव तक देखा। मुझे उस अप्सरा की याद हो आयी जो अभिशप्त होकर पृथ्वी के किसी दानव के व्यूहजाल में फंस गयी हो। मैं उन्हें देखती रही। अपलक और अपने भीतर कई द्वंद्वों को लेकर। कई प्रश्नों की भीड़ को लेकर।...सब कुछ धुँधला-धुँधला सा लगा।

मैं झूठ नहीं बोलूँगी। मुझे उन क्षणों में भी नरवदजी याद हो आए। उनका

सौंदर्य से दपदपाता चेहरा। मधुर वाणी। प्रेम में दहकती आँखें।

कई बार हमें कुरूपता भी आकर्षित कर लेती है। यदि कुरूप प्राणी में गुणों का अपार भंडार हो तो। अष्टावक्र से बेसी कुरूप व असुंदर कोई भी व्यक्ति इस पृथ्वी पर आज तक नहीं हुआ पर उनमें ज्ञान के अपरिमित भंडार होने के कारण वे सम्मानीय व पूजनीय हुए। सबके आकर्षण के बिंदु रहे।

पर जैसा नीमकी ने कुँवर जी के गुणों का (वस्तुतः अवगुणों का) जो बखान किया था, उसके पश्चात कोई अच्छी आशा नहीं रखी जा सकती है उनसे।

फिर भी मैंने परंपरा के अनुसार घूँघट निकाल लिया था। झीना रेशमी ओढ़ना था। उसमें से मैं सब कुछ देख सकती थी।

उन्होंने सोने का 'तिमणिया' (गले का गहना) मुझे देते हुए कहा, ''यह आपकी मुँह दिखायी है। अब आप अपना मुँह तो दिखा दीजिए।''

मैं सुनने के आधार पर सोच रही थी कि ये मेरा घूँघट अत्यंत प्रेमपूर्वक स्वयं उठायेंगे मगर उन्होंने वैसा नहीं किया। वे वस्त्र बदलने लगे। वस्त्र बदल कर पलंग पर आ गये। उसके पूर्व उन्होंने दोनों काँचघरों के दीयों की बातियों को सही किया जिससे उजास थोड़ा प्रखर हो गया।

मैं पूर्ववत बैठी थी। उत्तर के गोखों से मनभावन हवा के झोंके आ रहे थे।

उन्होंने जरा चौंक कर कहा, ''अरे! आपने अभी तक घूँघट नहीं हटाया? हमसे पर्दा कैसा? हम तो आपके पति हैं। परमेश्वर हैं।'' और उन्होंने बड़े ही रूखेपन से घूँघट हटा दिया।

उनके मुँह से शराब की भयंकर बदबू आ रही थी। नेत्र लाल थे और बड़े भी। उनमें अलग अजीब सा खूँखारपन चमक रहा था।

उन्होंने मुझे पलंग पर बिछाते हुए कहा, ''सच आप तो बहुत ही फूटरीफरी हैं।'' और वे मुझे विवस्त्र करने लगे। उनका व्यवहार मुझे ऐसे लगा मानो मैं कोई खरीदी हुई दासी हूँ जिसका उन्हें केवल उपभोग करना है।

मुझसे नहीं रहा गया। मैंने अपने घाघरे के नाड़े को पकड़ कर कहा, ''यह आप क्या कर रहे हैं?''

उनमें क्षणिक विमूढ़ता आयी। किंचित उपेक्षित लंबे स्वर में बोले, ''कर वही रहा हूँ जो एक धणी अपनी पत्नी के साथ टीके की रात (सुहागरात) को करता है।...यही तो ऐसी रात है जब मैं आपके कौमार्य की परीक्षा करूँगा। आपका कौमार्य पहले भंग हुआ है कि नहीं, इसकी परीक्षा लूँगा।'' वे मूर्खता से मुँह की राफें फैलाते हुए अत्यंत भद्दे ढंग से बोले, ''मेरे भायले-भप्पलें (यार-दोस्त) कहते हैं कि जो स्त्री कभी किसी मर्द के पास नहीं गयी है, उसके रक्त जरूर आता है।''

उनके इस मूढ़तापूर्ण संवाद से मेरे काटो तो खून नहीं। मैं तो अठारह साल की थी। नाचती-कूदती, घुड़सवारी करती, ऐसे में...? मैं तो आकुल-व्याकुल हो गयी।

कहीं रक्त नहीं टपका तो? अत्यंत असहाय की तरह मैंने ईश्वर को स्मरण किया? अपनी कुलदेवी की मन्नौति माँगी कि अब तू ही मेरी लाज रखेगी। मुझे संकट से ऊबारेगी।...मैं तो भयभीत हो गयी थी। सोच रही थी कि यदि ऐसा नहीं हुआ तो यह मेरे सतीत्व पर संदेह करने लगेंगे और मुझे छिनाल व कुलटा समझ लेंगे।... डर...डर...डर। दीनता में इन देवी-देवताओं के शब्दों के अलावा हमारे पास दूसरे शब्द हैं ही नहीं।

मैं विचारों के उद्वेलन में अपने से ही कट गयी।

उन्होंने मुझे कब वस्त्रहीन किया मुझे पता नहीं। मैं अब एकदम नग्न थी। उन्होंने भी अपना निचला वस्त्र उतार फेंका था। वे मुझसे सहवास अभ्यस्त मिनख की भाँति करने लगे थे। मैं फिर सेचत हो गयी। भय से मैं तो प्रार्थनाओं पर प्रार्थनायें कर रही थीं। कैसी भी पत्नी हो, वह दुश्चरित्रा नहीं कहलाना चाहती। इस समाज, धर्म और मर्यादाओं में चरित्रहीन स्त्री सबसे निकृष्ट व जघन्य समझी गयी है। विशेषतः इन सामंती व रजवाड़ों के घरानों में।

वे मुझे पशुवत लंबे अर्से तक भोगते रहे। जब वे उठे तो बिस्तर लहूलुहान था।

उन्होंने दर्प से कहा, "आप कुँवारी और पवित्र हैं।"

मैंने उठ कर वस्त्र पहने। मेरी जाँघें भी रक्त से भरी थीं। यह रक्त कहाँ से आया, मुझे तत्काल पता नहीं चला।

मैंने समय पर हुए चमत्कार को रात भर देवी की कृपा ही समझा।

सुबह कुँवर जी चले गये।

मैंने नहा-धोकर दूसरे वस्त्र पहनें। फिर नाश्ते के साथ कंवली को रात की सारी कथा कही।

उसने कहा, "हे राम, यदि रक्तस्राव नहीं होता तो बाई सा गजब हो जाता। ये रूढ़ियों को जीने वाले लोग हैं।" फिर वह एकाएक आँखें फाड़कर बोली, "भगवान बड़ा ही दयालु है।" उसने इस रक्त का रहस्य उघाड़ते हुए कहा, "यह तो आपको मासिक धर्म हुआ है। तेरहवीं और चौदवीं को ही तो उसका समय है।"

मुझे भी सांत्वना मिली इस सच को जानकर।

कितना विचित्र संयोग था। इसे मैं आखिर अपनी कुल देवी की कृपा ही कहूँगी क्योंकि कुँवर जी दूसरे दिन किसी विशेष कार्य से मंडोर की ओर चले गये थे।

सच, कई बार कितनी अच्छी तुकें भिड़जाती हैं। सब कुछ सही हो जाता है।

× × ×

दूसरे दिन मेरे ससुर ठाकुर सा की मर्जीदान रूपाजी मेरे कक्ष में मेरा हुक्म लेकर आयी। रूपाजी एक विशेष दर्जे की जनानी ड्योढ़ी की स्त्री थी। ठाकुर सा की चहेती। अत्यंत ही सुंदर थी।

मैंने उससे मुजरा किया। उसने आशीर्वाद दिया। फिर बैठ गयी। बोली, "कुवराणी जी! यह घराना बहुत ऊँचा है। श्रेष्ठ और कुलीन। बींदावतों का। इनमें कहीं भी नीच कुल के रगूत (रक्त) का मिश्रण नहीं है। एकदम विशुद्ध। केवल एक बार केसरी सिंह जी ने इस कुल के रगूत को अशुद्ध करना चाहा। आप केसरी सिंह जी को जान गये न? अपने काकी ससुर सा।"

मैंने आधा घूँघट निकाल रखा था। स्वीकृतिसूचक सिर हिला दिया।

"काका सा! आज लगभग सौ वर्ष के हैं। दुर्बल और अशक्त। उनकी पाँचों इंद्रियों ने काम करना लगभग बंद कर दिया है।...फिर भी बोलने की शक्ति पहले जैसी है। बोलने लगेंगे तो बस बोलते ही जायेंगे।"

कंवली ने कहा, "कल नीमकी ने ही उन्हें रोका जब बाई सा पाँव पड़ने गयी थी।"

"मुझे मालूम है। तो मैं कह रही थी कि काका सा ने इस कुलीन घराने के रगूत में अकुलीन घराने के रगूत को मिलाने का जतन किया पर भगवान ने ऐसा नहीं होने दिया।...कंवली! जरा पानी पिलायेगी।"

मनूड़ी ने लाकर पानी पिलाया।

पल्लू से मुँह पोंछ कर बोली, "थोड़ा पानी और दे।...कंवली! उस चाँदी की पेटिका में अमल (अफीम) रखा है, उसका आधे बिसवे जितना टुकड़ा तोड़ कर दे न? शरीर में टूटन सी आ रही है। यह अमल भी बुरा नशा है। जब समय पर न लो तो शरीर में टूटन आ जाती है, जम्हाइयों पर जम्हाइयाँ आती रहती हैं। कुछ भी अच्छा नहीं लगता।"

कंवली ने लोहे के बहुत छोटे हनूमानदस्ते में अमल को डालकर टुकड़ा किया। रूपाजी को दिया। रूपाजी ने पानी के साथ उसे निगल कर कहा, "केसरी सिंह जी! अपनी जवानी में बहुत ही बाँके जवान थे। रंग तो उनका गेहुँआ था पर उनमें खिंचाव था। न जाने किसकी सीख थी कि वे शराब, अमल और चिलम-हुक्का नहीं पीते थे। इन कुलों से वे एकदम उलटे थे। यहाँ तो मौल-मुर्गा और दारू-अमल हर समय चलता रहता था।

ये युद्ध भूमि में नहीं जाते थे। खेती करते थे। इससे घरवाले सभी इनसे नाराज रहते थे। वे किसी की परवाह नहीं करते थे। अपने में मस्त व व्यस्त। उनके बारे में लोग कहते थे कि सूरज अस्त और केसरी जी मस्त। मोंठ-बाजरी का खिचड़ा शाम को सदा खाते थे। कभी घी से मथकर और कभी छाछ के साथ। दोपहर में भी बाजरी की रोटी, प्याज और मिर्च की चटनी। सुबह-शाम एक-एक सेर दूध पीते थे। गायें इन्होंने बहुत पाल रखी थीं।

एकदफे जांगलू प्रदेश की ओर अकाल पड़ा। भयंकर अकाल। लोग भूख से मरने लगे।...खेजड़ा वृक्ष भी छाले खाने लगे। जहाँ-जहाँ कीड़ी नगरें (चींटियों का

निवास स्थान) थे, भूखे उन जगहों को खोद-खोद कर अन्न के दानें निकालने लगे। कई भूखे-अधनंगे लोग रोटी-रोजी की तलाश में दूसरे इलाकों की ओर चल पड़े।

एक कुम्हार जाति का परिवार भटकता-भटकता केसरी सिंह जी के खेतों में पहुँच गया। परिवार में मुखिया, उसकी पत्नी, उसकी जवान बेटी और दो छोटे-छोटे बेटे थे।

परिवार कई दिनों से भूखा था।

खेत के पास पहुँचते-पहुँचते दोनों बेटे अचेत हो गये। जवान बेटी 'झूमकी' पागलों की तरह केसरी सिंह जी की झोपड़ी की ओर भागी। उन्हें हाथ जोड़कर बोली, ''अन्नदाता! दया कीजिए थोड़ा सा पानी दीजिए। मेरे छोटे भाई प्यास के मारे तड़प रहे हैं।''

केसरी सिंह जी ने उस चिथड़ों में लिपटी सुंदर लड़की को देखा। फिर पानी की मिट्टी की बनी लोहड़ी को लेकर भागे। दोनों बच्चों को मुँह खोलकर पानी पिलाया। बच्चे जो लोथ थे, धीरे-धीरे होश में आने लगे।

उन्हें उठा कर झोपड़ी में लाया गया। केसरी सिंह जी बहुत दयालु थे। उन्होंने सबको पानी पिलाया। पूछा, ''आप लोग कौन हैं? कहाँ से आये हैं?''

युवती झूमकी ने बुझे स्वर और गीली आँखों से देखकर कहा, ''हम जांगलू की ओर से आये हैं। कुंभार (कुम्हार) हैं। बिखै (कष्ट) के मारे। तीन दिनों से तो घास-फूंस भी ऐसा नहीं मिला कि पेट की लाय (आग) बुझा सकें। देखिए न?'' इतना कहकर झूमकी ने अपने बाप की बंडी जिस पर पसीने के सयाल व धूल जम गयी थी, को ऊँचा करके दिखाया। पसलियाँ गिनी जा सकती थीं।

केसरी सिंह जी का हृदय द्रवित हो गया। उन्होंने एक टूटी झोपड़ी में उन्हें रहने का हुक्म दे दिया।

उन्होंने कुछ कपड़े खरीदे। उन्हें बाजारी का आटा और मोंठों की दाल दी। उन्हें अपने खेत के काम में लगा दिया।

पाँच-सात दिनों में वह परिवार जम गया। झूमकी का गरीबी में छुपा-बुझा जोबन भर पेट खाते ही चमकने लगा।

झूमकी का रंग-रूप और जोबन झूलने लगा। रूपाजी ने बताया, ''मैंने जीवन में बहुत देखा-सुना है। तीन गढ़ों में रही हूँ। तन और मन खूब लुटाया है। धन जमा किया है। मेरा अनुभव कहता है कि हर स्त्री चुंबक की तरह पुरुष को खींचती है। स्त्री हो या पुरुष, सब प्रेम के भूखे होते हैं। सब प्रेम करते हैं। सब प्रेम करना चाहते हैं।''

मैंने उसे बीच में टोका। धीमे से पूछा, ''आप बता सकती हैं कि प्रेम क्या होता है?''

''मैं नहीं बता सकती। अपने अनुभवों के आधार पर मैं इतना कह सकती

हूँ कि जवानी में मुझे जो मिला, उसने मुझसे प्रेम ही किया। मैं कोई उच्च कुल की नहीं हूँ। पर रंग-रूप चोखा था इसलिए डेरों में भटकती रही। मुझसे कई लोगों ने प्रेम किया। मुझे रखैल की तरह रखा। लेकिन मैंने लगभग बारह-तेरह पुरुषों से प्रेम किया। मेरी माँ ने जो अब इस दुनिया में नहीं है, कुटनी का काम किया और चालाक बूढ़ी वेश्या की तरह काफी पैसा इकट्ठा किया। कहा न मुझे अपने बुढ़ापे में भीख नहीं माँगनी पड़ेगी।''

वह उदास और दुखी हो गयी। उसकी आकृति पर अवसाद चमक उठा। व्यथित स्वर में बोली, ''हम जैसी दासियों का चाहे वह रखैल हों, पर्दायतन हों, मर्जीदानी हों, घाघरेवालियाँ हों, डाबड़ियाँ हों, उनका बुढ़ापा बहुत बुरा कटता है पर मैंने पैसा जमा कर लिया है। सुख से रहूँगी।''

''आपके कोई बेटा-बेटी?''

''मेरे दो बेटे हैं। अलग-अलग मर्दों से। दोनों अलग-अलग ठिकाणों में रहते हैं। छोटा वाला बेटा बलवीर भला और दयालु है। कुछ दिनों के बाद उसके पास चली जाऊँगी। पूर्व जन्म में न जाने कैसे-कैसे पाप किये थे कि इस जन्म में नरक ही नरक भोगा। अब मैं तीर्थ करूँगी। यज्ञ-पूजा करूँगी।...बामणों को दान करूँगी ताकि अगले जन्म में तो अच्छा जीवन मिले।''

वह सहसा चौंकी। अपने पर हँसती हुई सी बोली, ''मैं तो अपनी रामायण सुनाने लगी। बाँच रही थी कथा केसरी सिंह जी की।''

केसरी सिंह जी को झूमकी से प्रेम हो गया।

उच्चकोटि के सामंतों को जब इसका पता चला तो वे नाराज हो गये। उन्हें समझाने लगे। तब केसरी सिंह जी खुद एकदम जवान थे। लोग कहते हैं कि वे बहुत आकर्षक लगते थे। एकदम बाँके।

उनके पिताजी ने उन्हें बुलाया। पूछा, ''केसरी सिंह! यह मैं क्या सुन रहा हूँ। तुम अपने आश्रय में आये हुए गरीबों पर क्यों अन्याय कर रहे हो?''

''यह आपको किसने कह दिया? कोई क्षत्रिय यदि उसमें पवित्र रक्त है और जिसने अपनी माँ का दूध पिया है, वह अपने आश्रय में आये किसी भी प्राणी पर अत्याचार नहीं कर सकता।'' केसरी सिंह जी ने गंभीर होकर अपने पिताजी की ओर देखा और कहा, ''बल्कि इस देश के रहनेवालों की परंपरा रही है कि वे तो शरणागत के लिए सब कुछ निछावर कर देते हैं।''

''मैं भी यही कह रहा हूँ कि वे तुम्हारे शरणागत हैं। तुमने अपनी समृद्धि और शक्ति से उनकी बेटी को...।''

केसरी सिंह जी ने बीच में कहा, ''मैं उससे प्रेम करता हूँ। सच्चा और पवित्र प्रेम? मैं उससे शादी भी करूँगा।''

वे शेर की तरह दहाड़े, ''केसरी सिंह! होश में तो हो! हमारा रक्त बींदावतों

का पवित्र, शुद्ध और श्रेष्ठ रक्त है। हमारे रिश्ते हमारे बराबरवालों के साथ ही होते हैं। तुम्हारे मन में यह ओछा विचार कैसे आया? हमारी ठकुराणियाँ मोची, धोबी, मालिनें, कुंभारिनें आदि नहीं होतीं।...रही प्रेम की बात? यह शब्द तो हमने आज ही सुना है? यह क्या है प्रेम? कम से कम इस बला को हमारे बेटे-बेटी नहीं करते।''

''लेकिन मैं प्रेम कर चुका हूँ।'' केसरी सिंह जी ने दृढ़ता से कहा, ''मैं उससे शादी करूँगा।''

''देखो केसरी सिंह! तुम्हारी सगाई शेखावत गुमान सिंह की बेटी से हो गयी है। शेखावतों और आमेरवालों की परस्पर मित्रता है। यदि शेखावतों को यह मालूम होगा कि तुमने सगाई करके किसी अन्य लड़की से विवाह कर लिया है तो खून-खराबा हो जायेगा।''

दोनों कुछ देर तक चुप रहे। सहसा ठाकुर सा ने जैसे इस समस्या का समाधान ढूँढ लिया हो, वैसे बोले, ''हाँ, आप विवाह तो गुमान सिंह जी की बेटी से कर लें और उस कुंभारिन को अपनी रखैल बना लें। यह हमारी परंपरा रही है।''

केसरी सिंह जी गंभीर हो गये। कटु स्वर में बोले, ''मैं आपकी परंपरा का आदमी नहीं हूँ जो स्त्रियों को अपने रावले में ऐसे भरते रहते हैं जैसे घास-फूंस। मेरे घर में एक स्त्री रहेगी, वह होगी झूमकी। झूमकी कुंभारिन।''

वे एकदम आग बबूला हो गये। गर्ज कर बोले, ''लगता है कि तुम अपने जीवन से ऊब गये हो। सुख-वैभव भोगते-भोगते तुम्हारा पेट भर गया है? तुम्हारे इस फैसले का भयानक परिणाम हो सकता है। शेखावतों से एक लड़ाई लड़नी पड़ सकती है जो संभव नहीं है।''

केसरी सिंह को गुस्सा आ गया। कड़क कर बोले, ''मैं अपनी लड़ाई अकेला लड़ लूँगा। मैंने हाथों में चूड़ियाँ नहीं पहन रखी हैं। मुझे हत्यायें पसंद नहीं हैं अतः मैं किसान बना। लेकिन कोई मेरे घर को उजाड़ना चाहेगा तो मैं उनका सर्वनाश कर दूँगा। सैनिक से ज्यादा किसान की बाजुओं में ताकत होती है।''

ठाकुर सा ने घृणा से कहा, ''तुम्हारी बुद्धि भ्रष्ट हो गयी है। यदि तुम ऐसा करोगे तो हमारा तुम्हारा सदा-सदा के लिए संबंध समाप्त हो जायेगा। न तू मेरा बेटा रहेगा और न मैं तेरा बाप?''

केसरी सिंह जी ने कोई जवाब नहीं दिया। वे उठकर आ गये।

उसी रात चार-पाँच आदमियों ने खेत पर हमला सा किया। लेकिन केसरी सिंह जी जाग रहे थे। उन्होंने जो हुंकार लगायी कि सब भाग खड़े हुए।

इसके पश्चात केसरी सिंह जी सचेत रहने लगे। लेकिन वे झूमकी के लिए पल-पल तड़पने लगे। अजीब सी बेचैनी उन्हें सताने लगी। आखिर उन्होंने झूमकी से कहा, ''मैं तुमसे ब्याह करूँगा। तुम्हें अपनी घरवाली बनाऊँगा।''

झूमकी भय से सिहर उठी। बोली, ''यह आप क्या कह रहे हैं कुँवर सा।

कहाँ मैं और कहाँ आप? ऐसा नहीं हो सकता?"

"ऐसा ही होगा। झूमकी? मैं तुम्हारे बिना नहीं रह सकता।"

"हठ छोड़ दीजिए कुँवर सा!"

"नहीं झूमकी, मुझे पता नहीं है कि ये सब क्या है? पर यह सौलह आना सच है कि तुम्हें देखते ही मैंने तय कर लिया था कि तुम्हें अपनी घरवाली बनाऊँगा।"

"मैं कुंभारिन हूँ।"

"तो क्या हुआ। हिंदू धर्म में स्त्री की कोई जाति नहीं होती। वह जिससे ब्याह करती है, वही जाति उसे मिल जाती है।"

"ऐसा नहीं होगा।" झूमकी ने दृढ़ता से कहा।

"यदि तुम नहीं चाहोगी तो ऐसा नहीं होगा पर यह भी सही है कि मैं जीवन भर कुँवारा रहूँगा। मैं दूसरों के साथ जबरदस्ती कर सकता हूँ पर तुम्हारे साथ नहीं क्योंकि मुझे तुमसे लाग लग गयी है।"

झूमकी ने आहत होकर कहा, "अन्नदाता! मुझे संकट में मत डालिए। ऐसा करके आप अनर्थ और अधर्म दोनों करेंगे। मिनख के वंश, जाति और धर्म की मरजादा अपनी अलग होती है।"

केसरी सिंह जी ने गुस्से से कहा, "मुझे धर्म, जाति और वंश की बातें न समझा? ये सब झूठे हैं। खोखले हैं। हम क्षत्रियों का धर्म है। वह है शक्ति। उनके पास ताकत है, इसलिए वे मनमानी करते हैं। वे स्त्रियों को पशु समझते हैं और उन्हें निर्दयता से दंड देते हैं। मैंने बचपन से ही वीर बनने का इरादा छोड़ दिया था। सैनिक अपने ठाकुर के लिए, ठाकुर अपने राजा के लिए और राजा अपने बादशाह के लिए लड़ता है। लड़कर धन दौलत और जागीरें पाता है। फिर उनका शोषण चक्र अपने मातहतों पर शुरू होता है। ये लोग योद्धा नहीं हैं। ये लोग दास हैं जो अपने से सक्षम व्यक्ति के लिए अपना खून बहाते हैं।...ये लोग दान-दक्षिणा देकर अपनी प्रशस्ति लिखाते हैं और उन्हें गवाते हैं। इसलिए मैं किसान बना। अनाज पैदा करता हूँ और अपना और दूसरों का पेट भरता हूँ। इनकी तरह मुफ्त का अनाज तलवार के जोर पर नहीं लेता। मैं नहीं जानता झूमकी, कि मेरा स्वभाव इन लोगों के विपरीत क्यों बना? मुझे इतना ही पता है कि ईश्वर ही मनुष्य को गुण-अवगुण देता है। वह जैसा चाहे मनुष्य को बना देता है। उन्हें भी तो ईश्वर ने बनाया है। अब तुम्हें भी तो यहाँ ईश्वर ने भेजा है। मैं कुछ भी करूँगा, वह ईश्वर के हुक्म से ही करूँगा। इसलिए तुम्हें जरा भी डर नहीं रखना चाहिये।"

झूमकी ने कोई उत्तर नहीं दिया। वह काफी देर तक सोचती रही।

उन्होंने फिर कहा, "झूमकी! मैं तुम्हारे बिना नहीं रह सकता।"

"कुँवर सा! मैं आपके पास रहूँगी। आपके चरणों में रहूँगी। आपकी सब कुछ बन कर रहूँगी।...पर आप...।"

''झूमकी! हमारे डेरों में कुछ भी बन कर रहने वाली लुगाइयाँ बहुत हैं। पर मैं तुमसे ब्याह करूँगा। यह मेरा निर्णय है।''

चंद दिनों बाद केसरी सिंह जी ने उससे मंदिर में जाकर ब्याह कर लिया। लेकिन इनके घरवालों की गतिविधियाँ उनके विरुद्ध बढ़ गयीं। वे नये-नये षडयंत्र रचने लगे।

उनकी ससुराल वाले भी झूमकी को मारने की घात में बैठ गये। झूमकी ने एक दिन विनीत स्वर में कहा, ''कुँवर सा! आपने अपने घर में आफत डाल ली। ये लोग हमें जिंदा नहीं छोड़ेंगे।''

केसरी सिंह जी ने उसकी बात पर गंभीरता से सोचा। फिर एक सुबह झूमकी के परिवार को एक लाल थैली में चाँदी के कलदार देकर कहा, ''आप लोग आमेर की ओर चले जाइए। वहाँ जमीन आदि लेकर अपना पुश्तैनी धंधा कीजिए।...झूमकी की आप कोई चिंता मत कीजिए। मेरे जीते जी इसका बाल भी बाँका नहीं होगा। यहाँ आप रहेंगे तो आपकी जान को खतरा रहेगा।''

वे लोग चले गये। झूमकी ने उन्हें समझाया कि कुँवर सा के होते वह सोरी-सुखी रहेंगी।

वे भारी मन लेकर चले गये। उन्हें बेटी के विछोह का कोई विशेष दुख नहीं था। वे तो जब घर से चले थे तब यह सोचकर भी चले थे कि झूमकी को किसी सेठ-साहूकार को बेचकर परिवार को बचा लेंगे। फिर भी माँ की आँखों में तो आँसू आ ही गये।

केसरी सिंह जी ने खुलेआम बता दिया कि उन्होंने झूमकी से ब्याह कर लिया है।...यदि कोई उसे नुकसान पहुँचायेगा तो वह प्रलय मचा देगा।...

बहुत प्रेम करते थे केसरी सिंह जी झूमकी को। ईश्वर की कृपा जानिए कि उसके पाँव भारी हो गये। केसरी सिंह जी का प्रेम दुगुना हो गया तो उनके परिवार वालों की घृणा भी दुगुनी हो गयी। लेकिन उन्होंने कोई परवाह नहीं की।...वे तो झूमकी के प्रेम में निमग्न होते गये। डूबते गये।

समय कभी थमा नहीं है। चलता रहा।

वह समय आ गया जब झूमकी को नौंवा महीना लग गया। उस समय केसरी सिंह जी स्वयं उसे खाना बना कर खिलाते थे। कभी हलुवा और कभी घी में डूबाकर फुलके।...स्वयं झूमकी के मना करने पर भी उसके कपड़े धोते थे। कई बार प्रगाढ़ प्रेम के वशीभूत होकर बाल भी संवार देते थे। उस बेचारी को बड़ी शर्म आती थी। लेकिन केसरी सिंह जी को आत्मिक आनंद आता था।

नगर की प्रमुख दाई को वे कई बार घर लाते थे और उससे झूमकी की जाँच-पड़ताल कराते थे।

सब कुछ ठीकठाक चल रहा था। हालांकि शेखावत लोग नाराज थे और वे

झूमकी को कत्ल करने की फिराक में थे। एक रात तो पाँच शेखावतों ने चेहरों को ढँक कर हमला बोल दिया।

केसरी सिंह सदा आशंकित और सचेत रहते थे। शक्तिशाली बहुत थे। उन्होंने पाँचों में से तीन को मौत के घाट उतार दिया और दो भाग खड़े हुए। क्रोध, उन्माद और घृणा से पागल होकर वे उन तीन लाशों को अकूड़ी (कचरा फेंकने की जगह) पर फेंक आये।

कुत्तों, गिद्धों व कौवों ने उन लाशों को नोच डाला। दूसरे दिन ठाकुर-घराने ने उनका दाह-संस्कार कराया। पंडित से गति-मुक्ति करायी।

झूमकी ने दुखी होकर कहा, "आप ये सब क्या कर रहे हैं कुँवर सा! मुझ पाँवों की धूल के लिए आप क्यों इतना कष्ट उठा रहे हैं?"

"झूमकी! जो व्यक्ति स्त्री को स्त्री नहीं समझता, वह पापी होता है।" केसरी सिंह जी ने गंभीर स्वर में कहा, "वे लोग समझते हैं कि मैं केवल किसान हूँ। केवल हल चलाना जानता हूँ पर मैं शस्त्र चलाना भी जानता हूँ, इन्होंने मेरी शक्ति का पहला चमत्कार देख लिया न! एक बात और है, तुम अपने को छोटा मत समझो। . ूम मेरी पत्नी हो। ठकुराणी हो।"

उसने भर्राए स्वर में कहा, "लेकिन इस तरह भय की आशंका को लेकर जीना भी तो कठिन है।"

"यह क्या कह रही हो तुम?" केसरी सिंह जी ने आश्चर्य से कहा, "तुम केसरी सिंह जी की घरवाली हो? किस माँ ने ऐसा पूत जना है जो मुझे धूल चटवा दे? झूमकी! तुम चिंता मत किया करो। तुम्हारे मन की बातों का असर बच्चे पर पड़ेगा, ऐसा सभी कहते हैं।"

झूमकी उनकी गोद में बिछ गयी।

प्रसवकाल नजदीक आ गया था। केसरी सिंह जी ने सारी व्यवस्थायें कर रखी थीं। दाई भी बराबर उसे संभालने आती थी।

दाई का विश्वास था कि बच्चा नौंवे महीने के अंत में होगा।...

एक दोपहर झूमकी तड़पने लगी। दर्द की लहरें उसके पेट में रह-रह कर उठने लगीं। पसीने से तरबतर हो गयी।

उसने घबराकर कहा, "कुँवर सा! दाई को लाइए।"

केसरी सिंह जी ने एक घोड़ा रख छोड़ा था। वे उस पर बिना जीन के बैठ कर भागे। दुर्योग यह हुआ कि दाई किसी समीपवाले गाँव में जच्चा कराने गयी हुई थी।

केसरी सिंह जी एकदम आकुल-व्याकुल हो गये।

अपनी कुलदेवी को बार-बार स्मरण किया। मनौती माँगी। सोने का छत्तर चढ़ाने की बोलवा बोली। बार-बार यही कहा कि माँ मेरी झूमकी की रक्षा करना। मेरे बच्चे

की रक्षा करना।

फिर वे उस गाँव की ओर लपके जहाँ दाई गयी हुई थी। वे शीघ्र ही वहाँ पहुँच गये। उस घर के मालिक से पूछा तो उसने बताया कि वह ठाकुर भंवरसिंह शेखावत के घर गयी है।

केसरी सिंह जी अपने घोड़े पर तूफान की गति से भंवरसिंह के घर पहुँचे। उन्होंने अनजान बनते हुए कहा, ''दाई! हमारे यहाँ आयी थी पर वह तो पुत्र-पैदा कराके मुझसे एक कनार का ओढ़ना और पाँच कलदार रुपए लेकर उसी समय चली गयी।''

''कहाँ गयी है?''

''मुझे पता नहीं।''

केसरी सिंह चिंता से व्यग्र तो थे ही। कुलदेवी की प्रार्थना करने लगे। उन्होंने सोचा कि शायद वह दाई अपने घर चली गयी होगी। वे वापस लौटे। दाई अपने घर पहुँची ही नहीं थी।

केसरी सिंह जी ने ईश्वर को बार-बार याद किया। एकाएक उन्हें जमना बाई याद आयी। यदाकदा वह ब्राह्मणी भी यह काम कर लिया करती थी।

वे प्रबल वेग से जमना बाई के घर गये। उसे सारी स्थिति बताई। वह बेचारी तैयार हो गयी। जमना को केसरी सिंह जी ने घोड़े पर बिठा लिया।

वे झोपड़ी में पहुँचे।

उन्होंने जो देखा तो उनके मुँह से चीख निकल गयी।

झूमकी चित्त लेटी हुई थी। अथाह पीड़ा के कारण उसने अपनी मुट्ठियों में अपने ही बाल पकड़ रखे थे। काँचली अपने यथास्थान से हट गयी थी। आँखें फटी हुई थीं। आधा बच्चा उसके शरीर से बाहर निकला हुआ था। हृदय विदारक दृश्य था। कई अंगों पर खून जम गया था। उसके नितंबों के नीचे फैला हुआ खून अभी भी पूरा सूखा नहीं था। बच्चे का सिर नजर आ रहा था।

जमना ने उसे देखकर व्यथा भरे स्वर में कहा, इतनी वीभत्स और डरावनी मृत्यु उसने दाई का काम करते हुए कभी नहीं देखी।

केसरी सिंह जी ने भी ऐसी मृत्यु पहले नहीं देखी थी। वे सुन्न हो गये।

जमना ने अपने हाथों की चूड़ियों को ऊँचा चढ़ाकर झूमकी की टाँगों को जरा चौड़ा करके मृत बच्चे को खींचकर बाहर निकाला। उसने पलकें झुका कर कहा, ''सब खेल खत्म हो गया कुँवर सा।''

केसरी सिंह जी बोले नहीं। गूंगे हो गये।

यह खबर जंगल की आग की तरह चारों ओर फैल गयी। जिसने सुना, वह स्तब्ध रह गया। लोग खेत की ओर लपके। कुछ ही देर में भीड़ लग गयी।

ब्राह्मणी जमना ने अश्रु बहाते-बहाते जच्चे व बच्चे को जमीन पर सुलाया।

भर्राये स्वर में कहा, "कुँवर सा! आप इन्हें नहलाइए।"

केसरी सिंह जी का खून मानो पीला पड़ गया। वे ऐसे उठे जैसे बरसों से बीमार हों।

जमना के सहारे से उन्होंने उन दोनों को नहलाया।

नहलाते-नहलाते वे फूट-फूट कर रो पड़े। रोते रहे और नहलाते रहे। फिर उन्होंने उसे सलमें-सितारों से जड़े घाघरा, ओढ़नी, कुर्ता-काँचली पहनाए। माँग में सिंदूर भरा। ललाट पर बिंदी लगायी। नयी चूड़ियाँ पहनायीं। आँखों में मोती-मूँगियाँ, सोने का टुकड़ा, मुँह में रेणका व गंगा जल डाला जो कोई समझदार व्यक्ति लाया था। मेंहदी भी लगायी।

बच्चे को भी नये वस्त्र पहनाए।

जमना अपलक मृत झूमकी को सजी-संवरी देखती रही। कितनी अनुपम लग रही थी। लग रहा था कि सौंदर्य की आभा उसकी आकृति पर दपदपा रही है। मृत्यु के पश्चात भी।

वे जोर-जोर से रोने लगे।

कितने ही लोग उन दोनों के रोदन से पिघल गये। उनकी आँखें नम हो गयीं।

वृद्ध साहूकार हरि किसन ने सुबकते हुए केसरी सिंह को धैर्य दिया, "कुँवर सा! मृत्यु अटल है। उसके आने का क्षण निश्चित है।...इसके सामने बड़े-बड़े राजा-महाराज, देव-दैत्य, ऋषि-मुनियों ने पराजय मानी है। आप धैर्य रखिए। हृदय पर पत्थर रख लीजिए।"

केसरी सिंह अपने आँसू नहीं रोक पाये।

अर्थी बन गयी थी।

थोड़ी चौड़ी अर्थी बनायी गयी।

उस पर झूमकी की लाश पहले रखी गयी। बाद में उसके पास उस मासूम नवजात शिशु को रखा गया जिसने इस सृष्टि को एक पल भी नहीं देखा। एक कोख में पला और धरती की कोख में चला गया।

शव यात्रा शुरू हो गयी।

केसरी सिंह जी ने झूमकी को राजवी श्मशान घाट पर जलाया। हालांकि एक बड़े ठाकुर ने दबे स्वर में कहा, "एक कुंभारिन ठाकुरों के श्मशान घाट पर जलेगी" पर केसरी सिंह जी के भय से कोई खुला विरोध नहीं कर पाया।

चित्ता बन गयी।

झूमकी को सुला दिया गया उस पर। उसकी गोद में रख दिया गया उसके अपने नवजात शिशु को।

केसरी सिंह जी ने मंत्रों के बीच अग्नि दे दी—अपनी झूमकी को जो उसकी प्रणय-प्रतिमा थी, सृष्टि थी, सर्वस्व थी।

चित्ता में खूब घी, खोपरे, नारियल, यज्ञ-सामग्री डाली गयी। कपाल क्रिया भी उन्होंने ही की।

अग्नि ने अपना विकराल रूप धारण कर लिया। वह अग्नि जो पवित्र-अपवित्र, रूप-कुरूप, पापी-धर्मात्मा, श्रेष्ठ-अश्रेष्ठ, धनी-दरिद्र समस्त प्राणियों को भस्मीभूत करके अस्तित्वहीन कर देती है, उसी अग्नि ने केसरी सिंह जी के सुखमय मधुर जीवन का दुखांत कर दिया।

उसके पीछे केसरी सिंह जी ने पूरे गाँव के लिए महाभोज किया।

स्वयं उसकी अस्थियाँ लेकर हरिद्वार गये।

उन्होंने ही बताया कि जब उन्होंने झूमकी की अस्थियाँ माँ गंगा के पवित्र व शीतल जल में प्रवाहित की तो बहुत रोये। ईश्वर से प्रार्थना की, ''झूमकी, भगवान तुम्हारी आत्मा को शांति दे, मोक्ष दे। यदि वह तुम्हें पुनर्जन्म दें तो मेरी पत्नी ही बनायें।''

× × ×

कदाचित पंडित जी ने ही बताया था कि दुख की उत्पत्ति अकस्मात, अकारण, अचानक और भाग्यवश नहीं होती। उसके पीछे पर्याप्त कारण होते हैं। ये कारण तत्क्षण भले ही प्रकट न हों, पर वे समय पर प्रकट होते हैं। यही बात समस्त घटनाओं के पीछे होती है।

केसरी सिंह जी का जीवन भयंकर सन्नाटों से भर गया। झूमकी की यादें उन्हें अकेलेपन में सताने लगीं। कई बार वे झूमकी के गाये हुए लोकगीत अपने कर्कश स्वर में गुनगुना देते थे। गाती भी बहुत अच्छा थी वह।...

रात के सूनेपन में वह केसरी सिंह जी की अंकशायिनी होकर अपने शहद से मीठे स्वर में गाती थी तो वातावरण में मिश्री सी घुल जाती थी।

अत्यंत दुखी थे वे। कुछ अंशों तक वे स्वयं इस अपराध में अपने को दोषी समझ रहे थे। यदि वे कहीं और से दाई ले आते तो झूमकी शायद नहीं मरती।

फिर एक भयानक बारूद का धमाका हुआ।

एक दिन वह असली दाई केसरी सिंह जी के पास आयी। आते ही उनके पाँव पकड़ कर फूट-फूट कर रोने लगी, ''कुँवर जी, मुझे माफ कर दीजिए...मुझे माफ कर दीजिए...।''

केसरी सिंह जी ने उसे उठाकर कहा, ''दाई बाई! तुमने कोई कसूर ही नहीं किया है, फिर माफी किस बात की दूँ?''

उसने हाथ जोड़कर गिड़गिड़ाते हुए कहा, ''आप मेरी गर्दन धड़ से न उतारें तो मैं कुछ कहूँ।''

''दाई बाई! ऐसा तुमने कौन सा कसूर किया है?''

''पहले आप मुझे वचन देंगे कि मुझे आप...?''

"वचन देता हूँ कि तुम्हें कुछ नहीं कहूँगा। बोलो, डरो नहीं।"

दाई ने कॉपते स्वर में बताया, "मैं उस दिन भंवरसिंह जी के यहाँ गयी थी। तभी ठाकुर अबीर सिंह जी शेखावत का आदमी आ गया। शेखावत जी के तीन लठैत उसके साथ थे। वे मुझे वहाँ से जबरदस्ती ठाकुर के डेरे ले गये।...मैंने उन्हें विनती की कि कुँवर केसरी सिंह जी के घर टाबर होने वाला है। उनकी कुँवराणी जी पूरे दिनों से हैं। मुझे जाने दीजिए।"

ठाकुर अबीर सिंह जी का बेटा बोला, "दाई तू उसे कुँवराणी कहती है। उस दो कौड़ी की कुंभारिन को तू गधी की बच्ची कुँवराणी कहती है। अरे! वह तो इतनी गयी गुजरी है कि उससे तो हमारी डाबड़ियाँ ही चोखी हैं।"

मुझे न जाने कहाँ से साहस आ गया। मैं बोली, "सारे मटके, मटकियाँ, लोहड़ियाँ, दीवाली के दीये, पकाने की हंडियाँ कुंभार-कुंभारिनें ही बनाते हैं। उनकी बनायी चीजें हमारे काम आती हैं।"

उन्होंने मेरे गाल पर दो-चार थप्पड़ मार दिये। बरसे—"गोली रांड! हमसे जबान लड़ाती है। जीने से पेट भर गया है क्या?"

"ठाकुर सा! मैं आपके पाँव पड़ती हूँ, आपको हाथ जोड़ती हूँ। मुझे जाने दीजिए। मैं कितनी रोयी, गिड़गिड़ायी, तड़पी, पर उन दुष्टों को दया नहीं आयी। मुझे कोठरी में कैद कर दिया। पहरा बिठा दिया।" यह कहकर दाई फूट-फूट कर रो पड़ी।

केसरी सिंह जी की क्रोध में दोनों मुट्ठियाँ बंद हो गयीं। अपने ही दाँतों से उन्होंने अपना निचला होंठ काट लिया। खून की दो बूँदें टपक कर ठोड़ी पर फैल गयीं। अबीर सिंह जी गुमान सिंह जी के रिश्तेदार थे।

महाबली थे केसरी सिंह जी। लंबा-चौड़ा खेत। खुली शुद्ध हवायें। लगभग पन्द्रह-बीस गायें। खूब कसरत करते, खूब काम करते और दूध पीते। उनके नेत्रों से तब लगा कि वे बाहर आ जायेंगे। अपने पर काबू पाकर उन्होंने दाई से कहा, "दाई बाई! तुम जाओ। मैंने तुम्हें माफ किया।"

"खम्मा अन्नदाता...खम्मा अन्नदाता।"

वह तेज कदम उठाती हुई चली गयीं।

केसरी सिंह जी इस षडयंत्र के बारे में सोच-सोच कर उबलने लगे। उन्हें निरंतर झूमकी व बच्चे की विकृत, वीभत्स और घिनौनी लाशें भुलाये नहीं भूली जा रही थीं। उनकी दृष्टि में इस पृथ्वी पर झूमकी जैसा सौंदर्य उन्हें कहीं भी दिखायी नहीं दिया था। उस सौंदर्य का इतना क्रूर-दयनीय अंत केसरी सिंह जी को इतना सब कुछ होते हुए भी न जाने क्यों उसकी मृत्यु पर विश्वास नहीं हो रहा था? संसार में क्या मनुष्यों को दुख और मृत्यु क्या इतनी सन्निकटता से देखनी होती है।

भाग्य के खेल कोई नहीं जानता।

दूसरे दिन वे अपनी दो म्यानोंवाली तलवारों को कमर में बाँध कर घोड़े पर सवार होकर अबीर सिंह शेखावत के गाँव की ओर चल पड़े। उनका अत्यंत ही हिंस्र इरादा था। वे बार-बार अपने इरादे की पूर्णता के लिए ईश्वर से प्रार्थना कर रहे थे कि तुम मुझे शक्ति दो कि मैं उनके वंश को समाप्त करके अपना प्रतिशोध पूरा करूँ।

ईश्वर का बनाया हुआ मनुष्य इतना क्रूर और हिंस्र क्यों है? क्यों वह उसके मस्तिष्क में ऐसे विचार डालता है जो पृथ्वी को केवल कुरूप ही बनाते हैं।

घोड़ा तीव्रगति से भाग रहा था।

जंगल सूना था। वृक्षहीन लगभग। यात्रियों के चलने पर बनी थी टेढ़ी-मेढ़ी पगडंडी। बायीं ओर से जो एक छोटी ढांणी से पगडंडी आ रही थी, उस पर चार-पाँच महिलायें सामान्य वस्त्र पहन कर सिर पर मिट्टी के घड़े रख कर सूर्य देव की लोकगीत के माध्यम से आराधना कर रही थीं–

ताबड़ो धीमो पड़ जा रे
बादली गैरी घुट जा रे
गोरी रो नाजुक जीव
सूरज बादल में छुपजा रे...
ताबड़ो धीमो पड़ जा रे...
सुरताल में सांमजस्य था।

इस भूमि पर जल की बड़ी कमी थी। कई-कई कोसों से पानी लाना पड़ता था।

केसरी सिंह जी सरसरी दृष्टि उन पर डालकर आगे बढ़ गये।

चिलचिलाती धूप। लू। तपते रेत के कण आ-आकर उनकी आकृति पर चिपक रहे थे। हलकी तपन का अहसास हो रहा था। लू के थपेड़े भी कम नहीं थे। स्पर्श करते तो जैसे किसी ने गर्म हवा को मुट्ठी में बंद करके उनकी अचकन को ऊँचा करके भीतर डाल दी हो।

कहीं-कहीं मृगमरीचिका भी दिखायी दे रही थी। एक जगह खेजड़ा, नीम, पीपल और आक के पेड़ दिखायी पड़े। केसरी सिंह जी ने तुरंत समझ लिया कि यहाँ कोई तालाब या बावड़ी है। ऐसे तालाब और बावड़ी जहाँ बारह मास पानी भरा रहता होगा। वे महिलायें उधर ही जा रही थीं।

केसरी सिंह जी ने अबीर सिंह जी के गाँव की कांकड़ (सीमा) में प्रवेश किया। दायीं ओर एक खेजड़े के नीचे भैंरू जी का थान था।

उन्होंने घोड़ा रोका।

देवताओं का खजाना है यह प्रदेश। पग-पग पर अलग-अलग देवता।

केसरी सिंह जी ने घोड़े को रोका।

भैंरू जी को नत-मस्तक होकर बिनती की—"हे भैंरू बाबा! मेरी मनोकामना पूरी करना। मुझे अपने इरादे को पूरा करने में सफलता देना।"

वे फिर घोड़े पर आरूढ़ हुए चल पड़े।

गहरी खामोशी थी पर केसरी सिंह जी के भीतर समंदर उथल पुथल मचा रहा था। कई बार उनके मन के समस्त लहूलुहान किनारे उस छोर से जा टकराते थे जो हिंसक नहीं था। उस किनारे पर बैठा एक कुंरजा पखेरू जोर-जोर से चीख रहा था—"प्रेम करने वाले कभी इतना भयंकर और घिनौना रक्तपात नहीं करते। प्रेम का आधार तो अहिंसा, सत्य और शांति है। रुक जा कुँवर रुक जा।"

तब वे और आवेशित व उत्तेजित हो जाते थे और घोड़े को ऐड़ मार देते थे। घोड़े की गति और तेज हो जाती थी।

"मैं उन लोगों का खून पी जाऊँगा। उनके वंश को मिटा डालूँगा। उनकी दुनिया को तहस-नहस कर डालूँगा।" वे भीतर ही भीतर चीख-चिल्ला रहे थे।

कई तरह की आवाजें उनकी खोपड़ी से टकरा रही थीं और वे अधिक अवश हो रहे थे।

कछुवे की तरह चलने पर भी गतंव्य आ ही जाता है।

अबीर सिंह का डेरा दिख गया।

घने नीम की घनी छाया के नीचे खाट डाले हुए ठाकुर अबीर सिंह और उसके दोनों बेटे मदन सिंह और श्याम सिंह बिराजे हुए थे। दो-तीन ग्रामीण जमीन पर बैठे थे।

घोड़ा जैसे ही समीप पहुँचा वैसे ग्रामीण उठकर चलते बने।

केसरी सिंह जी ने घोड़े को रोका। बिजली की तरह कड़क कर कहा, "कमीने ठाकुर! तूने समझा होगा कि मैं दाई को कैद करके केसरी सिंह का सब कुछ समाप्त कर दूँगा। मेरा सब कुछ समाप्त हो गया। मेरी ठकुराणी झूमकी और मेरा बच्चा मर गये।...लेकिन यह इतिहास यहीं खत्म नहीं हुआ। वह तो शुरू हुआ है।"

मदन सिंह ने आगे बढ़कर कहा, "कौन है तू? पागल तो नहीं है तू।"

"पागल तो नहीं था, पागल मुझे तेरे बाप ने बनाया है।"

"तू ठाकुर खानदान का तो नहीं हो सकता। ठाकुर तू और रे जैसी गाली नहीं निकालता। जैसा आया है, वैसा चला जा वर्ना मैं तुझे जिंदा जमीन में गाड़ दूँगा।"

केसरी सिंह जी घोड़े से नीचे उतरे। दाँत पीसते हुए गर्ज कर बोले, "कुत्ते की औलाद! तू मुझे जमीन में गाड़ेगा।"

और पलक झपकते केसरी सिंह जी ने अपनी तलवार निकाली।

मदन सिंह चीखा, "मेरी तलवार लाओ...मेरी तलवार...।"

वह इस वाक्य को पूरा नहीं कर पाया था कि खच से संघातिक प्रहार किया

केसरी सिंह जी ने। बीच में आ गया कारिंदा बाघ सिंह। उसकी गर्दन धड़ से अलग हो गयी।

खून का फौव्वार छूट गया।

अबीर सिंह, मदन सिंह और श्याम सिंह डेरे के भीतर भागे। चीख-चिल्ला रहे थे—"बचाओ...बचाओ...दानसिंह...हड़मान सिंह...आओ...आओ...।"

वे दोनों बलिष्ठ पहरेदार अपनी-अपनी तलवारें लेकर बाहर आये। उन दोनों ने उन्हें घेरने की चेष्टा की।

केसरी सिंह जी में तो कई पिशाच घुस गये थे। उन्होंने उछल कर दान सिंह का तलवार वाला हाथ काट डाला और हड़मान का बायाँ पाँव। वे दोनों बड़ावड़ा कर गिर गये।

वे प्रतिशोध की आग में दग्ध हुए बड़े दरवाजे यानी प्रोल में घुसने लगे कि एक रूपसी युवती दरवाजे के बीचोबीच तलवार लिए हुए खड़ी हो गयी।

"तू कौन है!" खून से भरी तलवार को हवा में उछालते हुए गरजे केसरी सिंह।

"मैं स्त्री हूँ।"

"मेरे रास्ते से हट जाओ।"

"आप मुझे अपने रास्ते से हटा सकते हैं।"

"मैं फिर कहता हूँ कि मेरे रास्ते से हट जाओ।" उनका स्वर गगन भेदी हो गया।

"मैं जीते जी नही हटूँगी।"

"मैं स्त्री पर हाथ नहीं उठाता। उस पर वार करना मेरे धर्म के विरुद्ध है।"

"आप स्त्री को मार नहीं सकते और मैं जीते जी हट नहीं सकती।"

केसरी सिंह जी ने उसका हाथ पकड़ना चाहा कि वह गरजी, "मुझे छूना मत। मैं कुँवारी क्षत्राणी हूँ। पर-पुरुष के छूने से मेरा धर्म नष्ट हो जायेगा इसलिए आप मुझे मार कर भीतर जाइए। मेरे खून से अपनी तलवार की प्यास बुझाइए।"

केसरी सिंह जी ने उसे पहली बार गौर से देखा। माँसल बदनी गीरड़ी थी। बहुत सुंदर, आकर्षक। बड़ी-बड़ी आँखें। मीनाक्षी। अचानक उन्हें लगा कि यह युवती झूमकी से मिलती-जुलती है।

"आपको पता है।" उन्होंने तनिक संगत होकर कहा, "इन्होंने मेरी पत्नी व बच्चे की परोक्ष रूप से हत्या कर दी है। मेरे वंश को मिटा दिया है। मेरे जीवन का सर्वनाश कर दिया है। मैं इनके वंश को नष्ट कर दूँगा।"

"नष्ट करने के बाद?"

"मुझे आत्मसंतोष मिलेगा कि मैंने अपनी पत्नी व बच्चे की मौत का बदला ले लिया।"

"फिर?"

केसरी सिंह जी खामोश रहे।

युवती ने अपनी तलवार को फेंकते हुए कहा, "फिर भी आपकी पत्नी और बच्चे जीवित नहीं होंगे। कोई भी मरा हुआ व्यक्ति कभी भी वापस जीवित नहीं हुआ है। सौ कौरव, भीष्म पितामह, पांडव...। भगवान शिव की पार्वती ने भी मर कर पुनर्जन्म लिया। उसी देह में वापस जीवित नहीं हुई।...मैं नहीं जानती कि आपके संग इतनी दर्दनाक घटना क्यों और कैसे घटी पर इस पृथ्वी पर जो जन्मा है, वह मरता अवश्य है। किसी के निमित्त होकर मरता है। ईश्वर किसी भी मृत्यु को अपने नाम नहीं लिखाता है।"

दानसिंह जिसका एक हाथ कट गया था, अपने को संभाल कर उसने दूसरे हाथ में तलवार ली और निःशब्द पाँव उठाकर केसरी सिंह जी के पीछे आया। युवती ने उसे देख लिया। तलवार उठा कर वह उस ओर लपकी।

"क्या कर रहे हो दानसिंह।" उसने उसे लात मारी। वह फिर अचेत हो गया क्योंकि उसका कटे अंग का रक्तस्राव अभी भी हो रहा था।

इस बीच ठाकुर अबीर सिंह, मदन सिंह और श्याम सिंह तीनों तलवारें लेकर आ गये।

युवती ने उन्हें रोक दिया, "यह क्या कर रहे हैं ठाकुर सा। रुकिए। आपको चामुण्डा देवी की सौगंध।"

ठाकुर जोर से चिल्लाया, "चंदमुखी! हमारे रास्ते से हट जाओ वर्ना हम तुम्हें भी यमलोक पहुँचा देंगे।"

चंदमुखी ने केसरी सिंह जी से कहा, "आप चले जाइये कुँवर सा। यह हत्याओं का सिलसिला शुरू मत कीजिए।"

केसरी सिंह जी ने देखा कि ठाकुर अबीर सिंह की मदद के लिए कई लोग आ रहे हैं। उन्होंने तुरंत सोचा कि अब खतरा मोल लेना अच्छा नहीं है। वे घोड़े पर बैठ कर भाग खड़े हुए। वे मधुमक्खियों की तरह भिनभिना रहे थे कि आज नहीं तो कल, मैं आप लोगों को जिंदा नहीं छोड़ूँगा।

वे लौट आये।

जैसे बादलों की बौछार से जंगल की आग शांत हो जाती है, ठीक उसी तरह केसरी सिंह जी के हृदय में धधकती प्रतिशोध की आग चंदमुखी की सुंदरता की शीतलता से अनजाने में ही ठंडी होने लगी। क्यों उन्हें उसके बहाने झूमकी की याद आ रही थी।

झूमकी और चंदमुखी की आँखों में काफी समानता थी। अंग-सौष्ठव भी वैसा ही था। बोलने का लहजा भी। साहसी और निडर भी थी। उन्हें चंदमुखी की एक बात बराबर याद आती रही कि यह हत्याओं का सिलसिला शुरू होने के बाद पीढ़ियों

तक चलेगा। उन्होंने भी सोचा कि इन हत्याओं के पीछे उद्देश्य केवल इतना ही रहेगा कि हमने अपनों की मौत का प्रतिशोध ले लिया। इसके बाद हत्या...हत्या...हत्या!

मैं सुप्यारदे स्वयं मानती हूँ कि आन-बान-शान और प्रतिशोध शब्दों के लिए ये योद्धा खून की नदियाँ बहाते रहे हैं।

इस आयु में मुर्दा क्षणों के रेंगते हुए कीड़ों जैसी जीवन की सरसराहट के बीच लगता है कि क्षत्रियों ने क्या, हर जाति व धर्म के सामंतों, जागीरदारों, भूपतियों, राजा-महाराजाओं की समस्त अस्मिता की लड़ाइयाँ इन्हीं शब्दों के आसपास से उत्पन्न हुई हैं।

यह भी बहुत सच है कि कोई भी मनुष्य केवल अपने लिए नहीं जीता। उसको जीने के लिए एक बहाना चाहिये, एक उद्देश्य चाहिये, एक गंतव्य तक जाने की चाह होनी चाहिये। कई वृक्ष ऐसे होते हैं जिनकी आर्द्रता ऊपर से सूख जाती है पर उनकी जड़ें फिर भी आर्द्रता की खोज में लग जाती हैं। उसी तरह हृदय भी सूख-सूख कर फिर हरा होने की चेष्टा करता है क्योंकि वह किसी भी संघातिक आघात से भी बंजर नहीं होता।

केसरी सिंह जी अपने काम में लग गये। उन्होंने झूमकी के दाह-संस्कार स्थल पर एक अत्यंत ही सुंदर छतरी बनवानी शुरू कर दी। कार्य तेजी से और सुचारू रूप से चल रहा था। उनका विचार था कि उसकी बरसी पर ब्राह्मणों को महाभोज करायेगा। तब तक छतरी बनकर तैयार हो जानी चाहिये।

यही कारण है कि केसरी सिंह जी उस छतरी के निर्माण को देख-देखकर अपनी मुखर पीड़ा को भूलते जा रहे थे।

छतरी बन गयी। उस पर केसरी सिंह जी ने लिखवाया कि कुँवर बींदावत केसरी सिंह जी ने अपनी मृत पत्नी झूमकी कँवर बींदावत की याद में बनवायी।

गाँववालों को श्राद्ध का भोजन कराया। सीरा (हलुवा) दाल और चावल।

अपार आत्मसंतुष्टि के साथ-साथ उस रात्रि के गूंगे पहरों में केसरी सिंह जी को झूमकी की स्मृतियों ने आ घेरा।

उसके दूसरे दिन ही एक अत्यंत ही दुखद घटना घटी।

केसरी सिंह जी के पिता मेहर सिंह जी वृद्ध थे। उनका बड़ा बेटा और बड़े बेटे के पाँच बेटे जो एकलिंग दीवाण कुंभा के मामा रणमल जी के साथ सदैव रणक्षेत्र में रहा करते थे, वे सब युद्ध में काम आ गये। किसी की पगड़ी मिली, किसी की तलवार और किसी का शव। एक साथ इतनी लाशें देखकर मेहर सिंह जी के हृदय पर भयंकर आघात लगा और वे भी गोलोकवासी हो गये।

युद्ध की दुर्दांत त्रासदी थी वह। तीन बेटे विवाहित थे। उनकी पत्नियाँ सती होने के लिए हठ करने लगीं। चूंकि मंझली बहू को गर्भ था, इसलिए उसे सती होने का हुक्म बूढ़े-बडेरों ने नहीं दिया।

परंपराओं के अनुसार सती होनेवालियों का सोलह-शृंगार किया गया। हाथों-पाँवों में मेंहदी। लकझक करते वस्त्र। ढोल ढमाके। जय-जयकार से आकाश गूंजायमान हो रहा था।

चित्तायें पहले ही बनी हुई थीं। चंद ही घंटों में केसरी सिंह जी के वंश का बहुत बड़ा हिस्सा अग्नि में भस्म हो गया। कहते हैं कि पंच तत्त्वों का शरीर पंचतत्त्वों में विलीन होकर स्वर्ग-नरक में चला जाता है।

रूपाजी आगे भी कथा कहना चाहती थी कि उसे और मुझे बुलावा आ गया। हम जनवासे की ओर चल पड़ीं। मुझे सती होना एक आवेश और एक जुनून सा लगा। हालांकि केसरी सिंह जी की कथा रूपाजी ने बताई थी पर लिख रही हूँ मैं अपने हिसाब से। उनकी कथा ने मेरे प्रेम को प्रकाश दिया।

× × ×

मेरे पतिदेव मंडोर से आ गये थे।

उनमें मेरे लिए कोई उत्साह नहीं। ललक नहीं। बेचैनी नहीं। पलभर के लिए भी वे मेरे पास नहीं आये कि देखूँ मेरी सोवणी-मोवणी और फूटरीफरी बहू के क्या हालचाल हैं?

हमारे धर्म के अनुसार विवाहिता को पर-पुरुष के बारे में सोचना भी अधर्म था किंतु कभी-कभी मैं स्वयं वस्तुस्थिति से ऊब जाती थी, तब चाहे वह नारकीय पाप हो, मैं नरवद जी के बारे में सोच लेती थी। मैं सोचती थी कि यदि नरवद जी कहीं बाहर की दो-चार दिनों की यात्रा से लौटते तो डेरे में प्रवेश करते ही सबसे पहले वे अपनी सुंदर रानी सुप्यारदे के पास आते और उसके होंठ, गाल और समस्त अंगों को अपने चुंबनों से जड़ देते? उसे आलिंगन में आबद्ध करके स्वर्गीय सुख का आनंद लेते? किंतु यहाँ मेरे संग ऐसा कभी नहीं होता। कभी-कभी मुझे एक संदेह काँटों की चुभन की तरह लगता है कि जिस नरवद जी ने कभी मुझे अत्यंत ही प्रगाढ़ प्रेम किया था, क्या वह मुझे किसी की पत्नी के रूप में देखना पसंद करेंगे। वे भी तो ठाकुर हैं। आन-बान-शान और मान-मर्यादा के शब्द-कीच से लिथड़े हुए हैं। लेकिन नागजी लोक-गीत की ये पंक्तियाँ प्रीत के लिए अत्यंत ही सार्थक हैं कि बालापण री प्रीत है, बिछड़े पण भूलै नहीं। प्रेम बिछड़ सकता है, प्रेमी एक दूसरे से अलग हो सकते हैं पर बचपन का प्रेम भुलाया नहीं जा सकता।

स्त्री पराया धन होती है। मैं परायी हो गयी। मेरा शरीर रूपी कोष का एक-एक अंग पर बीदावत कुँवर का अधिकार हो गया। उन्होंने टीके की रात उसको बजा-बजा कर उलट-पलट कर देखा भी, प्रकृति की लीला से मैं खरी भी उतरी पर मन के इस विराट-पटल पर मैं नरवद जी को पूर्णरूप से मिटा पाऊँगी। क्यों मेरा मन बार-बार कहता है कि कभी न कभी नरवद जी से मेरा संपर्क होगा, मैं उनसे मिलूँगी। सच कहती हूँ कि चंवरी की पवित्र व धर्ममय यज्ञाग्नि के सुगंधित वातावरण में भी मैंने

सोचा था कि वे ही बीदावत जी की जगह होते?

क्या इन क्षत्रियों को लड़कर वीरगति पाने के साथ-साथ ऐसी कामुकता का भी वरदान है जिससे वे केवल स्त्री को भोगने की वस्तु समझें? उस सृष्टि निर्मात्री को भोग्या की संज्ञा से विभूषित करें।

पीड़ा तो होती ही है। दुख भी होता है कि स्त्री को ईश्वर ने क्यों बनाया?

मैंने टीके की रात के लिए कितनी मधुर कल्पनाएँ की थीं कि मेरा पति (दुर्भाग्य से वे नरवद जी की जगह बीदावत जी हो गये) आहिस्ता से पर्दे हटा कर कक्ष में प्रवेश करेगा। उसके मन में मुझे पाने का असीम ज्वार होगा, उसके मन में घूँघट उठाने के बहाने मुझे छूने की लालसा होगी, मेरे रंग रूप के प्रति अतृप्ति का भाव होगा, वह मेरे एक-एक अंगों को उत्तेजित भावों के साथ स्पर्श करेगा, लंबे समय तक वह तुम सुंदर हो, मैं तुम्हें बहुत प्रेम करता हूँ—ऐसे वाक्य दोहराता जायेगा। उसके मन में काम-वासना की उपज काफी देर से होगी पर मेरे भाग्य में केवल बर्बर संभोग ही लिखा था। वह भी एक संदेह के साथ कि उसका कौमार्य अक्षत है या क्षत। त्रासदी नहीं है यह? यदि स्त्री के सतीत्व की इतनी घटिया परीक्षा होगी तो कोई भी स्त्री इस परीक्षा में सफल नहीं होगी। कदाचित बाल-विवाह की प्रथा में कुछ ऐसा हुआ होगा या बेमेल विवाह का यह नतीजा होगा कि बींनणी नौ-दस बरस की और बींन बीस-तीस साल का। नीमकी ने ही बताया था कि बींदावत जी रंगीन मिजाज के हैं, वे तो हर सुंदर स्त्री को देखते ही धोती ढीली कर देते हैं। यह प्रेम नहीं, पति का धर्म नहीं, कदम कोरी लंपटता है।

कोई भी स्त्री ऐसे चरित्रहीन पति पर कैसे अपने आपको न्यौछावर कर सकती है। कैसे संपूर्ण धर्म से, उसे स्वीकार कर सकती है?

रात का काला दैत्य जब धरा पर अँधेरे के रूप में पसर गया तब बीदावत जी आये। वस्त्र बदलकर थोड़ा सा अमल का टुकड़ा पानी से निगला। बोले, ''इस बार अमल अच्छा नहीं आया। नशा कम करता है। बेईमानी तो बढ़ती ही जा रही है, कलजुग है न?''

मैंने मन ही मन कहा, ''सबको पता है कि कलयुग है।''

वे मेरे पास बैठ गये। मुझे अपनी ओर खींचते हुए बोले, ''इस बार आपकी सेवा के लिए एक फूटरीफरी इंदर की परी जैसी डाबड़ी ला रहा था। जिस ठिकाणे मैं गया था, वे ही मुझे भेंट कर रहे थे। पर मैं थोड़ा सा सहम गया। बहुत ही सुंदर थी, मनमोहित हो गया।

मैंने धीमे से उनकी ओर देखकर पूछा, ''क्या मुझसे भी?''

वे हँसे और मेरे गाल का चुंबन लेकर बोले, ''मेरी मृगनैणी। आप तो घर की मुर्गी हैं। घर की मुर्गी दाल बराबर।''

मैंने तुरंत कहा, ''या दूसरे की थाली में घी बेसी ही लगता है।''

"अरे! आपने तो लाख टके की बात कह दी।"

"फिर तो उसे ले ही आते?"

उन्होंने यह नहीं कहा कि कुँवराणी जी आपके सामने तो वह पानी भरती है। नहीं बोले वे। मेरी ओर कामुक दृष्टि से देखते हुए बोले, "मैंने अपने खास भायले (मित्र) को गर्व से बताया कि मेरी सेजां री सिणगार (सेज की श्रृंगार) अखनकुँवारी थी। टीके की रात बिस्तर लाल हो गया था।"

मैं उनकी मूर्खता और बातचीत के स्तर व तरीके का क्या जवाब देती? क्षणभर के लिए सोचा कि सच-सच बता दूँ पर यह सच कितना पीड़ादायक हो सकता है, यह तो वही स्त्री जान सकती है जो कभी पति के संदेह का भयंकर रूप से शिकार हुई है।

मैंने उन्हें एक बासी वाक्य कहा, "हम उच्च घराने की स्त्रियाँ हैं। जहाँ सूर्य देवता भी हमें कम देख पाते हैं।"

"इसलिए ही तो श्रेष्ठ घराने की छोरी ढूँठते हैं श्रेष्ठ घराने के लोग।"

और वे मुझे बुरी तरह से रौंदने लगे जैसे कुम्हार मिट्टी को रोंदते हैं।

उनका मेरे साथ ऐसा ही व्यवहार था। रात को देर-सबेर आना और अपनी वासना की पूर्ति करके सो जाना। सुबह आलस मरोड़ते चले जाना।

मैं आज भी सोचती हूँ कि यह पति-पत्नी के बीच कैसे संबंध हैं? यह संबंध कैसे गहरे और प्रेम का रूप धारण कर सकते हैं...सतह पर उठनेवाली धीमी लहर के समान हैं। क्षणिक उठकर किनारे से टकरा कर मर जाते हैं।

सच ईश्वर ने मुझे क्यों बुद्धि दी, क्यों विचारशील बनाया? क्यों मेरे पिताजी ने मुझे पंडित से पढ़ाया? यदि मुझमें ज्ञान नहीं होता तो अच्छा था ताकि मैं इन डेरों, गढ़ों और जनानीड्योढ़ियों में रहने वाली अनगिनत स्त्रियों की तरह विचारहीन होती और पद-प्रतिष्ठा के पाखंड में जीना सीख जाती। न मन की पीड़ा का पता चलता। केवल पता होता मान-अपमान का। बस, मैं जब-जब ऊबती थी तब-तब प्राचीन ग्रंथ लेकर पढ़ने लगती थी। पुस्तकें मेरे सुख-संतोष और शांति का साधन थीं।

हमारी निजी समृद्धि अत्यधिक थी। एक दिन मैं कंवली व मनूड़ी को लेकर देवी-मंदिर गयी। मन ऊबने लगा था चारदीवारी में पड़े-पड़े। हम बैलगाड़ी में चले।

मौसम कुछ खास अच्छा और सुहावना नहीं था। कभी-कभी ठिठुरती-कँपकँपाती सर्दी में भी बादल छा जाते हैं। कोहरा इतना घना था कि थोड़ी दूर का दृश्य दिखायी नहीं पड़ रहा था।...

और ठिकाणों की तरह इस ठिकाणे के आम आदमियों की दशा दीन थी। वे बहुत गरीब लग रहे थे। उनके तन चिथड़ों से ढँके थे। फिर भी मैंने देखा कि कुछ लुगाइयाँ सूखी लकड़ियाँ इकट्ठा कर रही थीं। कुछ टाबर-टींगर गायों का सूखा

गोबर यानी छाणें चुग रहे थे। उनके झोंपड़े प्रायः टूटे हुए थे या जर्जर। कोई-कोई झोंपड़ी सुंदर व आकर्षक लग रही थी।

मैंने देखा और समझा है कि ये भूपति एकदम क्रूर और निर्दयी हैं।...ये अपनी शक्तियों से अपने वैभव और समृद्धि के लिए बेचारे असहाय और दरिद्र प्रजा का भयंकर शोषण करते हैं। ये अपनी लाग (कर) को वसूल करने के लिए प्रजा के मुँह का कौर तक छीन लेते हैं। उनके पास यदि ताँबे-पीतल के बर्तन-भाँडें नहीं हैं तो इनके मिट्टी के बर्तन-भाँडों को वे तोड़फोड़ देते हैं।

मैंने मर्यादा को भंग करते हुए कोचवान से पूछा, "भाई! यहाँ के लोगों को दो जून का भोजन तो मिलता है न? कैसी है उनकी स्थिति?"

उसने बुझे स्वर लंबा साँस लेकर कहा, "सब प्रभु की माया है बींनणी सा! यहाँ के लोग बहुत ही निर्धन हैं। भगवान बरसात कर देता है तो मोंठ-बाजरी हो जाती है वर्ना भगवान की दया पर ही जीते हैं। कुछ लोग गायें रखते हैं, कुछ लोग दूर-दूर तक भेड़ें चराने जाते हैं।...जब ठाकुर सा के यहाँ जन्म-मरण की घटनायें घटती हैं तो सबसे बेगार ली जाती है।...सब हैं तो ईश्वर के खेल। वह किसी को धनी और किसी को निर्धन बना देता है। किसी को राजा तो किसी को रंक। किसी को फूलों की सेज देता है तो किसी को काँटों की। यह ललाट पर लिखा बड़ा प्रबल होता है।"

हम मंदिर पहुँच गये थे। साधारण मंदिर था। मंदिर के समीप ही पुजारी का परिवार रहता था। चारों ओर काफी जमीन को घेर कर काँटों की बाड़ लगायी गयी थी। एक दो नीम के पेड़ थे। एक जाल-वृक्ष था। जमीन में अंदर पानी की कुंडी थी जिसमें ठाकुर की ओर से सीमित पानी की व्यवस्था थी, वह भी अकाल के दिनों में। नहीं तो वहाँ बने तालाब में वर्षा का पानी भरा रहता था। जो गाँववालों के पीने के काम भी आता था।

पुजारी ने हमारी अगवानी में अपनी पलकें बिछा दीं। झुक-झुक कर कहा, "पधारिए सा...पधारिए सा...।"

मुझे लगा कि वह अपनी देवी से अधिक हमारा सम्मान कर रहा है। मनुष्य की यह कितनी बड़ी लाचारी है। मैं नहीं जानती कि इसके पीछे कौन सी मनसा और स्वार्थ काम कर रहा है। मैं इसे गहराई से आज भी नहीं कह सकती हूँ पर इसके पीछे कुछ अधिक पाने की ललक है।

मैंने देवी माँ की पूजा की।

कंवली ने मूर्ति को देखते-देखते आँखें फैलाकर कहा, "बाई सा! देखिए, यह प्रतिमा जरा अलग ढंग की है। काली भी नहीं है पर इसके पाँवों के नीचे राक्षस है।"

पुजारी ने झट से कहा, "यह शत्रु-दलन देवी है। लोगों को अखंड विश्वास

है कि इसका दर्शन करके जानेवाला योद्धा अवश्य ही विजयी होकर आता है। वह शत्रुओं का दलन करता है।''

मैंने इस विषय में तनिक भी रुचि नहीं दिखायी। क्योंकि मैं इस उम्र में पहुँच कर जान पायी हूँ कि यह भूमि देवी-देवताओं की भूमि है। यहाँ चप्पे-चप्पे में देवी-देवता क्रीड़ायें करते हैं।

देवी माँ के एक कलदार चढ़ाया। एक 'सीधा' साथ लाये थे। उसमें आटा, दाल, मसाले, घी आदि सामग्री थी। वह पुजारी जी को दे दी।

पुजारी हमें बैलगाड़ी तक पहुँचाने आया। बीच में दो मोचियों के बच्चे आ गये।

पुजारी ने उन्हें देखकर जोर की हुड़क मारी, ''अरे नीचो! दूर हटो, देख नहीं रहे हो, कुँवराणी जी की सवारी पधार रही है।''

वे बेचारे भाग गये।

हम बैलगाड़ी में बैठ गये। बैलगाड़ी पर पर्दे थे जिनसे बाहर का व्यक्ति राजकीय महिलाओं की झलक न पा सके।

रिंगचू-रिंगचू गाड़ी कच्चे रास्ते पर चल रही थी। बैलगाड़ी के बैलों के गले की घंटियाँ बज रही थीं। मैंने कंवली के हाथ पर हाथ रखकर पूछा, ''कंवली? यहाँ तुझे कैसा लग रहा है?''

उसने बुझे स्वर में कहा, ''बाई सा! सच कहूँ कि यहाँ मैं और मेरा धणी बेसी सोरे-सुखी हैं। क्योंकि एक तो यहाँ खाना चोखा मिलता है। दूसरा यहाँ डर कम है। अपने यहाँ तो हर घड़ी डर लगता रहता था।''

''और मनूड़ी तू?''

मनूड़ी ने धीमे से कहा, ''बाई सा! सच कहूँ आपके राज में मौज तो है पर वह कालू दरोगा है न? वह जब मिलता है तो आँख मरता है, भद्दे इशारे करता है, खोटे काम करने को कहता है।''

''उस नीच की यह हिम्मत। कल ही उसकी चमड़ी उधेड़वा देती हूँ।'' मैंने गुस्से में कहा।

''ना...ना...बाई सा!''

''क्यों?''

''मुझे न जाने ये सब चोखा क्यों लगता है?'' उसने लज्जा से अपना सिर झुका लिया।

मैं आज आपको कहूँ कि इन गगनस्पर्शी रोड़े-पत्थरों की ऊँची दीवारों में स्त्रियाँ कामाग्नि में दहकती रहती हैं। गीली लकड़ी की तरह सुलगती रहती हैं। उम्र के बदलते तेवरों के साथ-साथ इच्छाओं के भी कितने रंग बदलते रहते हैं। प्रकृति इस काया में कितनी इच्छाओं का समावेश कर देती है कि मनुष्य उसके अधीन जीवन

भर रहता है। उनको पाने के लिए भागता है।''

गाड़ी डेरे पहुँच गयी थी। ड्योढ़ीदार सचेत हो गया था। दीवान जी दानखाने में बैठे-बेठै खजांची से बातें कर रहे थे।

नीमकी ठकुराणी जी के पीहर जाने की व्यवस्था के बारे में दीवान जी की ओर जा रही थी। उनके भाई यानी मेरे मामी ससुर बीमार थे। वे दो-तीन दिनों से यह राग अलाप रही थी कि कहीं ऐसा न हो कि मैं अपने भाई से मिल भी न पाऊँ। हारी-बीमारी का क्या पता?

हमने जैसे कक्ष में प्रवेश किया कि एक डाबड़ी ने आकर कहा, ''कुँवराणी जी! आपको माँ सा याद कर रही हैं।''

मैं अपने घूँघट को ठीक करके उनके सन्निकट गयी। चरण-स्पर्श करके मैं बैठ गयी।

उन्होंने सबको बाहर निकाल दिया।

मुझे समझाते हुए उन्होंने कहा, ''गढ़ की हर बात का ध्यान रखना। मेरे इस मालिए की चाबी अपने पास रखना।...सिवाय ठाकुर सा के किसी को भी मत देना। इस सफेद पेटी में कीमती जेवर हैं।...इसकी चाबी मैं अपने कंदोड़े (कमरबंद) में ही रखूँगी। फिर भी ध्यान रखना। कैबत है कि चोरों के कोई ताला नहीं होता।''

और अनेक हिदायतें उन्होंने दीं। मैं स्वीकृति सूचक सिर हिलाती रही।

मेरी सास ने कम से कम दो सौ तोलों के गहनें पहन रखे थे। यहाँ तक कि हम लोग पाँवों में भी सोने के पाज़ेब पहनते थे।

मेरा जीवन डेरा, मेरा अपना कक्ष, अध्ययन और रात को पतिदेव की सेज को सजाना मात्र था।

पतिदेव वास्तव में उस दासी को एक दिन ले आये जो उनके मित्र की भेंट थी। पर इस बार उन्होंने एक चालाकी भी की कि उसे महल के नजदीक बने छोटे महल में जो तीन-चार कमरों का था, रख दिया। उसमें एक कमरा बड़ा और हवादार था। विशेष सजा हुआ नहीं था। लेकिन उससे उस रूपवती पराणपियारी को तो खज़ाना सा मिल गया। पराणपियारी (प्राणप्रिय) तो अपने पूर्व स्वामी के यहाँ दासी का काम करती थी। हुक्का भरती थी। यहाँ एक कुँवर सा की रखैल हो गयीं। एक डाबड़ी को दो डाबडियाँ मिल गयीं। सुख-सुविधायें मिल गयीं।

कंवली ने ही बताया कि पराणपियारी बहुत ही सुंदर है मगर आपसे अधिक नहीं क्योंकि उसका नाक फोटे (गोबर) ज्यूँ पसरा हुआ है। छातियाँ तो सूखी-सूखी हैं। छिः कैसे हैं हमारे बहनोई जी, मुझे लगता है कि बहनोई जी को एक रोग है कि उन्हें हर लुगाई सुंदर ही लगती है। कैसे हैं ये मिनख?

''कंवली! वासना के खेल उत्तेजनाओं के आसपास होते रहते हैं। ऐसे मिनख केवल स्त्री के साथ सोना चाहते हैं। तृप्त होना चाहते हैं। जैसे अनेक स्त्रियों के

साथ सेज सजानेवाली स्त्री कुलटा कहलाती है, उसी तरह ऐसे मिनख लम्पट कहलाते हैं।'' मैं पीड़ा-सागर में एक बारगी आकंठ डूब गयी। वह पीड़ा थी—टीके की रात हुए पति द्वारा बलात्कार की। समर्पण की कोई इच्छा नहीं, कोई शब्द नहीं, कोई भाषा नहीं, कोई भावना नहीं और कोई उत्सुकता नहीं।...अपने हृदय की भावनाओं व विरोध को व्यक्त करने के लिए स्त्री के पास साधन और साहस दोनों कम होते हैं। अपनी मानसिक अवस्था की उर्वर धरा पर जब इच्छारहित काँटे उग आते हैं तो उसके पास ऐसा उपाय भी नहीं कि वह उन्हें तुरंत काट डाले। प्रायः स्त्रियाँ इन सब स्थितियों को मौन रहकर ही सहन-वहन करती हैं। बताइए बड़े-बड़े लोग कहते हैं कि स्त्री को समझना आसान नहीं। वह रहस्यपूर्ण होती है पर क्या ये मर्द कम रहस्यपूर्ण होते हैं? कम लम्पट और चरित्रहीन होते हैं। स्त्री को इतना रहस्यपूर्ण बनाया है—पुरुषों ने ही। वे चूंकि गला काटने वाले भी होते हैं अतः वे अपना चीरफाड़ न करके केवल स्त्रियों का ही चीरफाड़ करते हैं लेकिन मेरा मानना है कि इस सृष्टि के किसी भी क्रियाकलाप से हम स्त्री को अलग नहीं कर सकते।''

मैं विचारों के द्वंद्व में खोयी रही।

× × ×

समय अपने अथक पंखों के सहारे उड़ रहा था। एकलिंग दीवाण राणा कुंभा जी का वर्चस्व और साम्राज्य बढ़ता जा रहा था।

मैंने अपने आज तक के जीवन में कुंभा जी का जो अध्ययन किया है, उनके बारे में जो सोचा-समझा है, उन सबके आधार पर मैं दावे से कह सकती हूँ कि वीर शिरोमणि संघर्षशील संगीत-साहित्य प्रेमी कुंभा जी उन समस्त उपमाओं से अधिक कूटनीतिज्ञ हैं। पंडित जी ने मुझे आचार्य श्री चाणक्य के बारे में बताया था कि वे अपने मन की बात को अपनी वाणी को भी नहीं बताते थे।...कुंभा जी इतने तो निपुण और कट्टर नहीं थे पर वे अपनी मन की बात सरलता से किसी को नहीं बताते थे। कुंभा जी के मन में क्या उधेड़बुन हो रही है उसे या तो वे ही जानते थे या उनका ईश्वर एकलिंग भगवान।

नरवद जी ने अपनी वास्तविकता को जानकर कुंभा जी के काका चूंडा जी से युद्ध किया था। राठौड़ भी उनसे बराबर संघर्षरत रहे। उनकी वीरता के चर्चे होने लगे।

कुंभा जी के मामा रणमल ने कुंभा जी के काका राघवदेव जी को मार डाला था। तब राठौड़ों का वर्चस्व मेवाड़ में बढ़ गया था। मेवाड़ के सरदारों को लगने लगा कि राठौड़ एक दिन मेवाड़ पर अधिकार कर सकते हैं। वे कुंभा जी के कान भरने लगे।

कुंभा जी के होंठों पर रहस्यमय मुसकान दौड़ती रहती थी। उन्होंने चूंडा जी की पीठ थपथपानी शुरू की। चूंडा जी ने षडयंत्र रचा। उस षडयंत्र की सूत्रधार बनी

दासी भारमली।

दासी भारमली के जीवन के बारे में भी कितने ही विवाद और भ्रम फैले हुए हैं। कोई उसे उच्चवंशीय क्षत्रिय कहते थे और कुछ उसे सामान्य स्त्री। लेकिन रणमल जी ने उसके साथ बलात्कार किया था और वह उनसे अपना प्रतिशोध लेना चाहती थी।

राजमहलों के षडयंत्रों में स्त्रियों का सक्रिय विवशताजनित हिस्सा रहा है। चाहे उन्हें उस हिस्से के परिणाम बहुत अच्छे न मिले हों पर यह सही है कि उन्होंने अनेक स्थलों पर महत्त्वपूर्ण योगदान दिये हैं।...मैंने जो विवशताजनित हिस्से की बात इसलिए की है कि उन्हें षडयंत्रों में शामिल होने के लिए विवश किया जाता था। अपने स्वामी और अपने चाहनेवाले के द्वारा।...भारमली ने उस महाबली रणमल राठोड़ को शराब पिला कर बेहोश कर दिया था।...शराब पिलाने के बीच उस भारमली को स्पर्श, चुंबन, आलिंगन और यह भी संभव है कि परिरंभण तक कराना पड़ा होगा। स्त्री के जीवन की यह विडंबना नहीं है कि जिसे वह घृणा करे, भयंकर घृणा करे, उसे ही अपना इच्छाहीन समर्पण करे।...उसके समक्ष गहन अपनेपन और प्रेम का नाटक करे। ऐसा नाटक करे कि उसे लगे कि कल तक जो उससे दूर-दूर रहना चाहती थी, उससे उपेक्षा भाव से व्यवहार करती थी, वह हृदय के समस्त प्रेम से उससे ऐसे लिपट रही है जैसे बेल वृक्ष से लिपटती है...यह दुख व लाचारी है उसकी।...केवल भारमली की नहीं, इंद्र की अप्सराओं रंभा, मेनका, केतकी...विषकन्याओं और नृतकियों और राजनृतकियों की भी यह विवशतायें रही हैं।

भारमली ने शराब में अचेत कर रणमल राठौड़ को खाट से बाँध दिया था। फिर उसकी नृशंस हत्या चींखों, चिल्लाहटों और दहाड़ों के बीच हो गयी। राघवदेव के बाद रणमल भी गये।

मैं इस समय अपने वृद्ध व अंधे नरवदजी को नाक खुजाते हुए देख रही हूँ। उनके झुर्रियों भरे चेहरे पर भी मेरी नज़र क्षण भर के लिए टिकती है। आजकल उन्हें देखकर न जाने क्यों मुझमें करुणा के भाव जाग्रत होते हैं। उन्हें देखकर मेरा मन कहता है कि प्रकृति मनुष्य को बीस, तीस, चालीस, पचास, साठ, सत्तर की उम्र दे...पर उसे कम से कम बुड्ढ़ा न बनाये। अशक्त और लाचार न बनाये। उसमें युवा उम्र की सारी शक्तियाँ अक्षुण्ण रखे।

तभी उन्होंने मद्धम स्वर में कहा, ''सुप्यारदे! जाग रही हो या सो रही हो।''

''जाग रही हूँ ठाकुर सा। फरमाइये।''

''प्यास लगी है।''

मैंने चाँदी की झारी में से पानी निकाल कर दिया। उन्होंने गटगट पिया। लंबा साँस लेकर मूँछों पर हाथ फेरा। पश्चाताप भरे स्वर में कहाँ, ''सुप्यारदे। यह कैसी नियति है कि मैं सो रहा हूँ और आप जाग रही हैं। अब आप सो जाइए। अब मैं सुबह ही जागूँगा।''

"ठीक है।"

वे सो गये। चंद पलों में वे खर्राटें लेने लगे। कभी तेज और कभी हलके।

प्रचंड बली रणमल जी जो निहत्थे थे, को इन बलदार मूँछोंवालों ने निर्ममता से मार डाला। मैं निरंतर सुनती आयी हूँ कि असली क्षत्रिय किसी निहत्थे पर वार नहीं करता पर रणमल जी को तो लोगों ने मारा ही है। वह भी बँधे हुए को। किसी ने भी यह नहीं कहा कि लो योद्धा यह तलवार और लड़ो।

जो भाई अपनी बहिन हँसाबाई की रक्षा के लिए आया था, जिसने उसके लिए अनेक सुरक्षा कवच बनाये उसे ही उसकी ही भूमि पर षडयंत्र का शिकार होकर मरना पड़ा। अक्का और मेरुपा प्रमुख हत्यारों में थे। यह सब चूंडा के निर्देशन में हुआ और कुंभा जी की मौन स्वीकृति से। उन दिनों मेवाड़ व अन्य जगह षडयंत्रों का लंबा सिलसिला चला, साथ में हत्याओं का भी।...आपको बता दूँ—इस बीच कुंभा जी की दृष्टि नरवद जी के युद्ध-कौशल और शूरवीरता पर पड़ गयी। राठौड़ों से लड़ाइयाँ चल रही थीं। लोहे को लोहे से काटा जाता है। काँटे को काँटे से निकाला जाता है। इस नीति पर चलकर कुंभा जी ने नरवद जी को अपने पक्ष में ले लिया। उनकी दृष्टि में नवरद जी राठौड़ों की शक्ति का ह्रास कर सकते हैं। राठौड़ों को राठौड़ों से नष्ट करना कुंभा जी की राजनीतिक पैंतरेबाजी थी।

तब मंडोर कुंभा जी के अधिकार में आ गया था। वहाँ चूंडा जी के पुत्रों का शासन था और 'रूण' गाँव के साँखला यानी मेरे पीहरवाले भी कुंभा जी के साथ हो गये थे।

ऐसी स्थिति में मंडोर राज्य का राजा बनने की लालसा के अधूरेपन की पीड़ा से नरवद जी दग्ध थे ही। जब कुंभा जी ने नरवद जी को उच्च ठिकाणा 'कायलाणा' की जागीर देकर उसे अत्यंत सम्मानित ठाकुर बना दिया तो उन्हें किंचित आत्मसंतुष्टि मिली। वे कुंभा जी के प्रति अत्यंत ही उत्सर्ग की भावना रखने लगे और कुंभा जी ने भी उन्हें अपना खास विश्वासपात्र बना लिया।

उन्होंने एक दिन नरवद जी से एकांत कक्ष में बुलाकर कहा, "नरवद जी! हम आपको एक वचन देते हैं कि यदि आप जोधा जी का वध करने में सफल हो जाये तो हम आपको मंडोर का राजा नियुक्त कर देंगे।"

नरवद जी ने उत्तर दिया, "बड़ो हुक्म! मैं आपका स्वामीभक्त सरदार हूँ। स्वामी के हित और सफलता के लिए मैं कुछ भी कर सकता हूँ। पर यह कार्य कठिन है। मंडोर जाने के पश्चात जोधाजी राठौड़ों की शक्ति को पुनः संगठित कर रहे हैं। वे मंडोर के लिए जीवनपर्यन्त लड़ते रहेंगे। वे नहीं तो, उनके बेटे-पोते भी लड़ेंगे। ये परंपरायें वहाँ रही हैं। इसे आप हम छोटे-बड़े समस्त हिंदुओं की परंपरा भी कह सकते हैं।"

"लेकिन आप प्रयास तो कर सकते हैं।"

"प्रयास कर सकता हूँ और करूँगा भी और चित्त-मन से करूँगा।"

तत्पश्चात एक बार फिर सीसोदियों ने राठौड़ों के संपूर्ण पतन के लिए बड़ी लड़ाई लड़ी। वे पाली गाँव तक विजयी दुंदुभि बजाते हुए पहुँच भी गये पर जोधा जी ने भी जोरदार प्रतिकार किया और मेवाड़ियों को पीठ दिखानी पड़ी। मंडोर भी चला गया सीसोदियों के हाथ से। चूंडा के बेटे भी मोक्ष के पथ पर चले गये। प्रतिशोध की अग्नि और प्रज्ज्वलित हो गयी।

मैं आज भी सोचती हूँ कि इन क्षत्रियों की आपसी लड़ाइयों का कोई विशेष उद्देश्य नहीं होता था। नाते-रिश्तों को भूल कर ये लड़ते रहते थे—केवल अपनी रियासत के विस्तार के लिए अपने दंभ की रक्षा के लिए। मैं कहती हूँ कि सीसोदिया व राठौड़ दोनों ही अत्यंत कृतघ्न थे। क्षण-क्षण में एक-दूसरे का अहसान भुला देते थे। रक्त-संबंध भी गौण थे उनके मध्य।...

एक दिन मुझे भी अपने पतिदेव से समाचार मिला कि वे भी कुंभा जी के पक्षधर हो गये हैं। मुझे कभी भी राजनीति में दिलचस्पी नहीं रही। उकताहट सी थी मुझे उनसे।

फिर भी मैंने अपने सायबा से पूछा, "हम उनके पक्षधर क्यों बन गये? हमारी क्या लाचारी थी?"

उन्होंने ऐसे उत्तर दिया जैसे कोई कूटनीति की बात उगल रहे हैं। जैसे वे मुझे इस बात के लिए योग्य समझते ही नहीं हैं। बोले, "सबकी इच्छा होती है कि वह शक्तिशाली पुरुष का सहयोगी बने। आज कुंभा जी क्षत्रियों में सर्वोपरि हैं। हमारी उन्नति उन्हीं के साथ है। कम से कम हमें दूसरों के आक्रमण का भय तो नहीं रहेगा।"

"लेकिन यह कृतघ्नता नहीं?"

"सब अपना-अपना हित देखते हैं। देखना भी चाहिये। कुंभा जी का चारों ओर आतंक है। राजनीति में कृतघ्नता और कृतज्ञता का कोई अर्थ नहीं। फिर आप इन बातों को नहीं समझतीं।"

मैंने उन्हें कोई उत्तर नहीं दिया।

लेकिन मैं यह भी कहना चाहूँगी कि कुंभा जी के शासन में स्थिरता भी रही थी। यही कारण था कि साहित्य, कला, संगीत और स्थापत्य कला की बड़ी उन्नति हुई। उसका विकास हुआ।

मैंने कहा न कि मैं इतिहास नहीं लिख रही हूँ। मैं तो अपने को लिख रही हूँ। मैंने जो भोगा, देखा और समझा उसे लिख रही हूँ।

कितने उत्सव-आयोजन होते। कितने त्यौहार-मेले आते। मैं चाहती थी कि इनमें कदापि शामिल नहीं होऊँ। व्रत, उसमें गणेश चतुर्थी का व्रत तो करना ही पड़ता था। सुहाग के लिए, उस पति के लिए जो मुझे आत्मा से पसंद नहीं था।...पर व्रत

की सारी औपचारिकताओं को पूरे मनोयोग से करती थी। एकदम तन-मन और धन से समर्पित पतिव्रता की भाँति।

कितना मिथ्या जीवन जीना पड़ता है मनुष्य को।

पराणपियारी जब उधर आयी थी तब उसके शरीर से लगता था कि उसे पौष्टिक भोजन नहीं मिलता है। कोई रानी, महारानी, पड़दायतण, रखैल तो थी नहीं वहाँ थी तो एक दासी ही। सुंदर दासी। उसकी हैसियत ही क्या होती है? मोंठ की दाल और बाजरी की रोटी। कभी-कभी जूठन के रूप में मिठाई। यहाँ माल-मलीदे उड़ाती थी। कुँवरजी ने उसे कई तरह की सुविधायें दे रखी थीं। जब कोई स्त्री किसी का बिस्तर बन जाती है तो वह बिस्तर के स्वामी की चहेती बन जाती है।

उसका रंगरूप निखर आया था। उसके अंगों में लावण्यता आ गयी थी। माँसलता बढ़ गयी थी। साथ ही साथ रूपाजी ने बताया था कि वह काफी मुँहफट हो गयी है। वह अश्लील बहुत बोलती है। अश्लील संकेत भी करती है।...वह बात-बात में गुप्तांगों का नाम लेती रहती है। उससे तो बात करने में शर्म आती है।

मैंने कई बार बीदावतजी से कहा भी कि वे घर की सुंदर स्त्री के होते हुए परायी स्त्री के साथ क्यों रंगरलियाँ मनाते हैं? यह अधर्म नहीं पाप नहीं। चरित्रहीनता नहीं। मैं दावे के साथ कह सकती हूँ कि उन्हें इसका न तो पछतावा था और न पाप की अनुभूति। वे तो दर्प से बोले, "मर्द तो जगह-जगह मूतते आये हैं। धोती झाड़ते आये हैं।

नैतिकता और धर्म इन बड़े लोगों के सामने कुछ नहीं है। ये अपनी सुविधाओं के लिए सदा परिभाषायें बदलते आये हैं। यदि कोई विधवा किसी से विवाह कर ले तो वह पाप होता है और पुरुष कर ले तो वह क्रांति कहलाता है।

मैंने उनकी ओर तीखी दृष्टि से देखकर कहा, "यदि मैं ऐसा करूँ तो?"

वे एकदम बारूद की तरह भड़क उठे, "हम आपकी गर्दन धड़ से अलग न कर देंगे? आपको पता होना चाहिये कि हम किस उच्च कुल के हैं?"

"उच्च कुल की गरिमा और गर्व क्या केवल स्त्रियों के ढोने के लिए है? परायी स्त्री के साथ रंगरलियाँ मनाना कुलीन कुटुंब पर कलंक नहीं। पत्नी के हृदय को दुखाना नहीं। उसकी आत्मा को कष्ट पहुँचाना नहीं।"

मेरे पतिदेव के तौर बदल गये। आकृति की नसें खिंच गयीं। घृणा से बोले, "आजकल आप अपने को कुछ ज्यादा ही समझने लगी हैं। ज्यादा ही तर्क-कुतर्क करने लगी हैं। कुंवराणी जी। पत्नी को केवल गृहस्थी संभालनी चाहिये। कम से कम मैं अपने कामों में किसी का जरा भी हस्तक्षेप नहीं सहन कर सकता।"

वे रूठ कर चले गये। मैंने भी उन्हें नहीं रोका। रोकती भी क्या? पति का दर्प जो था उनमें?

कंवली ने आशंकित होकर पूछा, "क्या कुँवर जी रूठ कर चले गये?"

"हाँ।"

"क्या यह ठीक रहेगा?"

मैंने उसे समझाते हुए कहा, "ठीक-बेठीक मैं नहीं जानती, पर सच्ची बात कहे बिना मैं नहीं रह सकती। रहा भी नहीं जाता मुझसे।"

"बाई सा! मुझे कभी-कभी संदेह होता है कि कुंवर जी को आपके और नरवद जी के बीच हुए प्रेम संबंधों का पता चल गया है। इधर वे आपसे काफी नाराज रहते हैं। बात-बात पर रूठने लगे हैं। इतने चिड़चिड़े पहले नहीं थे।"

मैंने उसके आशंका से जड़ चेहरे को देखा। फिर कहा, "अपने मंगेतर से प्रेम करना कोई पाप तो नहीं है। फिर क्यों कोई कहेगा ये सब बातें?"

कंवली ने बुझे स्वर में कहा, "और तो कोई नहीं कहेगा पर वह मरीरांड मंथरा है न? वह इस तरह की बातें किये बिना नहीं रह सकती। एक दूसरे को लड़ाने वाली लुगाई है न? और हर बात पर लूण-मिर्च लगाकर कहती है। यदि सच मासा भर है तो वह उसे तोला बना कर कहेगी। फिर जरा सी मुट्ठी गर्म होते ही सब कुछ उगल देती है।"

"उगलती है तो उगलने दो, मैं कोई चिंता नहीं करती।" जैसे मैंने याद करके पूछा, "तेरा धणी तो ठीक है न?"

"एकदम।"

मैंने अपनी सास से विनती करके मनूड़ी का ब्याह कालू से करा दिया था। कालू दरोगा था भी चंट-चालाक। बहुत मधुर बोलता था पर मन से कुछ और ही माला जपा करता था।

और अब मनूड़ी के चेहरे पर ताज़गी रहती थी। वह चंचल भी हो उठी थी। ...मुझे पता है कि कालू से जब तक उसका विवाह नहीं हुआ था तब तक वह सदा उसे लेकर कुछ न कुछ नयी बात कहती रहती थी। बातें ऊटपटांग या अश्लील होती थीं।

मैं समझती हूँ आज भी, प्रकृति की पुरुष के प्रति चाहत बढ़ती है तो वह समस्त नैतिक, धार्मिक मान्यताओं को चिथड़े-चिथड़े कर देती है। प्रकृति अर्थात् स्त्री तब विचित्र व दुस्साहस के काम कर डालती है।

मैं आपको एक घटना सुनाती हूँ।

मेरी भुआ सास की एक बेटी थी मगनकँवर। चौहान वंश की। उच्चकुल और पवित्र रक्त। वह बेचारी सैत्तीस साल की हो गयी। यौवन ढलने लगा। लेकिन उनकी बराबरी का शुद्ध रक्त वाला दूल्हा नहीं मिल रहा था। मगनकँवर का पिता बेचारा साधारण सैनिक था। उसके एक ही जवान भाई था। एक लड़ाई में उस बेचारे के शत्रु ने दोनों कान और नाक काट डाले। उस लड़ाई में गिरफ्तार हुए सारे सैनिकों को यही सजा दी गयी थी। अपराधी मनोवृत्ति के लोगों का मस्तिष्क भी कैसे-कैसे

दंड देने की सोचता है। लड़ते-लड़ते वे केवल लड़ाकू व क्रूर हो जाते हैं।

मगनकँवर के परिवार की स्थिति खराब ही थी। उच्चकुल के लोग लड़की के साथ सोना-चाँदी भी चाहते थे। ऐसी स्थिति में मगनकँवर का ब्याह नहीं हो रहा था। विकट स्थिति थी। चारदीवारी में बंद वह ऊब, खालीपन, एकांत-पीड़ा से उन्मादित हो जाया करती थी कभी-कभी।

उसके पास उसके माँ के बहुत दूर के रिश्ते के मामा का बेटा रायसिंह आया करता था। वह उसको बहिन-बहिन कहता था। फिर उनमें अपनापन गहराया, गहराने पर प्रेम के अंकुर फूटे और वे स्पर्श-चुंबन करने लगे। कहा न शाश्वत प्रकृति का प्रकोप भयानक होता है। वह घर-परिवार, परंपरायें, नैतिकतायें, धार्मिक नियम, बंधन सबका परित्याग कर देती है। लेकिन इस संबंध में कुलबुलाता पाप का नाग उन्हें दंश मारता रहता था। जहाँ उसके मामा का लड़का रायसिंह रहता था, वह मुसलमानों के अधिकार में था।

वहाँ उसकी भेंट अपने मुसलमान मित्र गुलबहार से हुई जो एक मौलवी का बेटा था। उसने उसे कहा, ''यार! मैं तुम्हें पाप मुक्त कर सकता हूँ।''

''वह कैसे?''

''गुस्सा मत होना। मेरी बात तुम्हें नामंजूर हो तो मना कर देना पर मौलवी का बेटा होने की वजह से मेरी नीयत पर शक मत करना।''

''बता तो सही।''

फिर भी वह सहमता रहा। बोला, ''यदि तुम इस्लाम धर्म स्वीकार कर लो तो तुम्हारी यह भाई-बहिन के विवाह की समस्या हल हो सकती है, क्योंकि हमारे धर्म में भाई-बहिन की शादी होती है। केवल माँ का पेट टलता है।''

एक बार तो वह गुस्सा हुआ। गुलबहार को भला-बुरा कहा। कट्टरपंथी बताया। कमीना कहा।

पर घर जाकर उसने शांति से इस पर विचार किया तो यह सुझाव आहिस्ता-आहिस्ता उसके गले से उतरने लगा।

उसने निश्चय किया कि उसे मगनकँवर से इस बारे में सलाह-मशविरा करना चाहिये।

वह रक्षा-बंधन के दिन वहाँ गया। संयोग की बात थी कि मगनकँवर के पिता भी कहीं गये थे। शायद अपनी बहिन के यहाँ राखी बँधवाने।

रायसिंह ने अपनी सारी योजना मगनकँवर को बताई। कहा, ''फिर हम दोनों शादी कर लेंगे।...दुनिया में अनेक लोग धर्म बदलते हैं।''

मगनकँवर तो तुरंत तैयार हो गयी। उसने कहा, ''रायसिंह! मुझे बस इस कैद से छुटकारा दिला दो क्या मैं स्त्री नहीं हूँ। मुझे किस चीज की जरूरत नहीं है? ऐसा लगता है कि इस शरीर का रोम-रोम मर्द-मर्द पुकारता है। झूठ नहीं बोलूँगी कि कई

बार यहाँ से भागने की और मरने की इच्छा हुई थी।''

''फिर ठीक है। आज रक्षाबंधन है। तुम मेरे हाथ में प्रेम के सफल होने की राखी बाँध दो। आज ही भाग खड़े होते हैं। तुम्हारे पिता भी नहीं हैं।''

वे दोनों उसी दिन भागकर सीधे गुलबहार के पास पहुँच गये। गुलबहार उन्हें दिल्ली ले आया। जहाँ उन दोनों ने इस्लाम धर्म स्वीकार कर लिया। रायसिंह का नाम रशीद खाँ हो गया और मगनकँवर का हमीदन। दोनों ने विवाह कर लिया। रायसिंह अब किसी नवाब के यहाँ सेनापति है।

अब वह हिंदुओं को मारता है। उसमें नये धर्म की बड़ी कट्टरता है। वह हिंदू धर्म की निंदा करता है कि उसमें बंधन ही बंधन हैं।

मैं यह कहना चाहती हूँ कि स्त्री में जब कामासक्ति का प्रेत घुस जाता है तो सारी की सारी मर्यादायें काँच की दीवार की तरह टूटकर बिखर जाती हैं। फिर उनकी किरचें उच्चकुल के व्यक्तियों के चुभती रहती हैं। इसलिए आयु के साथ हुए माँसल परिवर्तनों की दृष्टि को ओझल नहीं किया जा सकता। उस स्त्री को स्वयं का शरीर सुंदर लगने लगता है और वह कई बार उस पर मुग्ध हो जाती है। क्योंकि स्त्री के शरीर में संवेदनाओं का भंडार है। इसलिए मगनकँवर ने घर परिवार, धर्म, नैतिकता और किसी भी बंधन की कोई परवाह नहीं की। मुसलमान हो गयी।

× × ×

पराणपियारी को लेकर मेरे तथा कुँवरजी के बीच तनाव बढ़ गया। एक अजनबीपन हमारे बीच अदृश्य प्रेत सा आ बैठा। फिर भी कई बार वे रात को मेरे बिस्तर पर आ जाते थे। संवादहीन उस संभोग की चरमपीड़ा की अनुभूति वही कर सकता है जो उस दुखद अनुभूति से गुजरा है।

मैं सोचती हूँ कि इस संवादहीन और इच्छा रहित संभोग और उसके पश्चात प्रजनन की भयंकर पीड़ायें जो ययाति राजा की पुत्री माधवी ने भोगी है, पृथ्वी पर किसी भी स्त्री ने नहीं भोगी होगी। स्त्री की अस्मिता का लोमहर्षक हनन इतिहास के पन्नों में और कहीं नहीं होगा। कुँवारेपने का ऐसा अपमान कहाँ है?

विश्वामित्र के पट्ट शिष्य ऋषि गालव ने गुरु-दक्षिणा देने का आग्रह किया। गुरु-दक्षिणा के बिना गुरु ऋण से उऋण।

विश्वामित्र राजर्षि थे।...तप-साधन और वन में रहने के बावजूद भी उनमें मानों अपने राजवी-संस्कार गये नहीं थे। हालांकि ऋषि को घोड़ों से कोई लेना देना नहीं होता है पर उन्होंने गालव ऋषि को कह दिया, ''मुझे दक्षिणा ही देना चाहते हो वत्स तो आठ सौ श्यामवर्ण के अश्व लाकर दो। काले घोड़े। समझे।''

काले घोड़े इतने कहाँ मिल सकते हैं। उस समय राजा ययाति की प्रसिद्धि चारों ओर थी।...गालव सबसे पहले उन्हीं के पास गया और उसने अपनी माँग उनके सामने रखी।

ययाति ने बिलकुल अस्वीकार करते हुए कहा, "मेरे पास श्यामवर्णी अश्व हैं ही नहीं। अब बात यहाँ आकर ठहरती है आपको गुरु-दक्षिणा देने का धर्म पूरा करना चाहिये और मुझे अपने घर आये हुए ऋषि की इच्छापूर्ति करनी चाहिये, यह मेरा धर्म है।...मेरा सुझाव है कि आप मेरी विवाह योग्य कन्या माधवी को ले जाइये। वह अद्वितीय सुंदरी है। उसके यौवन में प्रकृति की समस्त छटाए हैं। आप इसे ले जाकर किसी राजा को दे दीजिए और उसके बदले में अश्व प्राप्त कर लीजिए।"

है न विचित्र निर्णय। अपने तथाकथित धर्म के पाखंड को निभाने के लिए एक पिता कितना बड़ा अधर्म कर सकता है, यह विचारने योग्य है। फिर किसी भी पिता को चाहे वह कितना ही बड़ा राजा-महाराजा हो, उसको कोई अधिकार नहीं कि वह पुत्री की इच्छा जाने बिना उसे किसी को दान की वस्तु की तरह दान कर दे।

स्त्री तब भी पराधीन थी और आज भी पराधीन है। मैं तो कहती हूँ कि सृष्टि के आरंभ के साथ भाग्य विधाता ने स्त्री के शोषण का पंचांग बना दिया था।

गालव सबसे पहले पहुँचा अयोध्या नरेश हर्यश्व के पास। वह पुत्रहीन था। उसके पास श्यामवर्णी आठ सौ अश्व तो नहीं थे। उसने दो सौ अश्वों के बदले माधवी को तब तक रखने की बात कही जब तक वह पुत्र को जन्म न दे दे। ...माधवी ने उसके पौरुष को सहा और एक पुत्र उत्पन्न किया। हर्यश्व ने माधवी को गालव ऋषि को लौटा दिया। अब गालव पहुँचा काशी के नरेश दिवोदास के पास। वहाँ भी माधवी ने एक पुत्र को जन्म दिया। फिर गालव उस शोषित-पीड़ित स्त्री को ओजनगर के राजा 'उशीनर' के पास ले गया। वहाँ भी उसने एक पुत्र को जन्म दिया। तीन-तीन राजाओं की कामाग्नि को उस धरित्री ने इच्छारहित झेलते हुए एक-एक पुत्र दिया और बदले में ऋषि गालव को छः सौ श्याम वर्णी अश्व यानी काले घोड़े मिले। अब रहे शेष दो सौ अश्व।...उस समय पृथ्वी पर कोई भी ऐसा दूसरा राजा नहीं था जिसके पास काले घोड़े हों। थक गया गालव। हताश हो गया गालव। व्यभित हो गया गालव। यदि दो सौ घोड़े नहीं मिले तो उसकी गुरु दक्षिणा पूरी नहीं होगी। उसे अपमानित होना पड़ेगा। और उसके मित्र गरुड़ ने भी बता दिया था कि अब कहीं काले घोड़े नहीं हैं।

लाचार होकर गालव विश्वामित्र के समक्ष सिर झुकाकर अपराधी की तरह खड़ा हो गया। क्षमा माँगते हुए उसने कहा, "मैं लज्जित हूँ गुरुदेव, इस भूमि पर अब कोई भी ऐसा राजा शेष नहीं है जो मुझे दो सौ घोड़े दे दे। आप दो सौ घोड़ों के बदले राजकुमारी माधवी को रख लीजिए।"

माधवी को देखते ही उस दुर्बल ऋषि विश्वामित्र की लंगोटी ढीली हो गयी। गालव को प्यार से झिड़कते हुए कहा, "मूर्ख! यह अनुपम सुंदरी तो आठ सौ काले घोड़ों से भी भारी है। ले आते तो मैं श्यामवर्णी घोड़े माँगता ही नहीं। चल माधवी

मिल गयी। हिसाब बराबर।...मेरी गुरु-दक्षिणा पूरी हुई। मैं पूर्ण संतुष्ट हूँ।''

विश्वामित्र ने भी माधवी को भरपूर भोगा। जैसे माधवी की यह दुखद नियति हो गयी थी कि उसे बार-बार अपने शरीर को पुरुष की वासना की तृप्ति का साधन बनना पड़ेगा। मेनका अप्सरा से शकुंतला जन्मी और माधवी से 'अष्टक' नाम का पुत्र हुआ। माधवी का यहाँ का अध्याय भी समाप्त। चार-चार बेटों को जन्म देनेवाली माधवी फिर भी खाली। घिस गयी थी बेचारी। वितृष्णा सी हो गयी थी उसे इन पुरुषों की बनायी सामाजिक व्यवस्था से। माधवी जैसी पीड़ायें किसी ने भोगी हैं इस धरती पर?

क्या करे माधवी और क्या करती मैं? कोई रास्ता भी नहीं था। इच्छा होती थी कि इस बंद-बंद जीवन के सारे कपाट खोल दूँ। भाग जाऊँ अपने प्रिय नरवद जी के पास। मुझे पता चला था कि वे अब भी कुँवारे हैं। अवश्य ही मेरे कारण। कई बार पुरुष अपने प्रेम में असफल होकर ऐसी विभिन्न उदासीनता से घिर जाते हैं जो उन्हें स्त्रियों के प्रति एक अस्थायी उदासीनता उत्पन्न कर देती है।

माँ सा की बीमारी पर मैं 'रूण' गाँव गयी थी। माँ सा काफी जर्जर और दुर्बल हो गयी थी। मंथरा के स्वभाव में कोई परिवर्तन नहीं आया था। कुत्ते की पूँछ सीधी हो तो वह सीधी हो। हाँ, बेचारी पदमण का देहांत हो गया था। उसे चार-पाँच दिन बुखार आया, फिर भगवान को प्यारी हो गयी। उसके सपने सपने ही रह गये।

मेरी छोटी बहन नीहारदे की मेरे प्रति ईर्ष्या कम नहीं हुई थी। उसने मुझसे कुछ औपचारिक बातें ही कीं। उसे इस बात का संतोष था कि मेरा विवाह नरवद जी से नहीं हुआ। वह अब भी कुँवारी थी। उसकी सगाई के प्रयास चल रहे थे। अपने मन को बहलाने के लिए उसने एक बहाना ढूँढ लिया था। तीन तोते और तीन खरगोश पाल लिए थे। वह तोतों को बोलना सिखाती थी—राम...राम...कठै सूँ आया हो...कठै जावौला...जीम'र जाया—और खरगोशों को खुला छोड़ देती थी; फिर उनके पीछे बच्चों की तरह भागती रहती थी। कई बार वह कुछ बच्चों को भी इकट्ठा कर लेती थी। घरवाले उसे टोकते थे कि अब आप बच्ची नहीं हैं, इस तरह की उछल-कूद अब आपको शोभा नहीं देती?

वह झल्ला कर कहती, ''तो मैं क्या करूँ? बैठे-बैठे भी मैं थक जाती हूँ। ऊब जाती हूँ।...''

मैं यह मानती हूँ कि जब उम्र के साथ अनुकूल वातावरण और तन-मन की पूर्ति नहीं होती है तो वह व्यक्ति बचकानी हरकतें करने लगता है।

मैं पीहर से जल्दी ही लौट आयी। कंवली से मालूम हुआ कि कुँवरजी मेवाड़ की ओर गये हुए हैं। कंवली भी बीच-बीच में अपने पीहर जाती थी। मनूड़ी के पीहर में कोई नहीं था।

कंवली ने ही बताया था कि पराणपियारी बीमार है। कई बार वैद्य जी को

उसके यहाँ आते-जाते देखा गया है। क्या बीमारी है, कोई पता नहीं।

एक साँझ मैं इतनी ऊब गयी कि रूपाजी की याद आ गयी। मैंने कंवली को उन्हें बुलाने के लिए कहा। उसने आकर बताया कि वे रात को देर से आयेंगी।

न जाने क्यों, मुझे आज केसरी सिंह जी की शेष कथा सुनने की इच्छा हो गयी। मैं उनके जीवन की कई बातों से प्रेरणा लेती थी। उनका दबंगपन मेरे लिए आदर्श था। जब समय खाली हो तो आप कोई रोचक-सार्थक कथा सुनिए। मन बहल जाएगा।

हम सबने भी खा-पी लिया था।

रूपाजी आयी। आते ही उसने मुजरा किया। पूछा, "कैसे याद फरमाया कुँवराणी जी?"

मैंने जरा मुसकरा कर कहा, "रूपाजी! भगवान एक टाँग पर कई दिनों से खड़े हैं।"

"क्यों? ऐसा क्या हुआ?" उसकी आँखें विस्फारित हो गयीं।

"इसलिए कि आपने केसरी सिंह के बारे में आधी कथा ही बताई?"

बचपन में हम जब कहानी सुनते थे तब यह बात प्रचलित थी कि यदि कहानी को अधूरा छोड़ दिया जाए तो भगवान एक टाँग पर खड़े रहते हैं।

उसने मटक कर कहा, "लो आज कहानी को पूरा करते हैं। पर पहले मुझे जरा अमल खिला दीजिए।" हमने उसे अमल का एक टुकड़ा दिया।

फिर उसने जो भी बताया वह इस तरह था—

परिवार के सदस्यों की मृत्यु के पश्चात केसरी सिंह जी अपनी हवेली में आ गये। हवेली उनके लिए सूनी-सूनी थी।...वे पहले से ज्यादा दुखी रहने लगे। बाहर का सन्नाटा और भीतर का सन्नाटा, दोनों उन्हें सालते रहते थे। हालांकि एक बहू और दास-दासियाँ भी थीं पर वे अपने को अकेला समझते थे और अपने को काम में व्यस्त रखते थे। उन्हें खालीपन हरदम सताता रहता था। झूमकी को लेकर उन्होंने थोड़ा आनंददायक जीवन जी लिया था।

उनका घराना-ठिकाना श्रेष्ठ था ही इसलिए उनके पास कई प्रस्ताव विवाह के आये पर उन्हें तो इन कुलीन लोगों से जैसे चिढ़ हो गयी थी। नहीं माना कोई भी प्रस्ताव।...जब भी अधिक ऊबते थे तो झूमकी की स्मृतियों में खो जाते थे। हाँ, कभी-कभी उन्हें चंदमुखी की याद भी आ जाती थी। चंदमुखी और झूमकी में काफी समानता थी।

कौन सा क्षण कब नया चमत्कार कर दे, यह कोई नहीं जानता। भविष्य में क्या होने वाला है, देव-दैत्य भी नहीं जान पाए।

एक दिन अचानक एक युवती उनके डेरे आयी। फटे-पुराने कपड़े पहने हुए।

उसने डेरे के ड्योढ़ीदार से कहा, "मैं ठाकुर केसरी सिंह जी से मिलना चाहती

हूँ।''

पिता के मरने के बाद केसरी सिंह जी कुँवर से ठाकुर हो गये थे।

''लेकिन आप हैं कौन?''

''मैं उनकी पुरानी परिचित हूँ। नाम है चंदमुखी।''

चाकर ने जाकर उन्हें यह नाम बताया। उस वीर और गुणी युवती को कैसे भुलाया जा सकता है। उसने तो उसकी मृत झूमकी की याद दिला दी थी। वे शीघ्रता से बाहर आये।

चंदमुखी ही थी।

''आप और यहाँ? इस हाल में?'' उन्होंने बड़े आश्चर्य से पूछा।

''हाँ, कुँवर सा।'' चंदमुखी ने बुझे स्वर में कहा, ''समय बड़ा बलवान है। क्या आप मुझे भीतर आने के लिए नहीं कहेंगे? मैं तो बहुत ही भूखी-प्यासी हूँ। अंग-अंग टूट सा रहा है।''

''पधारिए...पधारिए।'' उन्होंने उसे भीतर आने का संकेत किया। फिर एक डाबड़ी (दासी) को कहा, ''इन्हें जनवासे में ले जाओ। इनके नहाने-खाने और नए कपड़ों की व्यवस्था कर दो।''

''जी माईबाप।''

चंदमुखी जब आयी थी तब दोपहर शुरू हुई थी। केसरी सिंह जी बेचैनी से उसकी प्रतीक्षा करते रहे पर चंदमुखी दोपहर के ढलने के बाद आयी।

क्षमा माँगते हुए वह जाजम के एक कोने पर बैठते हुए बोली, ''बहुत थक गयी थी। पूरे दो दिन एक रात से भाग रही थी। कुछ भी नहीं खाया। जहाँ-जहाँ तालाब मिले, वहाँ पानी जरूर पिया। इसलिए खा-पीकर सो गयी।...बहुत गहरी नींद आ गयी।''

''मगर हुआ क्या?''

उसके चेहरे पर अवसाद की काली घटा सी उमड़ आयी। दीर्घ श्वाँस लेकर बोली, ''अब तो मनुष्य ही नहीं, समय ही विश्वासघाती हो गया है। हवा भी स्वार्थी हो गयी है। ऐसी अवस्था में दूसरों पर निर्भर रहनेवाली युवती कैसे अपने को सुरक्षित समझे।...ठाकुर सा।'' उसे एक दासी ने बता दिया था कि अब ये कुँवर नहीं रहे। ठाकुर हो गये हैं। वह पुनः बोली, ''मैं बड़ी भाग्यहीन हूँ। ठाकुर अबीर सिंह की सात पीढ़ी में मैं उनकी कुछ जरूर लगती हूँ। मेरा उनसे क्या स्पष्ट नाता है, मैं साफतौर पर नहीं जानती। पर है कोई रिश्ता। हाँ, मेरे पिताजी ने ठाकुर अबीर सिंह जी के साथ कई लड़ाइयाँ लड़ी थीं। इसलिए मित्र हो गये थे वे।''

मेरे पिताजी एक लड़ाई में मारे गये। मेरे न कोई भाई था और न बहन। निपट अकेली थी मैं।...मेरी माँ मेरे बाप के साथ सती हो गयी। उन पर सती होने का समाज और धर्म का अत्यधिक दबाव था। मैंने भी उन्हें रोका। रो-रोकर उनसे

कहा, "माँ सा! मुझे किसके भरोसे छोड़ रही हैं?...मैं किसके पास रहूँगी? माँ सा! मुझ पर दया कीजिए।...दया।"

दयाहीन तो हाजिर जन-समूह था। जो सती की जय-जयकार कर रहा था।

माँ सती हो गयी। हम लोग अधिक संपन्न नहीं थे। पिताजी की नौकरी से दाल-रोटी की व्यवस्था होती थी। एक कच्चा घर था।

ऐसी स्थिति में मुझे ठाकुर सा अबीर सिंह जी ने आश्रय दिया। उन्होंने मेरे सिर पर वात्सल्य से भरा हाथ रखकर कहा, "चल बेटी! हमारे घर चल। वहाँ कई लोग हैं, एक तू और सही। चल, बेटी चल।"

बस, वे मुझे अपने डेरे में ले आये।

मैं भी सारी सुख-सुविधाओं के साथ रहने लगी। मैंने शस्त्र की शिक्षा अपने पिता से ली थी। एकमात्र कन्या थी उनकी। लाडली। पर जिनके भाग्य में सुख न लिखा हो, वे कैसे उसे पा सकते हैं?...अबीर सिंह जी के डेरे में मैंने एक बात और देखी वहाँ की स्त्रियाँ मुझे अपने से हेय समझती थीं। उनका मानना था कि यह क्षत्रिय अवश्य है पर है अकुलीन। इसलिए उनमें से कोई भी मेरे साथ थाली पर नहीं बैठता था।

जब आप ठाकुर केसरी सिंह जी को क्रोध में पागल हुए उन्हें वंशहीन करने आये थे तो मैंने आपको रोका वर्ना उस दिन भयंकर रक्तपात हो जाता। मैंने उनका कितना भला किया था? शायद कुछ अंश तक आपका भी। लेकिन उन्होंने मेरा अहसान नहीं माना बल्कि ठाकुर व उनके दोनों पुत्रों ने कहा कि तुम्हारी मूर्खता के कारण हमारा कट्टर शत्रु जिंदा लौट गया। तुम स्त्री हो, स्त्री को कभी भी मर्दों के बीच नहीं आना चाहिये।

मैंने उन्हें कहा, "आप उन्हें मार देते। फिर उनके घर वाले आपको मार देते।... यह हत्याओं का सिलसिला कभी शुभ हुआ है।"

"शुभ-अशुभ की हम चिंता नहीं करते? भविष्य में तुम ऐसा काम नहीं करोगी।" अबीर सिंह जी ने कहा।

मैंने सोचा था कि इस कार्य से मेरी प्रतिष्ठा बढ़ेगी। मेरे मान-सम्मान में बढ़ोतरी होगी लेकिन उस अपमान से मैं आहत हो गयी। मेरी उपेक्षा बढ़ गयी। मैं उन सबके बीच में अपरिचित हो गयी। मेरा वहाँ जी घुटने लगा। घबराने लगा। लेकिन जाऊँ कहाँ?

अचानक ठाकुर सा के व्यवहार में परिवर्तन आ गया। वे मेरा लाड़ करने लगे। ...मैं उनके इस परिवर्तन को समझ नहीं पायी।

एक बात आपको और बताई कि ठाकुर अबीर सिंह जी बड़े ही महत्वाकांक्षी थे। वे किसी भी तरह अपने इस छोटे-छोटे चंद गाँवों वाले ठिकाणे का विस्तार करना चाहते हैं। मंडोर से लेकर मेवाड़ तक के देशों का महाराजा बनना चाहते थे। इन

लोगों की इसके सिवाय क्या महत्त्वाकांक्षा हो सकती है कि युद्ध पर युद्ध करते जाओ और अपने राज्य का विस्तार करो।"

केसरी सिंह जी ने उसे बीच में रोककर कहा, "मुझे उनमें शामिल मत करो। मैं तो खालिश किसान हूँ। मेरे हाथ से जो भी हत्यायें हुई हैं, वे मनुष्यता के लिए हुईं, आत्मरक्षा के लिए हुईं, अपने प्रेम के लिए हुईं!...मैंने तो कभी लड़ाई का मुँह भी नहीं देखा।"

उसने किंचित मुस्कान के साथ कहा, "आप तो लंका में दरिद्र हैं।...वर्ना उच्च कुल के क्षत्रिय और लड़ाई में न जायें, कैसे हो सकता है? उच्च कुल के क्षत्रियों व ब्राह्मणों को अपने कुल का बड़ा ही अभिमान रहता है। वे तो इतना घमंड करते हैं कि जैसे अन्य मनुष्य कीट-पतंगें हों।"...चंदमुखी ने अपना थूक निगल कर आगे बताया, "आपको बता रही थी कि ठाकुर सा अबीर सिंह जी का मेरे प्रति सहसा प्रेम के बढ़ने का कारण मैं नहीं ढूँढ पायी। इतना ही सोचा कि उन्हें अपनी गलती का आभास हो गया होगा। मैं बहुत खुश थी।

एक दिन मुझे नए वस्त्र और चंद गहने पहनाकर रथ में बिठाकर अपने साथ ले चले। मैंने ठाकुर सा को बार-बार पूछा कि आप मुझे कहाँ ले जा रहे हैं। वे मुझे बार-बार कहते रहे कि किसी खास काम से।

अप्रत्याशित मुझमें लज्जा का भाव जागा। मैंने विचारा कि अवश्य ही ये मुझे किसी लड़के को दूर से दिखाने के लिए ले जा रहे हैं ताकि मेरी सगाई और फिर ब्याह हो सके। बिना माँ-बाप की अनाथ लड़की थी न? मैं उनके साथ चल पड़ी।

रथ चलता रहा। ठाकुर सा अपने घोड़े पर सवार थे।

दूर-दूर तक रेत बिछी थी।

हमारा रथ चल रहा था रेत में बनी पगडंडियों पर।

वहाँ से लगभग दो कोस पर मुझे कुछ हरे-भरे पेड़ दिखायी दिये। इतने रेतीले इलाके में यह हरियाली कैसी? मेरी उत्सुकता का शीघ्र ही अंत हो गया।

वहाँ कोई साधू बैठा था। उसने छोटा-सा आश्रम बना रखा था। आश्रम के पीछे पठार थे और एक ओर बेर की घनी झाड़ियाँ।

हमने जैसे ही उसके देवी मंदिर में प्रवेश किया, मैं वैसे ही भयभीत हो गयी।

उस साधु के आसपास कितने ही नर-मुंड पड़े थे। वह हवन कर रहा था। एक ओर एक स्त्री का कंकाल लटक रहा था। उसकी भग पर सिंदुर का लेप था।...साधु के दो तगड़े शिष्य थे। दीवारों पर तलवारें लटक रही थीं। अद्‍भुत और भयपूर्ण वातावरण था।

ठाकुर सा ने उन्हें जमीन पर लेटकर प्रणाम किया। मैंने भी।

साधु ने मुझे खूँखार नजर से देखा। उसकी बड़ी-बड़ी डरावनी आँखों में विचित्र हिंसा दहक रही थी।

"गुरुदेव! यह है चंदमुखी।"

साधु उठा। उसने केवल एक लंगोट पहन रखा था। शरीर पर सफेद मिट्टी के अजीब-अजीब से मंत्र बना रखे थे।

अपने कमंडल में से जल निकाला। आचमन भरा। मन ही मन मंत्र बोलकर मुझ पर छिड़का। मुझमें कोई प्रतिक्रिया नहीं हुई।...वह एक-एक पाँव तोल कर रखता हुआ मेरे पास आया। मेरे शरीर पर हाथ फेर कर कहा, "शुद्ध...नितांत शुद्ध...अक्षत, ...कौमार्य अक्षत। ठाकुर सा। आज मेरी साधना पूर्ण हो जाएगी और माँ दुर्गा अपना खड़ग आपको भेंट करेंगी। फिर आपको इस भूमि पर पराजित करने वाला कोई नहीं रहेगा। आप विश्व विजयी हो जायेंगे। जय माँ दुर्गे!"

ठाकुर सा ने भावविह्वल होकर कहा, "सच।"

"योगानंद कभी झूठ नहीं बोलता। वह जो कहता है, सौलह आने सच कहता है।"

"फिर मैं जाऊँ।"

उन्होंने उसके चरण-स्पर्श किए। बाबा ने आशीर्वाद दिया, "तुम्हारी मनोकामना पूरी होगी। तुम्हें माँ दुर्गा का खड़ग मिलेगा।"

ठाकुर सा जाने लगे कि मैं भी मुड़ी। उन्होंने मुझे रोकते हुए कहा, "तुम यहीं ठहरो बेटी! बाबा महापूजन करेंगे। उसमें तुम्हारी जरूरत है।"

मैंने साफ इंकार करते हुए कहा, "नहीं, मैं यहाँ नहीं रहूँगी। मैं आपके साथ चलूँगी। मुझे यहाँ डर लगता है।"

तभी साधु के बलिष्ठ चेलों ने आकर मुझे पकड़ लिया। मैं चीखी, चिल्लायी, हाथ-पाँव पटके...रो-रोकर बोली, "ठाकुर सा।...मुझे ले चलिए...मैं यहाँ नहीं रहूँगी?" ...पर ठाकुर सा चले गये। रथ भी चला गया। मैं काफी देर तक छिपकली की कटी पूँछ की तरह छटपटाकर शांत हो गयी। सोच रही थी कि बेटी का बाप होकर बेटी के साथ इतना बड़ा अधर्म। मैं बहुत लाचार थी।...बस रोए जा रही थी। सोच रही थी कि क्या मनुष्यता मर गयी है। ये उच्चकुल के क्षत्रिय जो सदा सत्य, धर्म, दया और उपकार की बातें करते हैं, क्या वास्तव में ये ऐसे होते हैं? सच, मेरे साथ उन्होंने जो विश्वासघात किया उससे लगा कि वे अत्यंत ही नीच और पापी हैं। इन्हें नरक में भी जगह नहीं मिलेगी।

बाबा ने अपने चेलों से कहा, "इसे शुद्ध कर दो। जो ताँबे के कलश में मंत्रित जल है, उससे नहला दो।...छोकरी! मैं जो कहूँ, उसे चुपचाप करती जाना वर्ना मैं तुम्हें देवी के समक्ष बलि चढ़ा दूँगा। यदि मेरा कहा मानती रही तो अपनी साधना की पूर्ति के लिए अंतिम महापूजा करके तुम्हें छोड़ दूँगा।"

तीन-तीन जल्लाद और एक मैं बलि की बकरी। मैंने अपने को ईश्वर के हाथों सौंप दिया।

उन्होंने मुझे नग्न कर दिया। नहलाकर शुद्ध किया। मुझ पर वह चावल फेंकता रहा और मंत्र बोलता रहा। फिर मुझ को सजाया गया—सिंदूर से। शरीर पर अजीब से मंत्र बनाए गये।

मेरा पल-पल संत्रस्त था। डरा-डरा और भयभीत लग रहा था कि जैसे मेरे प्राण ही निकल गये हों!

मैंने एक बार आकाश की ओर देखकर कहा, "हे ईश्वर तू है कहीं तो मेरी रक्षा कर। जैसे प्रहलाद की रक्षा के लिए आपने खंभे में से जन्म लिया था, उसी तरह आप प्रकट होकर मेरी रक्षा करें।"

उत्तर में हवाओं की सरसराहट ही सुनायी दी। मुझे शुद्ध करके एक चौकी पर बिठा दिया गया। बाबा ने दारू पी।

"तुम दारू पीती हो?"

मैंने कहा, "नहीं।"

"अरे! क्षत्रीणी होकर दारू नहीं पीती?"

"नहीं।"

"रात को पिलाऊँगा। फिर तुम्हारे पवित्र कौमार्य को भंग करूँगा। तब मेरी साधना पूरी होगी, देखना फिर यह माँ दुर्गा प्रकट होकर ठाकुर सा को अपना खड़ग देगी। वे इससे समस्त पृथ्वी पर अपना अधिकार कर लेंगे। वे अजय बन जायेंगे। सब मनुष्यों पर राज्य करेंगे।" वह आकाश की ओर देख कर पागल की तरह प्रलाप कर रहा था।

वह फिर ऊटपटांग मंत्र बोलने लगा। यज्ञ में आहुतियाँ देने लगा। पहले सामान्य यज्ञ की तरह घी, जौ, तेल, तिल और चीनी की आहुतियाँ, फिर एक काँसी के बड़े कटोरे पर से वस्त्र हटाया। उसमें माँस के टुकड़े थे। किस पशु के माँस के टुकड़े थे, मुझे नहीं मालूम। बस, आहुतियाँ मंत्रों के साथ होती रहीं।...विचित्र स्थिति थी। एकाएक मेरी दृष्टि एक शस्त्र फरसे पर पड़ी। एकदम भगवान परशुराम के फरसे की तरह था। उसकी धार माँ काली के फरसे की तरह थी। मेरे मन में प्रश्न जागा कि यह फरसा क्यों लाया गया है? मैंने सुना था कि ये तांत्रिक लोग पहले स्त्री का संभोग करते हैं और फिर उसकी बलि दे देते हैं।

मृत्यु का भय मेरे भीतर घुस गया। बस, मैंने जान लिया कि आज की रात मेरी आखिरी रात है। मैंने फिर ईश्वर को याद किया। असहायता में ईश्वर बड़ी तीव्रता से मस्तिष्क में ध्वनित-प्रति-ध्वनित होता है।

मैंने साहस करके कहा, "आप मेरा कौमार्य भंग करेंगे? क्यों, आप कौन हैं मेरे। पति हैं...क्या आपसे मेरी शादी हुई है? क्या धर्म ने आपको यह हक दिया है?"

तांत्रिक अपनी कर्कश आवाज में कठोरता से बोला, "ऐ छोकरी! मुझे अपनी

साधना पूरी करने दे।''

''क्या है आपकी साधना? पाप-कर्म।...किसी कुँवारी कन्या के अक्षत-यौवन को कलंकित करना... ।...आप बहुत बड़ा पाप कर रहे हैं। आपको इसका दंड मिलेगा।''

वह बाघ की भाँति खूँखार हो गया। उसने अपना चिमटा उठा कर कहा, ''चुपचाप बैठी रह वर्ना मैं तुम्हारा कौमार्य भंग करूँ या न करूँ पर यह चिमटा तुम्हारे कौमार्य को क्षत-विक्षत कर देगा।''

और उसने सचमुच चिमटा मेरी ओर किया। मैंने उठना चाहा तो उन बलिष्ठ चेलों ने मुझे पकड़ लिया। क्या करूँ मैं? हे भगवान...। हे दीनानाथ गरीब की पुकार तो ईश्वर भी नहीं सुनता। लेकिन भय के मारे मुझे टट्टी-पेशाब निकल गये।

बदबू फैल गयी। तांत्रिक ने चिल्ला कर कहा, ''अपवित्र...अशुद्ध...अगृहणीय ...ले जाओ इसे शुद्ध करो। यह पापिन है, दंड की अधिकारिणी है।''

उसके चेले फिर स्नान कराने कुई पर ले गये। पक्की कुई थी।

मैंने उनसे कहा, ''मैं टट्टी और जाऊँगी।''

उनमें से एक घिन्न से अपना मुँह विकृत करके बोला, ''जा...जा...उस चट्टान के पीछे चली जा।''

मैं नग्न थी। चट्टान के पीछे चली गयी। लोटा पीतल का मैंने चट्टान पर रख दिया ताकि उन्हें मेरी उपस्थिति का भान होता रहे।

मैं उसी नग्नावस्था में चट्टान के सहारे घुटनों के बल चलती रही। थोड़ी दूर पहुँची। जहाँ चट्टान थोड़ी ऊँची थी। फिर भाग खड़ी हुई।

पीछे क्या हुआ, मुझे पता नहीं।

मैं तो उन्मादग्रस्त सी भागती रही। भागती रही। नग्न। पसीने से तरबतर। गर्मी में साँस लेते कुत्ते की तरह हाँफ रही थी। 'नरंग' अब भी मेरी जाँघों पर लगा था। मैंने उसे बालू से साफ किया। हाथों को बालू से रगड़-रगड़ कर मला।

थोड़ी दूर पर मुझे ऊँटवाला मिला। मैंने उसे पुकारा। जोर-जोर से पुकारा। उसने देखा कि इस सूनसान जंगल में कोई भूतनी, पिशाचिनी, डायन आदि न हो। उसने ऊँट को तेजी से भगा लिया।

दुर्भाग्य की छाया जब पड़ती है तो मनुष्य की छाया भी उससे दूर हो जाती है। मैं दड़बड़-दड़बड़ भागती रही। छाया मिलती वहाँ थोड़ा रूकती। फिर भागती।

थकान से चूर-चूर हो गयी थी।

मुझे फिर एक ऊँट सवार दिखायी दिया। मैं उसके रास्ते पर खड़ी हो गयी। अपने शरीर को हथेलियों से छुपा लिया। बोली, ''भाई...ओ भाई, मैं विपत्ता की मारी हूँ...मुझे कोई वस्त्र दो।''

उसने अपनी ऊँटनी को जैकाया। पूछा, ''तुम कौन हो बाई? लो, अपना तन ढक लो।''

उसने अपना फेंटा (साफा) खोलकर मुझे दे दिया। मैंने अपना तन ढक लिया। फेंटा बड़ा था। मेरा सारा तन ढक गया। मैंने पानी माँगा। उसने मुझे लोटड़ी में से पानी पिलाया।...पानी पीते ही लगा कि मुझमें प्राण लौट आये हैं।

उसने पूछा, "बात क्या है?"

मैंने कहा कि हम चलें। कुछ लोग मेरी हत्या करना चाहते हैं। रास्ते में सब कुछ बताऊँगी।

उसने मुझे ऊँटनी पर बिठा लिया। मैंने उसे छोटे में सब कुछ बता दिया। उसने भी बताया कि वह जाति का बावरी है। अपनी ननिहाल जा रहा है।

जब उसकी 'ढाणी' आयी तब उसने मुझे उतार दिया। कहा, "हमारे घर में किसी अजाण लुगाई को लाना ठीक नहीं समझते।"

"तुमने मेरी सहायता की उसके लिए तुम्हारा अहसान मानूँगी भाई मेरे।"

फिर अकेली हो गयी। उस सूनवाड़ में अकेली। कहाँ जाऊँ? उस निराशा में आपकी याद आयी।...पूछते-पूछते जैतारण आ गयी। रास्ते में एक गरीब जाटणी मिल गयी। उसने मुझे रोटी खिलायी और फिर विपत्ता की बात सुनकर अपने फटे-पुराने कपड़े दिये। यही मेरे दुर्भाग्य की कथा है।

केसरी सिंह जी ने उसे आश्वस्त करते हुए कहा, "आप यहाँ निःसंकोच होकर रह सकती हैं।"

चूंकि केसरी सिंह जी की हवेली में भीड़ नहीं थी अतः कोई चंदमुखी के बारे में बेसी पूछताछ नहीं करता था। सबको मालूम था कि यह ठाकुर की अतिथि है। कोई दूर की रिश्तेदार है।

एक दिन दोपहर में केसरी सिंह जी के बैठकखाने में चंदमुखी मुजरा करके जाजम पर बैठ गयी। कहने लगी, "आपके बारे में जानकर मुझे लगा कि आप दयालु और अलग तरह के मिनख हैं। आपमें स्त्रियों वाली कोमलता भी है और पुरुषों वाली कठोरता भी।...लेकिन मुझे इस बात ने बहुत प्रभावित किया कि आपने वह किया जो प्रायः ऐसे कुलों में नहीं करते। मैं जानती हूँ कि प्रेम से मनुष्य पराए की पीड़ को समझने की चेष्टा करता है। प्रेम सजीव और निर्जीव दोनों से किया जा सकता है पर सच्चाई से किया हुआ प्रेम दूसरों को कभी हानि नहीं पहुँचाता।...प्रेम के भंग होने का दुख और उसके समाप्त होने का दुख असह्य होता है। आपने उसे झेला है। सहन किया है।"

केसरी सिंह जी के चेहरे पर उसकी बातों से दुख लहरा उठा। बोले, "मैं अपने प्रेम को नहीं भूल सकता। गहरा लगाव ही शायद प्रेम कहलाता है। झूमकी की दर्दनाक मृत्यु ने मुझे बेहद पाशविक बना दिया था। लेकिन उस दिन आपने मुझे रोक कर मेरी पाशविकता का अंत कर दिया। हत्याओं के पाप से बचा लिया। सच कहता हूँ कि मैंने जो भी हत्यायें की हैं, आत्मरक्षा के लिए।" वे कुछ क्षण चुप रहकर बोले,

''आपको यहाँ कोई कष्ट तो नहीं है?''

''कोई कष्ट नहीं है।'' उसने कहा, ''लेकिन एक स्थिति को स्पष्ट करना चाहती हूँ।''

''कौन सी स्थिति को?''

''इस घर में मुझे मेरी स्थिति बता दीजिए कि मैं इस घर में क्या हूँ। मैं अनाथ और बेसहारा हूँ, ऐसी स्थिति में मैं अपनी इच्छा क्या बताऊँ। भूखे को रोटी मिल जाए, बहुत है।''

''मैं आपका आशय नहीं समझा।''

''इस घर में मैं कौन हूँ। डाबड़ी, रखैल, पड़दायतण या ठकुराणी। यहाँ के रहनेवालों को यह बात मालूम तो हो? यह वाक्य इस घर में रेंगता रहता है कि यह आखिर है कौन?''

केसरी सिंह जी भी अकेले रहते-रहते ऊब गये थे। बोले, ''चंदमुखी जी! आपको पहली बार मैंने देखा तो उस रक्तरंजित स्थिति में भी मुझे झूमकी याद हो आयी। जो मुझे झूमकी की याद दिलाती हो, जिसमें मेरी झूमकी का प्रतिबिंब हो? वह इस घर में किस हैसियत से रहेगी। आप मेरी ठकुराणी बनेंगी?''

''ऐसा मेरा भाग्य कहाँ?'' उसने उदासी से कहा, ''फिर मैं जिन स्थितियों में रही हूँ, उनके कारण मेरी पवित्रता पर संदेह भी हो सकता है।''

''चंदमुखी जी! स्त्री मेरी समझ में अग्नि है। वह कभी अपवित्र होती ही नहीं। आप बस हाँ कीजिए। देखिए, भाग्य बनता है कि नहीं? आप क्षत्रिय हैं। उच्चकुल भले ही न हो पर श्रेष्ठ कुल की तो हैं हीं।''

चंदमुखी ने स्वीकृति दे दी। उसी हवेली में उनका चुपचाप विवाह हो गया। इस गढ़ के लोग भी शामिल हुए थे क्योंकि वंशज तो चाहिये ही।

केसरी सिंह जी चंदमुखी को बेहद प्यार करते थे। उसमें झूमकी का प्रतिबिंब देखते थे। एक-एक करके चंदमुखी ने तीन बेटे और दो बेटियों को जन्म दिया। केसरी सिंह जी के लाख मना करने के बाद भी दो बेटे सैनिक बन गये।

चंदमुखी भी एक दिन उनका साथ छोड़ गयी। हृदय में जोर की हूक उठी और वह मर गयी।

रह गये फिर अकेले के अकेल वे।

आयु ने उनकी समस्त इंद्रियों को अशक्त कर दिया। पड़े रहते हैं बिस्तर पर अब। जब-जब कोई आता है तो बहुत बोलते हैं।

बुढ़ड़ों से कौन बात करे। एकांत-एकांत...एकांत। शेष जीवन की यात्रा तो पूरी करनी है ही हम सबको। मनुष्य कितने ही संकटों व कष्टों से घिरा हो, पर वह जीवित रहना चाहता ही है।

वे भी जी रहे हैं। झूमकी और चंदमुखी की स्मृति में उन्होंने एक अत्यंत ही

सुंदर और पक्का तालाब बनवाया है जिसमें सदा पानी भरा रहता है। उसमें नहाना और कपड़े धोना मना है क्योंकि वह पानी पीने के काम आता है। उसके आसपास इतने सुंदर पेड़ हैं कि हरियाली से आँखें तृप्त हो जाती हैं। हाँ, अपने कई खेतों में से चार खेत उन्होंने गोचरभूमि के नाम छोड़ दिये जहाँ पशु घास चरते हैं।

जितनी साँसें शेष हैं, उतनी तो लेनी ही पड़ेंगी।

× × ×

मेरे और मेरे स्वामी के बीच संवाद और कम हो गये थे। फिर भी कई बार वे मेरे कक्ष में आते थे और रात भर एक गाहक की तरह बीताते थे। मैं अब उन्हें भाग्य की बातें ही समझती थी। कई बार मैं सोचती थी कि मान्यता है कि ब्याह के बाद मन में शरीर संबंधी पाप की भावना नहीं आती पर न जाने क्यों मुझे हर बार लगता कि कुँवरजी के साथ मैं जो सहवास कर रही हूँ वह इच्छारहित है। पाप है।...पाप की यह अनुभूति क्यों उत्पन्न होती थी, मैं नहीं जानती। साथ-साथ मैं वह क्षमता क्यों नहीं जुटा पायी कि कुँवर जी को पूछूँ कि मेरा इस्तेमाल एक वस्तु की तरह क्यों हो रहा है।

अपने मन के तर्कों को मैं उनके सामने नहीं रख पाती थी। नहीं जुटा पायी साहस।

पराणपियारी के यहाँ उनका जाना कुछ अधिक हो गया था। बीच में वह जब बीमार पड़ी थी तब दो-तीन दिनों तक हलचल रही। बाद में नीमकी से पता चला कि उसको कुँवर जी से गर्भ रह गया था इसलिए उसको गिराया गया। क्योंकि कुँवरजी इस तरह की संतान नहीं चाहते थे जिसके रक्त में एक दासी के रक्त का मिश्रण हो।

लेकिन अनगिनत बार संभोग कराने के पश्चात भी मैं गर्भधारण नहीं कर पायी। ...न जाने क्यों?...क्या मुझमें वह सामर्थ्य नहीं है या कोई शारीरिक दोष है? मैंने इस पर विचारा तो पाया कि मुझमें गर्भधारण करने के प्रति गहरी क्या, जरा भी इच्छा नहीं है। अच्छा है, मैं गर्भ धारण न करूँ? कहीं एक बार गर्भ धारण कर लिया तो वह सिलसिला न बन जाएगा। फिर तो यह रूप-यौवन ढल जाएगा–साँझ के सूर्य की तरह। मेरे बंधन अटूट हो जायेंगे। मैं सदा के लिए बंदिनी हो जाऊँगी।

यह भी सच है कि कुछ दिन और निकल गये तो मैं बाँझ घोषित भी की जा सकती हूँ।...यदि यह बात सर्वविदित हो गयी तो अवश्य ही उनकी दूसरी शादी संतान के नाम पर करने की बात शुरू हो जाएगी।

लेकिन उस दिन मेरी सपनीली आशायें टूट गयीं जब मुझे मालूम हुआ कि मेरी छोटी बहिन नीहारदे का विवाह नरवद जी से हो रहा है। मैं कुछ पलों के लिए सुन्न और जड़ हो गयी। विमूढ़ भी। कंवली और मनूड़ी भी सुनकर हैरान हो गयीं। किसी को इस बात पर विश्वास ही नहीं हो रहा था।

कंवली ने पूछा, "यह मैं क्या सुन रही हूँ।"

"सच ही सुन रही है पर इसमें क्या रहस्य है इसको जानना भी जरूरी है।" मैं गंभीर हो गयी।

"कंवली! इस रहस्य को केवल मंथरा खोल सकती है। क्या तू वहाँ जा सकती है।"

"जा क्यों नहीं सकती पर मंथरा हमें किसी भी सूरत में नहीं बतायेगी।"

"यह बात तो है।"

"जब ठाकुर सा ने निर्णय ले लिया है और नरवद जी ने हाँ भर ली है, तब हम क्यों व्यग्र-उग्र हो रहे हैं।...अब तो आगे क्या होता है, देखते रहेंगे।"

कंवली ने कहा, "बाई सा! आप ने तो ब्याह कर लिया है, फिर नीहारदे बाई सा से कोई भी ब्याह करे, हम अपने को क्यों जलायें?"

"ठीक है।" मैंने बात खत्म करने की गरज से कहा।

कंवली अपने काम में लग गयी। वह मेरा शुक्रवार-शुक्रवार सिर मेट (मिट्टी) से धोती थी जो चिकनी होती थी। सारे शरीर में 'पीठी' (लेप) करती थी फिर नहलाती थी। रगड़-रगड़। बाद में सुगंधित तेल सिर में डाल कर माथा गूँथ देती थी। सिर पर बोरला सदा रहता था। वह बालों में गूँथ दिया जाता था।

आज शुक्रवार था। कंवली और मनूड़ी लग गयी मुझे नहलाने में।

मैं नहा-धोकर थोड़ी देर धूप में बाल सुखाने के लिए खड़ी रही।...आकाश नीला था पर साफ नहीं, बादल आ-जा रहे थे। कभी-कभी सूर्य को अपने में छुपा लेते थे। थोड़ी देर के लिए छाया हो जाती थी।

मैं सदा की तरह जी रही थी पर नरवद जी मेरी बहन से ब्याह करेंगे, यह बात मेरे मस्तिष्क में से एक पल के लिए भी नहीं जा रही थी। जैसे शूल की तरह दंश मार रही थी। नहीं भूल पा रही थी उसे मैं।

रात को कुँवर जी आये। उन्होंने कहा, "आपकी बहिन का ब्याह नरवद जी राठौड़ जो कामलाणा के ठाकुर हैं से हो रहा है। वे महाराणा कुंभा जी के खास कृपा पात्र सरदार हैं। कोई बात नहीं, आप नहीं तो आपकी बहिन ही सही। ब्याह भी इसी माह होगा बसंत पंचमी के दस दिन बाद।"

"हम कब चलेंगे?" मैंने संक्षिप्त में पूछा।

"एक दिन पहले।"

"मुझे आप जरा पहले भेज दीजिए।" मैंने विनती की।

"क्यों?" वे चौंके।

"अच्छा लगेगा।"

नरसिंघ जी ने मेरे चेहरे को ऐसे घूर कर देखा मानों वे किसी सच को खोज रहे हैं। फिर बोले, "मेरा विचार है कि आप वहाँ न जायें तो ही अच्छा है।"

"क्यों?" मैं चौंक पड़ी।

"इसलिए कि पुरानी प्रीत कहीं पुनः जोर न मारने लगे। सुनिए, मुझे आपके तथा नरवद जी के प्रेम संबंधों का पता चल गया है। नरवद जी कितने ही बड़े सरदार हों पर हम भी कुछ कम नहीं हैं। पता लगा ही लिया सारी बातों का।"

मैंने तनिक तीखे स्वर में कहा, "आपने किन बातों का पता लगा लिया? जब मेरे और उनके बीच में कोई बात है ही नहीं। मैं आपको सच कहती हूँ कि ऐसा हमारे बीच कुछ है नहीं, जिससे आपकी प्रतिष्ठा को आँच लगे।"

"फिर भी...।"

"ऐसा अन्याय-अत्याचार मत कीजिए। यदि आप मुझे नहीं ले जायेंगे तो बात का बतंगड़ बनेगा और कई नयी झूठी कहानियाँ बन जायेंगी।"

"फिर मेरी एक शर्त माननी पड़ेगी।" उन्होंने तिरछी निगाह करके कहा।

"कौन सी?"

"आप अपने बहनोई नरवद जी को गृह-प्रवेश पर आरती नहीं उतारेंगी।"

मैं आपको बता दूँ कि हमारे यहाँ परंपरा है कि जब दूल्हा गृह-प्रवेश करता है तो उसकी सालियाँ आरती उतारती हैं। नेगचार लेती हैं। फिर दूल्हे का गृह-प्रवेश होता है।

मैंने मन के ऊपर से उन्हें विश्वास दिला दिया कि मैं आरती नहीं उतारूँगी। अब तो आप मुझे जल्दी भेज दीजिए।

उन्होंने स्वीकृति दे दी।

मैं पाँच दिन पहले पीहर पहुँच गयी। मेरी माँ सा बहुत दुर्बल हो गयी थी। बुढ़ापा तो उनके चेहरे पर बोलने लगा था। साँस लेने में कष्ट होता था। लग रहा था कि या तो मृत्यु उनके निकट आ रही थी या वे मृत्यु के निकट जा रही थीं।

नीहारदे के पाँव जमीन पर नहीं पड़ रहे थे। उसकी चाल-ढाल से लग रहा था कि वह आकाश में उड़ रही है।...जब भी मैं उनसे बोलने की चेष्टा करती या बोलती तो वह दंभ में झूल जाती थी। अपने भाग्य को सराहा करती थी। मैं उसके व्यवहार से दुखी थी। सोचती थी कि यह व्यर्थ की क्यों ईर्ष्या करती है।

फिर मैंने भी निर्णय कर लिया कि मैं उससे नहीं बोलूँगी। मैंने भी बातचीत बंद कर दी।

विवाह का समय आ गया।

जंवाईराजा मुख्यद्वार पर आये।

मेरे पति ने साफ मना कर दिया था कि मैं आरती न उतारूँ पर मैंने उनकी आज्ञा के विरुद्ध सोच लिया था कि मैं आरती उतारूँगी...अवश्य उतारूँगी। ऐसी कठोरता मुझे पसंद नहीं।

मेरी इस बात को बल मिला नरवद जी के निर्णय से। उन्होंने स्पष्ट कह दिया

कि यदि सुप्यारदे जी मेरी आरती नहीं उतारेंगी तो मैं घर में पाँव नहीं रखूँगा।

विकट समस्या खड़ी हो गयी।

इधर नरसिंघ जी एक डाबड़ी से बार-बार कहलाते रहे कि मैं आरती न उतारूँ। यदि उतारती तो परिणाम बुरे होंगे। मैं अपने हुक्म को न मानना, अपना अपमान समझता हूँ और इसका परिणाम भयंकर होगा।

उनकी निरंतर मिली धमकियों ने मेरे दृढ़ इरादे को कमजोर कर दिया। मैंने सोच लिया कि मैं आरती नहीं उतारूँगी। क्योंकि जिनके यहाँ जनानी ड्योढ़ियों में स्त्रियाँ घास-फूस की तरह भरी जाती हैं, वहाँ मुझ पर कौन दया करेगा। इस साधारण हठ के बदले में मुझ पर कष्टों का पहाड़ टूट जाएगा।...दूर से ही नरवद जी को देखकर मन को तुष्ट कर लूँगी।

लेकिन नरवद जी ने एक हठ पकड़ लिया जिसे उन्होंने छोड़ा नहीं कि मेरी आरती सुप्यारदेजी ही उतारेंगी। अंत में घोषणा कर दी कि वे आरती नहीं उतारेंगी तो वे ब्याह ही नहीं करेंगे?...अत्यंत ही विकट समस्या!

मेरे पिता ठाकुर सा मेरे पास आये। प्रार्थना भरे स्वर में बोले, ''बेटी! आप आरती उतार दीजिए। यदि ऐसा नहीं होगा तो बारात लौट जाएगी। हमारी इज्जत पर कलंक लग जाएगा। आपकी बहिन का ब्याह रुक जाएगा।''

मैंने उन्हें सारी स्थिति बताकर कहा, ''उनका कड़ा हुक्म है कि मैं आरती नहीं उतारूँ? उतार लूँगी तो मैं किसी संकट में पड़ जाऊँगी।'

''सुप्यारदे जी! आप आरती उतारिये। मैं नरसिंघ जी को समझा दूँगा। उनसे क्षमा माँग लूँगा। उनके पाँवों में अपनी पगड़ी डालकर उनके क्रोध को शांत कर दूँगा। कह दूँगा कि मेरे दबाव पर सुप्यारदेजी ने यह काम किया।''

मुझे फिर बल मिला। आंतरिक इच्छा तो थी ही। मैं आरती उतारने को तैयार हो गयी पर इस बात को गुप्त रखा गया। मैंने अपने पिताजी को कह दिया कि ऐन वक्त में वहाँ पहुँचकर आरती उतार दूँगी। इसके बाद की सारी जिम्मेदारियाँ आपकी होंगी। कुँवर बीदावत जी के गुस्से को ठंडा करने का काम आपका होगा।

जब आरती मुख्यद्वार पर पहुँची कि मैं अचानक वहाँ प्रकट हुई और आरती हाथ में लेकर उतारने लगी। वर्षों के बाद नरवद जी से आँखें मिलीं। मैं घूँघट में थी पर घूँघट के पट को मानो चीरकर मेरी दृष्टि उनकी दृष्टि से जा टकरायी।

आरती उतार ली गयी।

नरवद जी ने गृह-प्रवेश किया।

मेरे पिता जी ने कुँवर बीदावत जी को समझा दिया था कि सुप्यारदे जी ने मना कर दिया था पर मेरे कहने पर उन्होंने आरती उतारी वर्ना बारात वापस चली जाती। आप उन्हें क्षमा कर दीजिएगा। मैं भी आपसे क्षमा माँगता हूँ।

कुँवरजी ने मिथ्या नाटक करते हुए सहज भाव से कहा, ''आप से बड़ा तो

मैं नहीं हूँ। फिर आपकी इज्जत मेरी इज्जत। आप जरा भी चिंता न करें।'' मेरे पिताजी आश्वस्त हो गये।

जब मुझे इस बात का पता चला तो मैं भी चिंतारहित हो गयी और मैंने कई बार नरवदजी से हँसी-मजाक भी किया पर वे अत्यंत प्रसन्न दूल्हे की तरह उत्साहित नहीं थे। जब-जब मुझे देखते थे या मुझसे चार नज़र होती थी, वे उदास और बुझ से जाते थे। कदाचित उन्हें मुझे न पाने की अथाह वेदना थी।

ब्याह कार्य सुचारू रूप से संपन्न हो गया। बारात विदा हो गयी। विदा हो गये नाते-रिश्तेदार। अपने-पराए, सगे-संबंधी। इस ब्याह में मेवाड़ के कई प्रतिष्ठित सामंत और कुंभाजी के पुत्र रायमल जी ने भी हिस्सा लिया था।

हम भी विदा होकर आ गये। मैंने देखा कि कुँवरजी नाराज हैं। उन्होंने मुझसे बातचीत नहीं की। घर आने पर उन्होंने नाराजगी से इतना ही कहा, ''जो आपके मन में था, उसे कर दिखाया न? समझदार को तो इशारा ही काफी होता है और आपने मेरे कठोर हुक्म को भी नहीं माना और अपने पुराने प्रेमी से हँस-हँसकर बतियाती रही। मैं आपको इसके लिए कभी माफ नहीं करूँगा।''

मैंने पलकें झुकाए हुए कहा, ''मैंने तो मना कर दिया था पर पिताजी के आग्रह-प्रत्याग्रह के कारण और उनके इस भरोसे पर कि वे आपको समझा देंगे, मैंने आरती उतारी। क्या आपने उन्हें स्वीकृति नहीं दी थी।''

''क्या मैं उनकी पगड़ी सैंकड़ों सगे-संबंधियों और सामंत-उमरावों के सामने उछालता? मेरे सामने तो धर्म-संकट था पर आप...? आपको तो मेरे हुक्म का पालन करना ही चाहिये था। सच तो यह है कि आप स्वयं आरती उतारना चाहती थीं और इसका फल आपको भुगतना होगा।''

दूसरे दिन ही मैंने पाया कि परिवार के हर महत्त्वपूर्ण सदस्य का मेरे प्रति व्यवहार कठोर और उपेक्षापूर्ण हो गया है।

कुँवरजी मेरे कक्ष में कई दिनों तक नहीं पधारे। मैंने कंवली से कई बार अरज करायी पर व्यर्थ। वे रात-दिन पराणपियारी के यहाँ पड़े रहते थे। कंवली ने बताया था कि वे उनके मुजरे का उत्तर भी नहीं देते? एक बार मैंने रूपाजी को बुलाकर पूछा कि मैं उनसे कैसे मिलूँ?...मुझे उनकी जरूरत सेज सजाने के लिए नहीं थी पर मैं न जाने क्यों अपराध-बोध से जकड़ी जा रही थी। वे राजी-खुशी मेरे पास न आते, मुझे कोई चिंता नहीं सताती पर वे विराजी थे। भीषण रूप से विराजी।

मैंने सोचा कि मुझे पूरी तरह धीरज धारण कर लेना चाहिये। नरवद जी ने विवाह कर लिया, वह भी मेरी सगी बहिन से।...सब कुछ जैसे खत्म हो गया। मेरा आत्मा-उपवन उजड़ गया।

मैं आज आपको उसका कारण बताती हूँ। स्वयं नरवदजी ने मुझे बताया था।

एकलिंग दीवाण महाराणा कुंभाजी के विश्वसनीय और स्वामिभक्त सरदार होने

के बाद भी नरवद जी उदास रहते थे। कुँवारे थे। चरित्रवान थे। चाहते थे तो अन्य सरदारों-सामंतों की तरह दो-पाँच पत्नियाँ रख सकते थे पर न जाने क्यों उन्होंने ऐसा नहीं किया। मेरे पूछने पर उन्होंने बताया, ''आप से ब्याह न होने के बाद मुझमें अत्यधिक हताशा आ गयी। आपके संग मैंने जो सपने सजाए थे, जो-जो सोचा था, जो योजनायें बनायी थीं, अनगिनत उत्तेजित क्षणों की रचना की थी। लेकिन यह—प्रतिष्ठा के हिसाब से जब आपके पिताजी ने यह विवाह-संबंध भंग किया तो मुझे बड़ा आघात लगा कि क्या संबंधों के नैतिक दायित्व इतने ही कच्चे होते हैं कि वे पद-प्रतिष्ठा जैसे अस्थाई तत्त्व के कारण तोड़ दिये जाएँ। मनुष्य की श्रेष्ठता क्या इन्हीं बातों से आँकी जाती है? राजपूती वचनों का उद्घोष क्या इतना खोखला होता है।...मेरे भीतर आपके प्रति प्रेम की भावना ने स्वतः जन्म लिया था। प्रयासहीन प्राप्त प्रेम ने मुझ में कुछ अलौकिक भावनाओं को जन्म दिया जो पूर्णतः आनंदमयी थीं। लेकिन जन सूत के धागे की तरह सब कुछ टूट गया, बिखर गया तो मुझमें गहरी उदासीनता ने जन्म ले लिया। ब्याह के प्रति मुझमें कोई लगाव, आकर्षण और मोह ही नहीं रहा। कई बार मैंने सोचा भी कि अब ब्याह नहीं करूँगा।...सुप्यारदे जी! आपको लेकर मुझमें जो उत्साह और आवेग था, वह समाप्त हो गया था। लेकिन मेरी उदासी राणाजी से नहीं सही गयी। वे उसे लेकर स्वयं परेशान होने लगे। बार-बार पूछते थे। कभी नाराज भी हो जाते थे। आखिर एक दिन मैंने उन्हें सब कुछ बता दिया। फिर क्या था। उन्होंने तुरंत साँखला ठाकुर अर्थात् आपके पिताजी को बुलाया। उन्हें कहा कि क्षत्रिय ने जो वचन दे दिया, उसे पूरा करना चाहिये। क्षत्रिय का वचन रेत पर लिखा आखर नहीं होता जिसे मिटा दिया जाए।

आपके पिताजी ने बताया कि उनसे भूल हो गयी।

''अब इसका प्रायश्चित करें। आपकी छोटी बेटी कुँवारी है। उसका ब्याह नरवद जी से कर दीजिए।'' राणाजी ने आदेश दिया।

मैं उन्हें मना करता रहा पर वे अड़ गये। उन्होंने कहा कि संतान के लिए लोग कई-कई शादियाँ कर लेते हैं और आप एक ब्याह भी नहीं करते?...निर्वंश प्राणी के तो तीनों लोक बिगड़ जाते हैं। उनकी गतिमुक्ति नहीं होती। वे बेसी गंभीर हो गये। उन्होंने फिर कहा, ''आप मेरे सबसे बड़े योद्धा हैं। मेरे कृपा-पात्र हैं। स्वामीभक्त हैं, आपको एकलिंग दीवाण कुंभा हुक्म देते हैं कि आपको साँखला की बेटी से ब्याह करना ही पड़ेगा।''

वे लाचार थे। उन्होंने ब्याह तो कर लिया पर वे मुझे नहीं भूल पाए। हालांकि नीहारदे से उनका पति-पत्नी का परंपरागत तालमेल बैठ गया था।

जो होना था, वह हो गया।

मैंने भी अंततोगत्वा धैर्य धारण कर लिया। कंवली ने बताया था कि नीहारदे जी ने उससे कहा था कि वह सुप्यारदेजी से अधिक भाग्यशाली है।...कंवली ने यह

भी बताया था कि नरवद जी ने दुखी मन से कहा था कि जब कभी आपकी बाई सा पर कोई संकट आये तो उन्हें याद अवश्य करें।

जो कुछ घटित होता है, अनायास घटित होता है, कल्पनातीत घटित होता है, उसे भाग्य ही कहा जाएगा। इसके लिए हम चंद ही शब्दों का प्रयोग कर सकते हैं।

मेरा भाग्य मेरे विरुद्ध था। जब भाग्य विरुद्ध होता है तो बसंत में भी फूल मुरझा जाते हैं। मदमस्त फागुनी हवायें भी ताप सी लगती हैं।

मेरे पति नरसिंह जी ने मेरे कक्ष में पधारना बंद कर दिया। कई बार अरज करायी, कोई सुनवायी नहीं। मैं चाहती थी कि वे एक बार आकर बात कर लें और सारी स्थितियाँ साफ कर लें मैं जानती थी कि वे एक बार मुझ पर दोषारोपण करके अपने क्रोध को प्रकट कर लेंगे फिर शांत हो जायेंगे।

लेकिन उन्होंने जैसे मेरी ओर झाँकने की भी कसम खा ली थी।

यह भी सच था कि सामान्य स्थिति में उनकी मेरे कक्ष में अनुपस्थिति मुझे अच्छी लगती थी। मुझे चैन मिलता था पर उनकी नाराजगी भरी अनुपस्थिति मुझे कौंचती रही। परेशान करती रही क्योंकि इसके पीछे लोग दबी जबान से तरह-तरह की उल्टी बातें बनाते थे।

मैंने कंवली से अपनी सासजी को सारी स्थिति समझा कर मिलने की अर्ज की। मेरी सासूजी दयालु, ममतामयी और धैर्यवान स्त्री थीं। मेरा बहुत लाड कोड करती थीं। उन्होंने मुझसे सारी बात समझी।

सास जी ने कुँवर जी को बुलाया। पूछा, "क्या बात है बेटा मुझे पता लगा है कि आप बींनणी सा के कक्ष में कई दिनों से नहीं जाते?"

"जो स्त्री मालजादी हो, छिनाल हो, उसके कक्ष में कोई भला जाएगा? मैंने उन्हें लाख बार मना किया कि ब्याह पर वे नरवद जी की आरती नहीं उतारेंगी यदि उन्होंने मेरे हुक्म का पालन नहीं किया तो परिणामं ठीक नहीं रहेगा? लेकिन उन्होंने मेरे हुक्म का पालन नहीं किया।"

"बेटा! यह कोई बहुत बड़ा अपराध तो नहीं है। जब उनकी बहिन का ब्याह छोटी सी बात के लिए रुकने लग गया तो बड़ी बहिन का धर्म नहीं बनता कि वह बाप की उछलती हुई पगड़ी की लाज बचाए। बेटा! इतना क्रोध और उपेक्षा अच्छी नहीं।"

"माँ सा! आप मुझे एक बात बतायेंगी। पत्नी के लिए पति की आज्ञा बड़ी है या कोई और।"

"पति की आज्ञा...।"

"फिर इन्होंने उसे क्यों नहीं माना? माँ सा! आप नहीं जानतीं, नरवद जी से इनका कुंवारेपने से प्रेम संबंध है।" कौमार्य खंडन की बात वे नहीं कह पाए

क्योंकि रक्त बहा था।

"बेटा! कोई भी क्षत्राणी अपने सत का सौदा बड़े से बड़े संकट में नहीं कर सकती। केवल क्षत्राणी ही क्यों, हर हिंदू नारी के लिए सतीत्व सबसे बड़ा धर्म है। सतीत्व की रक्षा के लिए कई हिंदू नारियों ने अपने प्राण गँवाए हैं।"

"माँ सा! आप नहीं जानती हैं कि ठाकुर नरवद जी ने कुँवर जीत सिंह सोलंकी से आरती उतारने के हठ के बारे में क्या कहा? नरवद जी ने कहा कि मैंने आरती उतारने का हठ इसलिए किया क्यों मुझे विश्वास था कि सुप्यारदेजी मेरी आरती अवश्य उतारेंगी। चाहे कुँवर नरसिंघ जी उसे कितना ही मना करें?...आप जानती हैं कि मेरे रोम-रोम आग सी जल उठी। फिर सती स्त्रियाँ उसे कहते हैं जो पति के संकेत को समझे। उसकी बात के मर्म को जाने, उसके हुक्म पर अपने प्राण दे दे। मैं उसे क्षमा नहीं कर सकता।"

मेरी सासूजी नहीं समझा पायी उन्हें।

लेकिन मैंने भी निश्चय कर लिया था कि मैं एक बार उनके आमने-सामने खड़ी होकर बातें करूँगी। स्पष्टीकरण के बिना मुझे चैन नहीं आ रहा था।

मैं तनावों से घिर गयी थी। मनुष्य की यह विचित्र स्थिति है कि वह असहायता में ईश्वर को पुकारता है, उस पर अपने तमाम संकट व समस्याओं के समाधान छोड़ देता है। फिर भी वह निरंतर प्रयासों में लगा रहता है। प्रयासों में लगे रहने का अर्थ तो यही हुआ न, कि उनका सर्वशक्तिमान और जगतनियंता ईश्वर पर पूर्ण विश्वास नहीं है। वह उसके सहारे सब कुछ छोड़कर निष्क्रिय क्यों नहीं बैठता? हालांकि मेरे मन में ईश्वर के अस्तित्व को लेकर 'है' या 'नहीं' का द्वंद्व चलता रहता था। फिर भी मैं कई बार उसे अपनी समस्याओं के समाधान हेतु प्रार्थनायें कर लेती थीं। मुझे अपनी इस दुर्बलता का पता नहीं था।

मेरे पति बीदावत जी का घृणा और अहंकार बढ़ता जा रहा था। वे रात को पराणपियारी के यहाँ पड़े रहते थे। ज्यादा पीने लगे। ज्यादा अमल खाने लगे। उन्हें विश्वास हो गया था कि नरवद जी के साथ मेरा गलत संबंध था। मैंने उनके साथ प्रेम किया। उनका स्पर्श व आलिंगन किया। पर वे कौमार्य की पवित्रता पर संदेह नहीं कर पाए। क्योंकि रक्तस्राव ने उन्हें यह विश्वास दिला दिया था कि मैं गंगा की तरह पवित्र हूँ। अपनी इस पराजय और अपमान का वे कोई बदला लेना चाहते थे।...भयंकर बदला।

उन दिनों रात को मुझे नींद कम आती थी। अँधकार में डूबी धरती और तारों से झिलमिलाते आकाश को मैं अपलक देखा करती थी—लंबे समय तक। कई तरह के ज्वार मुझमें उठते थे। मौन गहरा होता रहता था।

क्या करूँ? कोई निश्चय-निर्णय नहीं। मस्तिष्क में कोई चित्र भी नहीं उभरता था। मैं कई बार अपने मन को इस आपदा से उबारती थी पर जैसे कोई अनजानी

शक्ति आकर मुझे कुँवरजी को लेकर आक्रांत कर जाती थी। मैं अपने समक्ष बेचारी हो गयी थी। कई बार मैं इतनी भयाक्रांत हो जाती थी कि जैसे मुझे मेरी इस अवज्ञा के लिए डेरेवाले कौंच रहे हैं।

यह भी सच है कि मैं इस मानसिक ऊहापोह में नरवद जी को भी भूल गयी थी। जिस नरवदजी की स्मृतियाँ मेरे चारों ओर भंवरे की तरह गूँजती थीं वह मानों कुँवरजी के दिये गये मानसिक तनावों के कारण शून्य में विलीन हो गयी हों। क्या करूँ?

अंत में इस समस्या को सुलझाने के लिए मैंने एक निर्णय लिया जो नितांत हमारी मर्यादा के विरुद्ध था। जब मैंने कंवली को अपना निर्णय सुनाया तो वह सुन्न हो गयी। कुछ देर उससे बोला नहीं गया। टुकुर-टुकुर मुझे देखती रह गयी।

''क्या हुआ?''

''बाई सा! मैं कहती हूँ कि आपको भगवान ने किसी और ही मिट्टी से घड़ा है।''

''कैसे?''

''आप इन ठकुराणियों व कुँवराणियों की तरह क्यों नहीं रहतीं? क्यों अलग करती हैं, सोचती हैं, समझती हैं। यहाँ के हिसाब से सुख-शांति से यहाँ की सारी की सारी स्त्रियाँ हाड़-माँस के लोथड़े हैं। केवल पेट भरने और बच्चे पैदा करने के लिए जीती हैं। धीरे-धीरे ये लोथड़े टूटते जायेंगे और एक दिन ये खत्म हो जायेंगी।...'' पर मैं ऐसे नहीं जी सकती।'' मैंने अपने शब्दों पर जोर देकर कहा, ''मुझे आज भी लगता है कि मैंने नरवद जी की आरती उतार कर गलती नहीं की।...क्या बेटी का धर्म नहीं बनता कि वह अपने पिता की इज्जत की रक्षा करे। सारे गौरव के काम क्या पुरुषों के लिए हैं?...मैंने आरती भी तो उसी व्यक्ति की उतारी जो मेरा पूर्व मंगेतर था और फिर जीजा। उनसे हँसकर बोल लिया मजाक कर लिया वह क्या अपराध है। खैर, वे मुझसे जीवन भर न बोलें तो न बोलें। मेरे कक्ष में आयें चाहे न आयें। जीवन भर न आयें। लेकिन मैं एक बार उनसे स्पष्ट बातें करना चाहती हूँ। आखिर किसी के साथ अन्याय तो न हो।...इसके बाद यदि वे मेरा मुँह भी नहीं देखेंगे तो नहीं दिखाऊँगी। जो भी संकट और कष्ट होगा, उसे सहर्ष स्वीकार करूँगी।''

''लेकिन आपका पराणपियारी के यहाँ जाना, बिलकुल ठीक नहीं है। वह तो गिरी हुई स्त्री है। अपने सुखों के पीछे अपने सतीत्व को खराब कर रही है। एक तरह से वह वेश्या है।''

''और उपाय क्या है?'' मैंने हताश स्वर में कहा, ''एक बार अपने दोष की सफाई तो दे दूँ।...यदि इसके बाद भी वे मुझे माफ नहीं करेंगे तो मैं इस कक्ष में अपना शेष जीवन अकेली बीता लूँगी या फिर इस गवाक्ष से कूद कर आत्महत्या कर लूँगी। जब चारों ओर की आशायें टूट जाती हैं तो जीने में कोई भदरक (सार्थकता)

नहीं रहती। यदि जीवन से जोड़नेवाला कोई भी सूत्र न बचे तो इस जीवन को क्यों ढोया जाए।''

''मुझे यह पागलपन लगता है।'' कंवली ने बुझे स्वर में कहा, ''धीरज का फल मीठा होता है।''

''ओह!'' मैंने लगभग कराहते हुए कहा, ''धीरज, शांति और संतोष धारण करने का कोई आधार होना चाहिये। जब सब कुछ आधारहीन हो जाता है तब ये शब्द भी उसे सांत्वना नहीं दे सकते। कंवली! सुलह के सारे रास्ते बंद नजर आते हैं इसलिए मुझे इस ऊबड़-खाबड़ रास्ते को अपनाना पड़ेगा।...या तो सब खेल खत्म हो जायेंगे या फिर कोई नया खेल शुरू होगा।''

लेकिन वहाँ जाने के लिए और डेरे से बाहर निकलने के लिए कोई अनुकूल स्थिति होनी चाहिये। मुझे कोई बहाना नहीं मिल रहा था।

आखिर अवसर के बारे में सोचने लगी। मैंने सोमवार का व्रत रखना शुरू कर दिया। व्रत के कारण शिव मंदिर पूजा करने के लिए सुबह जाना पड़ता था। मैं दो सोमवार मंदिर जाकर वापस आ गयी। मेरे साथ कंवली रहती थी। मनूड़ी भी।

तीसरे सोमवार मैंने रथ को पराणपियारी के निवासस्थल से कुछ दूर रुकवा लिया। मैं अकेली ही उसके निवास की ओर चल पड़ी। उसकी ड्योढ़ी पर कोई पहरेदार नहीं था। केवल चार डाबड़ियाँ थीं जो अपने कामों में संलग्न थीं।

मैंने ड्योढ़ी में प्रवेश किया। एक डाबड़ी मुझे जानती थी। मैंने घूँघट निकाल रखा था। वह मुझे देखते ही घबरा गयी। ऊपर की ओर भागने लगी कि मैंने कठोर स्वर में उसे रोका, ''जैनूड़ी, रुक जाओ और सुनो।''

वह मेरे सामने हाथ जोड़कर सिर झुकाकर खड़ी हो गयी।

मैंने उससे पूछा, ''कुँवर जी ऊपर हैं।''

उसने स्वीकृति सूचक सिर हिला दिया।

मैं सीढ़ियों की ओर बढ़ी। उसने मुझे रोका, ''कुँवराणी जी! मैं जरा आपके आने की खबर दे आऊँ।''

''दे आओ।''

वह जल्दी-जल्दी लगभग सीढ़ियाँ फाँदती हुई ऊपर गयी। हाँफती हुई वापस आयी।

उसके पीछे-पीछे आग-बबूला हुए कुँवरजी आ गये। वे धुआँ-फुआँ हो रहे थे। आते ही ऐसे छिनक कर बोले जैसे गर्म तवे पर किसी ने पानी छिड़का हो, ''आप यहाँ? कैसे हिम्मत हुई आपकी।''

मैंने साहस नहीं छोड़ा। मैं संयत स्वर में बोली, ''जब आप बार-बार अरज करने पर भी नहीं आये तो मुझे बुलाने आना ही पड़ा।''

''आपको डेरे से बाहर आने का हुक्म किसने दिया।'' वे चीखे।

"शिवमंदिर दर्शन करने...।"

"झूठी, धोखेबाज...मक्कार।" उन्होंने मुझे तड़ातड़ पीटना शुरू कर दिया, "यह तेरा शिवमंदिर है...आज मैं तुझे तेरे छिनालपन का मज़ा चखाता हूँ।" और वे मुझे बर्बरता से लकड़ी से पीटने लगे। लकड़ी सूखी थी इसलिए वह टूट गयी। मैंने न उन्हें पीटने से रोका और न मैं रोयी-चिल्लायी। दाँतों को भींचकर प्रहारों को सहती रही।

पराणपियारी कदाचित नहा रही थी। वह जैसे-तैसे कपड़े बदलकर आयी और उन्होंने उन्हें हलका धक्का देकर दूर किया। फटकारने के स्वर में बोली, "अच्छे मर्द बने हैं आप, स्त्री पर हाथ उठा रहे हैं? लज्जा नहीं आती।"

"यह कुलटा है, छिनाल है, मालजादी है।"

पराणपियारी खायी-खेली स्त्री थी। उसने त्यौरियाँ चढ़ाकर किंचित संयत स्वर में कहा, "आप मर्दों के पास स्त्री को दबाने के ये ही हथियार हैं। उस पर छिनाल होने का आरोप लगाना और मारना-पीटना। सारी मर्दानगी आप इसी में दिखाते हैं।" उसने मेरे पास आकर विनीत स्वर में कहा, "आप डेरे पधारिये...ये आपसे मिलने आयेंगे? पधारिये।"

मैं अपने शरीर पर पिटाई की जलन और पीड़ा लेकर बाहर आ गयी। मुझे रोना आ गया। आँखें आँसुओं से भर गयीं। हालांकि मुझमें इतना साहस था कि मैं उनकी ईंट का जवाब पत्थर से दे सकती थी। पर मैंने संयम रखा।

कंवली ने मेरे अश्रु भरे चेहरे को देखा पर उसने कोई सवाल नहीं किया।

वह हमारे पीछे आ गयी।

मैं अपने कक्ष में आकर बड़ी देर तक रोती रही। कंवली ने जरा भी पूछताछ नहीं की। रोनी सूरत बनाए पानी का गिलास लिए खड़ी रही।

बड़ी कठिनता से उसने कहा, "बाई सा! पानी पी लीजिए।"

शायद पानी से गले में फँसा रोना नीचे चला जाता होगा।

मैंने पानी पिया।

थोड़ी देर के बाद रूपाजी आ गयीं। बोली, "कुँवराणी जी! आपको माँ सा बुला रही हैं।" फिर वह अपने स्वर को सहानुभूति से भिगोती हुई बोली, "ज्यादा चोटें तो नहीं लगीं। माँ सा को सारी घटना का पता चल गया है।"

मैंने उसे कोई उत्तर नहीं दिया। कपड़ों को व्यवस्थित करके मैं सासूजी के मालियें की ओर चली।

सासूजी अत्यंत ही गंभीर थीं। गंभीरता के साथ उनके चेहरे पर तनावजनित उदासी थी।

मैंने उनके चरण स्पर्श किए। घूँघट निकाले हुए मैं बैठ गयी।

उन्होंने शांति से पूछा, "ये सब इस खानदान में क्या हो रहा है?"

मैं उनसे नहीं बोलती थी लेकिन आज मैं उनसे बोल गयी।

मैंने रूपाजी से कहा, "चंद ऐसी बात होती हैं जो तीसरे कान तक नहीं जानी चाहियें।"

सासूजी ने रूपाजी से कहा कि वह बाहर जायें। वह चली गयी। सासूजी ने कहा, "आप पराणपियारी के यहाँ गयी थीं?"

"हाँ।" मैंने दीवार की ओर मुँह करके कहा, "मैं क्या करती? हजारों बार अरज करने के बाद भी वे मेरे कक्ष में नहीं पधारे। चाहे मुझे कोई प्रत्यक्ष में कुछ न कहे पर मेरे चरित्र को लेकर खुसर-फुसर तो होती ही है कि बींनणी सा ने कुँवर जी के हुक्म को नहीं माना और नरवद जी के साथ हँसी ठठ्ठा किया। इन दास-दासियों में हर बात में दो नयी बातें जोड़कर कहने की आदत है। यहाँ तक कि...?"

"लेकिन आप मंदिर का कहकर उधर क्यों गयीं?...यह तो एक तरह से कपट ही हुआ। विश्वासघात ही हुआ।"

"मैं आखिर करती क्या?" मैंने झल्लाकर कहा, "मैं कैसे झूठे दोषों को सहूँ। मैं अपनी कुलदेवी की सौगंध खाकर कहती हूँ कि मैं गंगा और अग्नि की तरह पवित्र हूँ।" मेरा गला अवरुद्ध हो गया। मैं भरे गले से बोली, "मुझे आज इन्होंने पीटा। जानवर की तरह पीटा। यदि पराणपियारी नहीं होती तो शायद लहूलुहान कर देते? मैं भी क्षत्राणी हूँ। उन्हें उनकी करतूत का जवाब दे सकती थी पर मैं बड़ा तमाशा नहीं करना चाहती थी।"

"बींनणी सा! मेरी यह बात मानिये। आपको धीरज रखनी चाहिये। मैं यह नहीं कहती कि कुँवरजी ने कोई चोखा काम किया है। बींनणी को मारना पाप है पर आपको भी उस समस्या से घबराकर इतना मर्यादाहीन नहीं होना चाहिये कि मंदिर का कहकर उस वेश्या के घर चली जायें।...यह तो एकदम गलत बात है।"

"मैं मानती हूँ पर उस वेश्या के घर में मेरे पति-परमेश्वर रहते हैं। मेरा विनम्र निवेदन है कि स्त्री कब और क्यूँ मर्यादाहीन कार्य करती है? जब मर्यादा के अंतर्गत आये न्याय के सब दरवाजे बंद हो जाते हैं तब जब किसी पत्नी का पति संशय स्वभाव के कारण संदेहों को भी सच समझने लगता है तब।"

उन्होंने मेरी बात का समर्थन किया, "आप सच कहती हैं पर यहाँ के मिनख इन तर्कों में नहीं जाते? चाहे मैं हूँ या आप?...हमें जीना तो उन्हीं की शर्तों पर पड़ेगा।...ये डेरे, ये जाली, झरोखेदार महल-मालियें, ये ऊँचे-ऊँचे बुर्ज, ये सब केवल स्त्रियों के लिए हैं। यहाँ के मिनख हर मर्यादा को लाँघ सकते हैं पर स्त्री हलकी लक्ष्मण-रेखा को भी नहीं लाँघ सकती।...उच्चकुल की गौरव-गरिमा के बोझ के तले दबी और मर्द से भयभीत यहाँ की स्त्री को अपनी मर्जी का कुछ भी करने का अधिकार नहीं है।...आप वाचाल मत होइये। शांत रहिये। समय सब घावों को भर देता है।...आप अपने गुस्से पर संयम रखिए मैं कुँवरजी को बुलाकर उन्हें समझा दूँगी।"

मैं उठकर चली आयी। सासूजी की बातों से सांत्वना तो थी लेकिन मुझे विश्वास नहीं हो रहा था कि मेरे पति अपना स्वभाव नम्र करेंगे, कोमल करेंगे और सच्चाई को जानेंगे। क्योंकि उनके मन में मेरे प्रति घृणा के कई साँप-बिच्छुओं ने जन्म ले लिया था। मैंने भी तय कर लिया था कि मैं उन्हें समझाऊँगी कि आप जिस तरह दूसरी स्त्रियों से अवैध संबंध स्थापित करके जिस आनंद की प्राप्ति करते हैं, क्या वह स्त्रियों के लिए निषेध है।...वे भी तो हर सुख प्राप्त कर सकती हैं। जब पति अनुकूल न हो तो?... वह उसकी प्रेम क्रीड़ाओं को कब तक अनिच्छा से सहेगी। वह पति की दासता के अत्याचारों को कब तक सहन करती रहेगी।

पता नहीं, सासूजी ने उन्हें क्या कहा कि वे मेरे कक्ष में पधारे। दीयों का हलका उजास था। उस समय आकाश साफ था।

मैंने उठकर उनके चरण छूये। उन्होंने मुझे लात मार दी। मैं दीवार से जा टकरायी। वे नशे में धुत्त थे। लड़खड़ा रहे थे। बोले, "अपने सतीपन का नाटक रहने दो।...मैं इस मालियें में तुम्हारे लिए नहीं आया हूँ कि मैंने आपको माफ कर दिया है। आपने मेरी आज्ञा को न मानकर इतना भयंकर अपराध किया है कि मैं आपको इस जन्म में क्या, सातों जन्मों में माफ नहीं करूँगा।"

"ऐसा तो मैंने कोई अपराध नहीं किया। बेटी का भी धर्म होता है कि वह अपने पिता की इज्जत रखे। आपने मेरे पिताजी को स्वीकृति भी दी थी कि वह आरती उतार सकती है। फिर मैंने अपने जीजा की आरती उतारी। इसमें ऐसा क्या है?" मेरे सिर के पिछले हिस्से पर चोट आयी थी, वह तो लंबे घने बाल होने के कारण बेसी नहीं आयी।

"जब आपको सख्त मना कर दिया फिर आपको विचारना चाहिये। आपको पता है कि हमारे यहाँ की स्त्रियों ने जब-जब हुक्म को नहीं माना, तब-तब वे संकट में फँसीं।"

मुझे गुस्सा सा आ गया। कहा न, बचपन से लेकर आज तक मैं अपने अंतस के विद्रोह के अंगारों को कभी भी पूरी तरह बुझा नहीं पायी। जरा भी उनकी तपिश मंदी पड़ी, फिर अन्याय और अत्याचार की हवाओं के कारण वे सुलग गये।

मैंने दीए के उजास में उनके कठोर चेहरे और नशे के कारण रक्तिम नेत्रों को देखा। फिर कहा, "मैंने आपके किसी भी हुक्म को नहीं टाला। यदि मैं आपके हुक्म और मर्जी के खिलाफ चलती तो आपको कभी भी अपने इस शरीर को हाथ नहीं लगाने देती। मैं कोई खरीदी हुई डाबड़ी नहीं हूँ। कोई वेश्या या रखैल नहीं हूँ। मैं आपकी पत्नी हूँ, फेरे खाकर इस घर में आयी हूँ। आपने सुहागरात से लेकर आज तक पति प्रेम के किसी भी कर्त्तव्य को निभाया है? मुझे वेश्या की तरह भोगा है, केवल भोगा है।"

उनके दोनों नेत्र मेरे इस कथन से अंगारों की भाँति दहक उठे। उनके हाथों

में ऐसा अकड़ाव आ गया जैसे वे प्रहार के लिए उन्हें तैयार कर रहे हैं।

मैंने उनकी कोई चिंता नहीं की। मैं पुनः बोली, ''ब्याह एक ऐसा संबंध है जो पति-पत्नी को इस तरह एक-दूसरे से एकाकार कर देती है जैसे आत्मा और शरीर। ब्याह दोनों के बीच सभी संबंधों का सूत्रपात करता है। घनिष्ठता, शांति, आमोद-प्रमोद और मित्रता के रिश्तों को जन्म देता है। उनके बीच इतनी सरलता रहती है कि आडंबर आता ही नहीं। लेकिन आपने तो मेरी भावना की एक-एक पंखुरी को नोच डाला।''

वे फिर फूहड़ की तरह बोले, ''क्यों न नोचूँ, आप नरवद जी से...।''

''मेरा नरवद जी से कोई भी अनैतिक संबंध नहीं था और न है। मैं उनकी मंगेतर थी और मैं मंगेतर की सारी मर्यादायें जानती थी। फिर वे अब मेरे जीजाजी बन गये हैं। मैं जीजाजी के संबंधों की मर्यादायें भी जानती हूँ। न जाने क्यों, आप सब मर्द-स्त्रियों को लेकर उनके सहज संबंधों में भी इतने भद्दे, अश्लील संबंधों की कल्पनायें करके, अपने को संदेह के उत्तेजित क्षणों में डालकर विचित्र स्थितियों को क्यों जीते हैं। लेकिन ऐसा कुछ भी नहीं होता।'' मैंने उन्हें हाथ जोड़कर फिर कहा, ''मुझ पर झूठा संदेह मत कीजिए।''

उन्होंने पलंग पर बैठकर सोचा। फिर उठकर सीधे शराब की बोतल से शराब के घूँट लिए और पलकें नचा कर कहा, ''मेरा संदेह पक्का होता जा रहा है। आप जैसी बातें करती हैं, वैसी तो वेश्याएँ और चालाक स्त्रियाँ ही कर सकती हैं। क्योंकि ऐसी चतुर स्त्रियाँ कभी भी सच नहीं बोलतीं। वे अपने को सती-सावित्री मनवाने के लिए कई किस्से बना लेती हैं। मेरे पास पक्की खबर है कि आप ब्याह के पहले भी नरवद जी से मिली थीं। आपको पता भी था कि मुझे नरवदजी और आपको लेकर संदेह है, फिर आपने मेरे लाख मना करने पर क्यों आरती उतारी। क्योंकि आपको उनसे प्रेम था और ब्याह के दौरान आप उनसे रात को मिली भी थीं।''

''वह तो मैं जीजाजी के नाते मिली थी। मेरी मामा व भुआ की बेटियों के साथ हँसी-मजाक कर रही थी।''

''हँसी-मजाक?'' उन्होंने व्यंग से कहा। फिर उन्होंने बड़ी निर्दयता से मेरे बालों की दोनों चोटियों को पकड़ कर खींचा। वे घृणा से बोले, ''तू उनसे रात को दो बार चोरी छुपे मिली थी। मेरी भी डाबड़ियाँ तेरे पीछे लगी हुई थीं।''

मैं चीखी, ''यह झूठ है, बिलकुल झूठ।''

उन्होंने मुझे फिर पीटना शुरू कर दिया। कंवली व मनूड़ी को उन्होंने पहले ही चले जाने को कह दिया था। मेरे सिर को दो-तीन बार दीवार से टकराया। फिर पलंग पर गिरा कर इतने मुक्के मारे कि मेरे मुँह से खून निकल आया।

वे स्वयं थोड़ा हाँफने लगे थे। बड़बड़ाने लगे, ''साली कुतिया, मुझे चीख-चिल्ला कर डराना चाहती है। यहाँ सती-साध्वी स्त्रियाँ चुप ही रहती हैं। किसी को अपने

पति से मुँहजोरी करते देखा है। उनका काम है—संतान पैदा करना।...यह भी कभी न भूलो कि मैं एक क्या आप जैसी कई स्त्रियाँ इस डेरे में ब्याह कर ला सकता हूँ। हमारे जैसे ठाकुर पुत्रों को स्त्रियों की कमी नहीं है।''

मैंने अपने संयम को नहीं खोया। शांत स्वर में बोली, ''यह कोई पुरुषों के लिए शान की बात नहीं है? कृष्ण की मर्यादा उनकी अपनी अकेली मानसिकता की मर्यादा थी पर राम की मर्यादा सार्वजनिक थी। इसलिए राम की मर्यादा ही श्रेष्ठ कहलायी। आपको यह मालूम होना चाहिये कि जहाँ-जहाँ नारी का शोषण, अपमान और अनादर हुआ है, जिन-जिन लोगों ने ऐसा किया है, वे नष्ट हो गये। आप यह भी जान लीजिए कि मैं दुर्बल नहीं हूँ। न जाने क्यों मेरे हाथ आप पर नहीं उठ रहे हैं?''

''मैं तुझे मार डालूँगा।'' कहकर वे दाँत पीसते हुए वहाँ से चले गये।

मैं पीड़ा से कसमसाती और कराहती पड़ी रही। अपनी पीड़ा और दुर्भाग्य पर मैं इतनी आत्मलीन हो गयी थी कि होंठ के एक कोने से जो खून की लकीर बही थी, उसे पोंछना ही भूल गयी।

नहीं सो पायी रात भर। जीवन का सारा उजास मिट गया और मेरे भीतर निराशा का अंधकार समा गया। सुनती आयी हूँ और मानना ही पड़ता है कि ईश्वर ही भाग्यनियंता है। शायद मेरे भाग्य में इसी चारदीवारी में घुट-घुट कर और प्रताड़ित होकर मरना है। मुक्ति की लड़ाई लड़ने की मेरी क्षमता का उपयोग करूँ या फिर मुर्दे की तरह हथियार डाल दूँ। अत्याचार सहने की शक्ति अपने में कब तक बनाए रखूँगी।

कथन है कि नींद मौत की सूली पर भी आ जाती है। मुझे कब नींद आयी, नहीं जानती।

भोर की पहली किरण ने जब मेरे कक्ष को छुआ तब कंवली और मनूड़ी आईं।

मैं भी प्रायः जल्दी उठ जाया करती थी। बाहर आकर अनंत आकाश और उसमें झिलमिलाते हुए तारों को देखती रहती थी। कई बार मैं बचपन में लौट जाती थी। तारों को गिनने लगती थी। गिनते-गिनते भूल जाती थी, फिर गिनने लगती थी।

मुझे धाय माँ की एक कहानी याद आती थी और उस पर हंसी भी आती थी।

एक दिन उसने कहानी सुनायी—

फौज में नगाड़ों,

बात में हुँकारों,

हुँकार दियो बात चोखी लागे, सूतोड़ो री पगड़ी, चोर ले भागे...तो हे कहानी सुननेवालों, हुँकारा बराबर देते रहना। बात इतनी पुरानी है...इतनी पुरानी है कि बरस

बताना कठिन है पर है बात सच्ची। तब आकाश बहुत नीचे था, इतना नीचे था कि हाथ चढ़कर हाथ ऊँचा करें तो छू जाए।

मैंने झट से पूछा, ''फिर तो मिनख-लुगाइयां छोटे-छोटे होते होंगे?''

''हाँ भाई, मिनख लुगाइयां छोटे होते थे। पशु-पक्षी पखेरू कीड़ों की तरह होते थे। तब मिनख लुगाइयां उँगलियाँ जितनी थीं। मेरी नानी की नानी ने बताया था और देखा भी था कि एक कूवे में से पानी निकालते समय पानी के साथ एक छोटा सा आदमी गाय दुहते हुए निकला था। गाय भी छोटी। तो पहले आदमी छोटा ही हुआ करता था।...तो मैं कह रही थी कि आकाश नीचा था और लोग कई बार पेड़ों या छतों पर चढ़कर तारों को छू लेते थे। आकाश को हाथ लगा देते थे। एक बार एक लुगाई 'जंगल' गयी। उसने हाथ न तो धोये और न रेत से माँझे। (जंगल का मतलब शौच करना। तब पानी के अभाव में रेत से हाथ माँझ लेते थे।)''...धाय माँ ने आगे कहा, ''उस निकम्मी लुगाई बिना हाथ धोये और माँझे खोखा (सूखी सांगरी) तोड़ने के लिए खेजड़े पर चढ़ गयी। उसने अपना अपवित्र हाथ पवित्र व पूजनीय आकाश के लगा दिया। फिर क्या था। आकाश तुरंत ऊँचा...ऊँचा, आज है जितना ऊँचा हो गया।''

लेकिन आज मैं चाहकर भी बचपन में नहीं लौट पायी। जीवन ने मेरी इच्छाओं व सपनों के प्रति जो बगावत की थी, वह असक्त होती जा रही थी। स्त्री के जीवन का जो कुछ अनुभव हो रहा था, वह त्रासद होता जा रहा था। स्त्री इस देश में कितनी दयनीय है। उसे अपने नारीत्व की गरिमा का कोई अभिमान नहीं, लेकिन पुरुष तो अपने पौरुष पर इतरा रहा है, खूब अभिमान कर रहा है। वह अपने पुराने पुण्यों व अपने प्रभुत्व को लगातार स्थापित करने के लिए कृत संकल्प है।

उस दिन मैं गहरी नींद में थी। कंवली ने मुझे जगाया। वह मेरे होंठ के कोने के नीचे जमे खून को दयार्द्र दृष्टि से देख रही थी। वह समझ गयी थी कि यह इनके पति-परमेश्वर का प्रसाद है।

उसने मूल प्रश्न से हटकर पूछा, ''आपने होंठ के नीचे...।''

''ओह!'' मैंने तड़प कर कहा, ''इच्छा होती है कि छत से कूद कर मर जाऊँ।''

कुँवरजी की दोनों डावड़ियाँ जंगल गयी हुई थीं। कंवली ने उन्हें देख लिया था। हालाँकि उन्होंने हुक्म दे दिया था कि वह और मनूड़ी यहाँ नहीं आयेंगी। लेकिन कंवली का मन मेरे बिना तड़प रहा था। बेचारी मेरे पास आ गयी।

इसी बीच उनकी डावड़ियाँ आ गयीं। उन्होंने कंवली को देखा तो सहम गयीं। कंवली वापस जाने लगी। तभी कुँवर जी आ गये। उन्होंने जैसे ही कंवली को देखा तो आपे से बाहर हो गये और उन्हें बुरी तरह पीटने लगे। वह जोर-जोर चिल्लायी, ''बचाओ-बचाओ...मत मारिए।...कुँवर जी मुझे मत मारिए...।''

''मालजादी राँड, क्यों ऊपर गयी थी। तेरी यह हिम्मत कि तू मेरे हुक्म को

न माने...। जा, फिर देख लिया तो जमीन में जिंदा गाड़ दूँगा।''

''खम्मा कुँवर जी खम्मा...।''

वह बेचारी रोती-बिलखती चली गयी। मैंने जाली में से यह पाशविक दृश्य देख लिया था। पता नहीं मुझे क्या सूझा कि मैंने पानी पीने का ताँबे का लोटा उठाया और उससे उनकी डावड़ियों को पीट-पीट कर दरवाजे तब ले आयी। वे चीखती-चिल्लाती रहीं। मैं उन्हें डाकण, नीच, कमीनी...कहती रही। फिर उन्हें धक्के मार कर पगोथियों (सीढ़ियों) से लुढ़का दिया।

वे लुढ़कती-लुढ़कती नीचे पहुँच गयीं और लहूलुहान हो गयीं। एक तो एकदम सोथ (अचेत) हो गयी। दूसरी कुछ बोलने का प्रयास कर रही थी पर वह बोल नहीं पायी।

कुँवरजी कुछ देर तक तो वास्तविक स्थिति को नहीं समझे। उन्होंने दूसरी को पूछा तो उसने बताया कि कुँवराणी जी ने हमें मार-मार कर लुढ़का दिया।

उन्होंने दीवान जी को आवाज लगायी और आदेश दिया कि इन दोनों को वैद्यजी को दिखायें, उपचार करायें।

फिर वे ऊपर आये। आते ही चिल्लाकर बोले, ''तुमने इन्हें पीटा क्यों? लुढ़काया क्यों?''

मैं उन दोनों का नाम नहीं जानती थी। वस्तुतः मुझे उनसे सख्त घृणा थी। उनके चेहरों पर शालीनता नाम की कोई चीज नहीं थी। डायनें लग रही थीं। हाँ, जब वे अतीव क्रोध में होते तो आप से तुम या तू के संबोधन पर आ जाते थे।

मैंने पूछा, ''आपने कंवली को क्यों मारा?''

''उसने मेरे हुक्म को क्यों नहीं माना।''

''इन दोनों ने भी मेरे हुक्म को नहीं माना।'' मैंने भी निर्भीकता से उत्तर दिया, ''एक बात और कहूँ कि इन दोनों को कह दो कि वे अपनी शक्लें दुबारा न दिखायें। इस बार मैं इन दोनों की शक्लें जला डालूँगी। मुझे उनसे घृणा है।''

''आप क्यों सिर के बल चल रही हैं।'' वे चिल्लाए।

''सिर के बल भूत-प्रेत चलते हैं।'' मैंने उन्हें उत्तर दिया, ''मनुष्य नहीं। मुझे मेरी दोनों डावड़ियाँ चाहियें। उन्हें आप मेरे पास आने-जाने के लिए मना नहीं कर सकते।''

''ज्यादा अकड़ दिखाई तो मैं उनके टुकड़े-टुकड़े करके चील-कौवों को खिला दूँगा।'' उन्होंने कठोर धमकी दी। ''यदि तुम उन्हें जीवित देखना चाहती हो तो अपना हठ छोड़ दो। मेरी इन दोनों डावड़ियों की यदि तुमने हत्या भी कर दी तो मुझे कोई फर्क नहीं पड़ेगा। ऐसी फिर दस-बीस डावड़ियाँ आ जायेंगी। यह भूमि बहुत भूखी-प्यासी है। इसके चप्पे-चप्पे में आदमी अनाज के बदले बिकते हैं। रोटी के दो टुकड़ों के बदले सारे दिन कड़कती धूप और ठिठुरती सर्दी में काम करते हैं। ऐसी भूमि

में डावड़ियों की कोई कमी नहीं है? लेकिन आपकी ये दासियाँ आपको फिर जीवित नहीं मिलेंगी। तरस जायेंगी आप इन्हें देखने के लिए क्योंकि मैं उन्हें जिंदा नहीं छोड़ूँगा।''

वे साँप की भाँति फुत्कारते हुए चले गये।

मैं चंद क्षण विमूढ़ सी खड़ी रही। शक्तिहीन हो गयी। फिर आकर अपने बिस्तर पर पड़ गयी। भटकी हुई ठंडी हवायें आ रही थीं। चादर पर मेरे रक्त की दो-चार बूँदें सूख गयी थीं। अपने शरीर के प्रति हो रहे अत्याचारों को मैं नहीं भुला पा रही थी। मानसिक और शारीरिक यंत्रणाओं के चुभते हुए भाले मुझे तड़पा रहे थे। पहली बार मेरे भीतर एक नयी बात ने जन्म लिया कि मुझे इन अत्याचारों और बंदिशों में घुट-घुट कर मरने से तो अच्छा है कि मैं अपनी मुक्ति का कोई उपाय सोचूँ? क्या नरवद जी को इन यातनाओं की खबर दूँ? उन्होंने कहा था–जब कष्ट में हो तो मुझे याद रखना।...इससे भयावह कष्ट और संकट क्या हो सकता है?

लेकिन अब वे मेरे जीजाजी हैं? नीहारदे के स्वामी। कहीं भावावेश और उत्तेजना में उन्होंने कोई ऐसा-वैसा कदम उठा लिया तो? नीहारदे क्या समझेगी? वह मुझे अपने सुहाग पर डाका डालने वाली कहेगी। पर क्यों कहेगी। मैं तो नरवद जी से पनाह मागूँगी और किसी एकांत में रहने की व्यवस्था चाहूँगी, जहाँ मैं अपना शेष जीवन सुख-शांति से बीता सकूँ।

× × ×

मैं इस विचार को लेकर कई दिनों तक आत्म-संघर्ष में झूलती रही। आखिर मैंने अपना विचार बदल दिया। यह दुस्साहस और खतरे का काम था। साथ ही इधर शांति थी। प्रशांत मौन मेरे कक्ष में पसर गया था। कंवली और मनूड़ी को मैंने अपने कक्ष में आना मना कर दिया था क्योंकि मैं अपनी जिद्द के कारण उनको नृशंस मृत्यु नहीं देना चाहती थी। नृशंस अकाल मृत्यु। मुझे विश्वास है कि कुँवर जी उनका कत्ल कर सकते हैं।

रूपाजी से सलाह करके मैंने दो डाबड़ियाँ रख लीं क्योंकि मेरी कोई भी हाथ से काम करने की आदत नहीं थी।

शांति इसलिए थी कि कुँवर जी महाराणा कुंभा जी के साथ लड़ाई में चले गये थे। जब-जब डेरे के पुरुष रणक्षेत्र में चले जाते थे तब-तब स्त्रियों को तनिक स्वतंत्रता मिल जाती थी क्योंकि तब सारी व्यवस्थायें दीवानजी, कामदारजी तथा अन्य नौकर-चाकर करते थे। ये लोग चालाक, कुटिल और मृदुभाषी होते थे और किसी भी ठकुराणी, कुँवराणी और बाई सा का विशेष काम करने पर बीच में रुपयों का गोलमाल करते थे और अपनी स्थिति सुदृढ़ करते थे।

रूपाजी भी कम चालाक नहीं थीं पर वह हर काम हँसके करती थीं। सबको राजी रखती थीं। मैं नहीं आँक पायी कि वह मुझ से वास्तव में सच्ची सहानुभूति रखती है या बनावटी, परंतु मुझे लगता था कि वह आपातस्थिति में मेरी मदद जरूर

करेंगी।

एक दिन वह दोपहर को आ गयी। आते ही नीचे बिछी पतली जाजम पर जरा पसर कर बोली, ''कामदार जी से छुट्टी लेकर आयी हूँ। उन्हें कह दिया कि मेरे माथे में दर्द हो रहा है।...यहाँ तो काम खत्म ही नहीं होता।''

मैंने भी हँस कर कहा, ''अब पाँव फैला कर सोओ।''

उसने झट से कहा, ''मुझे दिन में नींद नहीं आती?''

मैंने उसकी ओर गंभीर दृष्टि से देखकर पूछा, ''ये लड़ाइयाँ कब बंद होंगी? ये क्षत्रिय कब आपस में लड़ना बंद करेंगे? कभी इस पृथ्वी पर से लड़ाइयाँ बंद होंगी।''

''हमारे जीते जी तो नहीं। हम इस पृथ्वी पर कभी भी लड़ाई बंद होना नहीं देख सकतीं। कभी भी क्षत्रिय आपस में लड़ना बंद नहीं कर सकते। ये सबके सब आन-बान-शान पर मिटनेवाले लोग हैं न! प्राण भले ही चले जायें पर आन पर कीचड़ का छींटा भी नहीं पड़ना चाहिये।...एक बार मेरे काका सा युद्ध में गये। मरुस्थल में किसी ठिकाणे से हिसाब-किताब चुकता करना था। भयंकर नरसंहार किया। स्त्रियों व बच्चों तक को मार डाला। उसके बाद मेरे काका सा कभी युद्ध में गये ही नहीं। लेकिन जिन्हें शत्रु को मौत के घाट उतारने में आनंद आने लगता है, वे भला खून बहाने के प्रति क्यों ठंडे पड़ेंगे? अपने कुँवरजी है न, उन्हें युद्ध में आनंद आता है। वे शूरवीर हैं पर हठी भी। आपको मैं एक भेदभरी बात बताऊँ। उस दिन पराणपियारी ने आपको बचाया, उसके बाद कुँवर जी उससे नाराज हो गये। कई दिनों तक उस ओर गये ही नहीं। जब पराणपियारी ने यह धमकी दी कि वह वापस अपने पुराने ठिकाणे चली जाएगी तब कुँवर जी उसके पास गये। पराणपियारी का रूप रंग दिन प्रतिदिन निखरता जा रहा है।''

''आप ठीक कहती हैं रूपाजी। उसकी अपनी लड़ाई उनसे नहीं है। मुझे तो अपने अस्तित्व की लड़ाई लड़नी है। एक रखैल का बस इतना ही काम है कि वह अपने मालिक को राजी-खुशी रखे। उसके इशारों पर नाचे। उसकी कामासक्ति को संतुष्ट रखे। उसके काम की भद्दी, अप्राकृतिक, लज्जाजनक क्रीड़ाओं में साथ दे और उसके बदले वह खूब धन इकट्ठा करे ताकि जब वह बुड्ढी हो तो सुख-शांति से रहे पर एक पत्नी तो पति के संसार के बाहरी और भीतरी अस्तित्व की रक्षा करती है। उसमें पति से कुछ भी शरीर के बदले प्राप्त नहीं करना होता है। उसके संबंधों में धर्म, कर्त्तव्य और मर्यादायें जुड़ी रहती हैं। इसलिए मेरे जैसी विचारशील पत्नी अपने मन के विरोध पक्ष को कैसे मार सकती है?''

रूपाजी शायद मेरी इतनी गहन-गंभीर बात नहीं समझी हों, इसलिए वह प्रसंग बदल कर बोलीं, ''एक अकेले कुँवर जी नहीं, कई-कई बड़े लोग जब भी खाली होते हैं तो उनके सामने दासड़ी और मारुड़ी का राग ही बजता है। यहाँ वह स्त्री बहुत सुखी होती है जो उनकी इच्छा व हुक्मों पर चलती है। जो कुछ भी भले-बुरे के बारे में नहीं सोचती।''

मैंने उसे कोई उत्तर नहीं दिया। क्या उत्तर देती? मुझे मालूम पड़ा। नयी लड़ाई में नरवद जी घायल हो गये हैं। उन्हें कई घाव लगे हैं। उसी में मेरे पतिदेव थे। मैंने नरवद जी और अपने पति के जीवन के लिए शुभकामना की। जब पतिदेव लड़ाई से लौटे तो उनकी बायीं बाजू पर तलवार का घाव था। मैं स्वयं मानती हूँ कि वे शूरवीर थे। मैंने उनके लौटने पर उनसे प्रार्थना की कि वे मेरे कक्ष में पधारें पर उन्होंने साफ इंकार कर दिया। वे पराणपियारी के घर चले गये। ये मेरा घोर अपमान था। तब एक बार फिर ये निराधार बातें उभरीं कि कुँवरजी मेरे पास इसलिए नहीं आना चाहते क्योंकि मैं उनके साथ विश्वासघात भी कर सकती हूँ। उन्हें विष देकर मार भी सकती हूँ। बाद में मुझे मालूम हुआ कि यह संदेह उन्होंने अपने पिताजी को अकेले में व्यक्त किया था पर न जाने कैसे ये बातें एकदम स्पष्ट तो नहीं खुसर-पुसर के रूप में सर्वत्र फैल गयीं। मेरा शरीर ही नहीं, आत्मा तक दहक उठी। जबकि ईश्वर साक्षी है कि मैंने इतने अपमान और इतनी यातनायें सहने के बाद भी उनके लिए ऐसी घटिया बातें सोची हों तो? केवल अब एक मेरी सासू जी ही मेरे प्रति दयालु थीं। वही मुझे बार-बार कहती थीं कि बींनणी सा इस ठिकाणे में जिस तरह दूसरी स्त्रियां जीती हैं, उसी तरह आप भी जियें, जो मेरे लिए संभव नहीं था। कई बार सोचती थी कि मैं क्यों नहीं भेड़ों के साथ भेड़ हो जाऊँ पर मैं ऐसा नहीं कर सकी।

पराणपियारी की स्थिति एक रखैल से बेसी नहीं बन पायी, पर न जाने वह मेरे प्रति क्यों अपनत्व रखती थीं? कंवली मेरे पास रहने लगी थी क्योंकि उस घटना के बाद कोई भी दूसरी डावड़ी मेरे पास रहने को तैयार नहीं थी। कुँवरजी ने भी कोई हठ नहीं किया।

नीयति मेरी दुखद थी। भीषण अकेलेपन में मुझे रहना पड़ता था। आठों पहर जैसे कोल्हू के बैल की तरह एक दायरे में घूमना केवल। कंवली थी जो मेरी बात सुनती थी और वह अपनी सुनाती थी। हास-परिहास करना तो हम दोनों भूल गयी थीं। मनूड़ी थी जो जल्दी से जल्दी काम-काज निपटा कर कालू के पास भागना चाहती थी। वह बेटे की माँ हो गयी थी। बेटा अपने बाप पर नहीं गया। मनूड़ी पर उसकी आंखें थीं और बाप पर नाक। रंग माँ-बाप दोनों का जैसे मिलकर पैदा हुआ हो। गेंहुआ। उसका बेटा चंचल था। मैं उसे यदा-कदा खिलाती रहती थी, उसे गुदगुदा कर हँसाती रहती थी। मैं उससे अपना मन बहलाती थी और वह निगोड़ी ऐसी थी कि कालू के पास हरदम भागना चाहती थी। दोनों में अथाह प्रेम था।

एक बार मैंने उससे पूछा, "तुझे कालू के बिना कुछ भी चोखा नहीं लगता।"

उसने लज्जा कर कहा, "हाँ, नहीं लगता।"

"क्या मैं भी तुझको चोखी नहीं लगती...।"

वह भावावेश में झट से कह देती, "हाँ।" फिर जैसे सचेत होकर कहती, "नहीं बाई सा नहीं, आपसे चोखा कोई नहीं। आप तो इतनी चोखी हैं, इतनी चोखी हैं

कि देवी माँ की तरह आपके पाँव धो-धो कर पी जाऊँ। आपके बिना मुझे यह सुख कौन दिलाता?''

मुझे भी कई बार संतोष होता कि चलो, मैंने इसे तो अपना पूरा संसार दिया। संपूर्ण संसार की प्राप्ति वास्तव में इस पृथ्वी पर बिरलों को ही मिलती है। इस पूर्णता का कोई न कोई टुकड़ा टूट कर अपूर्णता का बोध कराता रहता है। लेकिन मैं तो एकदम निर्जन टापू की तरह थी जहाँ जो कुछ भी जीवन को जीने के लिए शेष था, वह भी खत्म हो रहा था।

ऐसी स्थिति में एक दिन कुँवरजी शिकार खेलने चले गये। उन्हें अपने किए शिकार का हिरण का माँस खाने की इच्छा थी। उनका घाव बिल्कुल ठीक हो गया था। ठाले कैसे बैठ रहें?

दोपहर के समय पराणपियारी ने कंवली को गुपचुप रूप से बुलाया। कंवली डेरे से बाहर जाने लगी तो ड्योढ़ीदार ने पूछा, ''कहाँ जा रही है डावड़ी?''

उसने मेरे कहने पर बाट (गेहूं का दलिया) में खांड मिला कर साथ ले लिया था। उसने कहा, ''मैं कीड़ीनगरे (जहाँ चींटियाँ निकलती हैं) को सींचने जा रही हूँ।''

''चोखो।''

वह पहले कीड़ीनगरे के स्थान पर गयी। वहाँ हजारों चींटियाँ फैली हुई थीं। एकदम थोथी जमीन थी और जहाँ-तहाँ छोटे-छोटे बिल थे। उसने वह सामग्री वहाँ बिखेर दी। फिर वह सावधानीपूर्वक धीरे से पराणपियारी के घर चली गयी थी।

दोपहर के समय चारों ओर निर्जनता फैली हुई थी। धरती की भाँति आकाश भी सूना था। कोई गिद्ध या चील उड़ रही थी।

कंवली ने पराणपियारी को खबर दी। उसने उसे बुलाया। कंवली ने आकर बताया, ''बाई सा! सच कहती हूँ कि पराणपियारी का जोबन झोला मारने लगा है। उसका रंग-रूप तो दमकने लगा है। उसने मुझे आदर से बिठाया। कहा—कंवली! मैंने तुम्हें इसलिए बुलाया है क्योंकि मैं तुम्हें साफ-साफ बताना चाहती हूँ कि कुँवरजी जो कुछ भी कर रहे हैं, उसमें मेरा कोई हाथ नहीं है। मैंने उन्हें कुछ भी पढ़ाया-लिखाया और सिखाया नहीं है। वे जो कुछ भी कर रहे हैं, अपनी मर्जी से कर रहे हैं। ...सोचो, कुँवराणी जी ने मेरा कुछ भी नहीं बिगाड़ा है। मेरी औकात भी ऐसी नहीं है कि मैं उनका कुछ भी बिगाड़ सकूँ। मैं तो रखैल हूँ। वह जिसके संग रहती है, उसकी कुछ नहीं लगती। उस पर उसका किसी भी तरह का कोई अधिकार नहीं रहता। जब तक मैं भोगने योग्य हूँ तब तक अपने स्वामी की आँख का तारा हूँ और जब नहीं रहूँगी तब खुजलायी कुतिया की तरह दूर कर दी जाऊँगी।'' उसने एक पल रुक कर फिर कहा, ''वे कुँवराणी जी से बहुत घृणा करते हैं। उनको कोई भयानक सबक सिखाना चाहते हैं। उन्हें कहना वे सावधान रहें।''

मैं सब कुछ सुनकर समझ नहीं पायी कि वे मुझे कौन सा भयानक सबक सिखाना चाहते हैं। इससे भयानक दुर्गति क्या मेरी हो सकती है?

सबक के बारे में मैं इतना ही समझ पायी कि वे मुझे केवल पीटने जैसी बर-बर यातनायें ही दे सकते हैं। पराणपियारी ने कंवली को यह भी बताया था कि जब कभी भी मैं उनके अनुकूल नहीं चलती हूँ, वे नाराज हो जाते हैं और गुस्से में थोड़ी मारपीट कर लेते हैं। ये कैसे पुरुष होते हैं जो बात-बात में क्रोधित होकर शारीरिक यातनायें देते हैं। शायद उनका अहम् यानी मर्दानगी इससे संतुष्ट होती होगी और उन्हें आनंद मिलता होगा। पशुवत व्यवहार यह भी दर्शाता है कि प्राणियों में पशुता अभी भी शेष है।

उस दिन रूपाजी ने आकर बताया, ''ठाकुर केसरीसिंह जी ने सबको बुला कर स्पष्ट कह दिया है कि वे एक-दो दिनों में मरने वाले हैं। अपने किसान बेटे को बुलाकर कई आदेश दिये, ''बेटा! मेरे मन के अनुसार तुम ही मेरे बेटे हो। मैंने जो कुछ धर्म के कार्य किए हैं, उन्हें किसी भी लोभ और दबाव में आकर मिटा मत देना। गोचरभूमि यथावत रखना। शस्त्र आत्मरक्षा के लिए उठाना। सदा किसान ही रहना। मैंने जो छतरियाँ बनायी हैं, उनकी देखभाल करना। दोनों छतरियों के बीच जो स्थान है, वहाँ मेरी छतरी बना देना।'' उन्होंने भावुक होकर कहा, ''दो दिनों से रात को सपने में झूमकी और चंदमुखी दोनों निरंतर दिखायी पड़ रही हैं। झूमकी तो बार-बार कह रही थी—मैं आपको उडीक (प्रतीक्षा) रही हूँ। लगता है कि एक-दो दिनों में मैं भी यह प्राण छोड़ दूँगा। यह मेरी आत्मा कह रही है।''

रूपाजी ने जो कहा, वह सच निकला। दूसरे दिन तो नहीं, तीसरे दिन केसरीसिंह जी का देहांत हो गया। मेरा और उनका परिवार युद्ध से लौट आया था।...बड़े ठाट-बाट से उनकी अर्थी निकाली गयी। दाह-संस्कार में चंदन और तुलसी की लकड़ियों का उपयोग किया गया।

युद्ध में जोधाजी की एक बार फिर पराजय हो गयी। चूँकि कुंभाजी ने नरवद जी को जोधा जी की हत्या के बदले मंडोर का राजा बनाने को कहा था, इसलिए नरवद जी अत्यंत ही निष्ठा और अपने संपूर्ण रण-कौशल से जोधा जी को परास्त करने के लिए जुट गये थे।

कई दिनों तक केसरी सिंह जी के यहाँ शोक छाया रहा। तेरहवें दिन सारे ठिकाणों की सारी जातियों को महाभोज कराया गया। जातियों के अनुसार अलग-अलग स्थानों पर भोजन की व्यवस्थायें थीं। हलुवा पूड़ी और दाल!

केसरी सिंह जी मेरे प्रेरणा स्रोत थे। कम से कम उन्होंने वैसा तो किया जो वे चाहते थे। तब एक बात और साफ होती है कि पुरुषों का विरोध-विद्रोह प्रायः सफल होता है, इस व्यवस्था में।

समय का पंछी उड़ता रहता है।

हम अभी एक शोक से उबरे ही थे कि ठाकुर सा के मौसी के लड़के का देहांत हो गया। उम्र तो उनकी काफी थी। यही अस्सी-पिच्चासी। पर ठाकुर सा और ठकुराणी जी को उनके गाँव जाना पड़ा।

मैं अब आपको बताना चाहती हूँ कि कुँवर जी ने क्या धमकी दी थी।

एक रात वे अचानक मेरे कक्ष में आ धमके। कंवली को उन्होंने जाने का आदेश दे दिया। वह पराधीन बेचारी क्या कर सकती थी? नीचा सिर करके चली गयी।

उन्होंने सीढ़ियों वाला और ऊपर वाला, दोनों दरवाजे बंद कर दिये थे।

उनके साथ एकदम जवान लड़की थी। जो सोलह-सत्रह साल की थी। उसके हाथों पर जेवरों के गोदने खुदे हुए थे। उसके ललाट, गाल और ठोड़ी पर गोदने की बिन्दियायें थीं।

मैंने उसे उजास में देखा। उसकी बड़ी-बड़ी कंजी आँखों में कामुकता भर रही थी। मैंने तुरंत समझ लिया कि यह कोई जरायमपेशा लड़की है जो तनिक भी लाज-शर्म और हिचकिचाहट नहीं रखती। वह बार-बार ऊपर के दाँतों से निचले होंठ दबा लेती थी। उसने घाघरा, ओढ़नी और कांचली पहन रखी थी। उस पर कुर्ती नहीं थी। इससे उसके कई अंग-अंग दिख रहे थे। वह अत्यंत ही मनचली लग रही थी।

उन्होंने दारू की बोतल निकाली।

मैं अभी चुपचाप देख रही थी। मुझमें कई तरह के प्रश्न उठ रहे थे। फिर मैंने कड़क कर पूछा, "इस दो कौड़ी की स्त्री को कहाँ से पकड़ लाये? इसे मेरे कक्ष में कैसे ले आये?"

उन्होंने दारू को दो गिलासों में डालकर उस छोकरी को एक गिलास दिया। फिर मेरी ओर जलती दृष्टि से देख कर घृणा से कहा, "तू कौन है मुझे पूछने वाली? यह कक्ष क्या तू अपने बाप से दहेज में लाई थी। इस पूरे गढ़ और ठिकाणे का होने वाला स्वामी मैं हूँ। मैं जिसे चाहूँ यहाँ ला-ले जा सकता हूँ।"

"लेकिन...।"

"लेकिन यह है कि मुझे तुझे सबक सिखाना जो है। कुलटा! देख, तेरी मैं क्या दुर्गत करता हूँ।" उन्होंने उस छोकरी को देखकर कहा, "फूलकी! अपने कपड़े उतार दो।"

उस निर्लज्ज और व्यभिचारिणी ने बिना झिझक के अपने सारे कपड़े उतार दिये। उन्होंने खिड़कियों व मुख्य दरवाजे के किवाड़ों को बंद कर लिया। मेरे सन्निकट आये और आँखें तरेर कर कहा, "तू भी अपने कपड़े उतार।"

"मैं कपड़े नहीं उतारूँगी। मैं कोई ऐरी-गैरी नहीं हूँ।"

"तू मेरे पाँवों की जूती है। उतार कपड़े।...नहीं उतारेगी?" उनकी आवाज में गुस्सा तड़पा।

"कभी नहीं।" मैंने उन्हें गरज कर दृढ़ता से कहा, "मेरे बदन को छूना नहीं...।"

"फूलकी! इसे पकड़ो तो।"

फूलकी मेरे सन्निकट आयी। मैंने उसे थप्पड़-घूँसे मारने शुरू कर दिये,

"चंडालिनी! तेरी यह हिम्मत? रांड तूने मुझ को छुआ तो तेरे हाथ काट डालूँगी।"

तभी मेरे पीछे से मेरे सिर पर कोई भारी चीज पड़ी। मैं लोथ हो गयी। एकदम अचेत।

मुझे काफी देर के बाद होश आया। मेरे शरीर पर कोई वस्त्र नहीं था। मेरे हाथ और पाँव बँधे हुए थे और वह आततायी, क्षमा करें मैं अपने पति परमेश्वर को आततायी लिख रही हूँ, उस व्यभिचारिणी को भोग रहा था। मैंने जोर से चिल्लाना शुरू किया तो वह मेरी छाती पर बैठ गया। गुर्राया, "चिल्लायी तो मालजादी की जीभ कटार से काट डालूँगा।"

मैंने सोचा कि इस दुष्ट का कोई भरोसा नहीं कि वह ऐसा न करे। वह जीभ काट सकता था। वह कुछ भी नृशंस और अमानवीय कर सकता है। चुप हो गयी मैं और उनकी घृणित केलिक्रीड़ाओं को देखती रही। मुझे अपने आप से घृणा सी होने लगी।

एक दिन उसने मेरी दायीं हथेली पर खाट का पाया। रख दिया और उस चुड़ैल से संभोगरत हो गये। विचित्र केलिक्रीडायें।

आखिर वे स्वयं थक-हार गये। मेरे तन पर पिटाई से कई चगदें उभर आये थे।

जब मेरे ससुरजी व सासूजी लौट जाए तब तुझे इन यंत्रणाओं व यातनाओं से त्राण मिला। मैंने रो-रोकर अपनी यातनाओं की बातें विगतवार सुनायीं। उनकी आँखें भर आईं। पीड़ा से या क्रोध से, मैं नहीं समझी।

उन्होंने कुँवरजी को बुलाकर लताड़ा। वे ढीठ और निर्लज्ज बने रहे। कहते रहे कि मालजादियों को ऐसे दंड भोगने पड़ते हैं। जो कर लिया उसे मैंने कर लिया। जो किया, वह ठीक किया। ऐसी छिनाल के लिए कोई दंड कम है। नरवद जी के साथ जो रंगरलियाँ मना सकती है, उस पर मैंने थूक दिया है।

मेरे शरीर में लायफलीते लग गये। मैंने भड़क कर कहा, "ऐसा झूठ नीच और अधर्मी ही बोल सकते हैं। वे लोग ऐसे झूठे आरोप लगा सकते हैं जिन्हें ईश्वर का कोई भय नहीं। दीनानाथ साक्षी हैं कि कौन खरा है और कौन खोटा। वही न्याय करेगा।"

मैं आज भी सोचती हूँ कि मेरे ये सारे वाक्य परंपराबद्ध थे। बासी थे। पर इनके सिवाय मेरे पास बोलने को कुछ था ही नहीं।

ये लोग स्त्री के बारे में कुछ भी बोल सकते हैं। मेरी सास भी उन्हें अधिक नहीं कह पायी क्योंकि वे जानती हैं कि नरसिंघ जी तुरंत मर्यादा का उल्लंघन करके उसका अपमान कर सकते हैं। पर मैंने निश्चय कर लिया था कि इस बार मैं सारी मर्यादाओं का उल्लंघन कर लूँगी। मैं नहीं सह पाऊँगी उनका और अत्याचार। हर चीज की सीमा होती है, उस सीमा का बार-बार उल्लंघन श्रेष्ठ नहीं हो सकता। मैंने जिस सत्य को जाना है, उस सत्य के लिए क्यों न लड़ाई लडूँ।

मेरे लिए कुँवरजी घृणित हो गये थे। उनको देखते ही मेरा मस्तिष्क शून्य हो जाता था। हृदय में घृणा जाग जाती थी। मृत्यु से मुझे भय था। मरने की कल्पनामात्र से मैं कायर हो जाती थी। सच कहती हूँ कि मैं जीना चाहती थी। जीने के प्रति मुझमें अथाह सम्मोह था। सभी कुछ तो अपूर्ण था मेरा। मेरे सपने, मेरी इच्छाएँ और मेरे कर्म सभी कुछ अधूरे थे। लेकिन मुझमें क्रोध और प्रतिशोध की अग्नि दहक रही थी। कभी-कभी लगता था कि मैं अग्नि हूँ।

मैं सोचती हूँ कि स्त्री को जो जबर्दस्ती नग्न करता है, दूसरों के समक्ष करता है, वह कैसे उस स्त्री का भला कर सकता है? वह स्त्री कैसे फिर अपनी पूर्व अस्मिता की स्थापना कर सकती है...नहीं, कभी नहीं।

फूलकी तो इन सभी बातों और हया से मुक्त थी। नग्न होना और नग्न होकर कुछ भी करना उसके लिए झिझक का काम नहीं था। उसके लिए पेशा था।

रूपाजी ने ही बताया था—यहाँ से दूर, पुराने खंडहर में कई दिनों पहले कुँवर जी और उनके मित्रों के सामने फूलकी ने नग्न-नृत्य किया था। नृत्य क्या, वह व्यर्थ के अपने अंगों को उत्तेजक झटके देती रही थी और वेश्या की तरह उनकी गोद में बैठ-बैठ कर रुपये छीनती रही थी।

ऐसी स्त्री के समक्ष उन्होंने मुझे कितनी मर्मांतक वेदनायें दी हैं। अपमानित किया है। मेरे शील, संकोच और सतीत्व की समस्त दीप्ति की परतें उघाड़ी हैं। मैं उन्हें कैसे क्षमा कर सकती हूँ। मैं अहिल्या की तरह पत्थर नहीं हो सकती। अहिल्या के साथ इन्द्र ने छद्मता से बलात्कार किया।...कहते हैं कि कभी इन्द्र व अहिल्या ने प्रेम भी किया था क्योंकि वह मेनका अप्सरा की पुत्री थी। अपनी ही अप्सरा की बेटी से बलात्कार करके इन्द्र ने महापाप और निम्नकोटि की नीचता की थी, लेकिन दंड अहिल्या को भी मिला। वह इस भयावह छल से शून्य हो गयी, पत्थर हो गयी।...लेकिन मैं पत्थर की नहीं होऊँगी।...पत्थर होकर अन्याय-अत्याचारों को सहन करना किसी सती स्त्री का धर्म हो सकता है। मेरी तरह विचारशील स्त्री का नहीं। चाहे कुँवरजी माने चाहे न माने, कितना ही संदेह करें पर मेरी आत्मा साक्षी है कि मेरा तन पवित्र है।

मनुष्य की बेहयाई की यह असीम सीमा थी। अपनी स्त्री को नग्न करके...। याद कर-करके मैं व्याकुल होती जा रही थी। मैं अग्निमय होती जा रही थी।

कंवली तो मेरी दुर्दशा और मुझ पर हुए अमानुषिक अत्याचारों से दग्ध हो रही थी। वह इतनी जल रही थी, भीतर ही भीतर, कि पीली पड़ गयी थी। कई बार लगता था कि उसकी साँसें हृदय से निकल कर आँखों में आकर अटक गयी हों। कई बार वह कुछ कहना चाहती थी पर उसका गला अवरुद्ध हो जाता था। मनूड़ी अपने और अपने घर-परिवार तथा अपने कर्त्तव्य के अलावा कुछ नहीं सोचती थी। बेचारी भोली थी।

दुख, अपमान और उपेक्षा।

मैंने अनुभव किया कि इस प्रकार की अप्रिय घटनाओं को भी यहाँ के लोग नमक-मिर्च लगा कर इधर-उधर फैलाते रहते हैं।

मैं नहीं जानती कि नरसिंघ जी किस मिट्‌टी के बने थे। वे किसी मानसिक रोग से पीड़ित थे या कामासिक्ति की अति के कारण, वे पर-पीड़क हो गये थे। दूसरों को दुख देने में उन्हें बेहद सुख मिलता था।

एक रात वे फिर नशे में धुत्त हुए आ धमके। मैंने कहा न कि मैं उनसे बेहद घृणा करने लगी थी। उन्हें देखते ही मेरे रोम-रोम में आग लग जाती थी।

उन्होंने मुझे बाँहों में भरना चाहा कि मैंने उनके हाथों को झटक दिया, ''खबरदार जो मुझे छुआ तो!''

''छू लूँगा तो तू क्या कर लेगी?''

मैंने तय कर लिया था कि आज कुछ निर्णय करूँगी। गरज कर बोली, ''आपके हाथ काट डालूँगी।''

''मालजादी-निठल्ली...।'' उन्होंने मुझे पीटना चाहा पर मैंने उनके हाथ मजबूती से पकड़ लिए। वे कुछ करते कि मैंने उन्हें जोर का धक्का दिया। वे पलंग पर गिर पड़े और दीवार पर टंगी तलवार लेकर उसे मैंने म्यान से निकाल ली, ''रक्तपात केवल आप नहीं, मैं भी कर सकती हूँ। अच्छा होगा कि आप पराणपियारी और उसी तरह की लंपट स्त्रियों की गोद में पड़े रहें। मुझे छूने की जरूरत न करें। सह लिया अन्याय और अत्याचार। अब नहीं सहूँगी। किसी भड़भुजे की बेटी नहीं हूँ। क्षत्राणी हूँ।''

वे मेरा रौद्र रूप देखकर स्तब्ध रह गये। कक्ष से बाहर निकलते हुए बोले, ''तेरी मौत नजदीक आ गयी है नीच रांड।'' वे चले गये।

कुँवरजी ने मेरे यहाँ आना एकदम बंद कर दिया और उनकी लपंटता पूर्ववत चल रही थी। उनको तो केवल एक अदद स्त्री चाहिये। उन्हें तो अपनी वासना को शांत करना था। कई बार कामुक लोग सही पात्र की भी जांच नहीं करते हैं। कितना गंदा, सड़ा हुआ और जूठनों से भरे पात्र से वे अपनी प्यास बुझा लेते हैं। पतित जन होते हैं ये।

लेकिन मेरे सहने की शक्ति समाप्त हो गयी थी। मुझे कोई रास्ता नहीं सूझ रहा था। निपट शून्यता थी मेरे चारों ओर। कैसे कोई पथ टटोलूँ? पर यह भी सच था कि आद्योपांत अपने जीवन का निरीक्षण करके, उसका सार यही निकलता कि मेरे लिए मृत्यु ही श्रेष्ठ है पर मृत्यु की सोचने भर से मुझे कई आवाजें सुनाई देतीं कि तुम्हें जीवित रहना है। मृत्यु किसी संघर्ष का सही अंत नहीं, किसी समस्या का सही समाधान नहीं। अपने जीवन के दुखद क्षणों के अंत के लिए तुम्हें कोई क्रांतिकारी और शक्तिशाली कदम उठाना चाहिये। यह भी सुगबुगाहट मुझे सुनायी पड़ रही थी कि वे मुझे कभी भी मार सकते हैं।

× × ×

मुझे लगने लगा कि कक्ष की दीवारें मेरी दुर्दशा पर कभी आँसू बहा रही थीं और कभी हँस रही थीं। कदाचित सोच रही थीं कि यह कैसी स्त्री है जो निरर्थक वस्तु की तरह यहाँ पड़ी हुई है। कई बार जब दीया बुझ जाता तो अँधेरा मुझे बहुत मनहूस और निर्दयी लगता था क्योंकि उसमें मैं अपने पर किए गये निर्मम अत्याचारों को याद करती थी। मेरे जबड़े खिंच जाते थे। शरीर में अकड़न सी आ जाती थी। कई तरह की परछाइयाँ मेरे चेहरे पर फिसलती रहती थीं। कौंचनेवाला असंतोष और सूखापन हृदय में समा जाता था।

अनायास अँधेरे को चीरता हुआ एक चेहरा उभरता था। धीरे-धीरे वह स्पष्ट होता था और मैं उसे पहचान लेती थी। यह वही चिर-परिचित चेहरा था—नरवद जी का।

मानों नरवद जी के नेत्र मुझे घूर रहे हैं। जैसे वे आह्वान कर रहे हैं कि अपने जन्म की मुक्ति का उपाय करो। सारहीन और अर्थहीन जीवन का कोई तात्पर्य नहीं। किसी की वासना का साधन बनकर प्रेमहीन संबंधों को जीना कोई जीना नहीं। यह तो समय बिताते हुए मृत्यु की प्रतीक्षा करना हुआ। किसी के अहंकार से पददलित होना भी निम्नकोटि की पराधीनता है। मुक्त हो सुप्यारदे, मुक्त हो।

सचमुच मैं इन दुखों से घिरे बंदी जीवन से मुक्त होना चाहती थी? मैं सच कहती हूँ कि इतनी ऊब चुकी थी कि एक-एक पल असह्य हो रहा था।

कई बार सारी रात सोचते-सोचते बीत जाती थी। एक पल भी नींद नहीं आती थी। इससे शरीर में टूटन और माथे में भारीपन आ जाता था। हाँ, रात होते ही मेरे कक्ष के प्रवेश द्वार बंद हो जाते थे।

× × ×

उस दिन दोपहर थी। सूर्य आकाश के बीचोंबीच चमक रहा था। धूप में काफी तपिश थी। तभी मुझे एक मनुष्य का क्रंदन सुनाई दिया।

मैंने उस ओर के गोखे से देखा तो पहलवाननुमा क्रूर कारिंदा दो किसानों पर तड़ातड़ कोड़े बरसा रहा था। वे नंगे बदन थे। एक चिथड़े से निचला शरीर ढंक रखा था। जैसे-जैसे कोड़ा और बेंत के प्रहार उन पर पड़ते, वे बंदर की तरह उछल-कूद कर रहे थे और जहाँ-जहाँ प्रहार होता था, उन जगहों पर उनके हाथ स्वतः ही चले जा रहे थे। वे "दया, भगवान, ओय, हाय...मर गये...छोड़ दीजिए...खम्मा..." आदि शब्दों को निरंतर बोल रहे थे। लेकिन प्रहार करने वालों पर उनकी चीखों व क्रंदन का कोई असर नहीं हो रहा था। वे तो यंत्रवत् प्रहार करते जा रहे थे।

जब वे अधमरे से होकर जलती जमीन और आग बरसाती धूप में तड़पते रहे, तब दीवानजी आये। उन्होंने उन्हें कैसे लताड़ा, मैं उनके वाक्य नहीं सुन पायी पर उनकी हिंस्र मुद्रा से उनकी अंतस की क्रूरता प्रकट हो रही थी।

शायद उन्होंने उनकी बातें मान ली हों, तभी उन्हें पानी पिलाया गया।

जब कंवली आयी तब मैंने पूछा, "इन गरीबों को ये क्यों मार रहे थे?"

"इन्होंने पिछली दीवार बनाने के लिए मना कर दिया था। वे बेगार करना नहीं चाहते थे क्योंकि इनके भी बूढ़े माँ-बाप और बाल-बच्चे हैं। उन्हें भी खाने को चाहिये।"

मैं आपको बता दूँ कि ये बड़े-बड़े किले, महल, मालियें, गढ़-डेरे, भोग-विलास के स्थल आदि मनुष्य की हड्डियों की नींवों पर बने हैं। केवल अनाज के बदले रात-दिन मेहनत...मेहनत...मेहनत। राजा-महाराजा के निष्ठुर लोग हजारों गाँववासियों को जानवरों की तरह घेर-घेर कर निर्माण स्थल पर लाते थे और उनसे पशुवत श्रम कराया जाता था। दूर-दूर से पानी को ढोकर लाना, बड़े-बड़े पत्थरों को उठाकर ले जाना, ईंटें ढोना, गारा ढोना...और जो भी थक जाता, उस पर निर्दयता से कोड़े बरसते थे। मनुष्य के श्रम के शोषण का इतना भयावह दृश्य मैंने नहीं देखा। कई लोग तो ढोते-ढोते लुढ़क कर मर जाते थे और उन्हें कुत्ते और बिल्लियों की तरह गिद्ध, कौवे, कुत्ते, बिल्लियाँ और चींटियाँ व कीड़े खा जाते थे। जो भी विरोध करता, उसकी दुर्दशा इन दो गरीबों की तरह होती थी।

कई बार मैं इतनी दुखी हो जाती थी कि मुझे लगता था कि मैं राक्षसों के बीच जी रही हूँ। उन लोगों के बीच जी रही हूँ जो अपने भोग-विलास के लिए मनुष्यों की बलि चढ़ाते हैं।

हृदय तिलमिलाता रहता था।

× × ×

लड़ाई फिर छिड़ गयी थी। राव चूंडा अपनी सेना लेकर इस बार राठौड़ों को पूर्णरूप से परास्त करके उनके वर्चस्व को सदा-सदा के लिए समाप्त करना चाहते थे। लेकिन जोधा जी ने भी अपनी सैन्य शक्ति को संगठित कर लिया था। वैसे जोधा ने अपना ठिकाणा 'काहूनी' को बना लिया था। रावत लूणा ने कुंभा जी के विरुद्ध जोधा को घोड़ों की सहायता नहीं दी। क्योंकि वह कुंभा जी से भयभीत था। इस लड़ाई में नरवद जी ने अद्‌भुत वीरता का प्रदर्शन किया पर वे जोधा जी को आहत करने में विफल रहे। इस बार नरवद जी भी घायल हो गये।

एक युद्ध बंद हो जाता था तो दूसरा शुरू हो जाता था। एक लड़ाई का अवसान होता तो दूसरी लड़ाई का उदय।

कहते हैं कि हंसाबाई जो रणमल राठौड़ जी की बहिन थी और कुंभा की माँ, जब उन्होंने अपने पीहरवालों की निरंतर पैरवी की, तो कुंभा जी ने उनसे कहा कि यदि जोधा मंडोर को जीत लेगा तो वह उसे पुनः अपने अधीन नहीं करेगा। यह समाचार 'डूला चारण' के साथ जोधा जी को भिजवाया गया।

जोधा जी में इससे उत्साह दुगुना हो गया। उन्होंने अपनी शक्ति का संचय करके अत्यंत कुशलतापूर्वक शीघ्र ही लड़ाई की घोषणा कर दी। तब कुंभा जी गुजरात और मालवा के सुल्तानों से भी लड़ रहे थे। ऐसी स्थिति में जोधा जी मंडोर पर अधिकार करने में सफल हो गये।

कुंभा जी को इस हार ने अत्यंत ही अपमानित और क्रुद्ध किया क्योंकि इस लड़ाई में चूंडा जी के पुत्र रावत कुंतल, मांजा, सूवा और हिगलू आहाड़ आदि कई लोग मारे गये थे।

नरवद जी फिर घायल हो गये पर उनके शौर्य का सूर्य और प्रखर हो गया। उनकी वीरता के डंके चारों ओर बजने लगे। लेकिन मुझे यह पक्की खबर नहीं मिली कि नरवद जी को कहाँ-कहाँ आघात लगे। उनके कहाँ-कहाँ घाव हुए।

यह संभव नहीं था। कौन समाचार देता। लेकिन मुझे उनके घायल होने की चिंता थी। मुझे कई बार लगता था कि यह मन कितना पापी है। मन की अशुद्धता और उसके भीतर की सच्चाइयों को कोई नहीं जान सकता। कई बार ऐसा नहीं होता कि हम बाहर से देवता हों और भीतर से दैत्य।

वह दिन जलते सूरज के क्रोध के कारण जैसे उबल रहा था। धूप से छाया तक गर्म थी। मैंने गवाक्ष के बाहर देखा। आसपास जैसे सन्नाटे पसरे हुए थे। मनूड़ी मुझे पंखे से हवा कर रही थी। मुझे तपिश का इतना तीव्र अहसास हुआ कि मैंने कंवली को गीला कपड़ा लाने को कहा। वह गीला कपड़ा लायी। मैं पलंग पर सो गयी। गीला कपड़ा मैंने अपने पर डाल लिया। उस समय मैंने कांचली और घाघरा पहन रखा था। वह भी सौलह कली का भारी नहीं, एकदम हलका घाघरा। इच्छा तो ऐसी हो रही थी कि विवस्त्र होकर अपने शरीर पर ठंडा पानी छिड़कती रहूँ। इधर के मौसम भी बहुत ही निठुर होते हैं। गर्मी में भयानक गर्म और सर्दी में भयानक ठंडे। बदलते भी देर नहीं लगती।

इस भयंकर गर्मी से छुटकारा भी बहुत ही जल्दी मिल गया। धूल भरी आँधी पूरब और उत्तरी कोनों से उठी। काली-पीली आँधी में ठंडापन था। धीरे-धीरे आँधी कम होती गयी और काले बादलों ने गर्जना शुरू कर दिया। बिजली भी कड़की। देखते-देखते वर्षा शुरू हो गयी। जोरदार वर्षा।

मैं, कंवली और मनूड़ी वर्षा में नहाने लगीं। उनके पास बदलने को वस्त्र नहीं थे पर वे नहाने का मोह नहीं छोड़ पायीं। कुर्ती और कांचली तो खोल दी और ओढ़नी को ओढ लिया।

अच्छी वर्षा हुई थी। वे दोनों गीले कपड़े ही पहने रहीं। रात को सब कामों से निवृत्त होकर मनूड़ी चली गयी और कंवली रह गयी।

एकांत। ठंडी हवायें। आकाश अब भी बादलों से भरा था। कभी-कभी जब बादल जरा भी छंट जाते थे तो तारे दिख जाते थे।

कंवली ने अँधेरे में मेरे चेहरे को देखने का प्रयास करते हुए कहा, ''बाई सा! यहाँ मुझे जीवन में सब सुख आपकी दया से प्राप्त हैं। भरपेट रोटियाँ भी मिलती हैं। कपड़े भी मिलते हैं। फिर भी मेरा जी अमूजता रहता है। घुटता रहता है। ऐसा क्यों?''

''क्योंकि हमें भीतर का सुख-संतोष नहीं है। जब मन खुश नहीं होता है तब

इस तन को कितना ही सुखी बना लो, हम सुखी नहीं होंगे।''

कंवली ने डरते हुए कहा, ''आप खम्मा करें तो मैं एक बात कहूँ।''

मैंने सहजता से कहा, ''कह न कंवली, तू तो मेरी पक्की भायली है। मुझे भरोसा है कि तू मेरा उम्र भर साथ निभायेगी। देख न, माँ-बाप, भाई-बहन, भायलियाँ, धाय माँ...सबके साथ छूट गये पर तू आज भी साथ है। बोल, क्या कहना चाहती है?''

''दो दिन पहले मुझे 'जंजाल' (सपना) आया था। बहुत खराब जंजाल...कहते हुए भी डर लगता है। अब भी सोच रही हूँ कि कहूँ या न कहूँ।''

''अरी बावली कह न?'' मैंने अपनेपन से कहा, ''डरने की कोई बात नहीं है।''

''मुझे जंजाल आया कि आपको कुँवरजी ने किसी बात पर बहुत पीटा फिर तलवार से आपका सिर धड़ से अलग कर दिया। खून से लथपथ आपकी नंगी धड़, सिर अलग। फटी हुई आँखें, टूटा हुआ एक कान थोड़ी दूर पर पड़ा था। मैं यह सब देखकर पागलों की तरह चीखते-चिल्लाती भागी—''ठकुराणी जी...ठकुराणी जी ...बाई सा को कुँवरजी ने मार डाला...मार डाला...।'' एकाएक मैंने किसी चीज से ठोकर खायी। मैं गिर पड़ी। मेरी आँखें खुल गयीं। मैं पसीना-पसीना हो गयी थी। उठकर पानी पिया। मैं उस रात फिर नहीं सो सकी।'' उस बेचारी का गला भर आया। बोली, ''बाई सा! कहीं मेरा जंजाल सच न हो जाए।''

''तो जंजाल आज नहीं तो कल सच होगा ही। इतनी पीड़ाओं, भयों और असुरक्षा में भला कोई बेसी दिन जी सकता है? मेरी मृत्यु निश्चित है। कुँवर जी ने मुझे धमकी भी मारने की दी है।''

''एक बात कहूँ।''

''कह।''

''नरवद जी को आप अपने हाल लिख कर क्यों नहीं भेजतीं? आपने मुझे बताया था कि उन्होंने एक बार कहा था कि कष्ट में याद करना।...इनसे बड़े क्या कष्ट होंगे?''

''तू ठीक कहती है पर न जाने मैं वह साहस क्यों नहीं जुटा पा रही हूँ। मैं निरंतर जिन तनावों में जी रही हूँ, उनसे तो मृत्यु भली किंतु मुझे जीवन से बड़ा मोह है।''

''आप लिख दीजिए। मैं उन्हें आपकी चिट्ठी दे आऊँगी।'' कंवली ने विश्वास से कहा।

''नहीं कंवली, मैं उन्हें चिट्ठी नहीं लिखूँगी। तू मेरी सारी बातें, दुख, अत्याचार उन्हें बता देना। अपने धणी को साथ ले जाना, फिर यहाँ वापस मत आना। यदि आ जाओगी तो तुझे और धणी को मरना पड़ेगा।''

''पर मैं आपको अकेली भी नहीं छोड़ सकती।''

"भाग्य बड़ा प्रबल होता है। मुझे भाग्य के भरोसे ही रहने दो। यहीं पर मुझे संतोष करना पड़ेगा। शायद ये शब्द इन्हीं विकट परिस्थितियों के लिए ही बने हों ताकि मनुष्य हर अच्छी-बुरी परिस्थितियों में अपने को आश्वस्त करता रहे, समझाता रहे। तू और तेरा धणी कल चले जाना। बहाना बना लेना कि मेरा भाई सख्त बीमार है।"

"मुझे बहुत डर लगता है बाई सा।" उसने मेरा हाथ बहुत मजबूती से पकड़ लिया।

"कंवली! मैं अपनी वास्तविकता को समझती हूँ। मैं पूर्ण होने के बाद भी अपूर्ण रहूँगी। मेरे अनुभवों का सच कहता है कि मेरी नीयति दुखों को सहते-सहते चुप हो जाना है।"

मैंने अँधेरे में उसको टटोलते हुए कहा, "मैं नरवद जी को अब भी चाहती हूँ। मैं इस भावना या सच्चाई पर नियंत्रण नहीं रख सकती। भले ही दूसरे इसे पाप कहें पर मैं अपने को पापिन नहीं समझती। पतिव्रता के जितने भी गुणगान गाये गये हैं, वे पुरुषों द्वारा गाये गये हैं और लिखे गये हैं। सावित्री और अनुसूया, इन पतिव्रताओं के चमत्कारी क्रियाकलाप भले ही अच्छे लगते हों पर ये ग्रंथ रचियताओं का स्त्री को युगों-युगों तक पुरुष के अधीन और नियंत्रण में रखने के मुझे षड्यंत्र मात्र लगते हैं। यदि ये देवियों का अस्तित्व है तो क्यों नहीं, इस पृथ्वी की स्त्रियों की दुर्दशा और शोषण के विरुद्ध चमत्कार करतीं।...मैं अब इस रौरव नरक में नहीं रह सकती। तू नरवद जी के पास जाकर मुझ पर हुए एक-एक पाशविक अत्याचारों को बताना।"

दूसरे दिन कंवली और उसका पति सेवतराम चल पड़े।

× × ×

मेरा छोटा देवर जीवट सिंह लड़ाई में सख्त घायल हो गया था। उसे ठिकाणे लाया गया था। उसका एक हाथ कट गया था और पीठ व जांघ पर तीन तीर लगे थे। उसकी दशा चिंताजनक थी। वैद्य जी अपने पूरे मनोयोग से चिकित्सा कर रहे थे। वह कभी चिहुंक जाता था, शेष वह लोथ ही रहता था। सासूजी का धैर्य खत्म हो गया था। वह बस आँसू ढलका रही थीं और देवी-देवताओं की मनौतियां कर रही थीं कि उसके पुत्र को जीवित रखें। वह कई बार इतना क्रंदन कर रही थी कि मुझे लगा यह वीरों की जननी नहीं हो सकती। मुझे पहली बार यह प्रतीत हुआ कि हर माँ पुत्र पर आयी विपता में एक सा रोती हैं, एक सी बिलखती हैं, एक सी दुखों के आँसू बहाती हैं।

जीवन-मृत्यु के संघर्ष में आखिर जीवन की धीरे-धीरे विजय होने लगी। मेरे देवर जी स्वस्थ होने लगे। वैसे परिवार के सारे सदस्य आ गये थे।

एक दिन कंवली का पति आ गया। उसने आकर बताया कि वह भी सबके सामने कि कंवली कुछ दिनों बाद आयेगी। उसकी माँ बीमार है।

फिर मुझे अकेले में बताया कि नरवद जी आ गये हैं। वे मंदिर के पिछवाड़े

खड़े हैं। उन्होंने आपके लिए मर्दों के कपड़े भेजे हैं। अभी छोटे कुंवर की घायल अवस्था के कारण कितने ही पुरुष-स्त्री आ-जा रहे हैं। आप भी निकल जाइए। मैं बाहर ही खड़ा हूँ।

तब साँझ ढल रही थी। गोचरभूमि से आने वाली गायों के गले की घंटियाँ बज रही थीं। पक्षी-पखेरू भी अपने घोंसलों की ओर जा रहे थे। डेरे में चहल-पहल थी।

मैं अपने कक्ष में आयी। नरवद जी ने इतनी शीघ्रता से बुलाया था कि मैं निर्णय पर पुनः विचार नहीं कर सकी। कपड़े बदल लिए। कंवली का पति बाहर खड़ा था। मैं छुप कर डेरे से बाहर निकल गयी।

हम दोनों छोटी पगडंडी से मंदिर के पीछे गये। नरवद जी एक सांडणी (ऊँटनी) लिये खड़े थे। मुझे उस पर बिठाया और भाग खड़े हुए। कंवली का पति नरवद जी को पूछता रहा कि मैं कैसे भागूँगा पर उन्होंने कोई उत्तर नहीं दिया। वह जोर-जोर से चिल्लाता रहा। शायद वह चीखता-चिल्लाता चुप हो गया होगा।

मुझे यह बिल्कुल अच्छा नहीं लगा। अपने ही व्यक्ति को मौत के मुँह में ढकेलना बहुत बड़ा विश्वासघात है। पाप है।

मैंने उन्हें कहा, "अरे इस कंवली के धणी को इस तरह क्यों छोड़ा? बेचारे को...।"

नरवद जी ने तमक कर कहा, "वह बेचारा धीरे-धीरे आ जायेगा। उसके लिए हम खतरा नहीं उठा सकते। आपके ससुराल वाले चुप थोड़े ही रहेंगे? हाथ पर हाथ धरे बैठे थोड़े ही रहेंगे?"

साँडणी तीव्रगति से भाग रही थी।

नरवद जी ने बीदावतों को रोकने के लिए बीच में अपने भतीजे को सैनिकों के साथ नियुक्त भी कर दिया था।

इस अपहरण कांड में नरवद जी का भतीजा आसकरण खेत रहा। बीदावतों व राठौड़ों को जन-हानि उठानी पड़ी पर बीदावत सीधा आक्रमण नरवद जी पर नहीं कर सके। वे नरवद जी की शक्ति से परिचित थे। कहावत है न, जिसकी लाठी उसकी भैंस।

कंवली ने अवसर मिलते ही पूछा, "मेरे वे कहाँ हैं? उन्हें आपने कहाँ छोड़ा?"

मैंने उदास होकर व्यथित स्वर में कहा, "कंवली! उस भागमभाग में वे कहीं बिछड़ गये।" मैंने उसे दुख व पीड़ा न देने के लिए झूठ कहा। क्योंकि मैं उसके मन में अपने को लेकर तनिक भी अविश्वास पैदा करना नहीं चाहती थी। मैंने उसे धैर्य देने के लिए पुनः कहा, "ईश्वर पर भरोसा रख। तेरा धणी लौट आयेगा। एक-दो दिनों में।"

पर उसका धणी नहीं लौटा। वह बेचारी प्रतीक्षा करती रही। वियोग के दिनों को गिनने के लिए अपनी कोठरी की दीवार पर हर रोज एक लकीर खींचने

लगी—कोयले से।

मैंने उसे आश्वस्त करने के लिए दो खोजी आदमियों को भेज दिया।

इधर इस अपहरण कांड ने सामंतों और उमरावों में असंतोष की आग फैला दी। वैसे वे व्यर्थ में नरवद जी से उलझना नहीं चाहते थे क्योंकि कोई भी व्यक्तिगत रूप से नरवद जी से शत्रुता मोल लेना नहीं चाहता था। किसी सामंत की विवाहिता को कोई भगा कर ले जाए, यह तो असह्य स्थिति थी। उनका मानना था कि यह तो हमारा परंपराओं और मर्यादाओं का खुल्लमखुल्ला उल्लंघन है, इज्जत पर डाका है, संस्कृति पर आघात है। इस अपमान का प्रतिकार तो होना ही चाहिये।

वे संगठित होकर राणा कुंभा जी के पास जाने की योजना बनाने लगे।

उधर मैं स्वयं भयंकर धर्मसंकट में पड़ गयी। नरवद जी के घर आ तो गयी पर वहाँ मेरी अपनी सगी बहिन नीहारदे ठकुराणी थी। गृह-स्वामिनी थी। उनकी पत्नी थी।

मैं सच कहती हूँ कि मेरी स्थिति यह बात सोचकर कि नरवद जी मेरी सगी बहिन के पति हैं, अपने को अपराधी और पापिन समझने लगी थी और एक चोर की तरह मेरे लिए नियुक्त कक्ष में बैठी थी। मेरा साहस उसके समक्ष जाने का नहीं हो रहा था। विचित्र सी वितृष्णा से मैं घिर गयी थी। सोच रही थी कि यहाँ आकर मैंने अच्छा नहीं किया। बहिन के सुहाग पर डाका? उसकी गृहस्थी की पटरी पर चलने वाली गाड़ी को नीचे उतार कर उसकी गति को रोकना।...यह सर्वथा अनुचित है। मैं अपनी आत्माग्नि में दहकने लगी।

नीहारदे सोच रही होगी कि मेरी ही 'माँ जाई' ने मुझे कुयें में धकेल दिया। अपने ही घर के उपवन को जंगल में बदल दिया। वह बचपन से ही गुस्सैल लड़की रही है। मुझसे घृणा करने वाली। मेरा सदा अहित सोचने वाली। कहीं कुछ कर बैठी तो? हे भगवान उसकी रक्षा करना। मेरे अपराध का दंड उसे कदापि मत देना।

नरवद जी भावी समस्याओं व संकटों के समाधान में लगे हुए थे। वे अपने सैनिकों को सचेत कर रहे थे। उनके पास काफी सैनिक, हथियार आदि थे। बहुत बड़े कुंभा जी के सरदार थे वे। अपनी स्थिति को इतना मजबूत कर रहे थे कि कोई उन्हें जरा भी हानि नहीं पहुँचा सके। उनका सोचना था कि सृष्टि में भलाई से कुछ भी नहीं होता, आज शक्ति से ही सब कुछ प्राप्त किया जा सकता है।

उनके और मेरे बीच में अब तक कोई विशेष संवाद नहीं हुए। उन्हें समय ही नहीं मिला।

तीसरे दिन वे दोपहर में आये। थके-हारे लग रहे थे। उन्होंने ठंडा पानी माँगा। डावड़ी पनकी ने 'पणीडे' में से ठंडा पानी लाकर दिया। ताँबे का लोटा था। उन्होंने चाँदी की छोटी सी डिबिया निकाली। उसमें से अमल का टुकड़ा निकाला। पानी के साथ उसे निगला। कुछ देर सुस्ताए।

पहला प्रश्न उन्होंने पूछा, "सुप्यारदे जी! आपको यहाँ आने का कोई पछतावा

तो नहीं हो रहा है।''

मैंने उनके चेहरे की ओर देखा। काफी गंभीर था। फिर मैंने पूछा, ''आपको कैसा अनुभव हो रहा है।''

उन्होंने अपनी मूँछों पर बल देकर कहा, ''मुझे कोई पछतावा नहीं हो रहा है। मेरी तो बरसों की साध पूरी हुई। सच कहता हूँ, आपके बिना यश, धन, वैभव और जीवन सब व्यर्थ लग रहे थे। जब-जब मैं एकांत में होता था तो आपके ही बारे में सोचता रहता था।''

कक्ष में हम दोनों ही थे। वे सामने की जाजम पर गाव तकिये के सहारे अर्धशायित थे। उनके बाल पीछे से कंधों को स्पर्श कर रहे थे।

उन्होंने मेरी ओर अपलक देखा। जैसे वे मुझसे मेरा उत्तर सुनना चाहते हों।

मैंने उँगलियों के थटकें निकालते हुए कहा, ''मुझे बहुत ही पछतावा है। क्या आप समझते हैं कि संस्कार इतनी जल्दी मिटाये जा सकते हैं। वे तो प्रेत होते हैं। पीछा छोड़ते ही नहीं। कितने ही विवेक से उन्हें दूर करो, वे फिर चिपक जाते हैं। नरवद जी! आखिर मैं ब्याहता हूँ। बीदावत नरसिंघ जी की पत्नी।...फिर किसके संग भाग कर आयी? अपने ही बहनोई के साथ। क्या आपको विश्वास है कि मेरी छोटी बहिन मुझे क्षमा कर देगी? वह मुझे एक सौत के रूप में सहन कर लेगी। आपको पता नहीं है कि वह मुझसे बचपन से घृणा करती आयी है। उसके मन में मेरे प्रति घृणा का एक पर्वत है।''

''मुझे इस बात का पता नहीं पर कोई भी बहन इतनी क्रूर नहीं हो सकती कि वह अपनी बहन के जीवन से खेल ले। जब मैं उन्हें विगत वार आपके दुखों और आप पर हुए अत्याचारों को सुनाऊँगा तो वह आपको क्षमा कर देगी।'' नरवद जी ने अपना हुक्का मँगवाया। उसको पीते हुए, धुआँ छोड़ते हुए कहा, ''फिर आप उनकी सौत कैसे हो गयीं? किसी दुखियारी कष्टप्रद स्त्री को आश्रय देने का मतलब यह तो नहीं है कि मैंने उसे कुछ बना लिया है। आप नरवद जी को नहीं समझ रही हैं। नरवद जी ने आपको प्रेम किया है, पत्नी के रूप में वे आपको ही चाहते थे, आप मेरी मंगेतर भी रही हैं, मैंने आपको लेकर जीवन के सारे सपने बुने थे। सच कहता हूँ कि इन लड़ाइयों में निरंतर नहीं लड़ता रहता तो मैं आपके ब्याह पर पागल हो जाता। भला हो, एकलिंग दीवाण राणा कुंभा जी का कि उन्होंने मुझे जोधा जी की हत्या का भार सौंप दिया वर्ना आपके बारे में सोच-सोच कर मैं अधमरा हो जाता। यह दारू और यह अमल आपके वियोग में ही शुरू हुए हैं। दारू दुख में भी मनुष्य पीता है और सुख में भी।''

वे अत्यंत ही भावनाशील और संवेदनशील हो गये थे। चेहरा भी मन की सच्चाइयों को पल-पल बताता रहता है। अभी वे योद्धा लग ही नहीं रहे थे। लग रहे थे प्रणयी। भावनाशील प्राणी।

मैंने उनकी पीड़ा को समझा। क्योंकि मैं स्वयं उन पीड़ाओं की भुक्तभोगी

थी। सच, प्रेम की पीड़ा अनंत होती है। अविस्मरणीय होते हैं प्रेम के क्षण। प्रेम ही प्रकृति के नजदीक पहुँचाता है।

उन्होंने मौन को भंग किया, ''सुप्यारदे जी! मैं आपको यहाँ ले आया। मुझे पक्की खबर है कि सारे राठौड़, सामंत और कुछ अन्य सामंत कुंभा जी के पास जा रहे हैं। वे इस मामले को उनके समक्ष रखेंगे। ध्यान से सुनिए।'' उन्होंने हुक्के के दो-चार कश लेकर फिर कहा, ''आप मेरे यहाँ किसी भी रूप में रहें, आप स्वतंत्र हैं पर आपको रहना मेरे पास ही है। आपकी इस घर में क्या पद-प्रतिष्ठा होगी, आप किस रूप में रहेंगी, यह आप पर निर्भर करता है। लेकिन यदि राणा जी आपको पूछें कि आप किसके साथ रहेंगी तो आपको कहना ही पड़ेगा कि मैं नरवद जी के साथ रहूँगी। मैं सब कुछ सहन कर लूँगा पर उस स्थिति में आपकी 'ना' को नहीं।''

मैं चुप रही।

''आपको वचन देना होगा।''

मैं उनके कलात्मक हुक्के को देख रही थी। वह सोने का था।

''आप बोलिए न?'' उन्होंने फिर कहा, ''मैंने आपको गुण-अवगुण देखे बिना ही कुंवारपन की पहली भेंट में ही स्वीकार कर लिया था। क्योंकि मैं आपके सौंदर्य के साथ-साथ आपकी शालीनता पर भी मुग्ध हुआ था। तभी मैंने प्रेम के बारे में जाना। हालाँकि मैं अब भी प्रेम की पूरी परिभाषा नहीं कर सकता पर उस प्रेम ने मुझे भावना के स्तर पर जो अनुभव दिये, वे तो संजो कर रखने लायक हैं।...आपको उन्हीं यादों की सौगंध है कि आपको मेरे पक्ष में ही निर्णय सुनाना पड़ेगा।''

थोड़ी देर मौन पसरा रहा। कक्ष इतना खुला-खुला था कि हवा के हिलोरें पल-पल आ रहे थे।

मैंने कुछ क्षण नयन मूँदे रखे। दीर्घ श्वाँस छोड़कर कहा, ''जो स्त्री किसी पराये पुरुष के साथ भाग कर आयी हो, उसका ससुराल और पीहर जाना क्या संभव है? आप समझते हैं कि उन दोनों परिवारों में उसका जीवन सुरक्षित रह सकता है। केवल संदेह के कारण जो व्यक्ति पिशाच की तरह अपनी पत्नी को यातनायें दे और उसकी लज्जा को दूसरे के सामने उघाड़े, वह उसे जिंदा जमीन में ही गाड़ सकता है या वह जिंदा जला सकता है। आप सब लोग पाषाणवत हैं। सारे धर्म-नियम, मान-मर्यादायें, कायदे-कानून, व्रत-उपवास, रीति-रिवाज सब कुछ तो स्त्रियों के लिए होते हैं। किसी पति को पत्नी की मंगलकामना करते देखा है, उसके जीवन के लिए व्रत-उपवास रखते देखा है...नहीं, ठाकुर सा नहीं। पति की आयु, उन्नति, प्रगति के लिए पत्नी ही तप करती है।...ऐसी स्थिति में मैं अपवित्र और चरित्रहीन पत्नी वहाँ जाकर अपने प्राणों को संकट में तो नहीं डाल सकती? स्त्री को केवल भोगने की वस्तु समझने वाले ये लोग मुझे कैसे जीवित रखेंगे? फिर मैं तो उनकी किसी भी संतान की माँ भी नहीं हूँ। अब तो दोनों परिवारों में मेरा अस्तित्व केवल कुलटा के रूप में ही रह गया है। एक कुलटा को इतने श्रेष्ठ व उच्च कुल के लोग कैसे और किस रूप

में स्वीकार कर सकते हैं? जिसकी मुझ पर नजर पड़ेगी, वह मेरी गर्दन धड़ से अलग कर देगा।''

नरवद जी मेरी बातों को सुन कर कुछ क्षणों के लिए निस्पंद हो गये। उनकी भाव-मुद्राओं से लग रहा था कि वे कुछ विचार-मंथन कर रहे हैं। शायद उनके घर की स्त्री भी यदि इस तरह की हरकत करती तो वह भी सम्मान नहीं पाती और वे तो परायी स्त्री को भगा कर लाये हैं।

''पर मेरी दृष्टि में आपका सम्मान यथावत है।...मैं आपको पवित्र स्त्री मानता हूँ और अपने प्राणों की रक्षा के लिए पति के घर का त्याग कोई पाप नहीं है। मैं आपको विश्वास दिलाता हूँ कि मैं कभी भी आपकी इच्छा के विरुद्ध कुछ भी नहीं करूँगा। प्रेम में त्याग सर्वोपरि है। प्रेम में आपसी स्वीकृति भी आवश्यक है। लेकिन कुंभा जी जब निर्णायक प्रश्न करें तब आपको मेरा ही पक्ष लेना है।'' उन्होंने मुझे स्पष्ट रूप से अपना मंतव्य बताया।

मैंने उन्हें स्वीकृति दे दी।

वे उठकर चले गये।

कंवली को मैंने पानी पिलाने के लिए कहा। पानी पीकर मैं जाजम पर गोल तकिये को सिर के नीचे देकर सो गयी।

कंवली बहुत उदास थी। उसके मुखड़े का तेज बुझ गया था। उसके ओंठों की हँसी मर गयी थी। जैसे-जैसे दिन बीतते जा रहे थे, वैसे-वैसे वह अपने पति के लिए बड़ी चिंतित होती जा रही थी। खोजी भी उसे ढूंढ़कर लौट आये। उन्हें भी उसके पति का कोई अता-पता नहीं मिला।

एक बार उसने बड़ा ही विचित्र प्रश्न किया। पूछा, ''बाई सा! मैं उन्हें जीवित समझूँ या मरा हुआ? अपने को सधवा मानूँ या विधवा।''

मैंने उसे प्यार से देखा। यह विचार मेरे मस्तिष्क में भी उभरा। कहीं बीदावतों के सैनिकों ने उसके पति को मार न दिया हो? उसकी लाश को किसी गहरे गड्ढे में न फेंक दिया हो जहाँ पशु-पक्षियों ने उसे चट करके खत्म कर दिया हो।

मैंने अपने इस विचार से इत्तर कहा, ''तेरा धणी जीवित है। हमारे खोजियों की निगाह से उसकी हडियाँ भी नहीं बच सकतीं। जब उनके मृत होने का कोई चिन्ह नहीं मिला है, इसलिए वह जीवित है और तू सधवा। पक्की सुहागिन। जिनके धणी परदेशों में खो जाते हैं या संन्यासी बन जाते हैं, वे तो सदा सुहागिनें रहती हैं।''

कंवली का मेरी बातों से अल्पकाल के लिए जी जमता था। उसे संतोष मिलता था। वह पति के जीवित होने की आशा के साथ अपने भीतर की शक्ति को संचय करती थी।

मैंने उसे अपना सिर दबाने के लिए कहा। वह बोली, ''आप कहें तो बालों में तेल डाल दूँ। मालिश कर दूँ।''

''नहीं कंवली, सिर में कंघी करने का ही मन नहीं करता। पीठी करके मेट

से नहाए कितने दिन हो गये हैं। शरीर पर चिपचिपाहट है। मैं जब नरवद जी के साथ भागी थी तब अव्यक्त उत्साह था। पर अब यहाँ आने से मन कई शंकाओं से घिर गया है।'' मैंने उसकी ओर देख कर पूछा, ''सच कहना कंवली, मैंने जो कुछ किया है, वह क्या अच्छा किया है?''

उसने जरा सा सिर उठाकर बुझे स्वर में कहा, ''बाई सा! मुझमें ऐसी बुद्धि कहाँ है कि मैं आपके किए हुए को अच्छा-बुरा बता सकूँ। मुझे तो बस इतना ही अच्छा लगा कि आपकी जान बच गयी। आप उस कमीनेपन से बच गये जो कुंवर जी दूसरी स्त्रियों के सामने करते थे।''

बात भी उसकी सही थी। उसमें मीमांसा करने की जरा भी क्षमता नहीं थी।

लेकिन मैं अपने भीतर के इस अच्छे-बुरे द्वंद्व से मुक्ति नहीं पा रही थी।

डावड़ी पनकी आयी। मेरे पाँव दबाती हुई वह बोली, ''खम्मा बाई सा!'' वह भी कंवली का अनुसरण करके मुझे बाई सा कहने लगी।

पनकी अत्यंत ही साधारण युवती थी। जोबन ने मानों उसके शरीर में प्रवेश ही नहीं किया था।

''बोल।''

''आज रीस न करे तो कुछ कहूँ।''

''कह।''

वह फुसफुसाती हुई बोली, ''हमारी ठकुराणी जी आप पर जलते तवे की तरह तमतमा रही है। कह रही है कि यह मेरी बहन नहीं, मेरा सरबनास करने वाली डायन है। डायन से भी यह गयी-गुजरी है। कम से कम डायन एक घर तो छोड़ देती है। ये सांखला के कुल की कन्या लगती ही नहीं।''

''और वहाँ कौन था?''

''ठाकुर सा।''

''उन्होंने कुछ कहा?''

''हाँ, उन्होंने उसे मना किया कि वे सुप्यारदे जी के बारे में ऐसे ओछे व अपशब्द न कहें। उनको अकल्याण की दुराशीष न दें। आप उन्हें एकदम गलत समझ रही हैं।''

निहारदे ठकुराणी जी ने कर्कशा स्त्री की तरह जमीन पर हाथ फेंक कर उग्रता से कहा, ''आप उस नीच की प्रशंसा कर रहे हैं जो सगी छोटी बहन की छाती पर मूँग दलने आ गयी है। अरे! इस तरह का नीच कुकृत्य करने से तो अच्छा था कि गढ़ के ऊपरी कंगूरे से कूद कर अपनी जान दे देती। कम से कम उसके और दो खानदानों के माथे पर कलंक का टीका तो नहीं लगता।''

''आप आवेश में क्या कह रही हैं, आपको मालूम नहीं है। आप अपनी बहन के प्रति बिना सच की तह में पहुँचे, आरोप पर आरोप लगाती जा रही हैं। आप पहले मेरी बात सुनिए। उनके यहाँ आने के कारणों को जानिए। आखिर उन्होंने

आश्रय लिया है तो अपने बहनोई के यहाँ ही। आपत्तिकाल में उनका हक भी बनता है कि वे किसी अपने के घर आश्रय लें और मेरे जैसे योद्धा का कर्त्तव्य भी बनता है कि मैं उन्हें यातनाओं के नरक से बाहर निकालूं। कम से कम आपको उनसे मिल कर सारी सच्चाई को सुनना चाहिये।''

वह चीख कर बोली, ''मैं उस दुष्टा का मुँह भी देखना नहीं चाहती।''

''फिर आप अपनी मूर्खताओं की पीड़ायें भोगिये।'' नरवद जी गुस्से में उठ गये।

वहाँ से वे दानखाने में चले गये।

मैंने पनकी की ओर गौर से देखा। उसका चेहरा निस्तेज था लेकिन उसके नयनों में प्रबुद्धता की दहक थी।

मैंने उसके हाथ पर हाथ रख कर गहरे अपनेपन से पूछा, ''एक बात सच-सच बताना। क्या तूने किसी दास के यहाँ जन्म लिया है। तेरी भाषा और तेरे बर्ताव-व्यवहार में आभिजात्यता टपकती है।''

उसने सिर झुका कर कहा, ''बाई सा! मैं एक वेदांती ब्राह्मण की बेटी हूँ। एक बार नरवद जी के सैनिक एक गाँव में लूट-खसोट कर रहे थे। वहाँ के लोगों के परिवारों की हत्यायें करके खून की नदियाँ बहा रहे थे, उनमें मेरे परिवार के सारे लोग मारे गये। मुझे ये लोग उठा कर यहाँ ले आये। यह पांच वर्ष पहले की बात है। चूंकि मैं न तो सुंदर थी और ऊपर से ब्राह्मण कन्या, इसलिए मुझे कोई अपवित्र नहीं कर पाया। मैंने पाया है कि क्षत्रिय ब्राह्मणों को भिक्षावृत्ति वाला भले ही समझें पर वे उनके संग ऐसा कोई भी व्यवहार समझदारी में करना नहीं चाहते जो पाप की श्रेणी में आता है। इस भय से वे मुक्त नहीं हैं।''

मैंने प्रश्न किया, ''क्षत्रिय गौ-ब्राह्मण पालक होता है। फिर उन्होंने आपके परिवार का नर-संहार क्यों किया?''

''क्योंकि वे उन्मादित हो गये थे। हत्या करने का उन्माद मनुष्य को अंधा कर देता है। इसलिए मेरे पिताजी ने यह नहीं कहा कि वे ब्राह्मण हैं बल्कि वे धर्मोपदेशक की तरह ऊँचे स्वर में बोले, ''ओ मूर्खों! तुम क्यों निर्दोष व्यक्तियों का खून बहा रहे हो? ये लोग न सैनिक हैं और न रजवाड़ों के लोग। ये तो बेचारे पेट की लड़ाई लड़ने वाले दुखीजन हैं। दरिद्र और असहाय। ये सब तो दुखों की संतान हैं। इन पर दया करो। ओ दुष्टों! तुम्हें ईश्वर ने शक्तिशाली इसलिए नहीं बनाया है कि तुम दुर्बलों पर अत्याचार करो। ओ युद्ध पिपासुओं! ईश्वर के न्याय से डरो। ओ पापियों! यह न भूलो कि मृत्यु तुम्हारी तलवारों, भालों और तीरों से डर जायेगी और तुम्हें नहीं ग्रसेगी?''

वे ईश्वर के नाम की दुहाई देते रहे और उन्होंने मुझे छोड़कर सबको मार डाला।

बस यही मेरी व्यथा-कथा है।

मैंने पनकी से कहा, ''मैं तुझे कंवली की तरह छोटी बहिन के समान समझूँगी।''

कई बार उनसे मिलने की अर्ज करायी। पर उन्होंने मेरी अरज पर गालियाँ ही बरसायीं। तब मैंने भी निश्चय कर लिया था कि मैं नीहारदे जी से स्वयं जाकर नहीं मिलूँगी। मैं नीहारदे द्वारा किया कोई अनादर नहीं सह पाऊँगी।...वह यदि मेरा मुँह देखना नहीं चाहती तो मैं क्यों देखूँ? उसके बिना भी मैं हर समस्या का सामना कर लूँगी।

मैं आज भी सोचती हूँ कि यह शरीर नश्वर है। नितांत पार्थिव। लेकिन इस सृष्टि के हर सुख-दुख, घात-प्रतिघात, मान-अपमान, सब कुछ तो यह शरीर ही सहता है। आत्मा तो कभी अपवित्र नहीं होती। अपवित्र होता है यह शरीर। यह शरीर ही संपूर्ण गतिविधियों का उद्‍गम है।

मेरा यह अनुपम सौंदर्य से दीप्त शरीर ही तो था जिसने नरवद जी के मन में प्रेमांकुर पैदा किया था। यदि यह शरीर सुंदर नहीं होता, गोरा-चिट्टा नहीं होता, मेरे अंगों से कामुकता नहीं टपकती तो क्या यह संभव था कि नरवद जी मुझसे प्रेम करते? प्रथम दृष्टि प्रेम। मैं विश्वासपूर्वक कहती हूँ कि नारी का रूपाकर्षण ही प्रथम दृष्टि के प्रेम का सूत्राधार है। काली-कलूटी और दृष्टि को अप्रिय लगने वाली कोई नारी किसी को आकर्षित करके प्रेम भाव नहीं जगा सकती। यह मेरे अनुभवजनित सत्य हैं क्योंकि हमारे ही सामंती समाज की कई कुरूप-कन्यायें सारी उम्र कुंवारी बैठी रहती हैं।

उस दिन नरवद जी ने आकर बताया, ''सुप्यारदे जी! अनेक सामंतों के अनुरोध पर महाराणा जी पंचायत दरबार लगाने जा रहे हैं। वहाँ वे सबके बयानों को सुनेंगे। फिर अपना निर्णय सुनायेंगे।...सारा दारोमदार आपकी स्वीकृति-अस्वीकृति पर ही निर्भर करेगा। मेरी इज्जत आपके हाथ है।''

मैंने उनकी ओर देखकर विश्वासपूर्वक कहा, ''मेरा बयान आपके ही पक्ष में रहेगा।''

वे भी मुझे देख रहे थे। उनकी आँखों में चाहत थी। याचना की झलक सी नजर आयी। पहली भेंट में मैंने उनकी आँखों में प्रेम की जो अनंत अतृप्ति देखी थी, वैसी ही अतृप्ति मुझे अभी भी दिखायी दी।

मुझे मालूम था कि नरवद जी ने नीहारदे जी के पास जाना लगभग छोड़ दिया है। पनकी ही बता रही थी कि नीहारदे जी तीन-तीन संतानें उत्पन्न करने के बाद एकदम ढीली-ढाली हो गयी है। उसके सारे अंग लिचपिचे हो गये हैं। आँखों के नीचे काली झांइयाँ पड़ गयी हैं। शरीर की खेती जल्दी-जल्दी की क्योंकि जमीन और शरीर एक ही वस्तु के दो रूप हैं। क्या यह सच है कि नारी का रूप और यौवन तब तक रहता है जब तक वह संतान पैदा नहीं करती? सृष्टि करने के बाद उसके रूप की अवधि क्या समाप्त हो जाती है?

कई बार लगता है कि यह सच है।

मुझे उन्होंने एकदम चुप देख कर कहा, ''क्या बात है कि आप इतनी चुप हैं?''

''नरवद जी! मैं अपने इस द्वंद्व से मुक्ति नहीं पा रही हूँ कि मैंने जो कुछ किया, वही सही है या गलत।''

नरवद जी ने दासी से हुक्का मँगवा लिया था। उसका कश लेकर उन्होंने कहा, ''जो हो गया, उसके लिए पछतावा करना व्यर्थ है। मनुष्य कुछ भी करता है, वह अच्छा हो या बुरा, उसके पीछे कोई न कोई ठोस कारण होता है। इस कारण संवेदनशील पहलुओं के बारे में सोच कर सुख-दुख करना चाहिये। यह विद्वानों की बात है कि सृष्टि का एक-एक कण निरंतर नये-नये रूपों में प्रकट होता है। विकास की यह प्रक्रिया निरंतर रहती है। आप मेरे पास आयीं, इसके पीछे कारण हैं, किसी परिवर्तन के संकेत हैं। अब मनुष्य अपने विवेक से इस परिवर्तन को और सुंदर व सार्थक बना सकता है। मैं आप पर किसी तरह का कोई दबाव नहीं डालूँगा और न ही आपको किसी भी स्वेच्छा की पूर्ति और काम के लिए बाध्य करूँगा। आप स्वतंत्र हैं, निर्णय लेने के लिए। लेकिन उस निर्णय में आपको इस बात का ध्यान रखना होगा कि नरवद जी ने इतना बड़ा खतरा किसलिए लिया है। वे हठात् उठ गये और बोले, ''केवल इसलिए कि वे आपको प्रेम करते हैं, वे आपको अपनी पूर्णता समझते हैं। कटु सत्य मधुर झूठ से अधिक सुंदर होता है।''

वे बाहर चले गये। प्रशांत मौन पसर गया। ऐसा लगा कि हर पल थम गया हो।

कितनी विकट स्थितियाँ। मैं समझ नहीं पा रही थी कि मैं क्या करूँ? आखिर मैं यहाँ आयी ही क्यों?...आने के पीछे मेरी मनसा अवश्य नरवद जी को पाने की रही होगी। वर्ना मैं अपने दुख-दर्द की जानकारियाँ अपने माता-पिता या भाई को भी भेज सकती थी? केवल नरवद जी को ही क्यों दी?...यह प्रश्न मुझे ही कौंचने लगा।

सच कहती हूँ कि मैं किसी तरह का कोई भी निर्णय करने की स्थति में नहीं थी।

अनुचित कार्य करने वाले की आत्मा कमजोर जरूर हो जाती है।

नरवद जी भी कुंभा जी से मिले नहीं। कुछ भय लग रहा होगा उन्हें।

लेकिन जब कुंभा जी का बुलावा आया, तब वे मुझे लेकर कुंभा जी के दरबार में गये। मुझे भी वहाँ बुलाया गया था।

हम लोग पूरी सुरक्षा के घेरे में चित्तौड़ पहुँचे।

× × ×

हम लोग पंचायती दरबार लगने के एक दिन पहले पहुँचे थे। मुझे रनिवास में ठहरा दिया गया। मेरे रहने-खाने की व्यवस्थायें अच्छी थीं पर मैं रनिवास की स्त्रियों के लिए आश्चर्य की वस्तु भी थी। मुझे डावड़ियों के अलावा कई रानियाँ भी देखने

आयीं। शायद वे यह जानना चाहती हों कि यह कैसी क्षत्राणी है जो अपने पति को त्याग कर पराये पुरुष के साथ भाग आयी। सतियों की परंपरा पर यह एक कलंक है। यह तो ऐसा दुष्कर्म है जो अन्य स्त्रियों को भी प्रभावित करेगा और धीरे-धीरे सारी सामाजिक-धार्मिक परंपरायें खंडित हो जायेंगी।

मैं अपने को इन असामान्य स्थितियों में काफी सहज रखने का प्रयास कर रही थी। लेकिन उनकी दृष्टि के तीखेपन और उपेक्षा का भाव मुझे पीड़ित कर रहा था। अब जो भी है, उसे भोगना तो पड़ेगा ही।

उधर नरवद जी को राणा जी ने अपने पास बुला लिया। बाद में नरवद जी ने मुझे बताया था।

कुंभा जी के समक्ष पहुँचते ही नरवद जी ने एकलिंग दीवाण को झुककर प्रणाम किया।

कुंभा जी ने अत्यंत बुझे स्वर में कहा, ''बैठिए नरवद जी।''

नरवद जी पदानुसार आसन पर बैठ गये।

''आपने जो कुछ भी किया है, क्या वह न्याय, धर्म, कुल मर्यादा के अनुरूप है?'' कुंभा जी के स्वर में रूखापन था। वे बहुत गंभीर थे।

नरवद जी ने नम्रता से कहा, ''बड़ो हुक्म! कई बार मनुष्यता के लिए न्याय, धर्म और मर्यादा का परित्याग करना पड़ता है। हमारी जितनी भी परंपरायें व मर्यादायें हैं, उनका अस्तित्व मनुष्य के कारण ही तो है। मनुष्य ही तो उन्हें जीवित रखे हुए है। इन परंपराओं के भारी पत्थरों के नीचे दबी मनुष्यता की चींखें हरएक के हृदय को कंपा देती हैं। राणा जी! मैं आपको सुप्यारदे जी के साथ क्या-क्या अत्याचार हुए, उन्हें कितने लज्जाजनक कष्ट दिये गये, वे मैं विगतवार सुनाता हूँ।''

सारी अश्लील स्थितियों का वर्णन उन्होंने सिर झुकाये हुए किया। फिर कहा, ''मैं आपके समक्ष झूठ नहीं बोलूँगा एकलिंग दीवाण जी, मैं कुंवारपने में ही सुप्यारदे जी को प्रेम करने लगा था। हम एक-दो बार मिले भी थे। उन्होंने मुझे मन से पति भी स्वीकार कर लिया था। पर होनी को कौन टाल सकता है? केवल मैं मारवाड़ का अधीश्वर नहीं बना, इसलिए मेरी चहेती को उसकी इच्छा के विरुद्ध नरसिंह जी को ब्याह दिया गया। घोर अपमान नहीं है यह मेरा?...फिर भी मैंने और सुप्यारदेजी ने अपनी-अपनी छातियों पर पत्थर रख लिए। पर जब नरसिंघ जी ने संदेहवश अमानुषिक और पाशविक अत्याचार सुप्यारदे जी पर किये और सुप्यारदे जी का अनादर किया तब उन्होंने विवश होकर मुझसे अपनी मुक्ति की प्रार्थना की। मैं उन्हें अपने डेरे ले आया। अन्नदाता! अब यदि उन्हें आप नरसिंघ जी के पास भेजेंगे, या जाने के लिए विवश करेंगे तो वे कसाई लोग उसे जीवित जला देंगे। फिर भी वे स्वयं वहाँ जाना चाहती हैं, तो मैं उन्हें नहीं रोकूँगा। इसका निर्णय आप उनको पूछकर कीजिए। आप प्रजा के प्रभु हैं, प्रभु किसी को मृत्यु नहीं देता। वह जीवन देता है, केवल जीवन।''

कुंभा जी ने सोच कर कहा, ''मैं इन समस्त स्थितियों पर विचार करूँगा।''

नरवद जी अपने विश्राम गृह में आ गये।

मैं और वे दोनों अपनी-अपनी चिंताओं में लीन थे। मेरे प्रति दूसरों का विस्मय बोध यथावत था। एक तरह से कोई भी मुझसे रुख-जोड़ कर बातचीत नहीं करना चाहता था। नारी का अहम् भी साँप की तरह कुंडली मारे रहता है। यदि कोई रानी मेरे विश्राम गृह के पास से गुजरी तो उसने मुझे उपेक्षा-भाव से ही देखा और आगे बढ़ गयी क्योंकि वे स्वयं बंदिनी और भोग की वस्तुमात्र ही थीं; किंतु वे अपने को 'सती' समझ रही थीं। सोच रही होंगी कि कुलटा से बात करना भी अधर्म है। वे कितनी सतियाँ हैं, ये उनका अपना मन ही जानता होगा?

रात हो गयी। एक डावड़ी मेरे लिए भोजन ले आयी। जाजम पर नयी चादर बिछा दी गयी। लालवस्त्र से ढकी जल-झारी रख दी गयी। एक चाँदी का गिलास भी।

डावड़ी ने शालीनता से पूछा, ''आपको किसी चीज की जरूरत हो तो हुक्म कर दीजिए।''

''नहीं, मुझे किसी भी चीज की जरूरत नहीं है।'' मैंने मना कर दिया।

''आप हुक्म दें तो मैं आपके पास सो जाऊँ।''

''इसकी भी कोई जरूरत नहीं है।''

वह चली गयी। भोजन करने की मेरी बिल्कुल रुचि नहीं थी। भूख मानों मर गयी थी। मैंने चाँदी की थाली और उसके नीचे रखे पाटे को एक ओर रख दिया।

गोखे में आकर बैठ गयी। चित्तौड़ सोया-सोया लग रहा था। जैसे मेरे भीतर शून्यता भर गयी थी, वैसे ही शून्यता मुझे उन निर्जीव पत्थरों में लगी। कदाचित मैं अपने मन का प्रतिबिंब ही बाहर देख रही थी। सूनापन; बहुत गहरा सूनापन।

जैसे-जैसे अँधेरा बढ़ता जा रहा था, पहाड़ गहरे और बहुत गहरे होते जा रहे थे। रास्तों की मशालें अँधेरे में अपना प्रकाश और अधिक तेज व बड़े दायरों में फैला रही थीं।

मुझे नींद नहीं आयी। मेरे हृदय में अकारण शंकाओं के बवंडर उठ-मिट रहे थे। मुझे लगा कि इस विराट पृथ्वी पर क्या मैं ही अकेली अपने पति के घर से अपने प्रेमी के साथ भागी हूँ।...अनेक भागी होंगी और अनेक भाग रही होंगी। ...यह तो प्रकृति का नियम है। अपनी-अपनी पूर्णता की तलाश। अपनी अनुकूलता की खोज। यह अन्वेषण युगों से होता रहा है। कृष्ण ने राधा में और राधा ने कृष्ण में अपनी पूर्णता को पाया था। तभी वह परिणीता अपनी समस्त मर्यादाओं को तोड़ कर अपने प्रेमी कृष्ण के पास भाग-भाग कर जाती थी। भले ही हमने या कृष्ण समर्थकों ने उस प्रेम संबंध को आध्यात्मिक चोगा पहना करके कृष्ण को ईश्वर और राधा को उसकी उपासिका बना दिया हो, पर जब स्त्री-पुरुष के रूप में विचार किया जायेगा तो उनके संबंधों में कोई अलौकिकता नहीं लगेगी। अपने पिता के कट्टर

शत्रु के साथ संयोगिता का पृथ्वीराज जी चौहान से छुप-छुप कर मिलना और फिर उसके साथ भाग जाना किस मर्यादा का द्योतक था? फिर मुझ पर किये गये पशुवत अत्याचारों को जानकर भी, क्यों कोई चाहता है कि मैं उस दुष्ट पिशाचात्मा नरसिंघ के पास रहूँ। मेरे अत्याचारों को जानने के बाद एकलिंग दीवाण राणाजी को नरसिंघ जी को दंड देना चाहिये। उसे पापी और अपराधी घोषित करना चाहिये। लेकिन इस पुरुष प्रधान सामंती समाज में स्त्री की अस्मिता को तो लोग कुछ समझते ही नहीं। उनका पौरुष-दर्प खंडित न हो, बस यही उनको चिंता है। कल एक ओर अनेक पुरुषों का दर्प होगा और दूसरी ओर केवल नरवद जी का दर्प। मैंने उन्हें उनके सम्मान व दर्प की रक्षा के लिए वचन दिया है। मैं प्राणप्रण से उनके दर्प की रक्षा करूँगी। हे एकलिंग भगवान! आपकी धरती पर मुझ पर अन्याय व अधर्म न हो। पार्वती के वियोग में आपने कितनी पीड़ायें भोगी हैं, यह जग-प्रसिद्ध है। मैंने तो बचपन में कई कहानियाँ सुनी थीं कि आप जब पार्वती की बात नहीं मानते थे तो वे चिड़िया बनकर उड़ जाती थीं या फिर धमकी देती थीं। फिर आप क्षणिक विरह में वाचाल हो जाते थे। उसे पुकारते थे। मैं आपकी पुण्यधरा पर झूठ नहीं बोलूँगी। मैं अपने संस्कारों से भले ही डरूँ पर सच तो यह है कि पति के रूप में मैंने नरवद जी की ही कामना की थी। मैं उन्हें अब भी प्रेम करती हूँ।

फिर मैंने नयन मूँद कर ध्यान लगाया। मन ही मन जप किया—ऊँ नमः शिवाय, ऊँ नमः शिवाय...ऊँ नमः शिवाय...

कई क्षणों तक मैं अपने आपको भूल कर शिवध्यान में लगी रही। मनुष्य जब-जब अत्यंत असहाय हुआ है, उसने अनायास ईश्वर को स्मरण किया है। मैं सच में अपने को संबलहीन समझ रही थी। कहीं कुंभा जी ने मेरी राय को जाने बिना ही निर्णय अन्य सामंतों की इच्छानुसार नरसिंघ जी के पक्ष में दे दिया तो मैं तुरंत किसी भी यत्न से आत्महत्या कर लूँगी।

पता नहीं कौन सी तिथि थी? तीज थी या चौथ। ककड़ी की फाँक सा चन्द्रमा पूरबी आकाश में उदय हुआ था। तारे प्रखर थे। एक तारा टूटा। टूट कर अनंत में ही विलीन हो गया।...

मुझे नींद आ गयी। कहीं मन में छुपे सच सपने में दिखने लगे। सोये मन में भी न जाने कितने किस्से कहानियाँ छुपे रहते हैं। बचपन में एक कहानी सुनी थी उसका ही सपना आया कि एक पापिन स्त्री को बीच बाजार में खड़ा किया गया। उस पर लोग पत्थर बरसाने लगे। तभी एक साधू आ गया। उसने उस स्त्री को चीखते-चिल्लाते और तड़पते देखा तो अपना बड़ा चिमटा जोर-जोर से बजा कर बोले, "सुनो-सुनो, मेरी बात को ध्यान से सुनो। यह स्त्री पापिन है पर इस स्त्री पर वही पत्थर फेंक सकता है जिसने कभी भी पाप नहीं किया हो।...यदि पाप करने वाले ने पत्थर मारा तो वह मेरे शाप से स्वयं पत्थर हो जायेगा।"

सब लोगों ने पत्थर मारना बंद कर दिया। एक-एक करके वे लोग चले गये।

रह गयी वह स्त्री और वह साधू।

साधू ने उस स्त्री के सिर पर वात्सल्य भरा हाथ फेर कर कहा, "बेटी! इस संसार में कोई भी ऐसा व्यक्ति नहीं है जिसने पाप नहीं किया हो। यह पापियों की सृष्टि है। यहाँ पाप का दंड देने वाला कोई अधिकारी व देवता नहीं है। जाओ बेटी, अपने पाप का प्रायश्चित करो।"

शायद यह सपना नींद की समाप्ति पर आया हो। मेरी आँखें खुल गयीं।

मैंने देखा—चन्द्रमा आकाश में नहीं था।

बाहर आकर देखा तो लगा पश्चिम की ओर बढ़ गया है। सोचा--भोर होने वाली है।

वह भोर जो मेरे भावी जीवन का एक महत्त्वपूर्ण निर्णय करने वाली होगी। आमूल-चूल परिवर्तन करने वाली होगी।

तारे धीरे-धीरे फीके पड़ने लगे। एक तारा बहुत ही प्रखरता से चमक रहा था। वह मुझे अपनी ही तरह अकेला लग रहा था। मैं चुप-चुप और वह दप-दप, झिलमिल।

एकांत में हर किसी को अतीत की स्मृतियाँ न चाहते हुए भी घेरती रहती हैं। यदि उससे मुक्ति प्रयास करके प्राप्त भी कर लें तो दुष्कल्पनायें घेरने लगती हैं।

पता नहीं, मनुष्य अधिक बुरा क्यों सोचता है! वह श्रेष्ठ और शुभ कल्पनायें क्यों नहीं करता?

क्या बुरा सोचना आसान है।...शायद हाँ।

मैं सोचने लगी कि यदि कुंभा जी ने मुझे नरसिंघ जी को सौंपने का हुक्म दिया तो मैं जीवित नहीं रहूँगी। मैं कहीं ऊँचे कंगूरे से कूद कर इस देह को समाप्त कर दूँगी।

मैं फिर दुष्कल्पना करने लगी कि मैं किसी महल के सर्वोच्च शिखर से कूद गयी हूँ और मेरी सुघड़-सुंदर देह लहूलुहान और लुंज-पुंज हो गयी है।

मैंने अपने को संभाला और दूसरे पक्ष की ओर सोचना आंरभ किया।

राणा जी ने मुझे नरवद जी को सौंप दिया है। मैं अपार आनंद में मग्न-मुग्ध हो जाती हूँ।

एकांत में वे मुझे प्रगाढ़ आलिंगन में लेते हैं। मैं उनकी बलिष्ठ भुजाओं में अर्धमूर्छित हो जाती हूँ। फिर वे मुझे शय्या पर लेटा देते हैं और...

मंदिर की घंटाध्वनियों ने मेरे विचारों को भंग किया। मैंने प्राची की ओर देखा। क्षितिज के अधरों पर लालिमा बिखरने लगी थी।

मैंने दीर्घ निःश्वाँस लेकर कहा, "ओह! भोर हो गयी है।" मैं भी उठ गयी।

दैनिक कार्यों से निवृत्त होने लगी।

× × ×

राणा कुंभा जी का भव्य दरबार। सारे सरदार-उमराव अपनी-अपनी पद-प्रतिष्ठा के हिसाब से बैठे थे? नरवद जी भी बैठे थे। मैं जालीदार झरोखे में दो रानियों के साथ बैठी थी। उनमें से एक रानी का मेरे प्रति अच्छा व्यवहार था और दूसरी मुझे हेय-दृष्टि से देख रही थी।

मैंने बारी-बारी से दोनों रानियों की आकृतियों को देखा था। अलग-अलग भाव थे। हेय-दृष्टि से देखनेवाली रानी अपने को कुलीनकुल की समझती थी जिन्हें सरलता से सूर्य भी नहीं देख सकता। भले ही ये रानियाँ अपने कुलदेव सूर्य, जो स्वर्ण-सूर्य था, का दर्शन दिन में दो बार करती हों? उनकी दृष्टि में कुलटा स्त्री का मुक्ति का प्रयास अधर्म है? भले ही वह पीड़ित हो।

इन विचारहीन स्त्रियों का समग्रता से किसी भी समस्या को समझना कठिन है।

मैं भी दर्प से अकड़ कर बैठी रही। जैसे मैं यह प्रदर्शन कर रही हूँ कि मुझे किसी की परवाह नहीं।

दरबार में हलका कोलाहल था। कदाचित लोग आपस में अपने-अपने मंतव्य प्रकट कर रहे हों।

नरवद जी से उनके पक्षधर दो सामंत हँस-हँसकर बातें कर रहे थे। नरवद जी काफी सहज थे या वे सहजता का नाटक कर रहे थे, मैं अनुमान नहीं लगा सकती। कई बार मनुष्य अपने अंतस के संघर्ष को बाहरी हाव-भाव से भुलाना चाहता है।

एकलिंगदीवाण महाराणा कुंभा जी ने दरबार में प्रवेश किया। उनके सिंहासन के पीछे लिखा था—जो दृढ़ रक्खै धर्म को, तिहि रक्खै करतार—

जो अपने धर्म को दृढ़ रखता है, उसे ईश्वर रखता है। अर्थात् कर्ता उसकी रक्षा करता है।

दरबारी खड़े हो गये। उनके सिर झुके हुए थे।

कुंभा जी अपने सिंहासन पर बैठ गये। उनके साथ दरबारी और उमराव भी। राठौड़, शेखावत, बीदावत, सूर्यवंशी। अनेक दरबारी।

कुंभा जी ने अपने राज्य के प्रतीक चिह्न को देखा। जो दृढ़ रक्खै धर्म को, तिहि रक्खै करतार—मन ही मन पढ़ा भी होगा।

फिर वे बोले, "यह आज का दरबार अनोखा है। इसमें राज्य व प्रजा की कोई समस्या, उन्नति और समृद्धि की बात न करके हम एक नितांत व्यक्तिगत समस्या की बात करेंगे। घटना के बारे में सारे दरबारी परिचित हैं ही।"

एक सामंत ने खड़े होकर कहा, "बड़ो हुक्म। यह कार्य अत्यंत ही घृणित और निंधनीय है।"

उनके ही एक भाई बंधु ने कहा, "अन्नदाता! यदि इस दुष्कर्म को कड़ाई से नहीं रोका गया तो ऐसे पापकर्मों को प्रोत्साहन मिलेगा और हमारी गौरवमयी पतिव्रता स्त्रियाँ वेश्याओं जैसी हो जायेंगी।"

एक शेखावत सरदार ने कहा, "हमारे पवित्र और शुद्ध रक्त में हर जाति के पुरुषों के रक्त का मिश्रण हो जायेगा। कुलटा स्त्री तो मृत्युदंड की अधिकारी होती है।"

सारे लोग एक साथ जोर से बोले, "हाँ-हाँ, इस अपराध का कठोर दंड दिया जाए।"

चंद सामंत चुप बैठे थे। वे शायद नरवद जी के मित्र थे।

कुंभा जी ने सबको शांत करके कहा, "मेरे शूरवीर सरदारों! पहले आप सुप्यारदे जी पर हुए अत्याचारों की राम कहानी उनसे ही सुनिये। हालांकि यह दरबार की मर्यादा का उल्लंघन होगा क्योंकि स्त्री को न्याय के लिए हमारे कुलीन परिवारों में इतनी स्वतंत्रता नहीं दी गयी है। पर एकलिंग दीवाण अपने मेवाड़ के धर्मघोष को तो नहीं भुला सकते, जो हमारे पीछे लिखा है। अपराध छोटा करे या बड़ा, वह दंड का अधिकारी तो है ही। हमें पहले सुप्यारदे जी के बयानों को सुनना चाहिये। फिर सोचकर न्याय करना चाहिये।" कुंभा जी ने रुक कर कहा, "सुप्यारदे जी को पर्दे के पीछे लाया जाय और उन्हें कहा जाय कि वह अपना बयान निर्भीकता से दें। उन्हें एकलिंग जी की सौगंध है, वे झूठ नहीं बोलेंगी।"

थोड़ी देर में मैं रेशमी झीने पर्दे के पीछे खड़ी हो गयी। पर्दे में कंपन सा हुआ। मैंने तनिक घूँघट निकाल रखा था। मैंने सिर झुकाकर कुंभाजी को हाथ जोड़कर कहा, "मैं एकलिंग दीवाण जी को बार-बार प्रणाम करती हूँ। उनके द्वारा दिलायी गयी भगवान एकलिंग जी की सौगंध खाकर और उनके समक्ष नत-मस्तक होकर कहती हूँ कि जो कुछ कहूँगी सच ही कहूँगी।" फिर मैंने आदि से अंत तक अपनी व्यथा-कथा सुना दी। मुझे इतना दुख हुआ कि मैं रो पड़ी। मुझे एक गिलास पानी पिलाया गया। मैंने फिर कहा, "जब मेरी सगाई हुई तो मैंने नरवद जी को अपना पति मन से मान लिया था। मैंने उनके संग समस्त जीवन के सपने देख लिये थे। मैं आपसे झूठ नहीं बोलूँगी। मैंने कभी भी नरसिंघ जी को अपना पति नहीं माना। इस तन पर उनका अधिकार जरूर था पर उन्होंने मुझे कभी भी प्रेम, सम्मान और पत्नी की प्रतिष्ठा नहीं दी। वे मेरी आत्मा को एक पल के लिए भी नहीं जीत सके। अब तो हमारे बीच घृणा ही घृणा है, द्वेष ही द्वेष है। ऐसा कुछ भी शेष नहीं है जो सुखद हो सके। मैं जानती हूँ कि मेरे इस कदम के बाद पीहर और ससुराल में मेरे लिए कोई जगह नहीं है। यदि जाऊँगी भी तो वहाँ मेरा अंत ही संभव है और अभी मैं अपना अंत नहीं चाहती।"

दरबार में सन्नाटा छा गया। ऐसा लग रहा था जैसे वहाँ चिड़िया का बच्चा भी नहीं है। व्यथा भरी कोमलता शून्यता में पसर गयी थी।

उस श्मशान जैसी शून्यता को कुंभा जी ने भंग किया। कहा, "मेरे न्यायप्रिय व धर्मरक्षक सरदारों, क्या सूर्यवंशियों का न्याय किसी निर्दोष और निरीह स्त्री पर जिस तरह के पाशविक अत्याचार हुए हैं, जानकर मुँह फेर सकता है? मैं समझता

हूँ कि यह अन्याय ही है।''

नरवद जी के समर्थकों में से एक ने कहा, ''बड़ो हुक्म! इसका सही न्याय तो सुप्यारदे जी की इच्छा को जानकर ही आप कर सकते हैं। उन्हें पूछ लिया जाय कि ये किसके पास रहना चाहती हैं और कैसे रहना चाहती हैं। ये आप के संरक्षण में भी रह सकती हैं।''

कुंभा जी ने सिर हिलाकर कहा, ''हाँ-हाँ, यही ठीक रहेगा। बोलिए सुप्यारदे जी। आप निर्भीक होकर बोलिए।''

सुप्यारदे ने कहा, ''मैं नरवदजी की सुरक्षा में ही रहना चाहती हूँ। उन पर तो राणा जी की सुरक्षा का साया है ही।''

बीदावत नरसिंघ पागलों की तरह चीखा, ''मैं तुम जैसी लुगाई पर थूकता हूँ, थूकता हूँ—थूकता हूँ।...मुझे तुम जैसी हजारों स्त्रियाँ मिल जायेंगी। पूरा डेरा भर सकता हूँ। कुलटा...छिनाल...मालजादी...मैं इस अपमान का बदला लूँगा। चलें।''

वे और उनके परिवारवाले दरबार छोड़कर चले गये। सब दरबारी हतप्रभ थे।

कुंभा जी ने अपना धैर्य नहीं खोया। थोड़ी देर तक दरबार में हलकी हलचल रही। मैंने देखा कि नरवद जी के चेहरे पर असीम शांति थी।

कुछ ही क्षणों में सब कुछ सामान्य हो गया।

तब कुंभा जी ने गंभीर स्वर में कहा, ''मैं भगवान एकलिंग जी के आदेश को अपने भीतर सुन रहा हूँ। उसी आदेश को आप सबको बता रहा हूँ—मन से किया हुआ कोई भी कार्य ही वास्तविक कार्य होता है। सुप्यारदे जी की सगाई नरवद जी से हो गयी थी। उन दोनों ने एक भेंट में एक-दूसरे को पति-पत्नी मान लिया था। परिस्थितियों ने इस सच्चाई को दबा दिया और सुप्यारदेजी की इच्छा के बिना उनका ब्याह नरसिंघ जी से कर दिया गया। सुप्यारदे जी ने अपनी छाती पर पत्थर रखकर उन्हें पति तो मान लिया पर मन से उसे पति नहीं मान पायी। कदाचित वह मन से भी मान लेती पर नरसिंघ जी प्रथम रात से ही उनकी भावनाओं का शोषण करने लग गये और पत्नी की प्रतिष्ठा नहीं दी। दुराव व अलगाव बढ़ते गये। फिर नरसिंघ जी ने उन पर जो अमानुषिक व पाशविक अत्याचार किये वैसे कोई कुलीन क्षत्रिय अपनी पत्नी पर नहीं कर सकता। इतना लज्जाजनक अपमान तो कोई हेय व्यक्ति ही कर सकता है। वे तो नर-पिशाचों के दुष्कर्म हुए। नीचता हुई। क्षत्रियों ने सदा स्त्री का सम्मान किया है, क्या वे ऐसी जघन्यता करेंगे? हमारा तो सिर आज शर्म से झुक गया है। हम आदेश देते हैं—सुप्यारदेजी नरवदजी के संरक्षण में रह सकती हैं। वह वहाँ किस हैसियत से रहेंगी, इसका निर्णय वे स्वयं करेंगी। हम अपना कोई हुक्म उन पर लादना नहीं चाहते। हाँ, यदि किसी ने एकलिंग दीवाण के हुक्म में रोड़े अटकाये, बाधा डाली तो उसका परिणाम अच्छा नहीं होगा। वह राजदंड का भागी होगा। हमारा यह आदेश बीदावत नरसिंघ जी को बता दिया जाय। जय एकलिंग भगवान...।''

कुंभा जी ने दरबार समाप्त कर दिया। सामंत व उमराव गूँगे हुए चले गये।

× × ×

मैं नरवद जी के घर आ गयी। जो कक्ष मुझे दिया गया था, उसकी मैंने जालियाँ तुड़वा दीं क्योंकि मैंने उन्हें कह दिया था कि बंद कक्षों व जालीदार झरोखों में रहते-रहते मेरा जी घबराने लगा है। इनमें क्षत्राणियाँ रह सकती हैं।...स्त्रियाँ नहीं। मैं सब कुछ खुला-खुला चाहती हूँ ताकि मैं दूर-दूर तक मोंठ-बाजरी के लहलहाते खेतों को देख सकूँ। हवाओं का स्पर्श पा सकूँ। सूरज और चंद्रमा को देख सकूँ। दिन के उजाले और रात के अँधेरे की वास्तविकता समझ सकूँ। मैंने अपनी सेवा में कंवली और पनकी को ही रखा। चूंकि नरवद जी घरेलू षडयंत्रों से परिचित थे, इसलिए उन्होंने मेरी सुरक्षा हेतु दो ड्योढ़ीदारों की नियुक्ति कर दी जो रात-दिन पहरा लगाते थे। ड्योढ़ी में किसी को मेरी आज्ञा लेकर ही आना पड़ता था।

नरवद जी ने मेरे जीने के सारे साधन जुटा दिये। मैं अपने को नये सिरे से जीने के लिए तैयार करने लगी। लेकिन अपने ही संस्कारों से मुक्ति पाने के लिए मैं अभी भी संघर्षरत थी। उन्होंने काफी ग्रंथ इकट्ठा कर दिये थे। मैं सब मिलते ही उन्हें पढ़ती थी। उन पर चिंतन-मनन करती थी।

मैं यह दावे से कह सकती हूँ कि नरवद जी ने न तो कोई मर्यादा तोड़ी और न असंयम ही दिखाया। मुझे अपने डेरे में लाने के बाद वे गंभीर हो गये थे। संयमित हो गये थे।

नीहारदेजी की घृणा बढ़ गयी थी। आहत नागिन की तरह वह मेरा नाम सुनते ही फुस्कारने लगती थी। कहती थी, ''यह कैसी बहन है? इसे अपनी छोटी बहन पर भी दया नहीं आयी। उसका घर ही उजाड़ने आ गयी।''

पर वह मुझसे कभी नहीं मिली। मैंने कई बार उसे फिर कहलाया पर उसने टके सा उत्तर दे दिया, ''मैं उस कमीनी से बात क्या उसका मुँह भी देखना पसंद नहीं करती।''

मैंने भी चंद ही दिनों में सोच-विचार कर तय कर लिया कि मैं अब कभी न उससे मिलूँगी और न उससे बातचीत करूँगी।

उसे तो प्रसन्न होना चाहिये कि उसकी जीजी एक नरक से निकल कर उसके आश्रय में आयी है। मैंने सोचा था कि मैं सारा जीवन इस कक्ष में, बिना नरवद जी से कोई रिश्ता जोड़े बीता दूँगी पर नीहारदेजी का जो कठोर और अपमानजनक रवैया था, वह असह्य हो रहा था। वह मुझमें झुँझलाहट और ईर्ष्या पैदा कर रहा था।

मुझे लेकर जो सामंतों में आक्रोश उठा था, वह धीरे-धीरे शांत हो गया था। गुजरात के सुल्तान के साथ एक लड़ाई में नरवद जी बुरी तरह घायल हो गये। उन्हें कई घाव लगे साथ ही अत्यंत दुखद त्रासदी यह हुई कि उनके एक नेत्र की ज्योति चली गयी। आँख में तलवार की नोक घुस गयी—शत्रु के तलवार की।

उन्हें घायलावस्था में ठिकाणे लाया गया। कुंभा जी के विशेष आदेश से उनके उपचार के लिए विशेष वैद्य नियुक्त हुए।

नरवद जी में अपार जीवट था। इतने घायल होने के बाद भी वे अचेत नहीं हुए। पीड़ाओं को सहने की उनमें अद्भुत क्षमता थी।

ठिकाणे में आते ही उन्होंने आहतावस्था में अपने दीवान को आदेश दिया कि उनके उपचार की सारी देख-रेख सुप्यारदेजी के कक्ष से लगे उनके कक्ष में की जाय। आपकी सार संभाल के अतिरिक्त सुप्यारदेजी ही मेरी चाकरी करेंगी।

इस आदेश ने नीहारदेजी की क्रोध की अग्नि में घी की आहुति दे दी। वह भड़क कर बोली, "मैं जानती थी कि इस मालजादी और मिनखाखोरी के आते ही इस घर की शांति नष्ट होने लगेगी। ये अपनी छोटी बहिन के सुहाग पर डाका डालेगी। उसके सुख-संतोष को लूटेगी। कितनी पापिन है यह मेरी बड़ी बहिन।"

उसने अपनी डाबड़ी को तुरंत भेजकर नरवद जी से मिलने के लिए हुक्म चाहा पर वैद्यों ने मना कर दिया कि पूरा एक पखवारा वह किसी भी परिवार व मित्रों से नहीं मिल सकते। वे उनका कुशल मंगल दीवान जी से पूछ सकते हैं।

मेरे तो प्राण विकल थे। यह अच्छा ही हुआ कि मुझे उनकी सेवा-सुश्रुषा में लगा दिया गया। मैं रात-दिन नरवद जी के पास बैठी रहती थी। उन्हें तरल भोजन दिया जाता था। दिन में तीन बार उनके जड़ी-बूटियों का लेप किया जाता था। दूध-घी में हल्दी मिलाकर पिलायी जाती थी।

मुझे उन्हें देखकर भीतर ही भीतर शब्दहीन रुलाई होती रहती थी। युद्ध में मानव-संहार के अकल्पित दुखों की कथायें कब खत्म होंगी। कब तक मनुष्य जानवर की तरह दूसरे मनुष्य का वध करता रहेगा। कब ये सब बंद होंगे।

जब वैद्य चले जाते थे तब कक्ष में गहरा सन्नाटा पसर जाता था। उनका एक नेत्र कई बार मौन-मुखर हो जाता था। मानों वह कह रहा हो—तेरा नरवद विरूप हो गया है। काना हो गया है—मैं उन्हें नम-दृष्टि से देखती रहती थी।

उनके एक नेत्र से आँसू टपक जाता था। तब मैं सारे रूढ़िग्रस्त बंधनों को विस्मृत करके उनका हाथ थाम लेती थी। वे मुझे करुणा से देखते थे। उनकी एक आँख की दृष्टि में दीनता झलकती थी। कई बार वह मेरे हाथ पर अपना हाथ रख देते थे। हालांकि उनका हाथ कठोर था और तलवार पकड़ते-पकड़ते उनकी हथेली पर 'आयीठांण' (दर्दहीन उभार) पड़ गये थे, जिनसे हथेली पर खुरदरापन आ गया था। फिर भी उनका स्पर्श मुझे मीठा-मीठा सा लगता था।

मैंने उन्हें पूछा, "अब दर्द कैसा है?"

वे मुसकराये। बोले, "दर्द दर्द जैसा है। ऐसे दर्द तो हम निरंतर भोगते आये हैं। लड़ाई में लड्डू तो नहीं बँटते। वहाँ तो घाव लिये-दिये जाते हैं। पर आपको यहाँ कैसा लगता है? यहाँ मन लग गया न?"

मैंने उनके हाथ पर अपना हाथ फेर कर कहा, "मेरा मन लग गया। मन में

तो आप ही हैं। पर नीहारदेजी कुछ भी समझने को तैयार नहीं है। यदि वे मुझे आकर कह दें कि आप इसी पल चली जाएँ तो मैं यह घर छोड़कर संन्यासिनी हो जाऊँगी। काशी या हरिद्वार जाकर तपस्या करूँगी कि ईश्वर मुझे अगले जन्म में नरवद जी ही पति के रूप में दें। पढ़ा है कि तपस्या से ईश्वर स्वयं प्रकट होते हैं, मैं शिव की तपस्या करूँगी। वे सरल व सहज ईश्वर हैं। जल्दी प्रसन्न होने वाले हैं। वे कुछ भी वरदान दे देते हैं। उन्होंने दैत्यों को अद्वितीय वरदान दिये जिनके कारण देवता संकट में पड़ गये। मैं उनसे कहूँगी कि मेरे नरवद जी को तो अमर रखना।...उन्हें पुनः सुंदर बना देना और मुझे पार्वती की तरह दूसरा जन्म देना ताकि मैं यह महसूस कर सकूँ कि मैं सुप्यारदे ही हूँ। पार्वती वाली अनुभूति मैं चाहूँगी। जैसे पार्वती को यह पता था कि मैं पहले पार्वती थी, वैसे ही मुझे लगे कि मैं सुप्यारदे पहले जन्म में भी थी और अब भी हूँ।''

उन्होंने मेरे हाथ को मजबूती से पकड़ कर कहा, ''मैं आपको बता दूँ कि आपकी छोटी बहन में बुद्धि कम और हठ तथा अभिमान बेसी हैं। ब्याह के बाद से ही वे आपकी निंदा करने लगी थी। मैंने उन्हें डाँटा भी था, ''ठकुराणी जी! जो भाग्य में लिखा होता है, वह होकर रहता है पर भविष्य में आपने सुप्यारदेजी के बारे में कुछ भी ऊटपटांग कहा, उनका अपमान किया या उनका परिहास किया तो मुझसे बुरा कोई नहीं होगा। जैसे कई राजा रूठ कर अपनी रानियों से अलग हो जाते हैं, मैं भी आपको छोड़ दूँगा और अपनी इच्छा के विरुद्ध दूसरा ब्याह कर लूँगा क्योंकि वह ब्याह आपको भी दंड होगा और मुझे भी क्योंकि मैं तो एक ब्याह भी स्वेच्छा से नहीं करना चाहता था। मेरी इसे धमकी समझिये या चेतावनी पर उसके बाद भी उन्होंने बकबक बंद नहीं की।'' नरवद जी ने एक पल रुक कर फिर कहा, ''सुप्यारदेजी क्या तपस्या से फल मिलता है? मेरे विचार से इस कलिकाल में ऐसा नहीं होता। मुझे मालूम है कि आपने जो कुछ भी अभी कहा है, वह ऊपरी मन से कहा है।''

मैंने सिर झुका कर कहा, ''मनुष्य को उनकी विवशतायें क्या-क्या कहलवा तथा करवा देती हैं। मैंने तो सदा इन बातों पर प्रश्न चिह्न ही लगाया है। मैं तो इस जन्म के सच को ही सच मानती हूँ।''

''फिर आप कान खोल कर सुन लीजिए। मैंने और आपने इतनी बदनामी इसलिए थोड़े ही ली है कि हमें उसका सुफल न मिले। आप उस मूढ़ स्त्री को लेकर परेशान मत होइए। मैं आपको यहाँ से नहीं जाने दूँगा और यदि आप चली गयीं तो आपको सच कह रहा हूँ कि ठकुराणी जी जिस तरह आपका मुँह देखना नहीं चाहती, उसी तरह मैं उसका मुँह नहीं देखूँगा। आप मेरी बात पर गंभीरता से विचार करियेगा।''

मैं उन्हें छोड़कर अपने कक्ष में आ गयी।

बिस्तर पर निढ़ाल हो गयी। लग रहा था कि बदन में अचानक अजीब सी

थकान आ गयी है। मैंने आँखें मूँद लीं।

आषाढ़ का तीसरा पहर ढल रहा था। छोटे-छोटे बादल के टुकड़ें ऐसे चल रहे थे जैसे नीलसागर में नावें चल रही हों।

दो कमेड़ियाँ पखेरू सामने की दीवार पर बैठी चोंचें लड़ा कर प्रेमालाप कर रही थीं। थोड़ी देर बाद नर कमेड़ी ने मादा के ऊपर सवारी कर ली। नर पंख फड़फड़ाता रहा।

मैं खिड़की के पास आकर बैठ गयी। अकेले में मुझे काफी संतोष का अनुभव होता था। कुछ दिनों पहले बरसात हुई थी। वृक्ष नहाये-नहाये लग रहे थे। धरती पर हरितिमा छाने लगी थी।

उत्तर की ओर से एक घनी कालिमा लिये हुए बादल का विशाल टुकड़ा ऊपर की ओर बढ़ रहा था। धीरे-धीरे उसने आकाश को आच्छादित कर दिया और बूँदाबाँदी होने लगी थी।

मैं खुली चारदीवारी के आँगन में आ गयी। वर्षा में भीगना मुझे सदा आनंददायक लगता था।

कंवली ने भी मेरा अनुसरण किया।

पनकी बैठी-बैठी अपनी कोठरी में मेरी तारों जड़ी काँचली बना रही थी।

मैंने कंवली से कहा, ''जा उस सुमलसट्टी (एकांतप्रिया) को बुला कर ला। घरघुसरी हो गयी है। पुकारा तो वह आयी। काम किया और फिर कोठरी में घुसी।''

कंवली उसे बुला लायी।

मैंने उसे अपनेपन से कहा, ''पनकी! क्यों तू अकेली-अकेली रहती है। जो हो गया, उसे कहीं मिटाया जा सकता। हम बीते दिनों की लाश पर कितने दिनों तक अपने को रुलाते रहेंगे।...

पनकी भी भीगने लगी थी। दो-चार बूँदें उसके चेहरे पर चमक रही थीं। बोली, ''बाई सा! अपने भीतर कैसे खुशियाँ पैदा करूँ? कैसे किसी मधुर और प्रेम रस की उत्पत्ति करूँ। रसहीन हूँ मैं। घर-परिवार नष्ट हो गया। इस देह में कोई आकर्षण नहीं रहा। वे भयावह रक्तरंजित स्मृतियाँ क्षण भर के लिए भी मेरा पीछा नहीं छोड़तीं। ब्राह्मण कन्या होकर दास-वृत्ति जैसा नीच कर्म कर रही हूँ। इहलोक शत्रुओं ने नष्ट कर दिया और परलोक मेरे दुष्कर्म नष्ट कर देंगे। सच, मुझे किसी भी जन्म में सुख नहीं मिलेगा।''

''पनकी! पुनर्जन्म ने हमारी मृत्यु को सहज जरूर कर दिया है। हम फिर जन्म लेंगे, इस आशा से लोग मृत्यु को वरण कर लेते हैं, स्वाभाविक मृत्यु भी इससे सरल हो जाती है और आत्महत्यायें भी। पर मैं कहती हूँ कि पुनर्जन्म भी मृग-मरीचिका है। इस छलावे के पीछे हम पागल बन जायें पर इसका कोई अस्तित्व नहीं है। हम सब अवसरानुसार अपने शब्दों का इस्तेमाल करते हैं। किंतु ये सार्थक हों, आवश्यक नहीं। मैंने भी नरवद जी को आश्वस्त कर दिया कि अगले जन्म में मैं पार्वती बनूँ।

यह केवल आत्मवंचना है?"

"शायद आप ठीक कहती हैं पर आप बताइये कि मैं किस दृष्टि से पूर्ण हूँ।"

"हर मनुष्य अपूर्ण ही है। पूर्णता की तो वह तलाश करता है। चलो, बरसात का मजा लो।"

वह बेमन नहाने लगी। मेरी इच्छा के लिए। मैं नहाते-नहाते गंभीर हो गयी। सोचने लगी कि मैं अपनी पूर्णता को स्वीकार क्यों नहीं करती? मेरी पूर्णता तो नरवद जी हैं। फिर मैं क्यों आडंबर कर रही हूँ? अपने मन के यथार्थ को क्यों नहीं प्रकट करती?

वर्षा तेज हो गयी थी। वह मन के समस्त छोरों में उल्लास भर रही थी। भीगने पर वक्ष के उभार स्पष्ट हो गये थे। काँचली में झाँकता मेरा गोरापन मुखर प्रखर हो रहा था।

कंवली मुझे ही प्रसन्न करने के लिए मेरे साथ जुड़ी रहती थी। उस दिन के बाद उसके पति की गुप्तरूप से कितनी ही खोजें करायी गयीं पर उसका कोई अता-पता नहीं मिला।

मैं सच कहती हूँ कि उसके पति की वे भयग्रस्त पुकारें मेरे कानों में कई बार गूँजती थीं। क्या हमने उसे मृत्यु के मुख में नहीं ढकेला? हम कंवली के अपराधी नहीं हैं? क्योंकि वह संभवतः जीवित नहीं है। ऐसे विश्वासघाती को भला नरसिंघ जी जीवित छोड़ सकते हैं?

पनकी ने मेरे ध्यान को भंग करते हुए कहा, "आप क्या सोचने लगी बाई सा।"

मैंने अपने मन की वास्तविकता को छुपाकर कहा, "पता नहीं क्या सोचने लगी?"

कंवली ने मेरे सन्निकट आकर कहा, "अब हमें कपड़े बदल लेने चाहिए। बहुत नहा लिये।"

हम कपड़े बदलने लगे।

मौसम में ठंडक आ गयी थी। हवाओं में गीलापन था। उसके स्पर्श का स्वाद ही पृथक होता है। वर्षा अब भी हो रही थी। बूंदों की टपटपाहट जैसे मधुर संगीत की रचना कर रही थी।

डाबड़ी ने आकर कहा, "ठाकुर सा आपको याद कर रहे हैं।"

मैं झट से तैयार हुई। सिर पर सुहाग चिह्न की प्रतीक 'रखड़ी' (एक गहना) को ठीक किया। ललाट पर बिंदी और नयनों में काजल डाला। लहरियेदार ओढ़नी को सिर पर डाल कर मैं चल पड़ी।

नरवद जी भी खिड़की से प्रकृति की सुरम्यता का अवलोकन से आनंद ले रहे थे। वर्षा से सब कुछ धुला-धुला सा लग रहा था। प्रकृति और जगत दोनों मनोहर।

मैंने उनसे झुककर मुजरा किया। नम्रता से पूछा, "कैसे याद किया?"

"एकांत में मन ऊबने लगा है। सुप्यारदेजी! अब आपको शीघ्रातिशीघ्र निर्णय ले लेना चाहिये। हम कब तक नीतियों और मर्यादाओं के आल-जाल में उलझ कर जन्म को व्यर्थ करते जायेंगे। जीवन के दिनों को कम करते जायेंगे।"

"इसे आप इतना सरल समझते हैं?"

"यह बिलकुल सरल है। मनुष्य स्वयं ही किसी काम को सरल और कठिन बनाता है।" नरवद जी ने कहा, "मैं मानता हूँ कि आप मेरी सम्पत्ति नहीं हैं। पर मैं यह भी मानता हूँ कि, कोई न कोई अधिकार आप पर मेरे हृदय का भी है। मेरी सौगंध खाकर कहिए कि आप पर मेरा कुछ अधिकार है या नहीं?...चुप मत रहिए। बोलिए।"

मैंने सिर झुका कर कहा, "हाँ है।"

"फिर सुनिए, मैं कल आपसे पुनर्विवाह करूँगा। आपने अपने पति के साथ अपनी इच्छा से समागम नहीं किया है। आत्मिक समर्पण नहीं किया है। स्वेच्छा से कौमार्य खंडित नहीं कराया है। आपके साथ तो निरंतर जबरदस्ती (बलात्कार) ही हुई है। आपने नरसिंघ जी को मन-प्राण से भी पति नहीं माना है। धर्म से भी नहीं माना है। फिर क्यों आप उस नर-पिशाच का बोझ ढो रही है।" उन्होंने दृढ़ और आवेश भरे स्वर में फिर कहा, "मैं कल आपसे विवाह करूँगा। गंधर्व-विवाह। एक परित्यक्ता गंधर्व विवाह कर सकती है। आपको एक रहस्य की बात बताता हूँ। स्त्री अग्नि है। पवित्र अग्नि और अग्नि कभी भी अपवित्र नहीं होती। और सुनिए, इंद्र द्वारा बलात्कार की हुई और गौतम ऋषि की पत्नी अहल्या, राम की पत्नी सीता, पाँच पांडवों की साझा पत्नी द्रौपदी, रावण की पत्नी मंदोदरी, बाली की पत्नी तारा जिसने पति की मृत्यु के बाद पति को मारनेवाले अपने देवर सुग्रीव से विवाह किया।" वे एक पल रुक कर पुनः बोले, "ये पाँचों पौराणिक स्त्रियाँ कन्यायें कहलायी हैं। कन्या सदा कुँवारी होती है।...मैं आपको भी छठी कन्या घोषित करता हूँ। कलियुग की कनया सुप्यारदे और छठी कन्या से मैं ब्याह करूँगा। कल ही। यदि आपने इंकार किया तो मैं फिर आपसे कभी कुछ नहीं कहूँगा। कभी आपके कक्ष में भी नहीं आऊँगा। इसका तात्पर्य यह नहीं है कि मैं आपसे अपने संबंध विच्छेद कर रहा हूँ। नहीं-नहीं, मेरे संयम के बाँध में कई तरेड़ें आने लगी हैं। नहीं चाहता कि मैं नरसिंघ जी की श्रेणी में गिना जाऊँ। प्रेम आत्मा की वस्तु है पर आत्मा भी इस शरीर के बिना अस्तित्वहीन होती है, इसलिए दीर्घ जीवन में कई बार शरीर सर्वोपरि हो जाता है।"

मैं चुपचाप केवल उनकी बातें सुन रही थी।

उन्होंने फिर कहा, "यदि आपको मेरी बात स्वीकार है तो आप कल सुबह नौ बजे यहाँ आ जाइएगा। चुप रहिए। कोई तर्क नहीं। कोई बाधा की बात नहीं। बस, अभी आप पधारिए।"

उनका संकेत मैं समझ गयी। वहाँ से मैं अपने कक्ष में आ गयी। श्लथ सी पड़ गयी–बिस्तर पर।

आकाश अब भी मेघों से भरा था। हवायें कभी तेज और कभी मंद चल रही थीं। उत्तर से दक्षिण की ओर धीरे-धीरे सतरंगा इंद्रधनुष बनने लगा था। धीरे-धीरे उसने इतना विराट रूप धारण कर लिया कि उत्तर से दक्षिण तक फैल गया।

मैं उसे अपलक देखने लगी। अचानक इंद्रधनुष का निकलना मानों मुझे संकेत दे रहा था कि तुम अपने जीवन में अब सातों रंग बिखेर लो। अपने जीवन के तमाम दुखों को मिटा दो।

फिर वही संघर्ष। फिर वही विचारों का मंथन--क्या करूँ? अतीत के अपमानों व लाँछनों को भूलने के लिए नरवद जी की बन जाना ही श्रेयस्कर है। अपने अंतस में ग्लानि के पर्वत जो जम गये हैं, उन्हें मिटाने के लिए अपने मनोनुकूल व्यक्ति की ऊष्मा पाना आवश्यक है। एक विचार मेरे मन में और आया कि नरसिंघ जी से प्रतिशोध लेने और उन्हें पीड़ायें देने के लिए भी नरवद जी से नाता करना जरूरी है। मैं वैसे कोई पत्थर की नहीं हूँ। अपनी कोमल संवेदनाओं को पूर्णरूप से जागृत करने के लिए मुझे अपने भीतर सामर्थ्य पैदा करनी होगी। नीहारदेजी तो जीते जी मेरा मुख भी देखना पसंद नहीं करती। वह दिन प्रतिदिन दुबली, पतली और कमजोर हो रही है।...उसकी मेरे प्रति गहरी घृणा ने नरवद जी और उसके बीच दूरियाँ पैदा कर दी हैं। जबकि ऐसे ठिकाणों में ठाकुरों की कई-कई स्त्रियाँ होती हैं। वे मुझे ऐसी ही स्त्री क्यों नही समझ लेती? किंतु उनके अहम् को ऐसा सोचकर तुष्टि नहीं मिल रही थी। नीहारदेजी तो ऐसा महसूस कर रही है कि जैसे मैं उसकी सौतन हूँ, दुष्ट सौतन।

मेरी पारदर्शिनी आँखें फिर अनंत नभ की ओर अटक गयी हैं। इंद्रधनुष जैसे बना था, वैसे मिट गया है। जीवन में बनने और मिटने का खेल भी शाश्वत है।

मुझे प्यास लग गयी थी। कंवली से पानी माँगा। पनकी ने पानी का गिलास लाकर दिया।

मैंने पूछा, "कंवली कहाँ है?"

"कंवली अपनी कोठरी में गयी है।"

"क्यों?"

उसने मुसकराकर कहा, "पुरानी काँचली पहने हुए थी, भारी पेटी उठाने के लिए नीचे झुकी तो कसें टूट गये। काँचली बदलने गयी है।"

"पनकी! मेरी पुरानी काँचलियाँ दो-पाँच उसको और दे दे।"

"अच्छा बाई सा।"

वर्षा थमी हुई थी। अप्रत्याशित पुरवैया हवाओं के साथ काले बादल हलके बादलों पर छा गये।...वर्षा होने लगी। हवायें तूफान के वेग से चींखने लगीं। मूसलाधार वर्षा शुरू हो गयी। कई बार बादल गरज रहे थे। कड़कड़ा रहे थे। बिजलियाँ इस तरह क्रोध में कड़कतीं मानों वे जमीन पर गिरकर प्रलय मचाना चाहती हैं। एक सफेद कबूतर भीगे पंखों को फड़फड़ाता हुआ मेरे कक्ष के गोखे में से भीतर आ

गया। अच्छा कबूतर था।

मैं उसे अपलक देखने लगी। पलभर के लिए मैं निर्द्वंद्व और उद्वेगहीन हो गयी। एकदम अपने बाहर और भीतर के परिवेश से कटकर सामान्य। निहारने लगी उस कबूतर को जो मुझे इस तरह देख रहा था जैसे पंख सूखने तक पनाह माँग रहा हो।

मैंने देखा कि कंवली आ गयी है। मैंने उसे भीतर आने के लिए मना किया? ''भीतर मत आना कंवली, कहीं यह बेचारा कबूतर उड़ गया तो भयानक बरखा में जिंदा नहीं बचेगा। उसे कुछ दानें लाकर डाल दे।''

उसने ऐसा ही किया। वह दानें चुगने लगा। कंवली ने सुझाव रखा, ''बाई सा! हम इसे पकड़ लें। पंखहीन कर दें। फिर इसे पालतू बना लेंगे।''

मैं गंभीर हो गयी। धीरे से उठकर कबूतर से काफी दूर जाकर बैठ गयी। बोली, ''कंवली! हम सब शक्तिशाली लोग अपने से दुर्बल को पालतू बनाने में लगे रहते हैं। पराधीन करने में लगे रहते हैं। आज हम इस कबूतर, पता नहीं यह कबूतरी भी हो सकती है, को हम पालतू बना लेंगे। कल मैं नरवद जी की पालतू बन जाऊँगी। ...कैसी नियति है हम सब जीवों की?''

उस दिन मैं भोजन के थाल पर नहीं बैठी। भूख जैसे मर गयी थी। कबूतर के पंख सूखते ही उड़ गया क्योंकि वर्षा थम गयी थी।

साँझ काजल सी काली रात में घुल गयी। घने काले बादलों के कारण अन्तरिक्ष में कोई तारा दिखायी नहीं दे रहा था। घोर अँधेरा। मुझे नींद नहीं आ रही थी। अलंघ्य विचारों ने लाँघना भी बंद कर दिया था। जैसे वे छलाँग लगाते-लगाते थक गये हों, विश्राम कर रहे हों इसलिए निर्णय का द्वंद्व भी अपाहिज की तरह पसर गया था।

आखिर करवट बदलते-बदलते नींद आ गयी।

जब भोर हुई तो आँखें खुलीं। प्राची के क्षितिज पर आभा फूटी, उसी तरह मेरे अंतर-क्षितिज पर भी उजास भरा नया, बोध जन्मा। मैं सूर्य को देखने लगी। प्राची दिशा मेघहीन हो गयी थी। सूर्य आहिस्ता-आहिस्ता ऊपर आने लगा।

अपने अंतस के समस्त असमंजसों व दुविधाओं को एक किनारे करके मैंने निर्णय लिया—मैं नरवरद जी की बनूँगी। उनके नाम की चूड़ियाँ पहनूँगी।

तभी कोई बटोही गाता हुआ जा रहा था—

सोढो राणो सावणिये रो मेह,
मूमल आना बीजळी
सोढो राणो राय चम्पे रो फूल
मूमल केलू कामठी (केल के पेड़ जैसी सुकुमारी एक लोकगीत)

मैंने सोचा सब कुछ स्त्री-पुरुष की पूर्णता पर ही निर्भर करता है। मैं सजने लगी ताकि समय पर नरवद जी के कक्ष में पहुँच जाऊँ।

× × ×

मैं समय पर नरवद जी के कक्ष में पहुँची। वहाँ अष्टभुजा देवी की एक लघु प्रतिमा लगी हुई थी।

डावड़ियाँ भी कोई नहीं थी। कक्ष में दो थाल रेशमी वस्त्रों से ढके हुए थे।

नरवद जी ने मेरा स्वागत किया।

उन्होंने देवी माँ को हाथ जोड़कर कहा, ''माँ! मैं आज सुप्यारदे जी से ब्याह कर रहा हूँ। इसे आप किसी भी ब्याह की संज्ञा दे दीजिए। मुझे कोई एतराज नहीं। लेकिन मैं बिना किसी की साक्षी के इन्हें अपनी धर्म-पत्नी स्वीकार कर रहा हूँ आपका आशीर्वाद चाहिये।'' उन्होंने मेरी ओर एक आँख से देखा। क्षण भर में मेरे मन में उनके इस काने रूप से विमूढ़ता सी आयी। वे मेरे मन की बात समझ गये। विहँस कर बोले, ''सुप्यारदे जी! मेरे काने होने पर आपको इस विरूप से ब्याह करने में कोई एतराज तो नहीं है। देखिए, योद्धा का कोई अंग जीवनभर सुरक्षित नहीं रहता। यह संभव भी नहीं है। आज आँख गयी है, कल हाथ चला जाएगा और परसों प्राण।''

मैंने उनका हाथ पकड़कर विह्वल स्वर में कहा, ''नहीं, नहीं ऐसी बात नहीं है। ये सब तो ब्याह के बाद भी हो सकता था।''

''फिर आप चंद पल...।''

मैंने सदा की भाँति युद्ध की विभीषिका को स्मरण करके कहा, ''यदि लड़ाइयाँ नहीं होतीं तो हजारों आदमी न तो अकाल मृत्यु पाते और न अंग कटे होते।''

''लड़ाइयाँ सृष्टि के आरंभ से होती आयी हैं और होती रहेंगी। जब तक मनुष्य का स्वार्थ, धनलिप्सा, दूसरे लोभ और दूसरों पर आधिपत्य की भावना रहेगी तब तक लड़ाइयाँ बंद नहीं होंगी।'' वे जैसे सचेत होकर बोले, ''आप भी कैसी बातें करने लगीं? यह शुभ समय है। अब आप अपने तन से ये सारे वस्त्र और गहनें उतारिए। नरसिंघ जी के घर की कोई भी वस्तु और चिह्न आपके शरीर पर नहीं रहने चाहियें।''

मैंने पहले लाल नगों से जड़ी गोलाकार सिर के बीचोबीच बँधनेवाली 'रखड़ी' को खोला, गलहार, चूड़ियाँ और पायल एक-एक करके उतार दिये।

नरवद जी ने एक थाल पर का एक वस्त्र हटाया। उसमें गहने थे। फिर उन्होंने मुझे रखड़ी, चँदहार, तिमणिया, कांठलिया, कानों में बालियाँ और सुरलियाँ, चूड़ियाँ और सोने की पायल दी।

''आप इन्हें पहनिये सुप्यारदे जी।'' वे बाहर चल गये।

''मैंने उन्हें एक-एक करके पहन लिये। दूसरे थाल में खरी कनार व तारों से जड़े घाघरा, ओढ़नी, कुर्ता-काँचली थे। मैंने अपने वस्त्र खोल कर नये वस्त्र पहन लिये। सामने बड़ा दर्पण लगा था। मैंने उसमें अपने को देखा। देखते-देखते स्वयं पर मुग्ध हो गयी। जैसे बेजोड़ सौंदर्य की सलिला बह उठी हो। अनुपम और अद्वितीय।

मैं अपने ही रूप को लंबे समय तक मुग्ध-भाव से देखती रही।

एकाएक नरवद जी मेरे पीछे आकर खड़े हो गये। मैं चौंक पड़ी। पलटी और मैंने उनके चौड़े वक्ष में अपने मुँह को छुपा लिया। लज्जा से या भावुकता से। मुझे आज तक पता नहीं। जब नरवद जी की बलिष्ठ बाँहें मेरे चारों ओर लिपटने लगीं तो मैं भीषण उत्तेजना से छटपटा उठी।

''मुझे छोड़ दीजिए नरवद जी।''

नरवद जी ने मुझे छोड़ दिया।

वे मुझे अपलक प्रेमिल-दृष्टि से देखने लगे। उनकी दृष्टि में अपार प्रेम था।

मैंने दर्पण में देखकर ललाट पर बिंदिया लगा ली।

नरवद जी ने आत्मा की अतल गहराइयों में डूबे स्वर में कहा, ''वाह, पूगलगढ़ की पदमिनी भी आपके सामने पानी भरती हैं। आपको मैं आज से ठकुराणी ही कहूँगा।''

''नहीं नरवद जी।'' मैं सहसा उदास हो गयी। बुझे स्वर में बोली, ''आप मुझे ठकुराणी कभी नहीं कहेंगे। ठकुराणी तो नीहारदे ही रहेंगी।'' मैंने आपके नाम की चूड़ियाँ पहन ली हैं। एक तरह से गंधर्व-विवाह कर लिया है। ब्याह कर लिया है। 'राबड़ी' पहन ली है। मैं आपकी हो गयी हूँ तन से। मन से तो बहुत पहले हो चुकी थी। मेरी बिनती है कि आप मुझे सुप्यारदे ही कहेंगे।''

''पर क्यों? मैंने आपसे ब्याह किया है।...आप मेरी पत्नी हो गयी हैं। हमारे यहाँ पत्नी को पति और पति को पत्नी नाम से नहीं पुकारते।''

मैं नितांत गंभीर हो गयी। अज्ञात दुख की परत मेरी आकृति पर पसर गयी। बोली, ''नरवद जी! रिवाज, परंपरायें और मर्यादायें बदलते जा रहे हैं। एक ब्याहता को 'जोहद रक्खै धर्म को, तिहि रक्खै करतार' के आदर्श को मानने वाले राणा जी न्याय के रूप में दूसरे को सौंप देते हैं। एक कुलीन वधु दूसरे कुलीन घर में अपने पहले पति को छोड़कर आ जाती है। फिर इतनी खोखली रीत 'नाम से पुकारने की' पर हम दोनों को मिट्टी डाल देनी चाहिये।...नरवद जी क्या नामों से पुकारने में प्रेम का आभास नहीं होता। मेरी प्रार्थना है कि आप मुझे नाम से ही पुकारेंगे।''

नरवद जी ने दोनों हाथों को हवा में हिलाकर कहा, ''जैसी आपकी मर्जी। परंतु मैं आपको ठकुराणी भले ही न कहूँ पर राणी जरूर कहूँगा। रानी तो प्यार भरा शब्द भी है। हाँ, ये पुराने गहने और आपके पास जितनी भी पुरानी पोशाकें हैं, उन्हें आप अपनी डाबड़ियों में बाँट दीजिए। बींदावतों की कोई वस्तु और चिह्न मत रखिए। उन पर विस्मृति की धूल डाल दीजिए।''

मेरे अधरों पर अर्थभरी मुसकान दौड़ गयी। मैं छत्त से लटकते झाड़फानूस पर नजर जमा कर बोली, ''नरवद जी! बाहरी वस्तुओं को नष्ट करने से हृदय पर अंकित यादें थोड़े ही मिट जायेंगी। पीड़ित और प्रताड़ित करनेवाली यादें तो असीम प्रेम से ही मिटायी जा सकती हैं।''

''आप सच कहती हैं। कोई किसी के हृदय को प्रेम से ही जीत सकता है। वैभव विलास और प्रभुत्व से नहीं। सामाजिक और धार्मिक आधिपत्य से नहीं। मैं

प्राणप्रण से चेष्टा करूँगा कि आपको इतना प्रेम करूँ कि आप इस जन्म में दूसरा जन्म दे दूँ।''

मैं फिर भावावेश में उनके सीने से लग गयी।

वे किसी काम से बैठक में चले गये।

थोड़ी देर में यह बात सारे डेरे में फैल गयी कि नरवद जी ने अष्टभुजा के सम्मुख सुप्यारदेजी से ब्याह कर लिया है। मैंने कई बार कहा है कि जो जन्मजात शक्तिशाली हैं, उन्हें कौन अपमानित कर सकता है। उनके दोषों की कौन चर्चा कर सकता है। बात जरूर फैल गयी पर दबी-दबी। केवल नीहारदे जी की कटु प्रतिक्रिया पनकी ने बताई। वे बोलीं, ''उस चुड़ैल का इस घर में आना ही बुरा था। ऐसी बहिन सौत से भी बुरी होती है। कभी किसी ने ऐसी बड़ी बहन देखी है जिसने अपनी छोटी बहिन के सुहाग को लूटा हो? भगवान सब देखता है। उसके यहाँ देर है, अँधेर नहीं। इस मादरकाढ़ को वो अवश्य ही दंड देगा। वह सड़-सड़ कर मरेगी। उसके कीड़े पड़ेंगे।''

न जाने कितनी दुराशीषें उसने दी होंगी। अनगिनत। मुझे मालूम है कि दुराशीषें व शापों का समय चला गया। मैंने मन ही मन कहा कि गधों की दुराशीष से कभी हाथी नहीं मरते?

मैं अपने कक्ष में आ गयी। थोड़ी देर में दो दरोगें और तीन-चार डाबड़ियाँ आयीं। मेरे कक्ष को सजा दिया गया। बड़ा पलंग बिछा दिया गया। उस पर मोटा बिस्तर और मखमली चादर लगा दी गयी। फर्श पर बिछी जाजम की चादर बदल दी गयी। खिड़कियों पर पर्दे लगा दिये गये।

मैं और कंवली बैठे हुए बातचीत करते रहे।...हाँ, एक बात मैं बताना भूल गयी। जो जेवर और कपड़े पुराने थे, उन्हें कंवली ने तो ले लिये पर पनकी ने केवल कपड़े ही लिये। उसने गहने लेने से इंकार कर दिया। कहा, ''मुझे इनकी कोई जरूरत नहीं है।...मैं शादी-ब्याह नहीं करूँगी।''

मैंने उसे समझाया, ''गहने जो शादी-ब्याह करता है केवल उसके लिए नहीं होते। गहने तो जो धनी हैं।...जिनका पेट भरा होता है, उनका शृंगार हैं और जो दरिद्र हैं, उनके जीवन का आधार हैं।''

''मुझे जीवन का कोई आधार नहीं चाहिये।...बाई सा! मेरे अपने जितने आधार थे, वे तो खत्म हो गये। दूसरे के आधार पर कब तक भरोसा किया जा सकता है?''

''इसलिए इन गहनों को रखो। ये तेरे अपने आधार हो जायेंगे।''

नहीं समझी वह। मैं भी पूरी तरह आश्वस्त नहीं कर पायी।

मैं थकी हुई थी। रात को नींद नहीं आयी थी—चोखी तरह। पलकों पर भारीपन सा महसूस हुआ। मैं सो गयी।

अपराह्न समय मेरी नींद खुली। शरीर में आलस था। कई बार जम्हाई ली

और आलस मरोड़े। फिर मैं उठकर मोखी (नाली) पर गयी। हाथ मुँह धोये। मुझे भूख लग गयी थी। कंवली थाल लायी। खीर और रोटी थी। मोंठ के मोगर की सब्जी थी।

मैंने खाना खाया।

कंवली मुझे पुनः सजाने लगी।

आज नरवद जी मेरे कक्ष में पधारेंगे।

उसने स्नानघर में पहले सुगंधित उबटन मला। फिर मेट की साबुन से नहलाया। बाल सँवारे। ठोढ़ी पर काला तिल काजल से बनाया। आँखों में काजल डाला—तीखा-तीखा। चूँथी से अन्य सफाई की।

कंवली गुनगुनाती भी जा रही थी।

मधुवन रो अे आँबो मोरियो,
ओ तो पसरयो अे सगली मारवाड़
सहेल्यां अे आंबो मोरियो
बहू महलां सूं उतरी
आतो कर'र सोला सिणगार
सहेल्या अे आंबो मोरियो।

स्वर में मिठास थी। मुझे चोखी लग रही थी।

रात हो गयी।

काँचघर में इत्र के दीये जल गये। पर्दों पर भी इत्र लगा दिया गया जिसकी मनभावनी सुगंध प्रफुल्लित कर रही थी। कदाचित गुलाब का इत्र था। सब कुछ सजा-सजा था।

मैं आज भी सोचती हूँ कि एक वह भी सुहागरात थी और एक यह भी है। प्रगाढ़ मौन। सब कुछ ठहरा-ठहरा। मानों शून्यता ने सर्वस्व अपने में अंगीकार कर लिया हो। मैं गोखे में आ गयी। मुझे लगा कि चराचर भी शांत है।

क्या मेरा पुनः कौमार्य भंग होगा या नरसिंघ जी ने मेरा कर दिया था। प्रश्न मेरे मन में उभरा।...यदि मन के क्रियाकलापों को सच माना जाय तो मैंने ब्याह के पूर्व अपनी कल्पनाओं व दिवास्वप्नों में कई बार नरवद जी से ही अपना कौमार्य भंग कराया था। नरसिंघ जी तो मेरे कौमार्य को क्षत नहीं कर पाये क्योंकि वे तो मुझ पर निरंतर बलात्कार ही करते रहे। मन के विरुद्ध कुछ भी किया हुआ कर्म—कर्म होता ही नहीं। दुष्कर्म होता है।

नरवद जी के आने की खबर कंवली ने दी। मुझमें सिहरन सी दौड़ी। मैंने तुरंत घूँघट निकाल लिया। मैं भूल गयी कि मैंने यह दूसरा ब्याह किया है। अखन कुँवारी की तरह मैं साँस रोककर उनकी प्रतीक्षा करने लगी।

नरवद जी भीतर आये। आने के पूर्व उन्होंने कंवली को आदेश दिया कि कोई भी आ जाय तो उसे मना कर देना।

काँचघरों के दीये तेज उजास फैला रहे थे। हवा के तेज झोंके निरंतर दो-चार आये जिनसे कक्ष में गुलाब की सुवास भर गयी। वे मेरे सन्निकट बैठ गये। अपनी जेब में से भारी बाजूबंद (एक गहना) निकाला। मेरे गले में डाल कर कहा, ''अब मुँह दिखा दीजिए।''

मैं निस्पंद बैठी रही।

उन्होंने धीरे-धीरे मेरा घूँघट हटाया। बस, देखते रहे मुझे मुग्ध-भाव से अपलक।

''ऐसे क्या देख रहे हैं।''

''देख रहा हूँ कि आपके चेहरे पर कितनी पावनता और संकोच है। कुँवारेपन की आभा बिखरी है।''

मैं भाव विह्वल होकर उनसे लिपट गयी।

उत्तेजना और आवेश में मैं अपने से अपरिचित बुदबुदाती रही—सच मैं कुँवारी हूँ, एकदम कुँवारी। अखन कुँवारी। मैं जरा भी अपवित्र नहीं हूँ। नरवद जी ने ठीक ही कहा था कि स्त्री अग्नि है वह दूषित नहीं होती।

उनकी बाँहों ने भी फैलकर मुझे अपने में समेट लिया। मुझे उनके सहवास से लगा कि एक अग्नि है उनमें। प्रचंड तापवाली अग्नि। उस अग्नि में हिम जैसा ठंडापन भी है।

बहुत देर से उठे हम दोनों।

× × ×

दूसरे दिन मेरे अपने मन में अपार संतोष था। मुझे लगा कि मेरे अंतर की अनंत भूखी भूमि प्रेम से सरोबार समर्पण से तृप्त हो गयी है। प्रकृति के अनुकूल हर कार्य कितना सुखद होता है, यह मैंने प्रथम बार अनुभव किया। पहले भी मैंने कहा था कि अनुभव ही सत्य है। कल रात जो कुछ मैंने अनुभव किया, वही प्रेम था। कल के समर्पण में जो माधुर्य व सौंदर्य था, वह अमिट सा था।

सूर्य उगता है, अस्त होता है।

मैं आज इस अवस्था में झूठ नहीं बोलूँगी। समग्र अंतर्भाव से कह रही हूँ कि जो उत्तेजना और वाचलता आरंभ के दिनों में होती है, वह क्रमशः शिथिलता ग्रहण कर लेती है।...दांपत्य जीवन की एक आदिकाल से पटरी बनी हुई है। समय के साथ-साथ कोई भी पटरी से उतरना नहीं चाहता। अभ्यस्त स्वभाव बन जाते हैं सबके। फिर अतीत जैसे सुख की कल्पना करना हास्यास्पद है। उनकी स्मरण करके अपने मन को भारी करना ही है। क्योंकि वर्तमान से अतीत जिनका सुंदर रहा है, उनका पलड़ा भारी ही रहेगा।

नरवद जी फिर लड़ाई में चले गये थे। मुझे उनका न होना अखरने लगा।

उनकी अनुपस्थिति में नीहारदे जी की तबीयत बहुत बिगड़ गयी। पर्दे की ओट में मैंने दीवानजी से उसके उपचार के लिए बातचीत की।

तुरंत राजवैद्य जी को बुलाया गया। उन्होंने तेज औषधियों की व्यवस्था की।

खूब निरीक्षण-परीक्षण किया।

फिर वैद्य जी ने आकर मुझे बताया, ''उनका जीवित रहना कठिन है। आँतें एकदम सड़ गयी हैं। उनमें घाव ही घाव हो गये हैं इसलिए थूक के साथ खून गिरता है।''

''क्षय तो नहीं है।''

''नहीं, क्षय नहीं है। मल में खून का आना मेरी समझ में आँतों का खराब होना ही है।'' उन्होंने सिर झुका कर कहा, ''मेरी तो राय है कि इनकी जो इच्छा हो, उसे पूरी कर दी जाय।''

मैं दुखी हो गयी। मेरा मन विकल हो गया। इच्छा हुई उसके पास तुरंत चली जाऊँ। पनकी को उसके पास भेजा। पनकी ने आकर बताया कि आपका नाम सुनते ही वह बारूद की तरह भड़क उठी। घृणा से दाँत पीसती हुई बोली, ''उस खुड़पगी (अशुभ) को कहना कि मेरे पास आ गयी तो मैं कूदकर अपनी जान दे दूँगी। मैं जीते जी उसका मुख नहीं देखना चाहती।''

मैंने उसकी तमाम डावड़ियों को समझा दिया कि उसकी हर इच्छा को पूरा किया जाय।

नीहारदे जी मरेंगी। उनका अंत समय निकट है। चंद दिनों में यह हाड-माँस की प्रतिमा दूर चली जायेगी। इसके अस्तित्व का कुछ भी शेष नहीं रहेगा।

मेरा मन भर आया। आँखें गीली हो गयीं। कंवली ने आकर बुझे स्वर में बताया, ''उनका बचना कठिन है। आप ठाकुर सा को खबर करा दीजिए।''

''कहाँ कराऊँ? रणक्षेत्र में, जहाँ सिर अलग और धड़ अलग पड़े हों। जहाँ हाथ कहीं और पाँव कहीं बिखरे हों। जहाँ खून से लथपथ जमीन पर घायल तड़प रहे हों? संदेश कहाँ भेजूँ कंवली? किसे भेजूँ? तू एक बार नीहारदे जी को जाकर विनती कर कि सुप्यारदे आपके पाँवों को छूकर एक बार नहीं, हजार बार माफी माँग रही है। उन्हें आपके पास आने का हुक्म दीजिए ताकि वह आपकी देखभाल कर सके। अब जो लिखा था, वह हो गया है अब द्वेष-घृणा कैसी?''

कंवली ने जाकर नीहारदे जी से प्रार्थना की। वह दुर्बलता के कारण भड़क तो नहीं पायी पर गुस्से में बोली, ''उन्हें कह दीजिए कि वह अपना काला मुँह मुझे न दिखायें। मुझे सुख, शांति और संतोष से मरने दें।''

मैं क्या करती? फिर भी दीवान जी से कहलाया कि यदि संभव हो सके तो ठाकुर सा को नीहारदे जी की सख्त बीमारी की खबर पहुँचा दें।

दीवान जी ने एक व्यक्ति को भेज दिया।

मैं अपने जीवन से वैसे तो बहुत ही संतुष्ट थी। पर नीहारदे जी घृणा नहीं करती और मुझे क्षमा कर देती तो सब कुछ सामान्य और सुखद रहता। वैद्य जी आये थे। उन्होंने बता दिया था कि वे एक-दो दिनों की मेहमान हैं। मेरा मन विकल था। नीहारदे जी के बारे में सोच-सोच कर मैं रो पड़ती थी। न जाने, वह मुझसे

बचपन से ही क्यों घृणा कर रही है? दूसरे दिन सुबह तक उसकी चेतना चली गयी। अब वह पानी की बूँद भी पीने में असमर्थ थी। खरखराहट के साथ लंबे-लंबे साँस लेने लगी। मुझसे नहीं रहा गया। अब उन्हें तनिक भी चेतना नहीं थी। मैं उनके कक्ष में चली गयी। उनकी दयनीय और करुण स्थिति देखकर मैं बिलख पड़ी।

उसके तीनों बच्चे सहमे-सहमे से बैठे थे। अभी नादान थे। अपने पराये का ज्ञान भी नहीं था। उदास-उदास। टुकुर-टुकुर देख रहे थे वे अपनी माँ को।

मैंने नीहारदे जी की खास डाबड़ी से कहा, ''तू इसे दूसरी जगह ले जा और इनकी धाय माँ से कह दे कि अब वह इन्हें छोड़कर कहीं न जाए। दीवान जी से मेरा नाम लेकर कह दे कि छोटे बेटे वीरसिंह के लिए अलग से धाय माँ की व्यवस्था कर दे।''

मैं उन्हें तड़पते हुए कातर दृष्टि से देखने लगी। वृद्ध जगनूड़ी से कहा, ''इनके मुख में गंगा-जल और तुलसी का चरणामृत दीजिए। किसी ब्राह्मण को बुलाकर इन्हें गीता सुनवाइए।''

देखते-देखते सारी व्यवस्थायें हो गयीं। ब्राह्मण गीता सुनाने लगा। ठहर-ठहर कर उसके मुख में गंगा जल डाला जाने लगा।

उन्हें तड़पते हुए देखकर मुझसे रोटी का एक कौर भी नहीं खाया गया। बस, कई प्रश्न लिये हुए मैं उन्हें निहारती रही।

आधी रात को वह थोड़ा सा छटपटायी। फिर उन्होंने अपना एक हाथ उठाकर जोर से पटका। उनकी आँखें फट गयीं।

हमने उसे तुरंत उठाकर जमीन पर सुला दिया। मैंने उसकी आँखें बंद कर दीं।

मृत देह मेरे सम्मुख थी। नितांत प्रशांत।...अटल। दया आ गयी मुझे उस पर। छोटी उम्र में ही यह संसार छोड़कर चली गयी। अनंत की महायात्रा पर। एक अज्ञात लोक में।

मैं नहीं जानती कि स्वर्ग-नरक और अनेक अज्ञात लोक कहाँ हैं? बस, मुझे अभी लगा कि वे हम सबको छोड़कर चली गयी।

मैंने उसकी ओढ़नी से उनकी आकृति को ढँक दिया। डाबड़ी ने आकर बताया कि बच्चे गहरी नींद में सोये हुए हैं। एक लोक विश्वास है कि किसी के साथ घटित दुर्घटना का उनके घरवालों को पूर्वाभास हो जाता है पर इन बच्चों को नहीं हुआ। वे तो जीवन-मृत्यु के रहस्य से परे सो गये थे।

सामूहिक रोदन में शोर होता है और अकेले का रोदन नीरव होता है। निःशब्द। हर एक की आँखें गीली थीं।

मैं व अन्य डाबड़ियाँ रात भर शव के पास बैठी रहीं। ब्राह्मण चला गया था। मृतकों का दाहसंस्कार करानेवाला पंडित अलग था।

सूर्य के उगने के कुछ देर पहले नरवद जी आ गये थे। वे सीधे अपनी पगड़ी

और शस्त्र रखकर शव के पास आये। दीवान जी और अन्य नौकर-चाकर उनके पीछे-पीछे चले आये थे।

नरवद जी की आँख से आँसू टपक रहे थे। वे नीहारदे जी के सिरहाने बैठ गये। उनके सिर को उघाड़ कर उनके बालों को सहलाने लगे। मेरा कलेजा फट गया। मैं दहाड़ मार कर रो पड़ी। बिलख उठे नरवद जी।

नरवद जी ने पंडित से कहा, ''आप क्रिया करम शुरू कराइए। सुप्यारदे जी! आप नीहारदे जी को ऐसी सुहागण बना दीजिए कि...।''

वे आगे नहीं बोल पाये। फिर सुबक पड़े।

मैं उस सुहागण को सजाने लगी। नहलाया। मेंहदी रचायी। उसके हाथों की सोने की चूड़ियाँ, पायल, नाक में तिनका (काँटा), कानों में बालियाँ। एकदम लकदक कपड़े।...लगा मुझे कि यह मृत नहीं है, जीवित है। अभी उठ कर बोल पड़ेंगी।

मन फिर अवसाद से भर आया।

भीड़ इकट्ठी हो गयी। बच्चे भी उठ गये। मैंने उन्हें अपने से चिपका लिया।

अर्थी निकल पड़ी। आसपास के बड़े-बड़े अमीर-उमराव, ठाकुर-साऊकार आ गये थे। मुझे अपने पास रखने के कारण मेरे पीहरवालों ने नरवद जी से सारे संबंध तोड़ लिये थे।

दोपहर आने के पहले ही नीहारदे जी का दाह संस्कार करके लोग लौट आये।

× × ×

काल-पखेरू उड़ता ही है।

कौन बाँध सका उसे अपनी शक्ति से। कोई नहीं? सूर्य निकलता है। चंद्र निकलता है। दिन-रात होते हैं।

नीहारदे जी की मृत्यु का शोक भी विस्मृति के गर्भ में चला गया। सब कुछ सामान्य हो गया। मैंने उनके तीनों बच्चों को इतना प्यार किया, इतनी सच्ची ममता दी कि वे मुझे ही माँ सा कहने लगे। नरवद जी ने भी गढ़ के दास-दासियों व अधिकारियों को कठोर आदेश दे दिया था कि वे बच्चों को किसी तरह का आघात न पहुँचायें। धाय माताओं को मैंने कह दिया था कि वे इन बच्चों के मनों में यही बिठायें कि मैं ही उनकी माँ हूँ। मैंने भी उन्हें असीम ममता और प्रेम दिया जैसे वे मेरे ही बेटे हों। ममता में इतनी शक्ति है कि परायी कोख में जन्में बच्चे मुझे ही माँ समझने लगे। मुझे भी इससे अपूर्व सुख मिलता था। मेरी मातृत्व की अतृप्ति मिटती जा रही थी। छोटा बच्चा वीरसिंह तो मेरी गोद में ललक-ललक कर आ जाता था। मैं भी उसे छाती से लगा लेती थी।

× × ×

सब कुछ सही चल रहा था।

नरवद जी मुझे अथाह प्रेम करते थे। उनके मधुर और अपनत्व भरे व्यवहार और बर्ताव से मैं अतीत की समस्त दुर्दांत कटुताएँ भूल गयी थीं। उनकी बाँहों में

मेरे सारे सुख सिमट आते थे।

उस रात वे कुछ थके-थके से नजर आये।

मैंने उनके सन्निकट बैठकर पूछा, "आप आज कुछ थके-थके से लग रहे हैं।"

"नहीं तो?"

"ऐसा मैंने कभी पहले तो नहीं पूछा था।" मैंने अपने मुँह को मरोड़ते हुए कहा।

उन्होंने पीने की इच्छा की। मैंने गिलास में थोड़ी शराब डाल कर दे दी।

वे घूँट लेकर बोले, "आज चंद मेहतर डेरे में आ गये थे। वे इस ठिकाणे में काम करना चाहते थे। पर मैंने उनसे पूछताछ करके पता लगाया कि वे लोग राजपूत हैं। उन्हें उनके शत्रु ने जबरदस्ती यह काम कराया। तलवारों के साये में ताकि ये फिर कभी सम्मान का जीवन न जी सकें। जैसे ही उन्होंने यह काम किया, इन्हें जाति-बहिष्कृत कर दिया गया और वे अछूत मान लिए गये।"

"सच।" मैं चौंकी।

"हाँ सुप्यारदे, हम शक्तिशाली अपने समाज को उन्नत करेंगे या अवनत? इतना बड़ा अधर्म और अन्याय करनेवालों को कुंभीपाक नरक ही मिलेगा।"

मैंने गंभीर होकर कहा, "यह तो कुलीन कहलाने वालों का कितना निकृष्ट आचरण है। अपनी ही जाति और धर्म को अपने ही पाँवों से रौंदते जा रहे हैं। इस क्षत्रिय जाति का क्या भविष्य होगा? इस तरह तो ये पतनगामी होते जायेंगे।"

नरवद जी ने मेरे कंधे पर हाथ रखकर कहा, "जो उत्थान के सर्वोच्च शिखर पर चढ़ता है, उसे जमीन पर आना ही पड़ता है।"

"आपने उन्हें समझाया नहीं?"

"इस पतित कर्म को त्याग दो।" मैंने उनसे कहा।

एक वृद्ध ने बड़ी दीनता से हाथ जोड़कर कहा, "अन्नदाता फिर हम अपने छोटे-छोटे बाल-बच्चों का पेट कैसे भरेंगे? क्या आप हमें अपने डेरे में सम्मानजनक काम दे सकते हैं?"

उसी समय हमारे पंडित जी आ गये। ब्राह्मण देवता। उन्हें देखकर वे कड़क कर बोले, "छिः छिः ये शूद्र अछूत डेरे में कैसे घुस आये?"

मैंने उन्हें बताया कि ये क्षत्रिय हैं।

"क्षत्रिय हैं तो इतना हेय काम क्यों किया इन्होंने। गाय का माँस खाने वाला ब्राह्मण वापस ब्राह्मण तो नहीं हो सकता। वह नीच हो जाता है। आपने कुछ भी अब गलत किया तो ऐसा दंड आपको भी मिल सकता है। बार-बार समाज और राणाजी आपकी रक्षा नहीं करेंगे।" विप्रदेवता चींखें।

बात पंडित जी की सही थी। मैं चुप हो गया। उन्हें यहाँ काम करने का हुक्म दे दिया। इसी बात को लेकर मन उदास हो गया।

मैंने उनसे कहा, "सब कुछ बदलता रहता है नरवद जी। यही प्रकृति का नियम

हैं।''

उन्होंने गिलास मुझे देकर कहा, ''बच्चों की शिक्षा कैसी चल रही है।''

''बहुत अच्छी। शस्त्र और शास्त्र दोनों ही शिक्षायें बराबर चल रही हैं।''

उन्हें नशे का उन्माद सा आ गया था। मुझे अपने वक्ष पर लेटाते हुए उन्होंने कहा, ''एक बात पूँछूं। सच-सच उत्तर दीजिएगा। गुड़-लिपटी बात मत करियेगा।''

''सच ही कहूँगी।'' मैंने कहा, ''कितनी कड़वी हो, मैं उगल दूँगी।''

''आपको आये बारह बरस हो गये हैं। समय बीतते कहाँ देर लगती है। मुझे लगता है कि आप कल ही आयी हैं पर अब आपको कैसा लगता है?''

''अच्छा ही लगता है।''

''यह उत्तर नहीं हुआ।''

मैं समझ गयी थी कि वे मेरे मन के सच को समझना चाहते हैं। मैंने उनकी मूँछों पर हाथ फेरा और उनके कानों में पहनी बालियों को छूकर कहा, ''कटु सच तो यह है कि मनुष्य दीर्घ समय के अंतराल के बाद हर वस्तु से ऊब जाता है। उसका दिल भर आता है। एकरसता भी बेसी दिनों तक नहीं सही जाती। चाहे स्त्री हो चाहे पुरुष...हर काम करते-करते प्राणी उकता जाते हैं। यह मनुष्य का स्वभाव है।''

''तो आप?''

''मैं इस प्रश्न का उत्तर क्यों दूँ!'' मैंने सचेत होकर कहा, ''आप ही बताइए। स्त्री का बोला गया सच कई बार पुरुष के लिए असह्य हो जाता है।''

उन्होंने मुझे खींचकर मेरा गहन चुंबन लिया। मैं सीत्कार उठी। वे बोले, ''आप बड़ी चालाक हैं। सच बात है कि मनुष्य हर काम से ऊब जाता है, हर वस्तु से उकता जाता है। लेकिन मैं आपसे जरा भी नहीं ऊबा। आपके प्रति मुझमें उतना ही प्रगाढ़ प्रेम, उत्तेजना, आकर्षण और आसक्ति है जितनी पहले थी।''

वे मुझे विवस्त्र करने लगे।

मैं बिछती हुई बोली, ''आपमें सच कहने की क्षमता नहीं है। आप क्या, आप जैसे सारे कुलीन और समर्थ लोग कई-कई राणियाँ और ठकुराणियाँ रखते हैं। कदाचित वे इसी तरह अपनी एकरसता को मिटाते होंगे।'' मैं फिर बोली, ''जिन क्षणों को हम भोग रहे हैं न? उन क्षणों में पुरुष स्त्री के अनेक गुणों की प्रशंसा करेगा। लेकिन हम अपनी उम्र के ढलते हुए समय में अपनी शारीरिक विवशता, जड़ता और दुर्बलता से लाचार हो जाते हैं। फिर हमारे पास जीवन साथी बदलने की कोई स्थिति नहीं होती। फिर एक ही स्त्री के लिए उम्र ढलने पर तो उसे उपेक्षिता का जीवन जीना पड़ता है। इसलिए स्त्री अपने पति से और पुरुष अपनी पत्नी से इस उम्र में जुड़ा रहता है। आप को मेरी बातें अप्रिय तो नहीं लग रही हैं।''

''नहीं सुप्यारदे नहीं।''

कुछ क्षणों के पश्चात वे सो गये। उन्हें गहरी नींद आ गयी।

मुझे नींद नहीं आयी।

आकाश निर्मल था। तारे चमक रहे थे। मैं खुले आकाश के नीचे आ गयी। अँधेरी रात थी। तारों का हलका-हलका उजास। हवा में शीतलता।

मैं फिर चिंतन करने लगी—जीवन पर। हम अज्ञेय को समझने की चेष्टा करते हैं। हम निरंतर अपने बाहर-भीतर खोजने का प्रयास करते हैं। इसीलिए असंभव को संभव कर पाते हैं और उन तथ्यों को पा लेते हैं जिनका हमें पहले ज्ञान नहीं होता। ज्ञान के साथ-साथ हमारे अनुभवों के क्षेत्र बढ़ते जाते हैं और हमें नये सत्यों का पता चलता रहता है। मैं यदि निरंतर अध्ययन नहीं करती तो मुझे कैसे पता चलता कि कालांतर मनुष्य का जीवन एक परिधि में आकर घूमता रहता है। नीरस और रसहीन।...खाओ, पिओ और सोओ। कल मैं नरवद जी से कहूँगी कि तीर्थाटन पर चलें। इन डेरों की चारदीवारी में जन्म से मरण तक रहना भी त्रासदी ही है।

नींद मेरी आँखों में घुलने लगी थी।

मैं भीतर आकर सो गयी।

नरवद जी खर्राटें भर रहे थे।

दीयों का उजास एकदम मंदा हो गया था।

मैंने दीयों को बुझा दिया।

नरवद जी की बगल में सो गयी।

× × ×

एक दिन कंवली ने हताश होकर कहा, ''बाई सा! मेरा मन कहता है कि अब वे नहीं रहे। मैं सुहागन बनकर पाप कर रही हूँ।''

''तेरा मन कोई ईश्वर तो नहीं है। तेरे मन के पास तेरे पति की मृत्यु का कोई प्रमाण तो नहीं। हर वस्तु के होने और न होने का प्रमाण चाहिये।''

''कल मुझे दुर्गा माँ ने सपने में कहा कि तेरा पति मर चुका है। देवी माँ सपने में भी कहती है तो सच ही कहती है।''

''सपनों में तो हर देवता दर्शन देता है, बोलता है, चमत्कार करता है पर प्रत्यक्ष में करे तो मानूँ। अपने वहम को मिटा दे।''

''पर मैं यहाँ ऊब गयी हूँ। डाबड़ी हूँ।...मेरी एक-एक साँस बंधक है। यदि आप हुक्म करें तो मैं तीर्थ करने चली जाऊँ।''

''किसके साथ जाओगी।''

''एक ब्राह्मणी है। उसके गुरुजी अपने कई चेलों व चेलियों के साथ जा रहे हैं।'' उसने मेरे पाँव पकड़कर कहा, ''बाई सा! इस तरह की इच्छा करना ही हम जैसी डाबड़ियों के लिए अपराध है पर आपके कारण मैं यह हिम्मत जुटा पायी।''

''सुन कंवली! मेरा भी तीर्थ करने का विचार है। मैं कल नरवद जी से बात करके तुझे बताऊँगी।...यदि हम तीर्थाटन पर जायेंगे तो तुझे अपने साथ ले चलेंगे, वर्ना तुझे उनके साथ भेज देंगे। मैं तुझे टके-पैसे भी दूँगी।''

"उनकी मुझे दरकार नहीं है। मेरे पास आपके दिये हुए बहुत गहने हैं। उन्हें बेचकर मैं अपना खर्च चला लूँगी।"

"ठीक है।" वह अपने काम में लग गयी।

मैंने नरवद जी से तीर्थ-यात्रा पर चलने के लिए पूछा तो उन्होंने मना कर दिया। कहा, "अभी जाना संभव नहीं है। राजनीति में अभी बड़ी ही हलचल है। राठौड़ों ने सदा मेवाड़ की स्वतंत्रता और उसकी आन-बान के लिए बड़ा त्याग किया है पर सीसोदियों के मन में उनके प्रति सच्चा अपनापन कभी नहीं उपजा। उन्होंने कभी भी राठौड़ों पर स्थाई विश्वास नहीं किया। परोक्ष में वे राठौड़ों की जड़ें काटने में ही लगे रहे। राणा कुंभा जी के विरुद्ध भी वे कोई भीषण षड़यंत्र कर सकते हैं। ऐसी स्थिति में मेरा यहाँ रहना जरूरी है कब उनका बुलावा आ जाए। आप तो जानती हैं न, मुझ पर उनको अखंड विश्वास है। उन्होंने मुझे मेवाड़वासी सरदारों से भी ज्यादा सम्मान दिया है। अपना बायाँ हाथ वे मुझे समझते हैं।"

"राजनीति अत्यंत दूषित हो गयी है। इसके चमकदार प्रलोभनों ने मनुष्य को कृतघ्न बना दिया है। विश्वासघाती बना दिया है। कर्त्तव्यहीन कर दिया है।"

"आप ठीक कहती हैं सुप्यारदेजी। मेरी पद-प्रतिष्ठा और मान-सम्मान को मेवाड़ के सरदार सह नहीं पा रहे हैं। मेरे विरुद्ध राणाजी के कान भरते रहते हैं।"

"और राजा के कान कच्चे होते हैं।"

"ठीक है पर एकलिंग दीवाण राणा कुंभाजी के नहीं। वे मुझ पर अटूट विश्वास रखते हैं।"

"यह ठीक है पर आप उनसे तीर्थ यात्रा पर जाने का हुक्म तो ले सकते हैं।"

"ले सकता हूँ और वे मुझे दे भी देंगे पर मेरा मन इस विकट और सोचनीय स्थितियों में उन्हें छोड़कर जाना नहीं चाहता। थोड़े दिन और ठहर जाओ। मैं आपकी इस इच्छा को अवश्य पूरा करूँगा।"

मेरा तीर्थयात्रा पर जाना रद्द हो गया किंतु मैंने कंवली को जाने का हुक्म दे दिया।

बस, फिर क्या था। सारे डेरे में यह बात फैल गयी कि एक डाबड़ी को तीर्थयात्रा की इजाजत ठकुराणी जी ने दे दी है।

दीवान जी तुरंत मेरे पास आए। मैं पर्दे की ओट में खड़ी थी। उन्होंने पूछा, "ठकुराणी जी! आपने कंवली को तीर्थयात्रा पर जाने का हुक्म दिया है?"

"हाँ, दे दिया है।"

"हमारे नियमों व परंपराओं के अनुसार किसी भी दास-दासी को इस तरह हुक्म नहीं दिया जा सकता। इनके जीवन की यही नियति है कि डेरे में आने के बाद उनकी अर्थियाँ ही निकलती हैं।"

"दीवाण जी! वह मेरी डाबड़ी होने के साथ सहेली भी है। हमने साथ-साथ बालपन बिताया है। खेले-कूदे हैं इसलिए मैंने हुक्म दे दिया।"

"इससे आप हमारी व्यवस्था को हानि पहुँचायेगी।" दीवान जी ने किंचित भौहें तानकर कहा, "जो अब तक नहीं हुआ है, उसे आप क्यों कर रही हैं?"

मैंने भी गंभीर स्वर में उत्तर दिया, "मैं आपकी व्यवस्था को कोई हानि नहीं पहुँचा रही हूँ। मैं तो आपकी व्यवस्था की रूक्षता को चोट पहुँचा रही हूँ। यह अलग बात भी है। आपको सोचना चाहिये कि व्यवस्था को मिटाना अलग बात है और उसकी कठोरताओं को मिटाना अलग बात है। जब-जब व्यवस्थाओं ने अपने नियमों से मनुष्य पर अत्याचार किये तब-तब उन्हें चरमराना पड़ा। बदलना पड़ा। इतनी रूढ़ता का त्याग ही अच्छा है दीवान जी! कंवली को आप नहीं रोकेंगे। उसके जाने की व्यवस्था में जो भी कमियाँ हों, उन्हें आप पूरी कर दीजिए। यही मेरा हुक्म है।"

जब कंवली को मेरी बात का पता चला तो वह प्रसन्नता की अतिरेक में रो पड़ी। उसने मेरे पाँव पकड़ कर विगलित स्वर में कहा, "मैं तो डर गयी थी। मुझे तो सभी लोगों ने कहा कि एक डाबड़ी को अकेले तीर्थयात्रा या अन्य कहीं जाने का हुक्म नहीं मिल सकता। ऐसा कभी यहाँ हुआ ही नहीं है।

कंवली चली गयी। गयी तो फिर वापस नहीं आयी। किसी को उसकी कमी भी नहीं अखरी सिवाय मेरे। उसे वहाँ संतों का सत्संग मिल गया। कई अर्से के बाद उसका समाचार इधर का एक महात्मा लाया कि वह संन्यासिनी बन गयी है। गंगा के तट पर एक आश्रम में रहती है। ईश्वर को जपती है, पूजा-पाठ-ध्यान में संलग्न रहती है। वीतरागी बन गयी है। संत ने श्रद्धावश बताया, "मंत्र जपते-जपते उसे आत्मज्ञान हो गया है। वह कभी भी ईश्वर, धर्म, ज्ञान, सत्य और नैतिकता पर दो शब्द भी नहीं बोलती। अत्यंत मौन रहती है।"

मैंने सोचा कि मूर्ख का मौन रहना ही उत्तम होता है। मूर्ख कालिदास के मौन ने ही तो चमत्कार किया था। मौन मनुष्य की अनगिनत अज्ञानताओं को छुपा लेता है। चलो, कंवली ने वहाँ कुछ तो पाया। मगर मैं सोचती हूँ कि उसकी स्त्री अभी भी दासता से मुक्त नहीं हुई है क्योंकि जिस आश्रम में वह रहती है, उसके नियमों का उसे पालन करना पड़ता है। दासता तो है ही। दासता जीवन का अभिन्न अंग बन गयी है। मैं कई बार एकांत क्षणों में सोचती हूँ कि मनुष्य कभी स्वतंत्र होता है? अपने मूल अस्तित्व में जीने की चेष्टा करता है? नहीं, कभी नहीं। हम एक दासता से मुक्त होते हैं तो दूसरी दासता के अधीन हो जाते हैं। कई बार हम जिसे मुक्ति समझते हैं, वह एक अपरिचित दासता होती है।

क्या मैं एक नयी तरह की दासता नहीं भोग रही हूँ? नरसिंघ जी के बंदीगृह की यातनाओं से मुक्त होकर क्या मैं यहाँ सुखद और सुविधाओं से पूर्ण बंदीगृह की दासता नहीं भोग रही हूँ? जीवन भर मनुष्य कितने बंदीगृहों से गुजरता है। कोई नहीं जानता। कभी दुखद दासता और कभी सुखद दासता।

बेटे बड़े हो गये थे। वे भी नरवद जी की भाँति साहसी और लड़ाकू लग रहे थे।

जब नरवद जी ने उन्हें अपने साथ पहली बार एक लड़ाई में ले जाना चाहा तो मुझे केसरी सिंह जी याद आ गये। उनके विचार याद आ गये। मैंने उनसे निवेदन किया कि क्या हम अपने तीन बेटों में से एक बेटे को किसान नहीं बना सकते। तलवार की जगह उन्हें हल नहीं दे सकते।

तब वे मुसकराए। बोले, ''ऊंदरे (चूहे) का जाया (पैदा किया हुआ) सही ढंग से बिल ही खोद सकता है? मेरा जाया तलवार ही अच्छे ढंग से चला सकता है। पर आपने ऐसा क्यों सोचा?''

मैंने नरवद जी की ओर प्यार से देखते हुए कहा, ''नरवद जी! क्या हम अपनी हर संतान को लूला-लंगड़ा, काना और कटे हुए अंग का देखना चाहते हैं। उसे युद्धभूमि में मरते हुए देखना चाहते हैं। युद्ध ने मनुष्य को क्या दिया? एक विभीषिका ही। एक विकृत सृष्टि ही। भूख-प्यास और अभाव ही। मैं चाहती हूँ कि हमारा एक बेटा खेती करे। अनाज उपजाए। हमें भी खिलाए और दूसरों को भी।''

''सुप्यारदे जी! सुख-दुख तो भाग्य के लिखे अनुसार मिलते हैं। क्या किसान का हाथ नहीं कटता? घास काटने की दरांती चलाते हुए उसका भी अंग भंग हो सकता है। कोई जहरीले जीव के काटने पर उसकी भी मृत्यु हो सकती है। मृत्यु का क्षण अटल है।''

''होम करते जिस किसी का हाथ जलता है, वह सम्मान का पात्र कहलाता। किसी के प्राण बचाने के लिए कोई प्राण गँवाता है, वह श्रेष्ठ होता है। हम अपनी राज्य लिप्सा के लिए मनुष्यों को गाजर-मूली की तरह काटते हैं, वे कम से कम उस श्रेणी में तो नहीं आ सकते?''

''पर मेरा विश्वास है कि मेरे तीनों बेटे वीर ही बनेंगे। आप उन्हें पूछ लेना।''

जब मैंने उन्हें पूछा तो उन्होंने एक स्वर में यही कहा कि वे सैनिक ही बनेंगे और अपने पिताजी के साथ रहेंगे। उनकी शक्ति को बढ़ायेंगे।

उन्हें मैंने काफी समझाने की चेष्टा की पर मैं असफल रही। समय के साथ-साथ उन सबकी एक-एक करके शादियाँ हो गयीं। मैं और नरवद जी दादा-दादी हो गये। सब कुछ शांत, सुखी और संतुष्ट था। सबसे अच्छी बात यह थी कि नरवद जी मुझे कभी भी किसी भी सामाजिक, धार्मिक और सांस्कृतिक आयोजनों, उपवास, व्रतों, जागरणों, कीर्तनों, किसी को करने या उनमें हिस्सा लेने के लिए बाध्य नहीं करते थे। गणेशचतुर्थी जैसे पति की मंगलकामना और दीर्घायु हेतु व्रत को करने के लिए भी वे मुझे विवश नहीं करते थे। मैं सच कहती हूँ कि मेरा मन से इन सभी कार्यों में विश्वास नहीं था। एक बार मैंने नरवद जी से पूछा भी था, ''मैं चौथ का व्रत नहीं करती हूँ आपको बुरा तो नहीं लगता?''

''मुझे बुरा नहीं लगता क्योंकि मुझे मालूम है कि करवा चौथ करने वाली स्त्रियाँ भी विधवा होती हैं। बिना श्रद्धा व विश्वास के ये सब व्यर्थ है। हाँ जिस माहौल में आप रहती हैं, वह माहौल के लोग मन से आपके प्रति अच्छी भावना नहीं रखते?

अनेक शक्तियाँ हैं, इनमें एक शक्ति है सामाजिक दबाव की शक्ति, यह महाशक्ति होती है जो मनुष्य को हर रूढ़िग्रस्त कर्म को करने के लिए विवश कर देती है क्योंकि इन सबके साथ उसकी यश-स्तुति भी जुड़ी है। भय भी जुड़ा है।''

''आप ठीक कहते हैं, वस्तुतः हम अनेक धार्मिक व रूढ़िग्रस्त कार्य इसलिए करते हैं कि वे हमें यश दिलाते हैं, उनके न करने से समाज का भय लगता है।'' मैंने जरा सोचकर कहा, ''हम सबने अपनी तमाम स्त्रियों को विचारहीन, क्षमताहीन और विद्रोहहीन बना दिया है और उन्हें चंद दायरों में बंद कर दिया है। जब-जब वे उन दायरों से निकलने की चेष्टायें करती हैं तो समाज उनको लाँछनों के बाणों से छेदना शुरू कर देते हैं। उन्हें पाप, नरक और दुर्गतियों की ऐसी भयंकर बातें सुनाते हैं कि वह परास्त हो जाती हैं या फिर हम उन्हें प्रशंसा में डूबो देते हैं पर मैं आपसे पूछती हूँ कि जो स्त्रियाँ समस्त धार्मिक अनुष्ठान, व्रत-उपवास करती हैं, क्या वे कभी कष्ट, दुख और अभाव नहीं सहतीं? धार्मिक व्रतों का ठेका केवल स्त्रियों को ही क्यों दिया गया है। क्यों नहीं पुरुष अपनी स्त्री की भलाई व दीर्घायु के लिए व्रत-उपवास रखता।...मेरा मानना है कि प्रकृति आदि शक्तियों व देवों को भी संतुलित रखती है और व्यवस्थायें मनुष्य को संचालित करती हैं। इसलिए मनुष्य को सरल जीवन जीने की व्यवस्था देनी चाहिये। पृथ्वी से रक्तपात मिटना चाहिए। हम यह अन्याय नहीं कर रहे हैं कि दूसरे भूखे-नंगे रहें और हम सारी समृद्धियों को अपनी मुट्ठी में बंद कर लें।''

नरवद जी ने मुझे अपनी एक आँख से श्रद्धापूर्वक देखा। मेरे कंधे पर हाथ रखकर मुसकराते हुए वे बोले, ''सुप्यारदे जी! आपके शब्दों में अग्नि है। एक ऐसा सच है जिसे आज की स्त्री कह ही नहीं पाती। आपको आज का समाज धर्म और व्यवस्था सहन करने से आँखें जरूर चुरायेंगी लेकिन मैं आपको पाकर संतुष्ट हूँ बल्कि गर्वित हूँ। एक मेधावी स्त्री कई सुखों को जन्म देने वाली होती है। वह जीवन के मर्म और उपयोगी धर्म को बताने वाली होती है। आपके संग से ही मैंने इस रहस्य को जाना कि स्त्री धरती है, स्त्री अग्नि होती है। स्त्री की पवित्रता की जो परिभाषा पुरुषों द्वारा संचालित व्यवस्था, समाज, धर्म और नीतियों ने की है, वह गलत है। शोषण करने वाली है। वस्तुतः समस्त परिभाषाओं में बदलाव आना चाहिए।...आपका कहना ठीक है कि स्त्री को मनुष्य ही समझना चाहिए। और उसे अग्नि ही समझना चाहिए। जीवन में विद्रोह क्या होता है, यह भी मैंने जाना। आप मुझे मिल गयीं, मेरा जीवन सार्थक और सफल हो गया।''

मैं नरवद जी के इस प्रेम व उदार रवैये पर मोहित हो गयी। कई बार वे मुझे प्यार से रानी सुप्यारदे भी कहते थे।

जीवन सुख से लिपटा भाग रहा था।

× × ×

कुछ दिनों से लड़ाइयाँ बंद थीं।

हम लोग शांति से अपने परिवार के साथ जी रहे थे। जीवन में परम आनंद शांति और संतोष के दिन-रात कम ही आते हैं जब जीनेवाला चिंतारहित होकर जीता है। लेकिन बुढ़ापा अपाहिज की तरह रेंगता-रेंगता आता ही है। उसका प्रभाव भले ही मन पर न पड़े पर तन उसके अधीन होता ही जाता है।

उम्र का प्रभाव हम दोनों पर भी आने लगा था।

उस दिन मैं अपनी तीनों बहुओं को लेकर पास के गाँव के देवी मंदिर चली गयी। बहुएँ बड़ी श्रद्धा और निष्ठा से चलीं पर मैं केवल इस लिए साथ में गयी कि खुली धरती और खुले आकाश के तले घूमूँगी। मैं एक बात कहूँ कि मैं अपने बेटों और बहुओं से जरूरत पर ही वार्तालाप करती थी।

हमारे साथ पालकियाँ थीं। गाड़ियाँ थीं। घुड़सवार थे। लगभग दो तीन दिनों की यात्रा थी। मैं नरवद जी के पास चलने से पूर्व गयी। बोली, "मैं बींनणियों को देवी मंदिर ले जा रही हूँ। नरवद जी! क्या ही अच्छा होता कि जितनी स्त्रियाँ व्रत-उपवास करती हैं, वे सारे के सारे व्रत-उपवास पुरुषों को सौंप दें तो स्त्रियाँ भी काफी स्वतंत्र हो सकती हैं।"

नरवद जी ने हँस कर कहा, "यदि आप मुझे सौंपेंगी तो मैं इन्हें ग्रहण नहीं करूँगा। हाँ, आप दो-तीन दिनों में लौट आयें।"

"जो हुक्म।" मैं उठकर बोली, "हम समय पर लौट आयेंगी। हाँ, आप अपने स्वास्थ्य का ध्यान रखिएगा।"

"चिंता मत करें सुप्यारदे जी! कई बार मैं सोचता हूँ कि आप प्राचीन समय में गार्गी थी जो अपने नये तर्कों से श्रेष्ठ प्रबुद्ध जनों को हतप्रभ कर देती थी।"

मैं मुस्कराती हुई चली आयी।

× × ×

हम देवी के दर्शन करके लौटे तो डेरे में मृत्यु सा सन्नाटा था। एक बार तो लगा कि डेरा सूना हो गया है। एकदम निर्जन।

केवल ड्योढ़ीदार बैठा-बैठा चिलम पी रहा था। हमें देखते ही उसने चिलम को उल्टी कर दी। हाथ जोड़ कर खम्मा-खम्मा करने लगा।

मैंने उसे कुछ नहीं पूछा। अंदर गयी तो दीवानखाने में से दीवान जी हठात् निकल कर आये। बहुएँ अपने-अपने कक्षों में चली गयीं। मैंने आदतवश थोड़ा सा घूँघट निकाल लिया। पूछा, "क्या बात है दीवान जी, ऐसी सूनवाड़ (सूनसान) क्यों है डेरे में? सब कुशल मंगल तो है।"

"कैसे कहूँ कुशल है। आप ठाकुर सा के पास जल्दी से पधारिए।"

मैं व्यग्र और चिंतित हो गयी। तेज पाँव उठाती हुई कक्ष की ओर भागी। वहाँ वैद्य जी और उनके दो शिष्य बैठे हुए छोटी-छोटी 'खलियों' में जड़ी-बूटियाँ पीस रहे थे।

नरवद जी की आँख पर पट्टी बंधी थी। जिस आँख से वे हम सबको

देखते थे।

मैंने झट से पूछा, "क्या हुआ वैद्य जी इनकी आँख को? मैं तो जब देवी-मंदिर दर्शन करने गयी थी तब इन्हें कुछ भी नहीं था।"

वैद्य जी ने कोई उत्तर नहीं दिया। उन्होंने एकलिंग दीवाण के दो हुक्म-पत्रों की ओर संकेत कर दिया। मैंने उन्हें उठा लिया। पढ़ा तो मरणासन्न सी जाजम पर बैठ गयी। सोचने लगी कि आखिर सीसोदिया नरवद जी का जीवित अंत करने में सफल हो गये। एक हुक्म में लिखा था कि आप मेरे स्वामीभक्त सरदार हैं। मेरे हुक्म को एकलिंग जी का हुक्म मानते हैं। आज आपकी परीक्षा है कि आप अपना नेत्रदान मुझे हुक्म-पत्र पढ़ते ही कर दें।

दूसरे हुक्म-पत्र में लिखा था कि मैं तो आपकी परीक्षा ले रहा था। आप नेत्रदान न करें। आपकी स्वीकृति ही आपके स्वामीभक्त होने का प्रमाण है।

वैद्य जी ने ही दुखी मन से बताया, "पहले हुक्म-पत्र के आते ही ठाकुर सा ने न कुछ सोचा और न कुछ समझा। अपने स्वामी के हुक्म को ईश्वर का हुक्म मानकर नेत्र कटार से पलक झपकते निकाल दिया। जो पहला हुक्म-पत्र लाया था, उसे दूसरे हुक्म-पत्र का पता नहीं था। वह नेत्र लेकर चला गया। दूसरा हुक्म-पत्र आया तब तक सारा खेल ही खत्म हो गया।

दूसरा हुक्म-वाहक भी कोई क्षत्रिय था। नरवद जी की आँख देखकर क्रंदन कर उठा, "यह क्या किया राठौड़ सरदार? पहला हुक्म-पत्र तो सीसोदियों की उस बात का उत्तर था जो निरंतर कई दिनों से कह रहे थे कि नरवद जी की शक्ति इतनी बढ़ गयी है कि वे कभी भी आपके विरुद्ध विद्रोह का झंडा खड़ा कर सकते हैं। राठौड़ कभी भी मेवाड़ की भलाई नहीं चाहते हैं। वे जब तक ही मेवाड़ के शुभचिंतक रहते हैं तब तक उनका स्वार्थ पूरा न हो।...कुंभा जी निरंतर उन्हें आश्वस्त करते रहे कि नरवद जी ऐसे नहीं हैं। वे तन-मन-धन से मेवाड़ के एकलिंग दीवाण को समर्पित हैं। जब उनका विरोध बढ़ा तो राणा जी ने परीक्षा हेतु पहला हुक्म-पत्र लिखा। फिर मुझे दूसरा हुक्म-पत्र तुरंत दिया। मुझे आने में जरा सी देर हो गयी क्योंकि जंगल में भेड़ों के जत्थों ने मेरा रास्ता चंद क्षणों के लिए रोक लिया था। कैसा अनर्थ हो गया। राणा जी मुझे क्षमा नहीं करेंगे? हे एकलिंग भगवान मेरी रक्षा करना।"

मैंने कहा न, नरवद जी में अदम्य शक्ति और जीवट है। स्वयं ने ही नेत्रदान किया पर अचेत नहीं हुए। मर्मांतक वेदना को सह लिया इन्होंने।

वे उस पत्रवाहक को बोले, "मुझे अपने अँधे होने का कोई दुख नहीं है क्योंकि मैंने अपने स्वामी के हुक्म का पालन किया है। जब मेरा यह जीवन ही उनके लिए है तो एक नेत्र देने में मुझे कोई कष्ट नहीं। उन्हें मेरी स्वामीभक्ति पर तो विश्वास हो जायेगा। उन्हें मेरा मुजरा कह दीजिएगा।" वह चला गया।

वैद्यजी ने पश्चाताप से कहा, "बहुत ही उतावली की इन्होंने।"

मैं ऐसी नाजुक स्थिति में उनसे क्या भला-बुरा बोलती? बस उनकी सेवा में

लग गयी। उन्हें किसी तरह से उत्तेजित करना मैंने अच्छा नहीं समझा। तन और मन से मैं उन्हें शांत रखे हुए थी। जो हो गया, वह हो गया।...नरवद जी अँधे हो गये सो हो गये। उन्हें अब कोई भी ज्योति नहीं दे सकता था। मैं मानती हूँ कि जिसने कोख से जन्म लिया है, उसे अवश्य ही मृत्यु आयेगी। लेकिन अंधे जीवन की ठोकरें खाकर मृत्यु-द्वार तक पहुँचना कितना दूभर है? क्यों त्रासदीपूर्ण मृत्यु पाता है यह मनुष्य। मेरे ही मन ने मेरे प्रश्न का उत्तर दिया—राम ने सरयू में डूब कर त्रासद मृत्यु पायी थी और कृष्ण ने बहेलिये के तीर से अकाल-मृत्यु। मेरे नरवद जी भी महाबली होकर अँधे जीवन को लाद कर मृत्यु की प्रतीक्षा करेंगे। जैसे राम व कृष्ण की अलौकिक कहानियाँ बन गयीं वैसे ही कोई चारण या अन्य ग्रंथकार नरवद जी के भी नेत्रदान की कोई अलौकिक कथा लिख देगा? वे भी महान हो जायेंगे।

लगभग पन्द्रह दिनों के बाद वे काफी स्वस्थ हो गये। इस बीच मैं अत्यंत ही मौन रही। इतना मौन रही कि उनके प्रश्न का संक्षिप्ततम उत्तर देती थी। नरवद जी भी इसलिए चुप थे कि वैद्य जी ने उन्हें बेसी बोलने के लिए मना कर दिया था। मुझमें दुख और गुस्सा जैसे उबल रहा था। पश्चाताप में जैसे मैं दग्ध हो रही थी कि मैं क्यों गयी बहुओं के साथ।

जब भी मन खाली होता तो कुंभा जी के प्रति मैं घृणा से भर उठती थी और उन्हें दुराशीष देती थी कि उनकी इस कूटनीतिज्ञ कुटिलता का दुष्फल उन्हें भी मिलेगा। जैसे मेरा अभिशप्त हृदय उन्हें शाप देता था कि आपने मेरे नरवद जी को क्यों जीवित मृत्यु दी। अँधा तो मृत समान ही होता है।

चाहे मेरे नरवद जी मेरी बात को स्वीकार करें या न करें पर मैं कहती हूँ कि कला अनुरागी राणा कुंभा जी, जिन्होंने कुंभलगढ़, कीर्ति स्तंभ, कुंभ स्वामी मंदिर, दुर्ग और जलाशयों का निर्माण कराया। जिन्होंने मूर्तिकला, चित्रकला और संगीत कला का विकास किया, जिन्होंने स्वयं श्रेष्ठ लेखन किया, वे उतने ही राजनीति के प्रवीण, कूटनीतिज्ञ और दूरदर्शी थे। इन्होंने अपने उन शक्तिशाली व्यक्तियों को अत्यंत कौशलता से अपने रास्ते से हटा दिया जिन पर उन्हें संदेह था या संदेह करा दिया गया था। चाहे वे रणमल जी हो, चाहे राघवदेव और चाहे मेरे नरवद जी राठौड़ हो। अँधा तो मृत समान ही होता है। मैं नरवद जी के अँधेपन को देख-देख कर खूब रोया करती थी। अपने स्वामी के प्रति अंधभक्ति ने उन्हें कितना अभिशप्त वरदान दिया है।

मैं जानती हूँ कि अंधे के ज्ञान-चक्षु एकाएक नहीं खुलते। सूरदास जी के मन-लोचनों ने स्पर्श, गंध और अभ्यस्तता से कब पहचान बनायी, यह तो मैं नहीं जानती पर नरवद जी तो पल-पल में ठोकर खाते थे। मैंने बार-बार देखा है। उन्हें तो कुछ भी पता नहीं कि सीढ़ियाँ कितनी हैं, चौखट का पत्थर कितना ऊँचा है, कौन सा दरवाजा कितना बड़ा है। मुझे हरदम उनके साथ रहना पड़ता था। वे भी बेसी बोलते नहीं थे। कदाचित उन्हें नेत्र देते समय उन्होंने जो उतावली की थी, उस

पर लज्जा आ रही हो।

एक दिन उन्होंने मुझे अपने सीने से सटा कर कहा, "सुप्यार दे जी! आप गुस्सा न करें तो मैं कुछ कहूँ।"

मैंने संयत स्वर में कहा, "मैंने तो सदा कारण पर ही गुस्सा किया है, निष्कारण नहीं। कहिए नरवद जी निःसंकोच कहिए।"

"मैंने अपना नेत्रदान कुंभा जी को कर दिया, क्या यह उचित नहीं था?"

"नहीं, अंधभक्ति को किसी ने ज्ञान नहीं कहा है। नरवद जी! यदि स्वामी उससे ऐसी वस्तु माँगे जो मृत्यु से भी बदतर हो, उससे तो अच्छा है कि वह उससे प्राण ही माँग ले। सच तो यह है कि आपके सारे विरोधी आपसे जलते थे। वे कुंभा जी के निरंतर आपके विरुद्ध कान भरते रहते थे। इससे कुंभा जी के मन में कहीं न कहीं आपके प्रति संदेह उत्पन्न हो गया था। उन्हें मन में लगने लगा था कि कहीं नरवद जी मंडोर को पुनः हस्तगत क़रने वाले राठौड़ जोधा से मिलकर उनके लिए कोई विकट समस्या खड़ी न कर दें? आखिर वे एक ही जाति और वंश के जो हैं।...मुझे तो पूरा विश्वास है कि यह आपको अशक्त करने का उच्चश्रेणी का गरिमामय षड्यंत्र था।"

"नहीं सुप्यारदे जी, उन्होंने खोटे मन से मेरी परीक्षा नहीं ली थी वर्ना वे क्यों दूसरा हुक्म पत्र देते?"

"अपनी कुटिलता पर आत्मीयता, निर्दोषिता और श्रेष्ठता का पर्दा डालने के लिए। लोगों को यह बताने के लिए कुंभा जी की नीयत में खोट नहीं थी। मैं आपके महान राणा जी को कभी भी क्षमा नहीं करूँगी।...यदि कहीं कोई सत्य है, न्याय है, धर्म है तो ऐसे व्यक्ति को उसकी करनी का फल तो मिलेगा ही।"

"जिसका हमने वर्षों नमक खाया है, उसको दुराशीष मत दीजिए।" वे झुँझलाए।

"हमने हराम का उनका नमक नहीं खाया है। उस नमक के बदले हमने अपना रक्त बहाया है। जहाँ उनके पसीने की बूँदें गिरी हैं, वहाँ आपके रक्त की बूँदें गिरी हैं। जहाँ उनके प्राणों पर संकट आया, वहाँ आपने उस संकट को अगने पर लिया है। सैनिकों की शक्ति, बलिदान और रक्त ही राजा को राजा और सम्राट को सम्राट बनाये रखता है।" मैं नितांत शांत-संयत होकर फिर बोली, "नरवद जी! क्या आपने अपनी सुप्यारदे को यह दिन दिखाने के लिए इतनी लड़ाइयाँ लड़ीं? जिसे आप प्राणों से भी अधिक चाहते हैं, जो आपके जीवन का सर्वस्व है, क्या इतने बड़े निर्णय में उसकी राय जानना उचित नहीं था? अँधे होने की स्थिति में उसकी अनुपस्थिति ने आपको रोका नहीं। मुझे आपने इतना महत्त्वहीन समझा? आपने कभी सोचा कि सुप्यारदे कैसे आपके इस रूप को सहन करेंगी? आपको क्यों नहीं याद आया कि वह रो-रो कर मर जायेगी। सुप्यारदे को इतना भयानक दुर्दिन दिखाने के लिए क्या यहाँ लाये थे? आपने यह प्रमाणित कर दिया कि आपके जीवन में मैं कुछ नहीं हूँ, जो हैं, वे आपके स्वामी कुंभा जी हैं।"

नरवद जी बिलकुल चुप रहे। मैं आवेश में जो कुछ भी बोली, उसे सुनते रहे। जब मैं चुप हो गयी तो वे बोले, "मैंने इधर शांति और गहराई से सोचा तो लगा कि मुझसे स्वामीभक्ति के जोश में भूल हो गयी। मैं आपसे क्षमा माँगता हूँ।"

उन्होंने मुझे हाथ जोड़ दिये। मैं उनके जुड़े हाथों को चूम-चूम कर सुबक-सुबक कर रोने लगी। वे मेरे सिर पर हाथ फेरते रहे।

उन्होंने भरे गले से कहा, "हम क्षत्रियों में जितना शौर्य है, उतनी ही सनकें हैं। इन्हीं सनकों के कारण हम अपना संपूर्ण पृथ्वी पर साम्राज्य स्थापित नहीं कर सके।...अब जो हो गया, उसे भाग्य की नीयति मानकर संतोष कर लीजिए सुप्यारदे जी। हाँ, यदि आप इस अँधे को सहन नहीं कर सकती तो मैं आपको स्वतंत्र कर दूँगा।...आपको जबरदस्ती बाँध कर मैं रखना नहीं चाहूँगा।"

मैंने बुझी हँसी के साथ कहा, "क्या भाग्य की नीयति मेरे साथ नहीं है। जोबन गँवा कर किसी ने घर मांडा है! आपको तो पता है कि एक स्त्री ने ढिंढोर पीट-पीट कर कहा कि उसने खसम कर लिया है, खसम कर लिया है।...लोगों ने कहा—"चोखा किया...चोखा किया।"...कुछ दिनों बाद उसी स्त्री ने कहा—मैंने उस खसम को छोड़ दिया है...छोड़ दिया है। लोगों ने कहा—बुरा किया...बुरा किया...। मेरी स्थिति उस स्त्री की तरह ही मुक्ति के बाद हो जायेगी। यह स्त्री की अटूट विवशता नहीं है? कहीं न कहीं प्रकृति से बाधित है स्त्री इसलिए उसे पुरुष का संबल चाहिये ही।"

उन्होंने मेरी प्रशंसा करते हुए कहा, "आप बहुत विचारशील हैं। आपको देखकर लगता है कि इन चारदीवारियों में बंद क्षत्रिय कन्याओं को अध्ययन और अनुभवों की स्वतंत्रता दी जाय तो उनमें कई प्रबुद्ध स्त्रियाँ निकल सकती हैं।"

मैंने विहँस कर कहा, "नरवद जी! आप पुरुष लोग स्त्री को सम्पदा समझते हैं। मैंने तीन डेरे देखे। मैंने जब-जब कुछ नया कहा तब-तब सबने मुझे पागल कहा। पंडित जी ने तो मेरे माँ-बाप से यहाँ तक कहा कि छोरी निश्चय नास्तिक बनेगी। उन्होंने मेरी कुँडली बनाकर कई ग्रहों का प्रतिपादन कर दिया कि यह जो करेगी असामान्य ही करेगी। बस, इतना ही जानिए कि नरसिंघ जी ने मुझे मारा नहीं। लेकिन उन्होंने मुझे जो अमानुषिक यातनायें दीं, वे क्या मृत्यु की पीड़ा से कम थीं? ...नरवद जी! मैं अपने अनुभवों से कहती हूँ कि इस सामंती व्यवस्था ने स्त्रियों की खोखली प्रशंसा और उन्हें गौरव मंडित करके सदा-सदा के लिए उन्हें पराधीन बना दिया।...मेरा कहना है कि उन्हें सहज, स्वतंत्र और स्वेच्छा से जीवन जीने की उदारता आप बड़े लोगों को देनी होगी तभी वह स्वाभाविक सुखद जीवन जियेंगी। आप भी स्त्री के संग जीवन का सही आनंद ले पायेंगे।"

"आप सच कहती हैं।"

"मनुष्य को मुक्त करने का प्रयास करना चाहिये। मनुष्य की मुक्ति ही इस पृथ्वी पर शांति लायेगी। आप जैसे कितने ही तलवारों के धनियों ने कितने लोगों को मारा है? आप गिनती कर सकते हैं? क्या इससे आपने अपने इलाके में सुख-शांति

स्थापित कर ली।''

''नहीं।''

मैंने श्री मद्भगवद्गीता को हाथ में लिया और कहा, ''मेरे हाथ में गीता है। इसमें लिखा है—मन, वाणी और शरीर से किसी को किसी प्रकार भी कष्ट न देना, सच और प्रिय भाषण करना, अपकार करने वाले पर भी क्रोध न करना, निंदा न करना, अभिमान का त्याग करना, धैर्य रखना, क्षमा करना, किसी से शत्रुभाव न रखना, यही देव-पुरुष के लक्षण हैं।''

मैं एक अत्यंत महत्त्वपूर्ण बात फिर याद दिलाती हूँ कि मैंने कभी भी पढ़ना नहीं छोड़ा। नरसिंघ जी के घर आने पर मैं चोरी छुपे पढ़ती रहती थी। नरवद जी ने तो कई पुस्तकें मँगवा दी थीं। इससे मेरे ज्ञान की किंचित तृप्ति होती थी।

मैंने गीता के श्लोक का अर्थ बताकर नरवद जी से कहा, ''हम अपने गौरव-ग्रंथों के आदेशों या कह दीजिए उपदेशों का कहाँ पालन करते हैं?''

नरवद जी ने पानी माँगा। मैंने पनकी को पुकारा। वह थोड़ी देर में पानी ले आयी। पानी पीकर नरवद जी ने नम्रता से कहा, ''एक बात पूँछूँ आप सही-सही उसका उत्तर देंगी।''

''मैंने सदा प्रयत्न किया है कि झूठ नहीं बोलूँ? एक झूठ को सच प्रमाणित करने के लिए सौ झूठ और बोलने पड़ते हैं। आप पूछिए।''

नरवद जी कुछ क्षण विचारते रहे। फिर वे बोले, ''यदि मैं मर गया तो आप हमारी कुल परंपरा के अनुसार सती होंगी?''

अत्यंत ही जटिल और चुभनेवाला प्रश्न था। लेकिन मैंने भी जरा सोचकर निश्चय किया कि सही उत्तर ही दूँगी। ये तो अँधे हैं। मेरे चेहरे के भावों को पढ़ने में असमर्थ। मेरा स्वर ही सुन सकते हैं। मैं सच ही बोलूँगी। बोली, ''मैं आपसे कभी भी झूठ नहीं बोलूँगी। मेरा मन साक्षी है मेरे सत्य का। मैं आपके पीछे सती नहीं होऊँगी। मुझमें आत्मदाह करने का साहस नहीं है। मनुष्य की एक अंगुली जल जाय तो वह तड़प उठता है। वह उसकी पीड़ा को सहन नहीं कर सकता, फिर भला स्वयं को जलाने की पीड़ा को वह कैसे सहन कर सकता है?''

''फिर जो हजारों सतियाँ हुई हैं वे कैसे हुईं।''

''यहाँ भी मैं झूठ नहीं बोलूँगी। इसकी मैंने प्रमाणिक जाँच नहीं की है। या तो उनमें सीमाहीन उन्माद होगा या फिर उनकी परीक्षा लेने के पूर्व उन्हें कोई नशा पिला दिया जाता होगा। लेकिन मैं इसके बारे में प्रमाणिक रूप से नहीं कह सकती। मैं तो अपने बारे में कह सकती हूँ कि मैं सती नहीं होऊँगी।'' मैंने एक पल रुक कर कहा, ''वैसे भी मैं आपके धर्मानुसार सती होने का अधिकार भी नहीं रखती। मैं कहाँ पतिव्रता हूँ? नरवद जी! मेरी तो मन की इच्छा है कि मैं आपकी सेवा करती हुई, आपका प्रेम पाती हुई आपके पहले मर जाऊँ।''

वे मेरी मृत्यु की बात सुनकर विचलित हो गये। मुझे टटोलकर अपने से चिपका

लिया। भरे गले से कहा, "नहीं सुप्यारदे जी, आप मुझे छोड़कर मत जाइएगा।... आपके बिना इस अंधे बूढ़े की कौन देखभाल करेगा। मैं तो ईश्वर से प्रार्थना करूँगा कि वह मुझे पहले मृत्यु दे।"

बस, हम दोनों इसी तरह तर्क-वितर्क, दुख-सुख, अपने-पराए, सार-तत्त्वों की चर्चायें करते हुए जन्म के अंतिम छोर मृत्यु की प्रतीक्षा करते रहते थे।

अपनी यह नितांत व्यक्तिगत आत्मकथा मैंने लिख दी है। इसे लिखते हुए मुझे अव्यक्त पीड़ायें भोगनी पड़ी हैं। मैं फिर आपसे कहना चाहती हूँ कि मैंने इतिहास नहीं लिखा है। मैंने अतिरंजनापूर्ण गौरवमंडित घटनाओं का उल्लेख नहीं किया है। मैंने युद्ध स्थलों में उन शूरमाओं का भी यश-गान नहीं किया है जिन्होंने अपनी तलवार से सौ-सौ शत्रुओं को मारा है। मैंने तो अपने को लिखा है। निज को अभिव्यक्त किया। यदि आप अप्रसन्न होंगे, क्रोध करेंगे, मुझे पतिता कहेंगे तो भी मुझे संतोष ही मिलेगा क्योंकि मैंने अपने अनुभव व विचार जनित यथार्थ लेखन से आपके मन में यदि क्रोध, आक्रोश और असंतोष को जन्मा दिया तो मैं अपने को सफल जानूँगी। ...यदि मैंने आपको अपने समय की स्त्री के दुखद और पराधीन जीवन के बारे में सोचने के लिए बाध्य किया तो मुझे सांत्वना मिलेगी। मेरी यह हस्तलिखित पांडुलिपि अवश्य ही सुरक्षित रहेगी क्योंकि मैं उसे अत्यंत मजबूत ताम्रपेटिका में रख रही हूँ ताकि एक दिन संसार के हाथ लगे और लोग जानें कि इस भूमि पर कभी एक बहुत छोटी सी स्त्री सुप्यारदे भी थी। अपने किस्म की एक स्त्री।

मैं अंत में प्रार्थना कर रही हूँ कि मनुष्य स्वतंत्र हो, मूल रूप से स्वतंत्र हो विशेषतः स्त्री। क्योंकि मनुष्य ही पृथ्वी है, आकाश है, जल है, वायु है और अग्नि है। क्योंकि उसमें ही ये पाँच तत्त्व हैं। मैं कहूँगी मनुष्य ही पुष्टिकारक है, दीप्तिमान है, सामर्थ्यशाली है, शृंगार है। इस पृथ्वी पर मनुष्य जितना सुंदर होगा, यह पृथ्वी उतनी ही सुंदर होगी। मनुष्य अक्षय रहे। अजय रहे। ॐ शांतिः शांतिः शांति...

●●●